Becky Bloom em Hollywood

SOPHIE KINSELLA

Becky Bloom em Hollywood

Tradução de
REGINA WINARSKI

SOPHIE KINSELLA

Becky Bloom em Hollywood

Tradução de
REGIANE WINARSKI

1ª edição

EDITORA RECORD
RIO DE JANEIRO • SÃO PAULO
2015

CIP-BRASIL. CATALOGAÇÃO NA FONTE
SINDICATO NACIONAL DOS EDITORES DE LIVROS, RJ

K64b

    Kinsella, Sophie, 1969-
      Becky Bloom em Hollywood / Sophie Kinsella; ilustrações de Marília Bruno Rocha e Silva; tradução de Regiane Winarski. — 1. ed. — Rio de Janeiro: Record, 2015.
       il.   (Becky Bloom ; 7)

    Tradução de: Shopaholic to the stars
    Sequência de: Mini Becky Bloom
    ISBN 978-85-01-10527-1

    1. Finanças pessoais - Ficção. 2. Ficção inglesa. I. Silva, Marília Bruno Rocha e. II. Winarski, Regiane. III. Título. IV. Série.

15-22922   CDD: 823
                                                                                      CDU: 821.111-3

Título original:
SHOPAHOLIC TO THE STARS

Copyright © Sophie Kinsella 2014

Texto revisado segundo o novo Acordo Ortográfico da Língua Portuguesa.

Todos os direitos reservados. Proibida a reprodução, no todo ou em parte, através de quaisquer meios. Os direitos morais da autora foram assegurados.

Editoração eletrônica: Renata Vidal

Este livro foi composto nas tipologias Adobe Caslon Pro, Adobe Garamond Pro, Arnold Boecklin Std, Avenir LT Std, Baskerville, Bell Gothic Std, Brush Script MT, Caflisch Script Pro, Caliban Std, Coronet LT Std, Courier New, DIN, Dorchester Script MT Std, Eccentric Std, Edwardian Script ITC, Freestyle Script, Futura LT Pro, Helvetica Neue LT Std, Humanst521 Lt BT, ITC American Typewriter Std, ITC Avant Garde Gothic Std, ITC Souvenir Std, Justlefthand-Regular, Kaufmann Std, Lucida Handwriting, Palatino Linotype, Rockwell, Trade Gothic, Trajan Pro, e impresso em papel off-white, na Prol Gráfica e Editora.

Direitos exclusivos de publicação em língua portuguesa somente para o Brasil adquiridos pela
EDITORA RECORD LTDA.
Rua Argentina, 171 — Rio de Janeiro, RJ — 20921-380 — Tel.: 2585-2000,
que se reserva a propriedade literária desta tradução.

Impresso no Brasil

ISBN 978-85-01-10527-1

Seja um leitor preferencial Record.
Cadastre-se e receba informações sobre
nossos lançamentos e nossas promoções.

Atendimento e venda direta ao leitor:
mdireto@record.com.br ou (21) 2585-2002.

*Para Patrick Plonkington-Smythe,
o melhor gerente de banco do mundo.*

CUNNINGHAM'S

Rosewood Center ♦ W 3rd St. ♦ Los Angeles, CA 90.048

Prezada Sra. Brandon,

Muito obrigada por sua carta. Fico feliz em saber que gostou de sua recente visita à nossa loja.

Infelizmente, não posso responder se a mulher fazendo compras no quiosque da M.A.C. na terça-feira era "Uma Thurman usando uma peruca escura e comprida". Portanto, não posso dizer "exatamente que batom ela comprou", nem "se ela é linda também ao vivo", nem repassar seu bilhete "porque ela deve querer uma amiga para sair e acho que nos daríamos muito bem".

Desejo sorte na sua mudança para Los Angeles em breve. No entanto, em resposta à sua outra pergunta, não damos descontos para novos moradores de Los Angeles, para "fazer com que se sintam bem-vindos".

Obrigada pelo interesse.

Mary Eglantine
Serviço de Atendimento ao Cliente

INNER SANCTUM LIFESTYLE SPA
6.540 Holloway Dr. — West Hollywood, CA 90.069

Prezada Sra. Brandon,

Muito obrigada por sua carta. Fico feliz que tenha gostado da recente visita ao nosso spa.

Infelizmente, não posso responder se a mulher na fila da frente da sua aula de ioga era Gwyneth Paltrow. Lamento que tenha sido difícil saber ao certo porque "ela estava sempre de cabeça para baixo".

Portanto, não posso repassar sua pergunta de como ela consegue "fazer a postura do pouso sobre a cabeça com tanta perfeição", nem se ela usa "pesos escondidos na camiseta". Também não posso encaminhar seu convite para um chá orgânico com bolo de couve.

Fico feliz que tenha gostado da nossa lojinha. Em resposta à sua última pergunta, se eu encontrar seu marido na rua, fique tranquila que não vou contar nada sobre seu "gasto só um tiquinho exagerado com lingerie orgânica".

Obrigado por seu interesse.

Kyle Heiling
Gerente de Realizações (Artes Orientais)

Beauty on the Boulevard

9.500 BEVERLY BOULEVARD
BEVERLY HILLS, LOS ANGELES CA 90.210

Prezada Sra. Brandon,

Obrigada por sua carta.

Infelizmente, não posso confirmar se a mulher no quiosque da La Mer era "Julie Andrews de óculos escuros e lenço na cabeça".

Portanto, não posso repassar seus comentários: "O capitão von Trapp era bonito ao vivo?" e "Desculpe por cantar 'The Lonely Goatherd' para você, é que fiquei muito empolgada". Também não posso encaminhar seu convite para "ir à sua casa para se divertirem cantando e comendo torta de maçã".

Em resposta à sua última pergunta, não damos "festas de boas-vindas a Los Angeles" nem brindes para recém-chegados; e também não damos kits de clareamento dental para "ajudá-los a se encaixar". No entanto, desejo todo sucesso do mundo com sua mudança para a cidade em breve.

Obrigada por seu interesse.

Sally E. SanSanto
Consultora de Atendimento ao Cliente

UM

Tudo bem. Nada de pânico. Nada de *pânico.*

Vou sair dessa. Claro que vou. Não vou ficar presa aqui nesse espaço confinado horrível, sem esperança de sair, *para sempre...* vou?

Com toda calma possível, avalio a situação. Minhas costelas estão tão espremidas que não consigo respirar direito, e meu braço esquerdo está preso às minhas costas. Quem quer que tenha idealizado esse "tecido de alta compressão" sabia o que estava fazendo. Meu braço direito também está preso em um ângulo estranho. Se tento esticar as mãos para a frente, o tecido aperta meus pulsos. Estou presa. Incapaz de me mexer.

Vejo o reflexo do meu rosto, pálido, no espelho. Meus olhos estão arregalados e aparentam desespero. Tiras pretas e cintilantes se entrecruzam nos meus braços. Será que uma delas é para ser uma alça? Essa coisa entrelaçada é para ser usada como cinto?

Ai, meu Deus. Eu nunca, *nunquinha,* devia ter experimentado o tamanho 36.

— Como estão as coisas aí dentro?

Levo um susto. É Mindy, a vendedora, gritando do outro lado da cortina do provador. Mindy é alta e longilínea, tem coxas musculosas bem separadas uma da outra. Ela parece ser do tipo que sobe uma montanha correndo todos os dias e não tem ideia do que seja um KitKat.

Ela já me perguntou três vezes como estão as coisas, e em todas eu só respondi com voz estridente:

— Bem, obrigada!

Mas estou ficando desesperada. Estou lutando com esse "Modelador Atlético Multifuncional" há dez minutos. Não posso ficar dispensando a moça para sempre.

— O tecido é incrível, né? — diz Mindy com entusiasmo. — Tem três vezes o poder de compressão do elastano normal. Dá para diminuir um número no manequim, né?

Talvez eu tenha diminuído um número no manequim, mas também diminuí minha capacidade pulmonar à metade.

— Você está conseguindo ajustar as tiras? — pergunta Mindy. — Quer que eu entre no provador pra te ajudar?

Entrar no provador? Não tem a menor possibilidade de eu deixar uma mulher de Los Angeles, alta, bronzeada e atlética entrar aqui e ver minhas celulites.

— Não, está tudo bem, obrigada — respondo com a voz esganiçada.

— Você precisa de ajuda para tirar o modelador? — pergunta ela de novo. — Algumas de nossas clientes acham complicado na primeira vez.

Imagino uma cena grotesca: eu me segurando no balcão e Mindy tentando arrancar o modelador do meu corpo enquanto nós duas estamos ofegando e suando com o esforço, e ela pensa: "Eu *sabia* que todas as britânicas eram gordas. Essas vacas."

De jeito nenhum. Nem em um milhão de anos. Só restou uma solução. Vou ter que comprar isso. Não importa o preço.

Dou um puxão forte e consigo colocar duas das tiras nos ombros. Assim fica melhor. Pareço uma galinha enfaixada com lycra preta, mas pelo menos agora consigo mexer os braços. Assim que eu chegar ao quarto do hotel, vou cortar o troço todo do meu corpo com uma tesourinha de unha e jogar os vestígios em uma lixeira na rua para que Luke não os encontre e pergunte: *O que é isso?* Ou: *Quer dizer que você comprou mesmo sabendo que não cabia?* Ou alguma outra coisa muito irritante.

É por causa de Luke que estou aqui, em uma loja de roupas esportivas em LA. Vamos nos mudar para Los Angeles o mais rápido possível por causa do trabalho dele e estamos em uma viagem urgente para caçar uma casa. Este é nosso objetivo: um imóvel. Casas. Jardins. Contratos de aluguel. Essas coisas. Só dei uma passada pela Rodeo Drive muito, *muito* rápida entre os horários de visitas às casas.

Ah, está bem. A verdade é que cancelei uma das visitas para vir à Rodeo Drive. Mas eu precisava. Tenho um bom motivo para precisar comprar roupas de ginástica em caráter de urgência: vou participar de uma corrida amanhã. Uma corrida de verdade! Eu!

Pego minhas roupas, minha bolsa e saio do provador a passos firmes. Dou de cara com Mindy rondando por ali.

— Nossa! — A voz dela está animada, mas os olhos estão arregalados. — Você está... — Ela tosse. — Incrível. Não está... apertado demais?

— Não, está perfeito — respondo, tentando sustentar um sorriso tranquilo. — Vou levar.

— Ótimo! — Ela mal consegue disfarçar o espanto. — Então pode tirar que vou passar no caixa pra você...

— Na verdade, vou com ele. — Tento falar de forma casual. — Por que não? Você pode colocar minhas roupas em uma sacola?

— Certo — diz Mindy. Há uma longa pausa. — Tem certeza de que não quer experimentar o tamanho 38?

— Não! O 36 está perfeito! *Muito* confortável!

— Tudo bem — concorda Mindy depois de alguns segundos de silêncio. — Claro. São 83 dólares. — Ela registra o código de barras pendurado na gola e eu pego o cartão de crédito. — Então você gosta de esportes?

— Na verdade, vou correr os 16 quilômetros amanhã à tarde.

— É sério?

Ela olha para mim impressionada, e tento parecer indiferente e modesta. O percurso de 16 quilômetros não é apenas uma corrida tradicional. É *a* corrida. Acontece todos os anos em LA, mobiliza um monte de celebridades e tem até cobertura no E!, e eu vou participar!

— Como você conseguiu se inscrever? — pergunta Mindy com inveja. — Eu tento me inscrever, tipo, todos os anos.

— Bem. — Faço uma pausa para causar impacto. — Estou na equipe de Sage Seymour.

— Nossa!

Ela fica de queixo caído, e sinto uma onda de alegria. É verdade! Eu, Becky Brandon (nascida Bloomwood), vou correr na equipe de uma estrela de cinema! Vamos nos alongar juntas! Vamos usar bonés iguais! Vamos aparecer na *US Weekly*!

— Você é britânica, né? — Mindy interrompe meus pensamentos.

— Sim, mas vou me mudar para Los Angeles em breve. Eu e meu marido Luke estamos procurando uma casa. Ele tem uma empresa de relações públicas e trabalha com a Sage Seymour. — Não consigo deixar de acrescentar, cheia de orgulho.

Mindy parece cada vez mais impressionada.

— Então você e Sage Seymour são, tipo, *amigas*?

Vasculho minha bolsa, adiando a resposta. A verdade é que, apesar de todas as minhas expectativas, Sage Seymour e eu não somos exatamente amigas. Para ser sincera, ainda não a conheci. O que é muito injusto. Luke está trabalhando com ela há séculos e eu já vim a Los Angeles uma vez para uma entrevista de emprego, e agora estou aqui de novo, procurando uma casa e uma pré-escola para nossa filha, Minnie... Mas acha que por acaso vi Sage alguma vez, mesmo que de *relance*?

Quando Luke disse que ia trabalhar com Sage Seymour e que íamos nos mudar para Hollywood, achei que a veríamos todos os dias. Pensei que passaríamos a frequentar a piscina cor-de-rosa dela, onde poderíamos fazer as unhas e usar óculos escuros iguais. Mas parece que até Luke quase não a vê; só tem reuniões com empresários, agentes e produtores o dia todo. Ele diz que está aprendendo sobre a indústria do cinema e que é uma curva de aprendizagem acentuada. Isso faz sentido, porque antes ele só trabalhava como consultor de instituições financeiras e de grandes conglomerados. Mas ele precisa mesmo ser tão empenhado em não se deslumbrar? Fiquei um pouco frustrada outro dia, quando ele disse: "Pelo amor de Deus, Becky, não vamos passar por essa mudança toda só para conhecer *celebridades*." Ele falou *celebridades* como se estivesse dizendo *insetos*. Ele não entende nada.

A melhor coisa entre mim e Luke é que pensamos parecido em relação a quase tudo na vida, e é por isso que somos tão felizes no casamento. Temos apenas alguns pontos pequenininhos de discórdia. Por exemplo:

1. Catálogos. (Não são "tralha". São úteis. Nunca se sabe quando se pode precisar de um quadro-negro de cozinha personalizado, com um baldezinho para botar o giz. Além do mais, gosto de ler os catálogos na hora de dormir.)
2. Sapatos. (Guardar todos os meus sapatos nas caixas originais para sempre não é ridículo, é *econômico*. Eles vão voltar à moda um dia, e Minnie vai poder usá-los. E, enquanto isso, é melhor Luke olhar onde pisa.)
3. Elinor, a mãe dele. (É uma longa história.)
4. Celebridades.

Afinal, estamos aqui, em *Los Angeles*. O reduto das celebridades. Elas são o fenômeno natural local. Todo mundo sabe que se vai a LA para ver celebridades, como se vai ao Sri Lanka para ver elefantes.

Mas Luke não se empolgou quando vimos Tom Hanks no saguão do Beverly Wilshire. Nem piscou quando Halle Berry estava sentada a três mesas de distância no The Ivy (eu acho que era Halle Berry). Nem ficou animado quando vimos Reese Witherspoon do outro lado da rua. (Tenho certeza de que era Reese Witherspoon. Tinha exatamente o mesmo cabelo.)

E ele fala de Sage como se ela fosse só mais uma cliente. Como se fosse a Foreland Investments. Ele fala que é disso que ela gosta nele: de ele *não* fazer parte do circo. E então ele me diz que estou me empolgando demais com a badalação de Hollywood. Mas isso não é verdade. Eu *não* estou me empolgando demais. Estou empolgada exatamente na medida certa.

Particularmente, também estou decepcionada com Sage. Quer dizer, tudo bem que não nos conhecemos de verdade, mas conversamos por telefone quando ela estava me ajudando com uma festa surpresa para Luke. (Apesar de ela estar com um número novo agora, que Luke não quer me dar.) Pensei que ela manteria contato ou me convidaria para dormir na casa dela, ou algo do tipo.

De qualquer modo, não importa. Tudo se ajeita amanhã. Não quero me gabar, mas é graças ao meu raciocínio rápido que estou nessa corrida de 16 quilômetros. Eu estava, por acaso, olhando para o laptop por cima do ombro de Luke quando um e-mail coletivo chegou, enviado pelo empresário de Sage, Aran. O assunto era *Por ordem de chegada*, e o texto dizia:

Queridos amigos,
Tem uma vaga de última hora para a equipe da corrida de 16 quilômetros por causa de um abandono por contusão. Alguém interessado em correr e apoiar Sage?

Minhas mãos já estavam no teclado clicando em "Responder" e digitando *Sim, claro! Eu adoraria correr com Sage! Tudo de bom, Becky Brandon* antes mesmo de me dar conta de que estava me mexendo.

Tudo bem, talvez eu devesse ter consultado Luke antes de apertar "Enviar". Mas era "por ordem de chegada". Eu tinha que agir rápido!

Luke só olhou para mim e disse:

— Você enlouqueceu?

Em seguida, começou a falar que era uma corrida de verdade, para atletas preparados, e perguntou quem ia me patrocinar e se eu ao menos tinha tênis de corrida? Sinceramente. Ele poderia ter me dado mais apoio.

Embora, na verdade, ele tenha razão quanto aos tênis de corrida.

— Então você também é da indústria do cinema? — pergunta Mindy, me entregando a nota fiscal.

— Não, eu sou *personal shopper*.

— Ah, sim. De que loja?

— É... na verdade, é... Dalawear.

— Ah. — Ela parece espantada. — Você quer dizer a loja de...

— Mulheres mais velhas. Sim. — Levanto o queixo. — É uma ótima loja. Realmente fascinante. Mal posso esperar!

Estou sendo superotimista com relação a esse emprego, apesar de não ser *exatamente* o meu sonho. Dalawear vende "roupas práticas" para senhoras que preferem "conforto a estilo". (Está mesmo escrito isso no pôster. Eu talvez tente convencê-los a mudar para "conforto e estilo".) Quando fui fazer a entrevista, a mulher ficou falando sobre cós de elástico e tecidos laváveis e não mencionou nem uma vez moda inovadora. Ou moda em geral.

Mas não há muitas vagas para *personal shopper* em Los Angeles para uma britânica recém-chegada. Principalmente uma britânica que pode ficar apenas três meses nos Estados Unidos. A Dalawear era a única loja que tinha uma vaga, e porque havia uma funcionária de licença-maternidade. E arrasei na entrevista, bom, eu acho. Fiquei tão empolgada com os vestidos "florais de cintura marcada para qualquer ocasião" que quase quis comprar um para mim.

— Posso dar uma olhada nos tênis de corrida também? — Mudo de assunto. — Não posso correr com isso!

Aponto para meu sapato Marc Jacobs de saltinho baixo e dou uma risadinha. (Só para deixar registrado, uma vez escalei uma montanha usando sapatos iguais a esses. Mas comentei isso com Luke ontem para provar minha capacidade atlética, e ele balançou a cabeça e disse que tinha apagado todo aquele incidente da memória.)

— Claro — assente Mindy. — Você precisa ir à Pump!, nossa loja tecnológica! Fica do outro lado da rua. Eles têm todos os tênis, equipamentos, monitores cardíacos... você fez avaliação biomecânica na Inglaterra?

Olho para ela sem entender. Bio o quê?

— Fale com o pessoal lá do outro lado da rua, eles vão cuidar de tudo. — Ela me entrega uma sacola com as minhas roupas. — Você deve estar super em forma. Já malhei com a treinadora da Sage Seymour. Ela muito é rigorosa. E fiquei sabendo sobre as instruções para a equipe. Vocês não foram treinar no Arizona, ou algo assim?

Essa conversa está me deixando meio irritada. Rigorosa? Instruções para a equipe? Mas não posso perder a confiança. Estou em forma o suficiente para participar de uma corrida, mesmo em Los Angeles.

— Eu não sigo *exatamente* as instruções — admito. — Mas é claro que tenho meu próprio... hã... programa... de cardio...

Vai dar tudo certo. É só uma corrida. Não pode ser tão difícil.

Quando volto para a Rodeo Drive, sinto uma onda de euforia no momento que o ar quente da primavera me atinge. Vou amar viver aqui, tenho certeza. Tudo que dizem sobre Los Angeles é verdade. O sol brilha e as pessoas têm dentes superbrancos e as mansões parecem cenários de filmes. Visitei várias casas para alugar e *todas* têm piscina. É como se fosse um item básico da casa, tipo uma geladeira.

A rua à minha volta reluz de tanto glamour. É tomada de lojas caras com fachadas cintilantes e palmeiras perfeitas e filas de carros luxuosos. Os carros são uma coisa completamente diferente aqui. As pessoas passam dirigindo seus conversíveis coloridos com a capota abaixada, parecendo despreocupadas e simpáticas, como se você pudesse andar até elas quando estão paradas no sinal e bater um papo. É o contrário da Inglaterra, onde todo mundo fica dentro da própria caixa de metal amaldiçoando a chuva.

A luz do sol se reflete nas vitrines, nos óculos escuros e nos relógios caros nos pulsos das pessoas. Uma mulher está guardando um monte de sacolas no carro, em frente à Dolce & Gabbana, e ela é igualzinha a Julia Roberts, só que loura. E mais baixa. Mas, fora isso, é idêntica a Julia Roberts! Na Rodeo Drive!

Estou tentando chegar mais perto para ver de onde são as sacolas quando meu celular toca; eu o pego e vejo *Gayle* na tela. Gayle é minha nova chefe na Dalawear, e temos uma reunião amanhã de manhã.

— Oi, Gayle — atendo em um tom alegre e profissional. — Você recebeu minha mensagem? Ainda está de pé amanhã?

— Oi, Rebecca. Sim, está de pé... — Ela faz uma pausa. — Só tem uma coisa. Ainda não recebemos a referência do Danny Kovitz.

— Ah, certo.

Droga. Danny é um dos meus melhores amigos e um estilista bem famoso. Ele prometeu dar referências minhas para a Dalawear, só que já faz um século e ele ainda não fez nada. Mandei uma mensagem ontem e ele prometeu que mandaria um e-mail em uma hora. Não acredito que não mandou.

Pensando bem, acredito, sim.

— Vou ligar pra ele — prometo. — Me desculpe.

A verdade é que eu não devia ter pedido isso ao Danny. Mas achei que seria muito legal ter um estilista importante no meu currículo. E tenho certeza de que ajudou. Não paravam de me perguntar sobre ele durante a entrevista.

— Rebecca... — Gayle faz uma pausa delicada. — Você conhece mesmo o Sr. Kovitz? Já esteve com ele?

Ela não *acredita* em mim?

— É claro que conheço! Olhe, deixe comigo. Vou conseguir a referência. Sinto muito pela demora. Até amanhã.

Desligo e logo aperto o número de Danny na discagem rápida, tentando permanecer calma. Não faz sentido me irritar com Danny; ele só foge do assunto e fica todo melancólico.

— Ai, meu Deus, Becky! — Danny atende o telefone como se estivéssemos no meio de uma ligação. — Você não ia acreditar nas coisas que preciso para essa viagem. Quem podia imaginar que existe lasanha desidratada e congelada? E tenho a chaleira *mais fofa* do mundo, você *precisa* comprar uma.

É por isso que Danny está ainda mais distraído do que de costume no momento. Ele vai começar o treinamento para uma expedição beneficente de celebridades pelo Manto de gelo da Groenlândia. Todo mundo que conhece Danny disse que ele é louco, mas ele está determinado a ir até o fim. Ele fica dizendo que quer "retribuir de alguma forma", mas todos nós sabemos que é porque ele está a fim de Damon, o vocalista do Boyz About, que também vai participar.

Mas eu nem faço ideia de como é que se fica com alguém em uma expedição pela Groenlândia. Será que dá para beijar? Os lábios se grudam com o ar congelado? Como os esquimós conseguem?

— Danny — digo, mais séria, tentando não pensar na imagem de dois esquimós grudados no dia do casamento, balançando os braços para se soltarem. — Danny, e minha referência?

— Claro — responde ele, sem nem hesitar. — Deixa comigo. Quantas cuecas térmicas eu devo levar?

— Que deixa com você o quê! Você prometeu que enviaria ontem! Tenho uma reunião lá amanhã, e eles nem ao menos acreditam que conheço você!

— Ah, mas é claro que você me conhece — diz ele, como se eu fosse uma idiota.

— Eles não sabem disso! Essa é minha única oportunidade de emprego em Los Angeles e eu tenho que ter uma referência. Danny, se você não puder fazer isso, me avise que eu peço a outra pessoa.

— *Outra* pessoa? — Só Danny consegue parecer tão ofendido quando está errado. — Por que você pediria a outra pessoa?

— Porque talvez essa pessoa realmente mande a referência! — Suspiro, tentando não perder a paciência. — Olha, tudo o que você tem que fazer é mandar um e-mailzinho. Eu dito se você quiser. "Prezada Gayle, recomendo Rebecca Brandon como *personal shopper*. Assinado, Danny Kovitz." — Silêncio do outro lado da linha, e eu fico me perguntando se ele está anotando. — Você entendeu? Anotou o que falei?

— Não, eu não anotei. — Danny parece indignado. — É a referência mais sem graça que já ouvi. Você acha que isso é tudo que tenho a dizer sobre você?

— Bem...

— Não dou referências pessoais se elas não forem verdadeiras. Se não forem elaboradas. Uma referência é uma *forma de arte*.

— Mas...

— Se você quer uma referência, eu vou aí e dou uma referência.

— O que você quer dizer com isso? — pergunto, confusa.

— Não vou escrever três porcarias de linhas em um e-mail. Eu vou a Los Angeles.

— Você não pode vir a LA só para me dar uma referência! — Eu começo a rir. — Onde você está, afinal? Em Nova York?

Desde que Danny ficou famoso, é impossível saber onde ele está. Só este ano ele abriu três ateliês, incluindo um no Beverly Center, aqui em Los Angeles. E era de se pensar que isso o faria sossegar, mas ele está sempre atrás de mais cidades ou fazendo "viagens em busca de inspiração" (férias).

— Em São Francisco. Eu ia aí de qualquer forma. Preciso comprar protetor solar. Sempre compro protetor solar em Los Angeles. Mande as coordenadas por mensagem. Vou estar aí.

— Mas...

— Vai ser ótimo. Você vai poder me ajudar a escolher o nome do meu husky. Cada participante apadrinha um, mas posso apadrinhar uma matilha inteira. Vai ser uma experiência tão transformadora...

Quando Danny começa a falar sobre "experiências transformadoras", é difícil interrompê-lo. Decido que vou dar vinte minutos para ele falar sobre a Groenlândia. Talvez vinte e cinco. E depois, *tenho* que comprar meus tênis.

DOIS

Sou oficialmente a dona dos tênis de corrida mais lindos do mundo. São prateados com listras laranja e têm uns detalhes em gel e em *mesh*, e eu tenho vontade de usá-los o dia todo.

Essa loja é incrível! Impossível comprar apenas um par de tênis aqui. Não dá para simplesmente experimentá-los, andar pela loja e dizer "Vou levar", depois colocar seis pares de meias na cesta porque estão em promoção. Ah, não. É tudo muito técnico. Você faz um teste ergométrico especial em uma esteira e eles gravam um vídeo e falam tudo sobre sua "marcha", e encontram a solução perfeita para suas necessidades atléticas.

Por que não fazem isso na Jimmy Choo? Deviam ter uma passarelazinha para podermos desfilar ao som de uma música legal e talvez luz estroboscópica enquanto eles filmam. Depois, o especialista diria: "Achamos que o salto agulha preto e branco combina perfeitamente com sua marcha de supermodelo." Em seguida, a cliente levaria o vídeo para casa para mostrar a todas as amigas. É *claro* que eu vou sugerir isso na próxima vez que for lá.

— Este aqui é o monitor cardíaco que mencionei... — O vendedor, Kai, reaparece com uma pulseirinha de metal e borracha. — Como falei, é o nosso modelo mais discreto, novo no mercado. Estou ansioso para saber sua opinião.

— Legal!

Abro um largo sorriso para ele e coloco o monitor no pulso.

Kai perguntou se eu gostaria de participar de uma pesquisa de mercado sobre o novo monitor cardíaco. E por que não? O único momento esquisito foi quando ele me perguntou que monitor cardíaco eu costumava usar, e eu não quis dizer "nenhum", aí falei "The Curve", e então me dei conta de que se tratava do novo BlackBerry do Luke.

— Você gostaria de mais água de coco antes de começar?

Mais água de coco. Isso é tão Los Angeles. Tudo nessa loja é tão Los Angeles. O próprio Kai é sarado e bronzeado, e com a barba por fazer na medida certa, além de ter olhos azuis brilhantes, que tenho certeza de que são lentes de contato. Ele parece muito com Jared Leto. Será que ele arrancou uma foto da *US Weekly*, levou para o cirurgião plástico e disse: "Este, por favor"?

Durante a conversa ele já soltou que: 1. Foi modelo da revista *Sports Illustrated*; 2. Está trabalhando em um roteiro sobre um vendedor de roupas esportivas que se torna astro de cinema; 3. Ganhou o prêmio de Melhor Peitoral de Ohio por três anos seguidos, e fez um seguro especial para seu peitoral. Em trinta segundos, ele me perguntou se eu trabalhava na indústria do cinema, e, quando falei que meu marido trabalhava, ele me deu um cartão e disse:

— Eu adoraria encontrá-lo para discutir um projeto pelo qual ele pode se interessar.

A ideia de Kai e Luke sentados a uma mesa discutindo sobre o peitoral dele quase me fez espirrar a água de coco pelo nariz.

— Pode, por favor, subir aqui? — Kai me conduz até a esteira. — Vou registrar a sua frequência cardíaca, e vamos aumentá-la com atividade aeróbica e diminuir com períodos de recuperação. Só acompanhe a esteira e você vai ficar bem.

— Ótimo!

Quando subo na esteira, vejo uma arara enorme de roupas esportivas sendo empurrada por dois vendedores para o centro da loja. Nossa! Parecem lindas, todas em tons diferentes de cinza e roxo, com logos abstratos e modelos muito interessantes.

— O que é aquilo? — pergunto a Kai quando a esteira começa a funcionar lentamente.

— Ah. — Ele olha sem interesse. — É do nosso setor de liquidação.

Setor de liquidação? Ninguém falou de um setor de liquidação. Por que eu não sabia sobre o setor de liquidação?

— Estranho. — Ele olha para a tela do computador. — Sua frequência cardíaca aumentou, e ainda nem intensificamos os exercícios. Ah, vai entender. — Ele dá de ombros. — Vamos começar.

A esteira fica mais rápida, e eu acelero meu ritmo de caminhada para acompanhar. Mas estou distraída com a arara de roupas, pois uma vendedora está colocando etiquetas de desconto em todas as peças! Vejo uma etiqueta de "90%" e viro o pescoço para ver em que roupa ela está presa. É uma camiseta? Um minivestido? Ou...

Ai, meu Deus, *olha* aquele cardigã. Não consigo reprimir um gritinho. É deslumbrante. Tem o corte longo, parece ser de cashmere cinza, com zíper grande em rosa-neon na frente e nas costas. É *maravilhoso*.

— Agora, vamos reduzir um pouco... — Kai está concentrado na tela. — Você está indo muito bem até agora.

A esteira desacelera, mas quase não percebo. Estou sentindo pontadas de preocupação. Duas garotas viram a arara e vão para cima dela, animadas. Consigo ouvi-las exclamando com alegria, mostrando roupas uma para a outra e colocando peças em suas cestas. Elas estão levando *tudo*! Não consigo acreditar. A liquidação do século está acontecendo a 10 metros de mim e eu estou presa nessa esteira idiota. Só espero que não vejam o cardigã. Ordeno silenciosamente: *Não olhem para o cardigã...*

— Nossa, isso aqui está estranho. — Kai está olhando para a tela com a testa franzida de novo. — Vamos fazer uma pausa no teste.

— Na verdade, preciso ir — falo, sem fôlego, pegando a bolsa e a cesta de compras. — Obrigada. Se eu precisar de um monitor cardíaco, sem dúvida vou comprar este, mas preciso ir...

— Rebecca, você já foi diagnosticada com arritmia? Algum problema de coração? Qualquer coisa do tipo?

— Não. — Paro de repente. — Por quê? Você detectou alguma coisa?

Ele está brincando? Não. Sua expressão é séria. Ele não está brincando. Sou tomada pelo medo. O que eu tenho? Ai, meu Deus, vou aparecer na página de saúde do *Daily Mail*. *Meu problema raríssimo de coração foi descoberto em um simples teste ergométrico de loja. As compras salvaram minha vida, diz Rebecca Brandon...*

— Seu coração reagiu de um jeito não muito comum. Deu um pico, mas não nos momentos que eu esperava. Por exemplo, agora, quando você estava andando devagar.

— Ah — digo com ansiedade. — Isso é ruim?

— Não necessariamente. Depende de um monte de coisas. A saúde geral do seu coração, seu condicionamento cardíaco...

Conforme ele fala, meu olhar volta para a arara de liquidação e, para o meu horror, vejo que uma das garotas pegou meu cardigã. *Nãããão! Coloque de volta!*

— Aconteceu de novo! — informa Kai com uma animação repentina, e aponta para a tela. — Está vendo? Sua frequência disparou!

Olho para ele, para a tela e depois para o cardigã com o zíper rosa-neon, e então tudo se encaixa. Ai, meu Deus, foi *por isso* que meu coração disparou?

Isso é tão constrangedor. Coração burro e idiota. Posso sentir que estou ficando vermelha e então me afasto de Kai.

— Bem! — digo em um tom afobado. — Não faço ideia de por que isso aconteceu. Nenhuma! É mais um desses mistérios. Mistérios do coração. Rá rá rá!

— Ah. Tudo bem. — Kai muda de expressão, captando a mensagem. — Tuuuudo bem. Acho que entendi. Já vi isso algumas vezes.

— Viu o quê?

— Ah, isso é meio estranho... — Ele me lança um sorriso perfeito. — Você ficou atraída por mim, não foi? Não precisa ficar envergonhada. É normal. Foi por isso que precisei largar a carreira de *personal trainer*. As clientes ficavam... não sei, eu diria, "envolvidas"? — Ele olha de maneira complacente para seu reflexo no espelho. — Você olhou pra mim e não conseguiu controlar sua reação. Estou certo?

— Não exatamente — respondo com sinceridade.

— Rebecca. — Kai suspira. — Sei que é meio constrangedor admitir isso, mas, pode acreditar, você não é a única mulher que se sente atraída por mim...

— Mas eu não estava olhando pra você — explico. — Estava olhando um cardigã.

— Um cardigã? — Kai alisa a camiseta, confuso. — Não estou usando cardigã.

— Eu sei. Está ali. Na liquidação. — Eu aponto. — Era para *aquilo* que eu estava olhando. Não pra você. Vou te mostrar.

Aproveito a oportunidade para correr e agarrar o cardigã, que, graças a Deus, a garota recolocou na arara. É supermacio ao toque e o zíper é incrível, e está com 70% de desconto! Tenho certeza de que meu coração disparou de novo só de segurá-lo.

— Não é lindo? — pergunto para Kai, com entusiasmo. — Não é fabuloso? — De repente, percebo que não estou sendo gentil. — Quer dizer, *você* é muito atraente também — acrescento em um tom animado. — Tenho certeza de que me sentiria atraída por você se não fosse o cardigã.

Há uma pausa. Kai parece um pouco chocado, para ser sincera. Até as lentes de contato azuis parecem um pouco menos brilhantes.

— Você se sentiria atraída por mim "se não fosse o cardigã" — repete ele.

— É claro! — falo de modo tranquilizador. — Eu provavelmente me sentiria envolvida, como suas outras clientes. A não ser que houvesse mais roupas incríveis pra competir com você — explico, sendo honesta com ele. — Como, por exemplo, um terninho Chanel com 99% de desconto. Acho que nenhum homem superaria isso!

Dou uma risadinha, mas o rosto de Kai está sério.

— Nunca tive que competir com roupas — diz ele, quase para si mesmo. — *Roupas*.

Percebo que o clima não está *tão* tranquilo e divertido como antes. Acho melhor pagar meus tênis.

— Obrigada pelo teste cardíaco, de qualquer modo! — digo, animada, e tiro a pulseira. — Boa sorte com o peitoral!

Sinceramente. Que convencido, aquele Kai! Sei que ele tem olhos azul-turquesa maravilhosos e um corpo lindo, mas não tem zíper em neon, tem? Muitos homens têm olhos azuis maravilhosos, mas só um cardigã tem um zíper lindo rosa-neon. E, se ele acha que nunca competiu com roupas, as namoradas andam mentindo para ele. Toda mulher no mundo já pensou em sapatos durante o sexo. Isso é fato.

Enfim. Não pense nesse idiota. O lado bom é que comprei os melhores e mais modernos tênis do mundo. Tudo bem que custaram 400 dólares, o que é muito dinheiro, mas é só eu pensar nisso como um investimento na minha carreira. Na minha *vida*.

— Vou guardar os tênis na caixa pra você — diz o vendedor, e eu concordo sem prestar atenção.

Estou me imaginando na largada, com Sage, e ela olhando para os meus pés e dizendo: "Que tênis legais."

Vou dar um sorriso simpático e responder de maneira casual: "Obrigada."

Em seguida, ela vai comentar: "Luke nunca me disse que você era uma atleta tão dedicada, Becky."

E eu vou dizer: "Você está brincando? Adoro correr." (O que ainda não é bem verdade, mas tenho certeza de que será. Quando a corrida começar, a endorfina vai se espalhar pelo meu corpo e provavelmente vou ficar viciada.)

Depois, Sage vai falar: "Ei, a gente podia treinar juntas! Vamos nos encontrar todos os dias de manhã?"

E eu vou dizer "Claro" com muita indiferença.

Aí ela vai dizer: "Eu treino com alguns amigos, mas você vai adorar todos. Você conhece Kate Hudson, Drew Barrymore, Cameron Diaz e..."

— Você vai pagar com cartão ou dinheiro, senhora?

Olho para o vendedor e procuro meu cartão.

— Ah. Certo. Cartão.

— E você já escolheu sua garrafinha de água? — pergunta o vendedor.

— O quê?

— Na compra de um par de tênis, damos uma garrafinha de brinde.

Ele aponta para um pôster próximo.

Ah... Esses 400 dólares parecem valer cada vez mais a pena.

— Vou dar uma olhadinha. Obrigada!

Abro um sorriso radiante para ele e sigo para a prateleira de garrafas. Talvez, se eu estiver com uma garrafinha legal, Sage também repare! Há uma parede cheia delas: cromadas, pretas foscas e de todos os tipos de cores. Conforme meu olhar vai subindo, vejo um rótulo: *Estampa de edição limitada*. Estreito os olhos para tentar enxergar, mas elas estão na quinta prateleira. Sinceramente. Por que alguém colocaria as garrafas com estampa de edição limitada na quinta prateleira?

Pego uma escada que está ali perto, arrasto-a e subo até o topo. Agora consigo ver as garrafas direito, e elas são incríveis, todas com lindas estampas retrô. É difícil escolher, mas, no fim, me restrinjo a três: uma com listras vermelhas, outra com espirais caramelo e uma com flores pretas e brancas. Decido pagar a mais pelas outras, porque posso dar uma para Minnie e outra para Suze, como souvenir.

Coloco as garrafinhas com cuidado no último degrau da escada e me viro para analisar a loja. Tenho uma vista incrível aqui de cima. Dá para ver todos os corredores, e dá para ver que a mulher na caixa registradora precisa retocar a raiz, e dá para ver...

O quê?

Espere um minuto.

Fico paralisada, sem conseguir acreditar, e olho com mais atenção.

Em um canto mais distante há uma garota em quem eu não tinha reparado. É muito magra, usa calça jeans skinny clara, um moletom cinza com capuz cobrindo a cabeça e óculos escuros que escondem o rosto. E não é de admirar estar vestida de maneira tão furtiva. Porque ela está roubando.

Olho chocada quando ela coloca um par de meias na bolsa enorme (Balenciaga, da coleção atual), depois outro. E um terceiro. Ela olha ao redor, se encolhe um pouco e caminha para a saída.

Nunca vi uma ladra de lojas em ação antes e, por um instante, fico perplexa. Mas, no momento seguinte, uma fúria explosiva toma conta de mim. Ela pegou! Ela roubou! Não devia fazer isso! As pessoas não deviam *fazer* isso!

E se todos fizéssemos isso? Aposto que todo mundo gostaria de pegar meias de graça, mas nós não vamos lá e fazemos isso, não é? Nós pagamos. Mesmo se não tivermos condições, nós *pagamos*.

Sinto um frio na barriga quando a vejo sair da loja. Estou com muita raiva. Não é *justo*. E, de repente, sei que não posso deixá-la ir embora. Tenho de fazer alguma coisa. Não sei bem o quê.

Deixo as garrafas, desço a escada e saio pela porta da loja. Vejo a ladra na minha frente e aperto o passo até começar a correr, desviando de pedestres no caminho. Quando me aproximo, meu coração está disparado de tanto nervosismo. E se ela me ameaçar? E se tiver uma arma? Ai, meu Deus, é *claro* que ela tem uma arma. Estou em Los Angeles. Todo mundo tem arma.

Ah, droga. Posso até levar um tiro, mas não posso me acovardar agora. Estico a mão e dou um tapinha no ombro ossudo dela.

— Com licença?

A garota se vira e eu fico tensa de medo, esperando a arma. Mas a arma não aparece. Os óculos escuros são tão grandes que quase não dá para ver o rosto dela, mas percebo um queixo fino e pálido e um pescoço magrelo, quase malnutrido. De repente, sinto uma pontinha de culpa. Talvez ela more na rua. Talvez essa seja sua única fonte de renda. Talvez ela venda as meias para comprar comida para o filho viciado em crack.

Parte de mim está pensando: "Vá embora, Becky. Deixa pra lá." Mas a outra parte não me deixa. Porque, mesmo que seja um filho viciado em crack, é errado. É *errado*.

— Eu vi você, tá? — digo. — Vi você pegando aquelas meias.

A garota fica paralisada de susto imediatamente e ameaça fugir, mas seguro o braço dela por instinto.

— Você não devia roubar! — alerto, segurando o braço dela com força para que não fuja. — Não devia! Você deve estar pensando "E daí? Ninguém se machucou". Mas, sabe, os vendedores ficam encrencados quando as pessoas roubam. Às vezes, têm que pagar pelas mercadorias com o próprio salário. Isso é justo?

A garota está se contorcendo desesperadamente para fugir, mas estou segurando o braço dela com as duas mãos. Como mãe de uma criança de 2 anos, aprendi várias técnicas de imobilização.

— E aí, todos os preços sobem — acrescento, ofegante. — E todo mundo se dá mal! Sei que você deve pensar que é sua única opção, mas não é. Você pode mudar de vida. E há lugares onde pode buscar ajuda. Você tem um cafetão? — pergunto, tentando parecer solidária. — Porque sei que eles podem ser muito cruéis. Mas você pode ir para um abrigo. Vi um documentário sobre isso, eles são incríveis.

Então começo a explicar o assunto quando os óculos escuros da garota escorregam pelo nariz. E vejo seu rosto de perfil.

De repente, parece que vou desmaiar. Não consigo respirar. É... Não. Não pode ser.

É. É.

É Lois Kellerton.

Todos os pensamentos em viciados em crack e abrigos desaparecem da minha mente. Isso é surreal. Não pode estar acontecendo. Só pode ser um sonho. Eu, Becky Brandon, nascida Bloomwood, estou segurando o braço de uma das maiores estrelas de Hollywood, Lois Kellerton. Enquanto observo seu queixo inconfundível, minhas pernas ficam bambas. Afinal, é *Lois Kellerton*. Assisti a todos os filmes dela e a vi no tapete vermelho e...

Mas o que...

Quer dizer, *que* diabos...

Lois Kellerton roubou três pares de meias? Isso é alguma pegadinha?

Pelo que parece o segundo mais longo da minha vida, ficamos, as duas, imóveis, olhando uma para a outra. Estou me lembrando dela como Tess, naquela adaptação maravilhosa de *Tess d'Ubervilles*. Meu Deus, ela me fez chorar. E teve aquele filme de ficção científica em que, no fim, ela ficou para trás em Marte para salvar os filhos meio alienígenas. Chorei *horrores*, e Suze também.

Pigarreio enquanto tento pensar melhor.

— Eu... Eu sei quem você...

— Por favor — interrompe ela com aquela voz rouca conhecida. — Por favor.

Ela tira os óculos escuros, e eu olho para ela, surpresa. Ela está péssima. Os olhos estão vermelhos, e a pele, descamando.

— Por favor — diz pela terceira vez. — Eu... eu sinto muito. Sinto tanto... Você é funcionária da loja?

— Não. Sou cliente. Eu estava no alto de uma escada.

— Eles me viram?

— Não sei. Acho que não.

Com a mão trêmula, ela tira os três pares de meias da bolsa e os entrega a mim.

— Não sei o que eu estava fazendo. Não durmo há duas noites. Acho que fiquei meio maluca. Nunca fiz nada do tipo. E nunca mais vou fazer isso. Por favor — sussurra ela de novo, tremendo em seu moletom. — Pegue as meias. Leve de volta.

— *Eu?*

— Por favor.

Ela parece desesperada. Finalmente, meio constrangida, eu pego as meias das mãos dela.

— Aqui. — Ela remexe na bolsa e tira uma nota de 50 dólares. — Dê isso aos funcionários.

— Você parece bem... hã... estressada — arrisco. — Está tudo bem?

Lois Kellerton levanta a cabeça e me olha nos olhos, o que me faz lembrar um leopardo que vi uma vez em um zoológico espanhol. Ele também parecia desesperado.

— Você vai contar pra polícia? — pergunta ela, tão baixo que mal consigo ouvir. — Vai contar pra alguém?

Ai, meu Deus. Ai, meu *Deus*. O que eu faço?

Coloco as meias na minha bolsa para ganhar tempo. Eu devia contar para a polícia. É claro que devia. Que diferença faz ela ser uma estrela de cinema? Ela roubou as meias, isso é crime, e eu deveria exercer meu poder de voz de prisão como cidadã agora mesmo e levá-la à justiça.

Mas... não posso. Simplesmente *não posso*. Ela parece tão frágil. Como uma mariposa ou uma flor de papel. E, além do mais, está devolvendo as meias, e fazendo uma doação, e parece que só teve um surto...

Lois Kellerton está de cabeça baixa, o rosto escondido no capuz cinza. Ela parece estar esperando uma execução.

— Não vou contar pra ninguém — declaro, por fim. — Prometo. Vou devolver as meias e não vou contar pra ninguém.

Quando a solto, sua mãozinha aperta a minha. Os óculos escuros já estão no rosto de novo. Ela parece uma garotinha magrela desconhecida de moletom.

— Obrigada — sussurra. — Obrigada. Qual é o seu nome?

— Becky — respondo com ansiedade. — Becky Bloomwood. Quer dizer, Brandon. Eu era Bloomwood, mas me casei e meu nome mudou... — Ah, pare de tagarelar. — Hã, Becky — concluo, meio sem jeito. — Meu nome é Becky.

— Obrigada, Becky.

E, antes que eu possa dizer qualquer coisa, ela se vira e vai embora.

TRÊS

Na manhã seguinte, minha cabeça ainda lateja, não consigo acreditar. Aquilo realmente aconteceu? Eu realmente conheci Lois Kellerton?

Quando voltei para a Pump! com as meias, eles nem tinham reparado que elas haviam sido roubadas. Por um instante horrível, achei que iam *me* acusar de tê-las roubado. Mas, felizmente, um vendedor assumiu o controle e pediu para ver as gravações do circuito interno de câmeras de segurança, e todos vimos uma garota magra de moletom cinza colocar as meias na bolsa e fugir. Eu estava muito agitada enquanto assistia. Uma parte de mim queria gritar: "Vocês não estão vendo quem é? Não estão *vendo*?"

Mas é claro que não gritei. Eu tinha feito uma promessa. Além do mais, eles nunca acreditariam em mim. Não dá para ver o rosto dela no vídeo.

Depois, vimos as filmagens do momento em que eu saí da loja atrás dela. Tudo que posso dizer é que nunca mais vou comprar outro "Modelador Atlético Multifuncional". Quis *morrer* quando vi minha bunda saltando pelo tecido cintilante.

Enfim. O lado bom é que todos ficaram impressionados com o que eu fiz, mesmo estando mais interessados em discutir se as meias deviam ter aquelas travas de segurança. O que disse a eles foi que a "garota misteriosa" largou as meias enquanto eu corria atrás dela na rua e que não consegui alcançá-la. Eu não sabia o que fazer com a nota de 50 dólares, então acabei inventando que tinha encontrado no chão e entreguei ao pessoal da loja. Dei meu nome para o caso de a polícia precisar de um depoimento e voltei correndo para o hotel, onde *finalmente* cortei aquele modelador horroroso do meu corpo. (e, para usar no lugar dele, comprei um short e um colete da Gap.)

Lois Kellerton. Caramba, *Lois Kellerton*. As pessoas morreriam se soubessem! (Bem, Suze morreria.) Mas não contei pra ninguém. Quando Luke e eu finalmente nos encontramos ontem para o jantar, ele quis saber tudo sobre as casas que eu tinha visitado, e eu não queria admitir que tinha passado tanto tempo na Rodeo Drive... Além do mais, fiz uma promessa. Eu disse que guardaria segredo, e guardei. Hoje parece que tudo foi um sonhozinho estranho.

Pisco várias vezes e balanço a cabeça para afastar o pensamento. Tenho outras coisas em que me concentrar esta manhã. Estou em frente à Dalawear, que fica no Beverly Boulevard, onde vejo uma vitrine cheia de manequins com vestidos e terninhos "práticos" tomando chá em um gramado cenográfico.

Só vou me encontrar com Danny daqui a vinte minutos, mas queria chegar cedo e me lembrar da loja e da fachada. Caminhando pelo lugar, sinto um delicioso aroma de rosas no ar, e ouço a voz de Frank Sinatra nas caixas de som. A Dalawear é uma loja muito *agradável*, ainda que todos os casacos pareçam ser do mesmo modelo, mas com botões diferentes.

Já passei por uma arara de roupas, pelos sapatos e pelas lingeries quando chego ao setor de roupas de festa. A maioria dos vestidos é longo e com corpetes pesados, de cores vibrantes como azul-lavanda e framboesa. Há muitos apliques de flores grandes no ombro e na cintura, e contas, e corpetes de amarrar, e forros "emagrecedores" embutidos. Só de olhar já fico exausta, principalmente depois da minha experiência com o "Modelador Atlético Multifuncional". Algumas roupas não valem o trabalho de tentar colocá-las e tirá-las.

Estou prestes a pegar o celular para mandar uma mensagem para Danny quando ouço um barulho e uma garota de uns 15 anos sai do provador e para em frente ao espelho de corpo inteiro. Ela não é a menina mais bonita do mundo. Tem cabelo ruivo escuro acima dos ombros num corte meio irregular, as unhas estão roídas e as sobrancelhas precisam ser feitas. Mas o pior de tudo é o vestido verde-jade sem alças muito grande, que a engole, com uma estola de chiffon ainda mais pavorosa. Ela se olha no espelho com insegurança e puxa o corpete sobre o busto, que não cabe direito. Ai, meu Deus, não aguento. O que ela está fazendo aqui? Esta loja não é para adolescentes.

— Oi! — Eu me aproximo rapidamente. — Nossa! Você está... hã... linda. Esse é um... vestido muito formal.

— É para o meu baile de formatura — murmura a garota.

— Certo. Fantástico! — Faço uma pausa antes de acrescentar: — Sabe, tem uns vestidos bem bonitos na Urban Outfitters. Quer dizer, a Dalaware é uma escolha maravilhosa, é claro, mas para alguém da sua idade...

— Eu tenho que comprar aqui. — Ela me lança um olhar triste. — Minha mãe tem cupons de desconto. Ela disse que eu só podia comprar um vestido se não fosse custar nada a ela.

— Ah, entendi.

— A vendedora disse que o verde ia contrastar bem com meu cabelo — acrescenta, meio desanimada. — Ela foi procurar sapatos que combinem.

— O verde é... lindo. — Cruzo os dedos nas costas. — Impressionante.

— Tudo bem, não precisa mentir. Sei que estou horrível.

Ela deixa os ombros penderem.

— Não! — respondo. — Você só... ele é só um tiquinho grande demais pra você... talvez meio exagerado...

Puxo as camadas de chiffon, querendo arrancar tudo com uma tesoura. Quando se tem 15 anos, você não quer se vestir como uma árvore de Natal. Você quer usar algo simples e bonito, como...

De repente, tenho uma ideia.

— Espere aqui — digo, e saio correndo para o setor de lingerie. Demoro uns vinte segundos para pegar uma variedade de combinações de seda e de renda, "modeladores" e uma "luxuosa combinação modeladora de cetim com corpete com barbatanas", todos pretos.

— Onde você conseguiu isso?

Os olhos da garota se iluminam quando volto para o setor de roupas de festa.

— Estavam em outro setor — explico vagamente. — Experimente! São todos tamanho P. Sou Becky, a propósito.

— Anita.

Ela sorri, exibindo o aparelho fixo.

Enquanto ela se troca no provador, procuro acessórios e encontro uma faixinha preta de contas e uma *clutch* simples, cor-de-rosa escura.

— O que você acha?

Anita sai muito tímida do provador, completamente transformada. Ela está com uma combinação de renda que faz com que pareça mais magra e deixa as pernas longas à mostra. A pele clara fica incrível na renda preta e o cabelo curto e irregular também parece mais apropriado.

— Fantástico! Só me deixe arrumar seu cabelo...

Há uma cesta de garrafas de água de cortesia perto do caixa e, depois de abrir uma rapidamente, eu molho as mãos. Diminuo o volume do cabelo dela até ficar esticado e meio andrógino, envolvo a cintura com a faixa de contas e dou a ela a bolsa *clutch* para segurar.

— Pronto! — digo, orgulhosa. — Você está linda. Agora você tem que mostrar que tem atitude. Olhe pra você no espelho. Não está um arraso?

E com os sapatos de salto ela fica deslumbrante. Suspiro com alegria quando vejo os ombros dela relaxarem e um brilho surgir em seus olhos. Deus, como eu adoro vestir as pessoas!

— Encontrei sapatos do seu tamanho... — fala uma voz esganiçada atrás de mim; eu me viro e vejo uma mulher de uns 60 anos se aproximando de Anita. Eu a conheci quando vim para a entrevista e o nome dela é... Rhoda? Não, Rhona. Está no crachá.

— Nossa! — Ela dá uma gargalhada chocada ao ver a adolescente. — O que aconteceu com o vestido?

A garota olha para mim um pouco sem graça, e eu digo, mais que depressa.

— Oi, Rhona! Eu sou a Becky, nos conhecemos outro dia; em breve vou começar a trabalhar aqui. Só estava ajudando a Anita com o visual. Essa combinação não fica linda como vestido?

— Minha nossa! — O sorriso rígido de Rhona não se move nem um centímetro sequer, mas ela me lança um olhar fulminante. — Que criativo. Anita, querida, eu adoraria ver você com o longo verde.

— Não — diz Anita com teimosia. — Vou usar este. Gostei dele.

Ela desaparece atrás da cortina do provador, e vou até Rhona, baixando o tom de voz.

— Tudo bem. Você não precisa vê-la com o verde. Não ficou bom. Grande demais. Adulto demais. Mas de repente pensei nas combinações e... bingo!

— Essa não é a questão — diz Rhona, irritada. — Sabe qual é a comissão daquele vestido verde? Sabe qual é a comissão de uma combinação?

— Ah, qual é o problema? — resmungo, indignada. — O importante é que ela está linda!

— Tenho certeza de que ela ficou bem mais bonita com o vestido verde. Afinal, isso é uma combinação. — Rhona faz cara de reprovação. — Para um baile. *Uma lingerie.*

Mordo o lábio. Não posso dizer o que realmente estou pensando.

— Olha, nós vamos trabalhar juntas, então... vamos concordar em ter opiniões diferentes?

Estico a mão de forma conciliadora, mas, antes que Rhona possa apertá-la, ouço uma exclamação atrás de mim e dois braços envolvem meus ombros.

— Becky!

— Danny! — Eu me viro e dou de cara com os olhos azul-claros brilhando para mim, contornados com lápis preto. — Uau! Você está muito... hã... tipo Novos Românticos.

Danny nunca engorda nem parece um dia mais velho, apesar de ter o estilo de vida menos saudável do planeta. Hoje o cabelo está tingido de preto, com gel e um topete meio caído. Ele está usando um único brinco pendurado e uma calça jeans justa por dentro de botas de bico fino.

— Estou pronto — anuncia ele. — Estou com a referência. Decorei no avião. Com quem devo falar? Você? — Ele se vira para Rhona e faz uma breve reverência. — Meu nome é Danny Kovitz, sim, o Danny Kovitz, obrigado, e estou aqui hoje para recomendar Rebecca Brandon como a *personal shopper* perfeita.

— Pare! — peço, vermelha de vergonha. — Não é aqui. Temos que encontrar Gayle, minha nova chefe.

— Ah — diz Danny, sem se abalar. — Tudo bem.

Nesse meio-tempo, Anita sai do provador e segue na direção de Rhona.

— Olha, vou levar o vestido preto de renda. E a bolsa *clutch* rosa e a faixa.

— Bem, querida — diz Rhona, com o rosto ainda contorcido de raiva. — Se você tem certeza... Agora, que tal essa fabulosa estola cor-de-rosa? Destacaria de forma maravilhosa a renda preta.

Ela estica a mão para um pedaço de tule cor-de-rosa com lantejoulas brancas enormes e o estende sobre o balcão.

Anita olha para mim e eu discretamente balanço a cabeça indicando que não.

— Não, obrigada — diz ela, confiante.

Rhona se vira para mim desconfiada, mas dou outro sorriso inocente.

— É melhor irmos procurar Gayle — digo. — Até mais tarde, Rhona! Divirta-se no baile, Anita!

Quando me afasto com Danny, não consigo evitar abraçá-lo.

— Obrigada por vir. Você é tão maravilhoso por fazer isso.

— Eu sei — diz ele.

— Vou sentir sua falta quando você for para a Groenlândia! Você não podia ter escolhido um lugar mais perto?

— O que, uma caminhada nas montanhas? — pergunta ele com desdém. — Uma caminhadazinha de um dia?

— Por que não? Ainda patrocinaríamos seu...

— Becky, você não entende. — Danny me lança um olhar sério. — Isso é uma coisa que tenho que fazer. Quero ir até meu limite. Tenho um excelente treinador, Diederik, e ele fez a expedição da Groenlândia. Ele diz que é uma experiência mística. *Mística*.

— Ah, sei. Mística. — Dou de ombros.

— Quem *compra* essas roupas?

Danny parece ter notado as araras pela primeira vez.

— Eh... um monte de gente. Pessoas muito na moda, cheias de estilo, hã... e chiques.

— Chiques? — Ele olha para mim com uma expressão cômica de quem está chocado. — Chiques?

— Shhh! Minha chefe está ali!

Chegamos à entrada do setor de Compras Personalizadas, onde combinei de me encontrar com Gayle, e ali está ela, olhando ao redor, ansiosa. Talvez ela tenha pensado que eu não ia aparecer. É uma mulher linda — apesar do cabelo comprido demais, na minha opinião —, de uns 40 anos, e eu estou ansiosa para trabalhar com ela.

— Oi!

Aceno para chamar a atenção dela.

— Rebecca. — Ela expira. — Eu ia ligar pra você. Isso é constrangedor. Desculpe, me desculpe...

Ela vai me dizer que Danny ainda não mandou a referência, não vai?

— Não, tudo bem — digo apressadamente. — Ele está aqui! Danny, esta é Gayle, minha nova chefe. — Eu dou uma cutucada nele. — Pode começar agora.

— Como? — Gayle parece perplexa.

— Este é Danny Kovitz — explico. — Ele veio aqui especialmente para dar referências minhas a você! Pode falar, Danny.

Dou um aceno encorajador e Danny toma fôlego.

— Meu nome é Danny Kovitz, sim, *o* Danny Kovitz, obrigado, e estou aqui hoje para recomendar Rebecca Brandon como a *personal shopper* perfeita. Onde houver desastre, ela vai encontrar estilo. Onde houver uma roupinha sem graça, ela vai encontrar um look. Onde houver... hã... — Ele para de falar, pega um pedaço de papel no bolso da calça jeans e lê. — Sim! Onde houver infelicidade, ela vai encontrar alegria. Não só alegria da moda, alegria permanente. — Ele dá um passo na direção de Gayle, que parece meio espantada. — Você *quer* Rebecca Brandon na sua loja. A última pessoa que tentou demiti-la teve que enfrentar uma revolta dos clientes, não é verdade, Becky?

— Bem. — Eu dou de ombros, constrangida, e me sinto um pouco arrasada. Eu não fazia ideia de que Danny seria tão legal ao falar de mim.

— Você deve ter ouvido boatos estranhos sobre Rebecca. — Danny passou para a segunda folha de papel. — Sim, uma vez ela prendeu uma cliente em um vestido. Mas teve um bom motivo pra isso. — Ele bate no papel para dar ênfase. — Sim, ela ficou famosa por esconder roupas dentro de sacos de lixo. Mas estava ajudando as clientes. Sim, ela organizou dois casamentos no mesmo dia e não contou pra ninguém, nem para o próprio noivo...

Ele olha para o papel.

— Danny, chega! — murmuro.

Por que ele está contando tudo isso?

— Não faço ideia de por que ela fez isso — conclui Danny. — Vamos ignorar essa parte. Vamos nos concentrar no fato de que Rebecca é um chamariz para qualquer departamento de compras personalizadas, e qualquer loja deveria ficar feliz de tê-la como funcionária. Obrigado. — Ele faz uma reverência e olha para Gayle. — Agora fico feliz em responder qualquer pergunta, exceto sobre minha vida pessoal, minha rotina de beleza e o processo contra meu antigo empresário. Para esses assuntos, tenho uma lista de perguntas e respostas.

Ele remexe em outro bolso e desdobra três folhas de papel verdes, todas com o título *A História de Danny Kovitz*, que entrega para Gayle.

Ela olha para ele em silêncio e ergue os olhos para mim.

— Rebecca...

Ela parece sem palavras.

— Eu não *pretendia* organizar dois casamentos — explico, na defensiva. — Essas coisas acontecem.

— Não, não. Não é isso. É que... Ah, é muito ruim. — Ela fecha os olhos. — Isso tudo é muito ruim.

— O que é ruim? — pergunto, com medo da resposta.

— Rebecca... — Ela finalmente me encara. — Não há emprego para você.

— O quê?

Eu fico tonta.

— Acabei de receber uma ligação do diretor do grupo. Ele andou fazendo uma avaliação e vamos ter que demitir funcionários. — Ela faz uma careta. — Infelizmente, cobrir uma licença-maternidade no setor de compras personalizadas é um luxo a que não podemos nos dar. Vamos ter que nos virar só com a Rhona por enquanto. Eu adoraria contratar você, acredite. — Ela olha para mim e depois para Danny. — Mas, com esse clima... as coisas estão tão difíceis...

— Tudo bem — digo, com a voz trêmula pelo choque. — Eu entendo.

— Sinto muito. Tenho certeza de que você seria uma grande aquisição para o departamento.

Ela parece tão triste que sinto uma pontada de solidariedade. Que função horrível ter de demitir pessoas.

— É a vida — digo, tentando parecer mais alegre. — Obrigada pela oportunidade, de qualquer modo. E talvez eu venha trabalhar aqui quando as coisas melhorarem!

— Talvez. Obrigada por ser tão compreensiva. Infelizmente, tenho que ir dar mais más notícias.

Ela aperta minha mão, depois se vira e vai embora. Danny e eu ficamos sem entender, olhando um para o outro.

— Droga — diz Danny.

— Pois é. — Dou um suspiro profundo. — Obrigada pela referência, mesmo assim. Posso pagar o almoço para agradecer?

Quando Danny vai para o aeroporto, duas horas depois, já nos divertimos muito. Almoçamos cedo, com direito a coquetéis, e saímos para comprar o protetor solar. Ri tanto que a minha barriga agora está doendo. Mas, quando vejo o carro dele seguindo pelo Beverly Boulevard, fico triste de repente. Nada de emprego. Eu estava contando com aquele emprego. Não só pelo trabalho, não só pelo dinheiro, mas pela ocupação. Um jeito de fazer amizades.

Enfim. Tudo bem. Está tudo bem. Vou pensar em outra coisa. Há um monte de lojas em LA, *deve* haver oportunidades, só preciso ficar de olho... ficar de ouvidos e olhos abertos.

— Ei, moça! Cuidado!

Ops! Estava tão concentrada pensando em ficar de ouvidos e olhos abertos que não reparei em um guindaste enorme bem no meio da calçada. Um homem com fone de ouvido está dando instruções para as pessoas, e há uma movimentação mais para a frente na rua. Quando me aproximo para olhar, vejo brilhos e luzes de refletores... Ah, uau! É uma equipe de filmagem! Estão gravando alguma coisa!

Sei que preciso voltar para o hotel e me preparar para a corrida de 16 quilômetros, mas *não posso* ir embora. Apesar de já ter vindo a LA antes, é a primeira equipe de filmagem que vejo. Então me apresso, empolgada, na direção dos refletores. A calçada está isolada com barreiras de metal, e um cara de jaqueta jeans e fones de ouvido pede educadamente para as pessoas irem para o outro lado da rua. Obedeço com relutância, mantendo o olhar fixo em tudo o que está acontecendo. Dois homens de jeans estão sentados em cadeiras de diretor, e um sujeito corpulento opera uma câmera e várias garotas andam de um lado para o outro também com fones de ouvido, parecendo importantes. Sinto pontadas gigantescas de inveja ao olhar para elas. Afinal, é *muito legal* fazer parte de um filme. O único tipo de filmagem de que já participei foi na TV, aconselhando as pessoas sobre como investir suas aposentadorias. (Eu era jornalista de finanças. Passava o dia todo falando sobre contas bancárias. Às vezes, tenho um pesadelo em que voltei para o antigo emprego e estou na TV e não tenho ideia do que são juros.)

De pé na calçada, completamente sozinha, está uma mulher que acho que é atriz, pois é tão pequenininha e está muito arrumada. Não a reconheço, mas isso não quer dizer nada. Estou me perguntando se devo pegar o celular, tirar uma foto e mandar para minha amiga Suze perguntando: QUEM É ESSA?, quando uma mulher mais velha de calça jeans e colete preto vai até ela. Está usando um quepe marrom e tem tranças pretas e compridas, e está com as botas de salto alto mais lindas do mundo.

Todos estão apontando para a atriz, mas eu me concentro na mulher de tranças. Eu a conheço. Li entrevistas com ela. É uma produtora de moda chamada Nenita Dietz.

Ela está segurando um saco plástico transparente, e, dentro dele, há um casaco listrado de aparência vintage, que ela tira com cuidado e coloca na atriz. Olha de forma crítica, ajeita a roupa e acrescenta um colar. Enquanto a observo, meus pensamentos começam a girar em uma nova direção. Imagine ter *esse* emprego. Trabalhar com filmes; escolher figurinos para atores; arrumar estrelas para os flashes... Nada de lojas de departamento, eu deveria pensar mais alto! *Este* é o emprego que eu deveria ter. É simplesmente perfeito. Adoro roupas, adoro filmes, vou me mudar para Los Angeles... Por que não pensei nisso antes?

Agora, Nenita Dietz está experimentando pares diferentes de óculos de sol na atriz. Acompanho cada movimento dela, completamente hipnotizada. Nenita Dietz é incrível. Ela estava por trás daquela moda de botas com roupas de festa. E está lançando uma linha de lingerie. Eu sempre quis projetar minha própria linha de lingerie.

Mas como vou fazer para entrar nesse meio? Como alguém se torna uma produtora de moda importante de Hollywood? Ou até mesmo uma não tão importante assim? Por onde começo? Não conheço ninguém aqui, não tenho emprego, não tenho experiência com cinema...

Agora, as pessoas do outro lado da rua estão gritando:

— Silêncio no set!

— Gravando!

— SILÊNCIO, POR FAVOR!

Observo, fascinada, quando a atriz cruza os braços e olha para cima.

— Corta!

Corta? Foi só *isso*?

Todo o pessoal da filmagem está correndo de um lado para o outro de novo, e observo atentamente, procurando Nenita Dietz, mas não consigo vê-la. As pessoas começam a me empurrar. Finalmente me afasto, com a mente zonza, imaginando várias coisas. Um cinema escuro. Meu nome passando pela tela em letras brancas.

> **FIGURINO DA SRTA. HATHAWAY SELECIONADO POR REBECCA BRANDON.**
>
> **TERNOS DO SR. PITT FORNECIDOS POR REBECCA BRANDON.**
>
> **VESTIDOS DA SRTA. SEYMOUR ESCOLHIDOS POR REBECCA BRANDON.**

E agora, é claro, tudo se encaixa na minha mente. Sage Seymour é a chave. Sage Seymour é a resposta. É *assim* que vou entrar nesse mercado.

FRESH BEAN COFFEE SHOP

1.764 Beverly Blvd
Los Angeles, CA 90.210

• NOTAS E PENSAMENTOS •

Possíveis tendências de moda para começar:

- Vestidos xadrez com acessórios em vinil neon;
- Casaco de pele sintética com três cintos diferentes na cintura (sim! Meu toque pessoal!);
- Cabelo cor-de-rosa e blazer risca de giz desfiado;
- Broche de zircônia preso em galocha;
- Luvas sem dedos feitas de pernas cortadas da calça jeans;
- Duas bolsas de marca para serem usadas ao mesmo tempo (sim! Começar imediatamente!);
- Saia longa de tule com calça jeans;
- Sapatos diferentes para um visual excêntrico e meio maluquinho (Ou será que vou parecer louca de verdade?);
- Orquídeas presas no cinto;
- Bracelete feito de orquídeas;
- Observação: comprar orquídeas.

QUATRO

Às três da tarde, estou em meio a uma multidão de corredores, planejando minha nova carreira. Tudo que preciso fazer é conhecer Sage Seymour, começar a falar de roupas, me oferecer para arrumá-la para algum evento... e pronto. É tudo questão de quem conhecemos, e Sage Seymour é a pessoa perfeita para se conhecer. E este é o evento perfeito para conhecê-la! Afinal, sou da equipe dela! Tenho todos os motivos para falar com ela e consigo facilmente levar a conversa para as tendências do tapete vermelho durante a corrida. Ainda não a vi, mas olho para todas as direções e estou pronta para entrar em ação assim que a encontrar.

Um sinal toca, e todos os corredores começam a se reunir. Os coquetéis que tomei com Danny estão começando a fazer efeito, e lamento um pouco aquele último Malibu Sunrise agora... mas não importa. A endorfina vai agir logo.

Essa corrida de 16 quilômetros é um espetáculo e tanto. Começa no Dodger Stadium e segue pelo Sunset e depois pelo Hollywood Boulevard. De acordo com o kit de boas-vindas, o percurso "conta com muitos pontos turísticos de Hollywood", o que é maravilhoso, porque vou poder passear e conhecer os pontos turísticos enquanto corro! Já me identifiquei na entrada e não consigo acreditar na quantidade de gente que está participando. Para todo lado que olho, vejo corredores se aquecendo e pulando e ajeitando os cadarços dos tênis. Música alta toca pelos alto-falantes, o sol brilha entre as nuvens e sinto cheiro de protetor solar. E eu estou fazendo parte disso! Estou no meio do Grupo Um, a 3 metros de um enorme arco de metal, que é o local da largada, com um número preso no peito (184) e um chip especial no tênis. Melhor de tudo: estou usando o boné incrível que havia sido deixado para mim na recepção do hotel. É azul-turquesa e tem EQUIPE SAGE escrito em letras brancas. Sinto como se estivesse nas Olimpíadas!

Mais uma vez olho para a multidão, em busca de outro boné turquesa escrito EQUIPE SAGE, mas os competidores estão espremidos demais para que eu consiga enxergar direito. Ela tem de estar em algum lugar por aqui. Só preciso encontrá-la quando começarmos a correr.

Começo a alongar a perna e uma garota negra e magra que está se aquecendo ao meu lado olha para o meu boné e arregala os olhos.

— Você é da equipe de Sage Seymour?

— Sou. — Tento parecer casual. — Isso mesmo. Estou com Sage. Vamos correr juntas, conversar e... tudo!

— Nossa! Você deve ser ótima. E que tempo você espera fazer hoje?

— Bem. — Pigarreio. — Espero fazer cerca de... hum...

Não faço ideia. Dezesseis quilômetros. Em quanto tempo consigo correr 16 quilômetros? Nem sei em quanto tempo consigo correr um.

— Só espero melhorar meu melhor tempo — digo.

— Sei como é. — A garota alonga os braços acima da cabeça. — Qual é a sua estratégia de corrida?

Conhecer Sage Seymour, conversar sobre roupas e ser convidada para ir à casa dela é o que vem à minha mente.

— Só... correr — respondo, dando de ombros. — Até o final. Você sabe. O mais rápido possível.

Ela olha para mim sem entender e dá uma risada.

— Você é engraçada.

Os corredores estão ainda mais espremidos agora. Deve haver pelo menos mil pessoas, vão até onde os olhos conseguem ver. E, apesar do jet lag, sinto uma explosão repentina de euforia enquanto troto com meus tênis novos high-tech. Aqui estou eu! Participando de uma corrida importante de Los Angeles! Isso só mostra que com determinação é possível conseguir tudo que queremos. Estou prestes a tirar uma foto minha para mandar para Suze quando o celular toca. É minha mãe. Ela sempre liga à noite só para me dizer que Minnie foi dormir bem.

— Oi! — atendo, animada. — Adivinhe o que estou fazendo.

— Você está em um tapete vermelho! — exclama mamãe com empolgação.

Toda vez que liga, ela pergunta se estou em um tapete vermelho. A verdade é que, além de nunca ter estado em um, eu nunca nem *vi* um. Pior ainda: Luke tinha um convite para uma pré-estreia na última vez que viemos pra cá e, além de não ir, ele só me contou quando já era tarde demais. Uma pré-estreia!

É por isso que não posso contar com Luke para conseguir coisas legais para mim. Ele tem uma visão de Los Angeles completamente oposta da minha. Só está interessado em ir a reuniões e estar de plantão permanente com o BlackBerry — ou seja, só pensa em negócios. Ele diz que a ética profissional aqui é uma coisa com a qual ele se identifica. A ética profissional. Quem vem para Los Angeles por causa de ética profissional?

— Não, vou participar de uma corrida beneficente. Com Sage!

Mamãe sufoca um gritinho.

— Você está com Sage Seymour? Ah, Becky!

— Na verdade, não estou com ela neste segundo — confesso. — Mas vou encontrá-la quando formos correr. Tenho um boné escrito EQUIPE SAGE — acrescento, orgulhosa.

— Ah, querida!

— Eu sei! Vou tirar uma foto. Mostre pra Minnie. Ela está bem? Já está dormindo?

— Ela está ótima, ótima! — diz mamãe. — Bem aconchegada na cama. E quem mais você conheceu? Alguém famoso?

Lois Kellerton surge em minha mente.

Não. Nem pense nisso. Adoro minha mãe, mas se contar qualquer coisa a ela, vai se espalhar por toda Oxshott em uma fração de segundo.

— Tem um monte de famosos na corrida — digo vagamente. — Acho que acabei de ver um cara de *Desperate Housewives*.

Podia ser ele e podia ser outro cara, mas mamãe não saberia.

Um sinal toca. Ah, meu Deus. É a corrida começando?

— Mãe, tenho que desligar — digo apressadamente. — Ligo depois. Tchau!

Era *mesmo* o início da corrida. Largamos. Estamos correndo. Estou correndo também! Pés e braços se movem ao meu redor enquanto os corredores brigam por posições, e, sem fôlego, tento acompanhá-los.

Meu Deus, eles são rápidos.

Mas tudo bem. Também sou rápida. Estou mantendo bem o ritmo dos outros. Meu peito já está queimando, mas está tudo certo, porque a endorfina vai começar a agir a qualquer minuto.

O mais importante é: onde está Sage?

Conforme a multidão vai se dispersando, consigo ver melhor meus companheiros de corrida. Estou observando as cabeças desesperadamente em busca de um boné turquesa... Ela deve estar em algum lugar por aqui... Não posso tê-la perdido...

Ali! Sinto uma explosão de adrenalina eufórica. Ela está bem na frente, claro. Tudo bem, hora de agir. Vou correr até ela casualmente, apontar o boné e dizer: "Acho que somos da mesma equipe." E nossa amizade vai começar.

Nunca me considerei uma atleta, mas, no momento em que disparo, parece que uma força invisível me empurra. Estou ultrapassando a garota negra magra! Estou com a corda toda! Estou eufórica! Mas o boné turquesa continua saltitando lá na minha frente, fora do meu alcance, então uso uma dose adicional de energia. De alguma forma, chego até ela. Meu rosto está fervendo, e meu coração está martelando no peito, mas consigo apontar para o boné e arfar, dizendo:

— Acho que somos da mesma equipe.

O boné turquesa se vira... e não é Sage Seymour. É uma garota de nariz pontudo e cabelo castanho, que só me olha sem entender e aperta o passo. Ela nem está usando um boné escrito EQUIPE SAGE, só um boné turquesa comum. Fico tão decepcionada que paro de repente e quase sou derrubada pela multidão de corredores.

— Jesus!

— Sai do caminho!

— Ei, 184, o que você está *fazendo*?

Rapidamente saio do centro da pista e tento recuperar o fôlego. Tudo bem, não era Sage. Mas não tem importância. Ela está em algum lugar. Só preciso ficar de olhos abertos para encontrar o turquesa... turquesa... Sim! Ali!

Com uma nova dose de adrenalina, começo a correr mais rápido de novo e vou atrás de outro boné turquesa. Mas, quando chego perto, já consigo ver que não é Sage. Nem é mulher. É um cara magrelo com jeito de italiano.

Droga! Muito ofegante, sigo para um posto de hidratação e tomo um gole de água, ainda procurando desesperadamente em meio à multidão, me recusando a desistir. Já me enganei duas vezes. Não importa. Vou encontrá-la. Eu vou. Espere, tem um brilho turquesa à frente. *Tem* de ser ela...

Uma hora depois, sinto que estou em um universo paralelo. É isso que chamam de "barato da corrida"? Parece mais o inferno. Meus pulmões bombeiam como pistões; meu rosto está suado; estou com bolhas nos dois pés; quero morrer... mas, mesmo assim, ainda estou correndo. É como se alguma força mágica me fizesse seguir em frente. Continuo vendo bonés turquesa na multidão. Continuo indo atrás deles. Já me aproximei de garotas louras quatro vezes. Mas nenhuma delas era Sage. Onde ela está? Onde ela *está*?

E cadê a maldita endorfina? Estou correndo há séculos e não senti nada. É tudo mentira. Também não vi nenhum ponto turístico de Hollywood. Já passamos por algum?

Ai, meu Deus, *preciso* beber água. Sigo para o próximo posto de hidratação, decorado com balões de gás hélio. Pego um copo descartável e jogo a água na cabeça, depois bebo um copo. Tem um grupo de líderes de torcida de roupas vermelhas dançando ali perto, e olho para elas com inveja. De onde tiram tanta energia? Talvez elas tenham molas nas botas. Talvez, se eu tivesse pompons cintilantes para sacudir, correria mais rápido.

— Becky! Aqui! Você está bem?

Eu me empertigo, ofegante, e olho ao redor, atordoada. Vejo Luke do outro lado da barreira de isolamento. Ele está segurando uma bandeira da corrida e olhando para mim, alarmado.

— Você está bem? — repete ele.

— Estou. — Minha voz sai rouca. — Estou ótima.

— Vim torcer por você. — Ele olha para mim espantado quando sigo cambaleante na direção dele. — Você está fazendo um tempo incrível. Eu não sabia que estava tão em forma!

— Ah! — Enxugo o rosto suado. — Tudo bem.

Eu não tinha nem reparado no quanto estava indo depressa. A corrida toda está sendo uma confusão em busca por bonés turquesa.

— Recebeu minha mensagem?

— Hã?

— Sobre Sage ter desistido.

Olho para ele sem entender, com o sangue ainda pulsando nos ouvidos. Ele acabou de dizer...

— Ela pediu desculpas — acrescenta ele.

— Você quer dizer... que ela não está na corrida? — Consigo perguntar. — Ela nem veio?

Estou caçando todos os bonés turquesa por *nada*?

— Uma amiga dela decidiu levar um grupo de amigas em uma viagem ao México — diz Luke. — Ela e a equipe toda estão em um avião nesse exato momento.

— A *equipe* toda desistiu? — Estou tentando entender isso. — Mas eles treinaram! Foram para o Arizona!

— Pois é. Mas eles andam em bando — diz ele. — Se Sage diz "Vamos para o México", eles vão para o México. Becky, sinto muito. Você deve estar decepcionada. — Ele põe a mão no meu ombro. — Sei que você só está participando da corrida para conhecer Sage.

O comentário dele me irrita. É isso que ele pensa? Quer dizer, sei que é verdade, mas ele não devia *pensar* assim. Maridos deviam pensar o melhor de suas mulheres, é questão de princípio.

— Eu não "estou participando da corrida só para conhecer Sage"! — digo, me empertigando, com expressão afrontada. — Vim porque adoro correr e queria apoiar a causa beneficente. Nem *pensei* se ela estaria na corrida ou não.

— Ah! — A expressão de Luke muda. — Bem, então ótimo. Não falta muito pra terminar.

De repente, meu coração fica apertado. Não terminei ainda. Ah, meu Deus. Não consigo mais correr. Não consigo mais.

— Faltam só 6,5 quilômetros. — Luke está consultando um mapa da corrida. — Você vai fazer rapidinho! — acrescenta ele, animado.

Seis quilômetros e meio? Seis quilômetros e meio?

Quando olho para a rua à frente, minhas pernas ficam bambas. Meus pés doem. Ainda há corredores passando, mas a ideia de voltar para a confusão me enche de medo. Um cara de boné turquesa passa correndo, e olho com raiva para ele. Nunca mais quero ver um boné turquesa.

— É melhor eu me alongar antes de voltar — digo para ganhar tempo. — Meus músculos não estão mais aquecidos.

Levanto a perna para alongar a coxa. Conto até trinta bem devagar e faço o mesmo com a outra perna. Depois me curvo para a frente e deixo a cabeça pender entre os joelhos por dois minutos. Humm. Isso é muito bom. Talvez eu fique assim por um tempo.

— Becky? — A voz de Luke invade minha consciência. — Querida, você está bem?

— Estou me alongando — digo a ele. Levanto a cabeça, alongo meu tríceps e faço algumas posições de ioga que já vi Suze fazer. — Agora é melhor eu me hidratar. É muito importante.

Pego um copo de água e bebo devagar, depois encho outro e entrego a um corredor que está passando. Não custa nada ajudar enquanto estou por aqui. Encho mais alguns copos de água, deixo prontos para serem distribuídos e organizo algumas barras energéticas. Há embalagens vazias para todo lado, então começo a juntá-las e as jogo no lixo. Em seguida, amarro alguns balões que se soltaram e ajeito algumas faixas. Não custa nada fazer o posto parecer arrumado.

De repente, reparo que o sujeito atrás do posto de hidratação está me olhando como se eu fosse louca.

— O que você está fazendo? — pergunta ele. — Não devia estar correndo?

Sinto certa indignação pelo tom que ele usa. Eu o estou *ajudando*. Ele poderia ser mais gentil.

— Estou em pausa para alongamento — explico, e levanto o rosto e vejo que Luke está me observando de forma perplexa.

— Você deve estar bem alongada — diz ele. — Vai voltar a correr agora?

Sinceramente. Tanta pressão para *correr* o tempo todo...

— Só preciso... — Eu entrelaço os dedos e os alongo. — Humm. Acumulo muita tensão aqui.

— Moça, você vai perder a corrida toda — diz o cara do posto de hidratação. Ele aponta para a rua. — Aquele é o último grupo.

É verdade: já não tem mais quase ninguém correndo agora. Só sobraram os retardatários. Os espectadores também estão se dispersando. Toda a atmosfera da corrida está se desfazendo. Não posso mais adiar.

— Tudo bem. — Tento parecer animada. — Bom, vou correr rápido esses últimos 6,5 quilômetros então. Não devo demorar. Ótimo. — Respiro fundo. — Então já vou.

— *Ou...* — diz Luke, e eu levanto a cabeça.

— Ou o quê?

— Eu estava pensando, Becky. Se você não se importar de diminuir seu ritmo para me acompanhar, será que podemos ir andando? Juntos?

— Andando?

Ele passa a mão por cima da barreira e aperta a minha. Agora, somos praticamente as únicas pessoas que sobraram. Atrás de nós, algumas pessoas começam a desmontar as barreiras e a recolher o lixo.

— Nem sempre a gente tem a chance de caminhar em Los Angeles — acrescenta ele. — E a rua é só nossa.

Tenho vontade de expirar de alívio.

— Ah, tudo bem — concordo, depois de uma pausa. — Não me importo de andar. Mas eu *preferia* correr.

— É claro. — Ele me dá um sorrisinho brincalhão, que ignoro. — Vamos?

Começamos a andar por entre copos descartáveis e embalagens de barrinhas energéticas largadas pelo chão. Entrelaço meus dedos nos dele, e ele aperta minha mão.

— Venha por aqui. — Luke me leva para a direita, para a calçada.

— Sabe onde estamos?

— Em Hollywood? Los Angeles? — Olho para ele, desconfiada. — É uma pegadinha?

Luke não responde, só aponta para a calçada. E, de repente, eu percebo.

— Ah! — Olho para baixo com um sorriso. — Ah, meu Deus!

— Pois é.

Estamos andando sobre as estrelas. A Calçada da Fama de Hollywood, que vi um milhão de vezes na TV, mas nunca ao vivo. Sinto como se Luke a tivesse colocado ali especialmente como um presente para mim, toda reluzente e com estrelas cor-de-rosa.

— Edward Arnold! — exclamo, lendo um nome e tentando falar num tom reverente. — Uau! Há...

— Não faço ideia de quem seja — confessa Luke. — É alguém famoso. Com certeza.

— Com certeza. — Dou uma risadinha. — E quem é Red Foley?

— Bette Davis — diz Luke, apontando para outra estrela. — Essa está boa para você?

— Aah! Bette Davis! Quero ver!

Por um tempo, fico só indo de um lado para o outro, procurando nomes famosos. É a coisa mais hollywoodiana que fizemos até agora, e não ligo de estarmos sendo típicos turistas.

Finalmente voltamos a andar, procurando nomes famosos de vez em quando.

— Sinto muito pelo seu emprego. — Luke aperta minha mão. — Foi muito azar.

— Obrigada. — Dou de ombros. — Mas, sabe, andei pensando no assunto, e talvez seja melhor mesmo. Bob Hope — acrescento e aponto para a estrela dele.

— Concordo! — diz Luke, ansioso de repente. — Eu não queria falar antes, mas você quer mesmo se comprometer com um trabalho sabendo que vamos ficar aqui por tão pouco tempo? Este é um lugar maravilhoso para explorar. Eu aproveitaria esse estilo de vida saudável ao ar livre com Minnie. Caminhar nas colinas, brincar na praia...

Isso é tão típico de Luke. Primeiro a ética profissional, agora o *estilo de vida saudável ao ar livre*? Do que ele está falando? Não vim para Los Angeles por causa do "estilo de vida saudável ao ar livre", vim pelo "estilo de vida de celebridade, óculos escuros grandes e tapete vermelho".

— Não, você não entende. Tive uma ideia ainda melhor. Vou virar produtora de moda de Hollywood!

Quando levanto o rosto para ver a reação de Luke, fico surpresa. Tudo bem, talvez eu não estivesse esperando que ele gritasse "Isso aí, garota!", mas também não esperava *isso*. As sobrancelhas dele estão erguidas e franzidas ao mesmo tempo. Os cantos da boca estão virados para baixo. Estou casada com Luke há muito tempo, conheço as expressões dele de cor, e essa é a número 3: *Como digo para Becky que odiei essa ideia?* É exatamente a mesma expressão que ele fez quando sugeri pintar nosso quarto de roxo. (Ainda acho que teria ficado sexy.)

— O quê? — pergunto. — O quê?

— É uma ótima ideia... — começa ele com cautela.

— Pare — digo com impaciência. — O que você acha de verdade?

— Becky, você sabe que Sage só me contratou como consultor por pouco tempo. Se essa empreitada der certo, talvez a Brandon Communications abra uma filial aqui para cuidar da imprensa e talvez eu fique indo e vindo. Mas não consigo imaginar a nossa família se mudando pra cá definitivamente.

— E daí?

— E daí, o que você vai fazer se construir uma carreira nova aqui?

— Sei lá — respondo, impaciente. — Vou dar um jeito.

Isso é tão típico dele. Luke sempre deixa os planos práticos atrapalharem a inspiração criativa.

— Vai ser difícil — diz agora —, você vai bater em muitas portas, vai se decepcionar muito...

— Você acha que eu não sou capaz? — pergunto, afrontada.

— Minha querida, acho que você é capaz de fazer qualquer coisa que queira fazer — diz Luke. — Mas acho que entrar no mundo dos produtores de moda de Hollywood em três meses vai ser, digamos, um desafio. Mas se você quiser mesmo...

— Eu não só quero, eu *vou*.

Luke suspira.

— Muito bem, então, é claro que eu vou ajudar. Vou conversar com algumas pessoas para ver se consigo alguns contatos, se consigo adiantar alguma coisa...

— Não preciso da sua ajuda — respondo.

— Becky, não seja boba.

— Não estou sendo boba — disparo, me sentindo ultrajada. — Não quero depender do meu marido. Sou uma mulher independente.

— Mas...

— Você acha que não consigo entrar no mundo de Hollywood sozinha? Me aguarde. Katharine Hepburn — acrescento.

Andamos por um tempo em silêncio, sem nem dizer mais os nomes, e aos poucos vou me acalmando. Na verdade, a ajuda de Luke seria bem útil. Pensando bem, muito útil. Mas é tarde demais agora, eu já falei. Vou ter que encontrar um jeito de fazer tudo sozinha e mostrar para ele que sou capaz.

Minha mente começa a trabalhar de maneira frenética. Sage ainda é minha porta de entrada mais óbvia. Estou certa de que vou conhecê-la em breve. E, enquanto isso, posso pensar em alguns looks. Talvez eu até compre um acessório ou outro para ela, como uma produtora de moda faria. Isso. Perfeito. E se não der certo com Sage... bem, tenho outros contatos, não tenho?

— Sabe, Luke, tenho meus próprios recursos — falo com dignidade. — Trabalhei na Barneys, lembra? Tenho alguns contatos, lembra? Na verdade, acho que você vai acabar percebendo que sou mais bem relacionada do que você.

E é verdade! Conheci várias pessoas de Hollywood quando trabalhei na Barneys. Pelo menos três produtores, um consultor musical e um diretor de elenco. Vou escrever para todos eles, e *alguém* vai poder me ajudar a entrar, e então...

Ah, Lassie!

De: Laird, Nick
Para: Brandon, Rebecca
Assunto: Re: Oi, Melanie, como você está?!

Prezada Sra. Brandon,

Estou respondendo seu e-mail em nome de Melanie Young. Tenho certeza de que Melanie se lembra de tê-la encontrado durante as compras na Barneys e fico feliz de a senhora ainda se lembrar do quanto "ela ficou fabulosa com aquela saia-lápis Moschino".

Infelizmente, Melanie desistiu recentemente de trabalhar com produção, se mudou para uma comunidade no Arkansas e, de acordo com o discurso de despedida, "nunca mais quer ouvir a palavra 'filme' de novo". Portanto, ela não vai poder ajudar a lançá-la como produtora de moda de celebridades, nem apresentá-la a Sarah Jessica Parker.

Desejo toda a sorte do mundo na sua empreitada em Hollywood.

Nick Laird

Gerente de Desenvolvimento
ABJ Pictures

De: Quinn, Sandi
Para: Brandon, Rebecca
Assunto: Re: Oi, Rosaline, como você está?!

Prezada Sra. Brandon,

Estou respondendo seu e-mail em nome de Rosaline DuFoy, em minha função de consultora dela.

Rosaline realmente se lembra da senhora de quando fazia compras na Barneys e se lembra bem do "terninho incrivelmente emagrecedor" que sugeriu para o casamento da irmã dela.

Infelizmente, durante o brinde no casamento, o marido dela se revelou gay. Rosaline (com ou sem razão) sempre culpou suas "roupas andróginas" pela mudança na sexualidade dele e, no momento, está escrevendo uma autobiografia intitulada *Se ao menos eu tivesse usado uma p**** de um vestido*. Como as lembranças ainda são recentes e dolorosas, ela prefere não se encontrar com a senhora.

No entanto, desejo todo sucesso do mundo em Hollywood.

Atenciosamente,
Sandi Quinn
Diretora
Clínica Quinn de Terapia Conjugal

CINCO

Como todas as pessoas em Hollywood podem ser tão falsas? Como?

Assim que voltei para a Inglaterra, procurei todos os meus antigos contatos e mandei um monte de e-mails. Mas não consegui nada com eles: nem um almoço, nem uma reunião, nem um número de telefone. Todos os meus antigos clientes que trabalhavam com filmes parecem ter mudado de área ou tido um colapso nervoso ou alguma outra coisa. A única que sobrou foi Genna Douglas, uma cliente minha da Barneys, dona da maior coleção de vestidos decotados nas costas. Mas, depois de não receber resposta, joguei o nome dela no Google, e apareceu a informação de que ela largou o emprego na Universal um ano atrás para abrir um salão de beleza. Ela inventou algum tratamento com correntes elétricas e mel e foi processada duas vezes por pacientes insatisfeitas, mas está "ativamente procurando investidores". Humm... Acho que não vou mais atrás dela.

Estou tão decepcionada. Achei que estaria *nadando* em contatos. Achei que estaria marcando almoços no Spago e reuniões com produtores, e dizendo casualmente para Luke:

— Ah, você vai estar no estúdio da Paramount hoje à tarde? Vejo você lá.

Enfim. Pelo lado bom, ainda tenho Sage. Um contato genuíno, de confiança, de primeira. E não estou parada sem fazer nada. Comecei a trabalhar em alguns looks para ela e sinto mesmo que estou me sintonizando com a personalidade dela. Com o *mundo* dela.

— Olha só. — Abro um casaco azul-claro de brocado na cama para Suze ver. — Não é fabuloso?

Suze é minha amiga mais antiga. Estamos em Hampshire, deitadas na cama dela, com revistas de fofoca, como fazíamos antigamente, quando dividíamos um apartamento em Fulham. Só que, naquela época, ficávamos deitadas em uma colcha indiana velha cheia de buracos de cigarro e com cheiro de incenso. Já hoje estamos deitadas em uma cama enorme e antiga com dossel, cercadas por cortinas de seda e tapeçaria e painéis de madeira nos quais aparentemente Carlos I entalhou seu nome. Ou seria Carlos II? Um Carlos ou outro.

Suze é muito elegante. Ela mora em uma casa imponente e, desde que o avô de seu marido morreu, é chamada de Lady Cleath-Stuart, o que me parece incrivelmente adulto. *Lady Cleath-Stuart* soa como uma mulher de 90 anos, pomposa e arrogante, atacando pessoas com um chicote de montaria e gritando "O quê? O quê?" Não que eu fosse dizer isso a Suze. Ela é o oposto disso. É alta, longilínea e tem cabelo louro e comprido, cujas pontas morde agora de forma distraída.

— Lindo! — diz ela, passando os dedos pelo casaco. — Muito elegante.

— É um lindo casaquinho fino que Sage pode usar com uma calça jeans ou com o que quiser. É ideal para o clima de Los Angeles. Ela também pode usar uma sapatilha, ou aquelas botas que mostrei antes...

— Que gola incrível!

Ela toca no veludo cinza desfiado.

— Pois é — digo, triunfante. — Encontrei em uma butique pequenininha. A marca é nova. Dinamarquesa. Agora olhe essa saia.

Pego uma microssaia jeans com barra de fita, mas Suze ainda está olhando o casaco, com a testa franzida.

— Então você comprou esse casaco para a Sage? E todas essas roupas?

— Exatamente! É isso que uma produtora de moda faz. Encontrei a saia em uma loja vintage em Santa Monica — acrescento. — A dona customiza, ela mesma, todas as roupas. Olhe os botões!

Suze nem parece ver os botões. Estica a mão para a camiseta, que seria perfeita para Sage usar quando estiver em um café batendo papo com Jennifer Garner ou outra celebridade.

— Mas, Bex, essas compras todas não estão custando muito dinheiro?

— Compras? — repito, incrédula. — Suze, não são *compras*. É um investimento na minha carreira. E geralmente ganho descontos. Às vezes, até consigo peças de graça. Só preciso dizer que estou fazendo compras pra Sage Seymour e pronto!

É incrível como os donos de lojas ficam empolgados quando toco no nome de Sage Seymour. Eles praticamente jogam as roupas para você!

— Mas você não está fazendo compras para Sage Seymour — diz Suze secamente.

Olho para ela, perplexa. Será que ela não está acompanhando o que estou dizendo?

— Estou, sim! É claro que estou! Essas roupas não são nem do meu tamanho!

— Mas ela não pediu que você fizesse compras para ela. Ela nem sabe quem você é.

Sinto uma pontada de ressentimento. Suze não precisa me lembrar disso. Não é minha culpa ter o pior marido do mundo, que se recusa a me apresentar para as clientes famosas.

— Ela *vai* saber quem eu sou assim que Luke nos apresentar — explico pacientemente. — E vamos começar a conversar, vou ter todos esses looks prontos para ela e vou virar produtora de moda dela. Suze, estou me dedicando a uma nova carreira! — Percebo que Suze está prestes a fazer outra objeção, por isso prossigo depressa. — E, de qualquer modo, vou ter duplo uso para essas roupas, porque você vai vesti-las e vou tirar umas fotos e montar um portfólio.

— Ah! — Suze se anima. — Você quer que eu seja sua modelo?

— Exatamente.

— Que legal! — Suze começa a olhar para as roupas com mais interesse e pega o casaco de novo. — Vamos começar logo com isso.

Ela veste o casaco e eu ajeito a gola. Suze é tão linda e esbelta! Fica ótima com qualquer coisa, e sinto uma pontada de empolgação ao pensar em montar um book de fotos incríveis.

Fiquei superinspirada ao ler sobre Nenita Dietz na internet. Quando ela se mudou para Hollywood, vinte anos atrás, não conhecia ninguém. Mas conseguiu entrar no set de *O amor está crescendo* e na sala do Chefe de Figurino, e só saiu quando ele olhou o portfólio dela. Ele ficou tão impressionado que a contratou imediatamente. Em seguida, virou produtora de moda da estrela Mary-Jane Cheney, e tudo aconteceu a partir daí.

Ah, também posso fazer isso. Só preciso montar um portfólio e entrar em algum set de filmagem.

Suze agora está vestindo o casaco de brocado, uma boina e óculos escuros, fazendo pose na frente do espelho.

— Você está incrível — digo. — Amanhã arrumo seu cabelo e sua maquiagem, e vamos fazer uma sessão de fotos decente.

Suze volta para a cama e começa a mexer em uma sacola cheia de saias.

— Essa também é bonita. — Ela coloca uma na frente do corpo e olha para a etiqueta. — Ah, é do Danny.

— Liguei para o escritório dele e mandaram um monte — explico. — São da nova coleção. Sabia que a assistente da Sarah Jessica Parker pediu uma prévia? Danny que me contou.

— Ah, SJP! — Suze levanta a cabeça. — Ela está em Los Angeles? Você a conheceu?

— Não — respondo, e Suze suspira.

— Você não conheceu *ninguém* famoso?

É isso que todo mundo me pergunta desde que voltei. Mamãe, papai, nossos vizinhos Janice e Martin, *todo mundo*. Estou cansada de dizer "Não, não conheci ninguém famoso". E a verdade é que conheci alguém famoso, não conheci? Sei que prometi guardar segredo. Mas Suze é minha melhor amiga. Falar para a melhor amiga não conta.

— Suze — digo, baixando a voz. — Se eu te contar uma coisa, você promete que não vai contar pra ninguém? Nem pro Tarkie, nem pra ninguém. Estou falando sério.

— Prometo — diz ela, com olhos arregalados. — O que é?

— Eu conheci Lois Kellerton.

— Lois *Kellerton*? — Ela se senta ereta. — Ai, meu Deus! Você não me contou isso!

— Estou contando agora! Mas não só conheci...

Suze é a melhor pessoa para se contar as coisas. Enquanto relato que vi Lois Kellerton furtando de uma loja e que corri atrás dela na rua, ela dá gritinhos e coloca a mão na boca, dizendo "Não *acredito*" diversas vezes.

— ... e prometi não contar pra ninguém — concluo.

— Ah, não vou abrir a boca — diz Suze na mesma hora. — E pra quem eu ia contar? Pras crianças? Pras ovelhas? Pro Tarkie?

Nós duas começamos a dar risadinhas. Tarkie provavelmente nem faz ideia de quem seja Lois Kellerton.

— Mas é tão estranho — acrescenta ela, com a testa franzida, pensando. — Não posso acreditar. Por que uma grande estrela de cinema roubaria meias?

— Ainda não contei tudo — digo, e enfio a mão no bolso. — Olhe o que chegou no hotel.

Ainda não consigo acreditar que isso aconteceu. Foi no último dia da nossa viagem, quando eu estava tendo uma conversinha particular com a recepção sobre a conta do frigobar. (Eu não queria que Luke visse quantos Toblerones eu tinha comido.) O concierge me viu e disse:

— Ah, Sra. Brandon, isso acabou de chegar para a senhora.

Era um pacotinho branco, e dentro dele havia uma caixinha prateada com duas palavras entalhadas: *Obrigada, Becky.* Nenhum bilhete. Mas eu soube na hora de quem era. Ela deve ter procurado por mim. Ou mandado alguém fazer isso.

Agora, eu o entrego para Suze, que o gira nos dedos com espanto.

— Uau — diz ela por fim. — É lindo.

— Eu sei.

— Então isso é tipo um suborno?

Suborno?

— Não é suborno! — respondo, magoada.

— Não — diz Suze na mesma hora. — Me desculpe. Eu não quis dizer "suborno". Eu quis dizer...

— É um agradecimento — digo na defensiva. — Olhe. Está escrito "Obrigada".

— Exatamente! Foi isso que eu quis dizer. Um agradecimento.

Ela assente várias vezes, mas agora a palavra *suborno* paira em meu cérebro.

— E então, como ela é? — pergunta Suze. — Como era a aparência? O que ela disse?

— Só muito magra, na verdade. Parecia estressada. Quase não falei com ela.

— Ela não está muito bem, sabe — diz Suze. — Aparentemente, o último filme está dando problemas. Está milhões de dólares acima do orçamento, e as fofocas não são boas. Ela assumiu o papel de produtora pela primeira vez, mas deu um passo maior do que as pernas.

— É mesmo?

— Ah, sim. — Suze assente com a cabeça. — Algumas pessoas que trabalham no set estão dizendo que a postura controladora de estrela fez com que ela ganhasse inimigos na equipe toda. Não é surpresa ela estar estressada.

Olho para Suze, impressionada. Ela decorou todas as revistas de fofoca?

— Suze, como você *sabe* disso tudo? Andou vendo *Camberly* na TV a cabo de novo? — pergunto, séria.

Camberly é o programa mais popular nos Estados Unidos agora. Todo mundo está dizendo que Camberly é a nova Oprah, e as entrevistas dela conseguem muito espaço na imprensa todas as semanas e são transmitidas no E4 da Inglaterra. Suze torceu o tornozelo algumas semanas atrás e ficou completamente viciada, principalmente na parte das fofocas.

— Bem, tenho que fazer alguma coisa enquanto minha melhor amiga está em Los Angeles! — diz Suze, parecendo subitamente desconsolada. — Se não posso ir pra lá, pelo menos posso assistir a entrevistas sobre a cidade. — Ela dá um suspiro profundo. — Ah, Bex, não posso acreditar que você vai estar em Hollywood conhecendo artistas de cinema o tempo todo enquanto eu fico presa aqui. Estou com tanta inveja!

— *Inveja?* — Eu olho para ela. — Como você pode ter inveja de mim? Você mora nessa casa! Ela é incrível!

O marido de Suze, Tarquin, é mais rico do que ela, e quando o avô dele morreu, eles herdaram essa propriedade gigantesca, Letherby Hall. É bem grande mesmo. Tem visitas guiadas e um fosso e tudo mais. (Para ser sincera, ainda não sei bem que parte é o fosso.)

— Mas não faz sol — objeta Suze. — E não tem nenhuma estrela de cinema. E tudo que fazemos são reuniões infinitas sobre consertar o gesso do século XVIII. Eu quero ir pra Hollywood. Você sabe que eu sempre quis ser atriz. Fiz Julieta na escola de teatro. — Ela suspira de novo. — Fiz Blanche Dubois. E agora, olhe pra mim.

Tenho um pé atrás com a "escola de teatro" de Suze. Afinal, não era exatamente a Royal Academy of Dramatic Art. Era uma daquelas em que seu pai paga uma fortuna e você passa as férias no chalé de esqui da escola na Suíça, e ninguém entra no mundo da interpretação porque herda um negócio de família ou algo do tipo. Mesmo assim, sinto muito por ela. Ela está meio perdida e fica para lá e para cá nesta casa enorme.

— Então vá pra lá! — digo, empolgada. — Vamos, Suze, vem pra Los Angeles comigo! Tire umas férias. Seria tão divertido.

— Ah...

Há várias expressões no rosto dela ao mesmo tempo. Consigo ver *exatamente* o que ela está pensando. (É por isso que ela teria sido uma atriz fantástica, na verdade.)

— Tarkie também pode ir — digo, adivinhando as objeções dela.

— E as crianças.

— Talvez — diz ela com hesitação. — Só que nós deveríamos nos concentrar no crescimento dos negócios este ano. Você sabia que estamos começando a realizar casamentos lá? E Tarkie quer criar um labirinto no jardim, e vamos reformar os salões de chá...

— Você pode tirar férias mesmo assim!

— Não sei. — Ela parece em dúvida. — Você sabe a pressão que ele sofre.

Concordo, solidária. Sinto pena de verdade do velho Tarkie. É um peso e tanto herdar uma propriedade assim, com a família vigiando para ver se você consegue cuidar dela direito. Aparentemente, todos os Lordes Cleath-Stuarts acrescentaram alguma coisa especial a Letherby Hall, em todas as gerações, como uma ala leste, uma capela ou um jardim de topiarias.

Na verdade, é por isso que estamos todos aqui hoje. Tarkie vai inaugurar sua grande contribuição à casa. Chama-se "A Onda" e é um chafariz. Vai ser o mais alto do país e uma grande atração turística. Aparentemente, ele teve a ideia aos 10 anos e desenhou no livro de latim, que guardou desde então. E agora ele o construiu!

Centenas de pessoas vão vê-lo ser ligado, o canal de TV da cidade o entrevistou, e todo mundo está dizendo que este pode ser o grande sucesso de Letherby Hall. Suze diz que não vê Tarkie tão nervoso desde que ele participou de uma competição de adestramento júnior no campeonato nacional de hipismo quando os dois eram crianças. Na ocasião, ele estragou o *half-pass* (o que parece ser bem ruim), e o pai, que vive para os cavalos, quase o deserdou por isso. Portanto, vamos torcer para que as coisas corram melhor desta vez.

— Vou cuidar do Tarkie. — Suze coloca as pernas fora da cama. — Vamos, Bex. É melhor irmos logo.

A única desvantagem de morar em uma casa desse tamanho é que se demora umas seis horas só para ir do quarto até o jardim. Andamos pela Galeria Comprida (cheia de retratos antigos) e pelo Salão Leste (cheio de armaduras antigas) e atravessamos o Grande Salão. Lá, fazemos uma pausa e inspiramos o aroma bolorento e amadeirado. Suze pode acender quantas velas Dipty quiser, mas esse cômodo sempre vai ter cheiro de casa velha.

— Foi incrível, não foi? — diz Suze, lendo meus pensamentos.

— Espetacular.

Dou um suspiro.

Estamos falando sobre a festa de aniversário que dei para Luke bem ali, que parece ter sido outro dia. Como se tivéssemos combinado, levantamos o rosto para olhar a pequena sacada do primeiro andar, onde a mãe de Luke, Elinor, ficou escondida, vendo tudo. Ele nunca soube que ela estava lá, nem que ela basicamente custeou e ajudou a preparar tudo. Ela me obrigou a jurar segredo, o que me faz querer gritar de frustração. Se ele ao menos *soubesse* que ela pagou pela festa. Se ao menos *soubesse* o quanto ela fez por ele.

Chamar o relacionamento de Luke com a mãe de "amor e ódio" seria pegar leve. É "idolatria e fúria profunda". É "adoração e desprezo". No momento, estamos na fase do "desprezo", e nada que eu diga vai fazê-lo mudar de opinião. E eu mudei de opinião sobre ela, mesmo ela sendo a mulher mais esnobe do mundo.

— Você tem visto a Elinor? — pergunta Suze.

Balanço a cabeça negativamente.

— Não, desde a festa.

Suze parece perturbada enquanto olha ao redor.

— E se você apenas *contasse* a ele? — sugere ela de repente.

Sei que Suze odeia esse segredo tanto quanto eu, porque Luke entendeu tudo errado e ficou achando que ela e Tarkie bancaram a festa.

— Não posso. Eu prometi. Tem toda a história de ela não querer comprar o amor dele.

— Dar uma festa para alguém não é comprar o amor dessa pessoa — protesta Suze. — Acho que ela está errada. Acho que ele ficaria sensibilizado. Isso é muita idiotice! — diz ela, com repentina veemência. — É um desperdício tão grande! Pense em todo o tempo que vocês poderiam passar juntos, e com a Minnie também...

— Minnie sente falta dela — confesso. — Ela fica perguntando o tempo todo "Cadê a Moça?" Mas se Luke soubesse que nós nos encontramos, surtaria.

— *Famílias...* — Suze balança a cabeça. — São o fim. O coitado do Tarkie está todo nervoso com o chafariz só porque o pai está aqui. Eu disse pra ele: "Se seu pai não puder falar nada de positivo, devia ter ficado na Escócia!" — Ela fala com tanta intensidade que tenho vontade de rir. — Temos que ir logo — diz ela, olhando para o relógio. — A contagem regressiva já vai começar!

O "jardim" de Suze é basicamente um parque lindo e enorme. Há gramados extensos e acres de topiarias e um famoso jardim de roseiras e um monte de plantas especiais das quais agora não consigo me lembrar o nome. (Vou ter que fazer o tour um dia.)

Descemos por um grande caminho de cascalho e vemos que a multidão já está se reunindo no gramado e colocando cadeiras embaixo das árvores. A música toca nos alto-falantes, garçonetes circulam com taças de vinho e um quadro eletrônico enorme mostra a contagem regressiva, que marca *16:43*. Há um lago retangular exatamente em frente à casa, e é lá que A Onda fica. Já tinha visto o protótipo, mas é mesmo muito bonito. A água é disparada um zilhão de metros para o alto e cai em um arco gracioso. Em seguida, movimenta-se para trás e para a frente, e no final dispara gotinhas no ar. É tão inteligente, e vai haver luzes coloridas à noite.

Quando nos aproximamos, encontramos uma área reservada para convidados VIP, onde minha mãe e meu pai ocuparam uma posição privilegiada, junto com nossos vizinhos Janice e Martin.

— Becky! — exclama mamãe. — Bem na hora!

— Becky! Estávamos com saudade. — Janice me dá um abraço. — Como foi em Los Angeles?

— Ótimo, obrigada!

— É mesmo, querida? — Janice estala a língua com incredulidade, como se eu estivesse bancando a corajosa depois de viver uma tragédia pessoal. — Mas as pessoas... Todas aquelas caras de plástico e beiços de baleia.

— Você quer dizer beiços de truta?

— E drogas — acrescenta Martin com sabedoria.

— Exatamente!

— Você precisa tomar cuidado, Becky — diz ele. — Não deixe que a façam pensar do jeito como pensam.

— É a cidade mais infeliz do planeta — concorda Janice. — Estava escrito no jornal.

Os dois estão olhando para mim com tristeza, como se eu estivesse prestes a ser mandada para cumprir pena em Marte.

— É uma cidade incrível — digo de forma desafiadora. — E mal podemos esperar pra ir pra lá.

— Bem, talvez você veja Jess — diz Janice, como se essa fosse a única vantagem. — Qual é a distância do Chile pra Los Angeles?

— É... — Tento parecer sábia. — Não é longe. Fica na mesma área.

Minha meia-irmã Jess é casada com o filho de Janice e Martin, Tom, e eles estão no Chile, onde planejam adotar um garotinho. A pobre Janice está tentando ter paciência, mas eles podem demorar até um ano para voltar.

— Não ligue pra eles, amor — diz papai, empolgado. — Los Angeles é uma cidade legal. Ainda me lembro do brilho dos Cadillacs. As ondas na areia. E os sundaes. Ah, prove os sundaes, Becky.

— Certo. — Concordo. — Sundaes.

Antes de se casar, papai passou um verão viajando de carro pela Califórnia, então a versão dele de Los Angeles é a de 1972. Não faz sentido dizer "Ninguém mais toma sundae, agora lá só tem sorvete de iogurte".

— Na verdade, Becky — acrescenta papai —, tenho alguns favores pra pedir a você.

Ele me puxa para um canto, longe dos outros, e olho para ele com curiosidade.

Papai envelheceu um pouco de uns tempos para cá. O rosto está mais enrugado, e alguns fios brancos já aparecem em sua barba. Mas ele ainda consegue pular um portão de forma bastante atlética. Sei disso porque estava se exibindo para Minnie mais cedo hoje em um dos campos de Suze, enquanto mamãe gritava:

— Graham, pare! Você vai se machucar! Vai quebrar um metatarso!

(Mamãe recentemente descobriu um novo programa diurno na TV: *Consultório médico ao vivo*, o que quer dizer que ela agora se acha especialista em todos os assuntos médicos e fica soltando palavras como "plaquetas" e "lipoproteínas" nas conversas, mesmo quando só estamos falando sobre o que comer no jantar.)

— O que é, pai?

— Bem, a primeira coisa é isso. — Ele tira um pequeno saco de papel do bolso da camisa e pega um caderno de autógrafos antigo com uma foto de um Cadillac na capa e *Califórnia* escrito em letras brancas desenhadas. — Você se lembra disso?

— É claro.

O caderno de autógrafos de papai é uma tradição de família. Aparece em todos os Natais, e ouvimos educadamente papai nos contar sobre todas as assinaturas. Em sua maioria, são autógrafos de artistas de TV desconhecidos, de programas americanos dos quais ninguém ouviu falar, mas papai acha que são famosos, e isso é tudo que importa.

— Ronald "Rocky" Webster — diz ele agora, virando as páginas com carinho. — Era um grande astro na época. E Maria Pojes. Você tinha que tê-la ouvido cantar.

— Aham.

Escuto atentamente, apesar de já ter ouvido esses nomes um milhão de vezes e eles ainda não significarem nada para mim.

— Foi meu amigo Corey que viu Maria Pojes bebendo em um bar de hotel — diz papai. — Na nossa primeira noite em Los Angeles. Ele me arrastou até lá, ofereceu para pagar uma bebida a ela... — Ele ri com a lembrança. — Ela não quis aceitar, claro. Mas foi gentil com a gente. Autografou nossos cadernos.

— Nossa! Fantástico.

— E assim... — Para minha surpresa, papai coloca o caderno de autógrafos aberto na minha mão. — Agora é seu, Becky. Encha com gente nova.

— O quê? — Eu o encaro. — Papai, não posso aceitar isso!

— Metade do caderno está vazia. — Ele aponta para as páginas em branco. — Você vai pra Hollywood. Complete a coleção.

Olho ansiosa para o caderno.

— Mas e se eu perder ou acontecer alguma coisa assim?

— Você não vai perder. Mas vai viver aventuras. — A expressão de papai muda. — Ah, Becky, amor, estou com inveja. Eu nunca vivi nada como as aventuras que tive na Califórnia.

— Como o rodeio? — pergunto. Ouvi essa história um zilhão de vezes.

— Isso — concorda ele. — E... outras coisas. — Ele bate na minha mão e dá uma piscadela. — Consiga o autógrafo do John Travolta. Eu ia adorar.

— Qual é o outro favor? — pergunto, enquanto coloco o caderninho de autógrafos na bolsa, com cuidado.

— Só uma coisinha. — Ele enfia a mão no bolso e tira um pedaço de papel. — Procure meu velho amigo Brent. Ele sempre morou em Los Angeles. Esse é o endereço antigo dele. Veja se consegue encontrá-lo. Diga que mandei um oi.

— Tudo bem. — Olho para o nome: *Brent Lewis*. Há um endereço de Sherman Oaks e um número de telefone. — Por que você não liga pra ele? Ou manda uma mensagem? Ou fala pelo Skype! É fácil.

Quando falo a palavra "Skype", vejo papai se encolhendo. Uma vez tentamos falar com Jess no Chile pelo Skype, e não foi exatamente um sucesso retumbante. A imagem ficava congelada, e acabamos desistindo. Mas o som voltou de repente, e ouvimos Jess e Tom discutirem sobre Janice enquanto faziam o jantar. Foi meio constrangedor.

— Não, você vai dizer que mandei um oi — insiste papai. — Se ele quiser, podemos nos falar a partir daí. Como já disse, faz muito tempo. Ele pode não estar interessado.

Não entendo mesmo os mais velhos. Eles são tão *reticentes*. Se fosse eu entrando em contato com meu velho amigo de muitos anos, mandaria uma mensagem na mesma hora: Oi! Uau, faz décadas! Como ISSO pôde acontecer? Ou eu o procuraria no Facebook. Mas papai e mamãe não sabem usar.

— Tudo bem — respondo e coloco o pedaço de papel na bolsa também. — E seus outros dois amigos?

— Corey e Raymond? — Ele balança a cabeça. — Eles moram muito longe. Corey está em Las Vegas. E acho que Raymond vive em algum lugar no Arizona. Mantive contato com eles... pelo menos, de certa forma. Mas Brent desapareceu.

— Que pena que não existia Facebook nessa época.

— É mesmo — concorda ele.

— Ah, muito obrigada! Foram presente do meu marido. — A voz de mamãe soa mais alto do que o burburinho, e eu me viro para olhar. Uma mulher que não reconheço está admirando as pérolas; mamãe está vibrando de alegria. — Sim, são lindas, não são?

Dou um sorriso para papai, que pisca em resposta. Mamãe está muito feliz com o novo colar de pérolas. São uma antiguidade de 1895, com fecho de rubi cravejado de diamantes. (Eu o ajudei a comprar, então sei todos os detalhes.) O GB do papai este ano foi maior do que o habitual, então todos ficamos meio doidos.

GB é a abreviação da nossa família para "Grande Bônus". Papai trabalhou com seguros durante anos e agora está aposentado. Mas ainda faz consultoria e é muito bem pago. Ele sai de terno algumas vezes por ano, e uma vez por ano recebe um cheque de bônus, e sempre ganhamos alguma coisa. Este ano foi particularmente bom, porque mamãe ganhou pérolas e ele comprou um colar do Alexis Bittar para mim e uma casinha de bonecas nova para Minnie. Até Luke ganhou um belo par de abotoaduras.

Luke sempre me diz que papai deve ter algum tipo de conhecimento especial de um nicho específico que é muito valioso, porque ganha valores muito altos. Mas é bastante modesto quanto a isso. Jamais daria para imaginar.

— Que marido inteligente eu tenho.

Mamãe beija papai com carinho.

— Você está linda, meu amor!

Papai sorri radiante para ela. Com a sua parte do GB, comprou para si um paletó novo de tweed e ficou muito bem com ele.

— Agora, onde está o chafariz famoso?

A alguns metros, Tarquin está sendo entrevistado para a TV. Pobre Tarkie. Ele não foi feito para ser um grande astro. Está usando uma camisa quadriculada que deixa o pescoço mais ossudo do que nunca e fica retorcendo as mãos enquanto fala.

— Ah... — Ele fica dizendo. — Ah, nós queríamos... Ah... melhorar a casa...

— Que ideia mais idiota — diz uma voz mal-humorada atrás de mim.

Ah, meu Deus, é o pai de Tarkie, o Conde de Sei Lá o Quê, só observando. (Nunca consigo me lembrar de onde ele é conde. Eu acho que é de algum lugar escocês.) Ele é alto e magrelo, com cabelo liso e grisalho, e está usando um suéter Aran, igual aos que Tarkie usa. Nunca falei com ele diretamente, mas ele sempre pareceu bem assustador. Agora, está olhando com raiva para o lago e apontando um dedo velho para lá.

— Falei para o garoto que a vista ficou intacta por trezentos anos. Por que alguém ia querer mexer nela?

— Vão fazer um show pirotécnico no lago no inverno — explico, querendo defender Tarkie. — Acho que vai ser lindo!

O conde me lança um olhar fulminante e volta a atenção para um prato de canapés oferecido a ele.

— O que é isso?

— Sushi, senhor — responde a garçonete.

— *Sushi?* — Ele olha para a moça com olhos injetados de sangue.

— O quê?

— Arroz e salmão cru, senhor. É japonês.

— Que ideia mais idiota.

Para meu alívio, ele sai andando de novo, e estou prestes a pegar uma peça de sushi quando ouço um som familiar de explodir os tímpanos.

— Por favor! Por favooor!

Ah, meu Deus. É Minnie.

Durante um bom tempo, a palavra favorita da minha filha era "meu". Agora, depois de um treinamento intensivo, fizemos com que ela mudasse para "por favor". Achamos que seria um progresso.

Eu me viro assustada e enfim vejo Minnie. Ela está se equilibrando em um banco de pedra, brigando com Wilfrid, filho de Suze, por causa de um caminhão vermelho de plástico.

— Por favooor — grita ela, irritada. — Por favooor! — Para o meu horror, ela começa a bater em Wilfrid com o caminhão, gritando a cada golpe. — Por favor! Por favor! Por favor!

O problema é que Minnie não internalizou o *espírito* da expressão "por favor".

— Minnie! — exclamo horrorizada e atravesso o gramado correndo em direção a ela. — Dê o caminhão para Wilfie.

Luke também está correndo até ela, e trocamos olhares estranhos.

— Por favor, caminhão! Por favooor! — grita ela, puxando com mais força.

Algumas pessoas se juntam ao redor e começam a rir, e Minnie sorri para elas. Ela é tão exibida, mas é tão adorável quando faz isso que é difícil ficar irritada.

— Oi, Becky — diz uma voz alegre atrás de mim. Eu me viro e vejo Ellie, a babá de Suze, absolutamente fantástica. (Tem também a Nanny, que cuidou de Tarkie quando ele era pequeno e nunca foi embora. Mas ela só fica rondando e manda as pessoas usarem coletes.) — Vou levar as outras crianças para ver dali dos degraus. — Ela aponta para uma encosta do outro lado do lago. — Elas vão ver melhor. Minnie, quer ir?

— Ah, obrigada — digo com gratidão. — Minnie, se você quiser ir até os degraus com as crianças, tem que dar o caminhão para Wilfie.

— Degraus? — Minnie hesita ante a palavra nova.

— Sim! Degraus! Degraus *incríveis*. — Tiro o caminhão dela e o devolvo para Wilfie. — Vá com Ellie, querida. Ei, Tarquin! — chamo quando o vejo passando, apressado. — Está tudo espetacular.

— Sim. — Tarquin parece meio desesperado. — Bem, espero que sim. Há um problema com a pressão da água. A área toda foi afetada. É um momento terrível para nós.

— Ah, não!

— *Aumente* — diz Tarkie com fervor no walkie-talkie. — Faça o que for preciso! Não queremos um jorrinho de nada, queremos um espetáculo! — Ele olha para nós e faz uma careta. — Chafarizes são mais complicados do que eu imaginava.

— Tenho certeza de que vai dar tudo certo — diz Luke com voz tranquilizadora. — É uma ideia maravilhosa.

— Bem, espero que sim. — Tarkie seca o rosto e olha para o relógio em contagem regressiva, que marca *4:58*. — Caramba! Tenho que ir.

A multidão está aumentando, e agora há duas equipes de telejornais locais entrevistando as pessoas. Luke pega duas taças de vinho e me oferece uma, e fazemos um brinde. Quando nos aproximamos da área VIP, vejo Suze toda animada falando com Angus, o gerente comercial de Tarquin.

— Tarkie deve ter interesse comercial nos Estados Unidos — diz ela. — Tenho certeza de que ele precisa ir até lá. Você não acha?

— Não é necessário, Lady Cleath-Stuart — diz Angus, parecendo surpreso. — Todos os investimentos americanos estão sendo bem-cuidados.

— Nós temos algum investimento na Califórnia? — insiste Suze. — Tipo um pomar de laranjas? Porque acho que deveríamos fazer uma visita. Se você quiser, eu vou.

Ela olha para mim e pisca, e abro um sorriso.

Isso aí, Suze!

O conde e a condessa estão seguindo para a frente da plateia agora, abrindo caminho com suas bengalas banco e lançando olhares críticos para o lago.

— Se ele queria construir alguma coisa — diz o conde —, qual é o problema com um gazebo? É só construir em algum canto escondido. Mas um chafariz? Que ideia mais idiota.

Olho para ele com irritação. Como eles ousam aparecer aqui e ser tão depreciativos?

— Eu discordo — digo com tranquilidade. — Acho que esse chafariz vai ser um grande ponto turístico do país nos próximos séculos.

— Ah, você acha, é?

Ele crava seu olhar pesado em mim, e eu levanto o queixo. Não tenho medo de um conde velho.

— Acho — respondo em tom desafiador. — Hoje vai ser inesquecível. Vocês vão ver.

— Sessenta! Cinquenta e nove!

O homem do alto-falante começa a contar, e sinto uma onda repentina de empolgação. Finalmente! O chafariz do Tarkie! Seguro a mão de Suze, e ela sorri, animada.

— Vinte e três... Vinte e dois...

Agora todos estão contando.

— Onde está o Tarkie? — pergunto em meio ao barulho. — Ele devia estar aqui para aproveitar o momento!

Suze dá de ombros.

— Ele deve estar com os técnicos que estão mexendo no chafariz.

— Cinco... quatro... três... dois... um... Senhoras e senhores... A Onda!

Uma série de gritos soa no gramado quando a fonte esguicha água no meio do lago e chega à altura de...

Ah. Certo. Bem, chega a um metro e meio, mais ou menos. Não é *tão* alto para um chafariz chamado "A Onda". Será que vai mais alto?

A água vai subindo até 3,5 metros, e há uma nova gritaria na plateia. Mas, quando olho para Suze, ela está horrorizada.

— Alguma coisa deu errado! — exclama ela. — Devia estar indo cinco vezes mais alto.

A água cai de novo. E então, como se com um esforço gigantesco, sobe mais ou menos 4,5 metros. Cai um pouco e sobe de novo.

— É só isso? — diz o conde com desprezo. — Eu faria melhor com uma mangueira. O que foi que falei, Marjorie?

Nesse momento há tantas gargalhadas quanto gritos soando na multidão. Cada vez que a fonte sobe, há uma explosão de comemoração, e cada vez que ela cai, todo mundo diz:

— Aaah!

— É a pressão da água — digo, lembrando de repente. — Tarkie disse que havia um problema.

— Ele vai ficar arrasado. — Os olhos de Suze se enchem de lágrimas de repente. — Não consigo acreditar. Olhe só. É patético!

— Não é, não! — discordo imediatamente. — É brilhante. É... sutil.

A verdade é que está patético mesmo.

Mas de repente ouvimos um estrondo enorme, e um jato de água sobe no ar, no que parecem ser 30 metros.

— Aí está! — grito, e aperto a mão de Suze, empolgada. — Está funcionando! É incrível! É fantástico! É... Ah... — Paro de falar com um grito abafado.

Alguma coisa deu errado. Não sei o quê. Mas não está certo.

Um jorro de água cai rapidamente na nossa direção, como um tiro de canhão. Ficamos olhando hipnotizados, e três pessoas atrás de mim são atingidas pela água e começam a gritar. Um momento depois, o chafariz dispara outra bomba de água no ar, e todos erguemos os braços. Em seguida, há outro *splash*, e mais duas pessoas ficam encharcadas.

— Minnie! — chamo, apreensiva, enquanto balanço os braços. — Se afastem!

Mas Ellie já está conduzindo as crianças de volta para os degraus.

— Mulheres e crianças para um local seguro! — troveja o conde. — Abandonar o barco!

É uma confusão. Pessoas correm em todas as direções tentando desviar da água que cai. Consigo subir a rampa escorregadia, mas vejo Tarkie de repente, afastado da multidão, com a camisa encharcada.

— Desliguem! *Desliguem!* — grita ele no rádio. — Desliguem tudo!

Coitado. Ele parece nervoso. Parece que vai começar a chorar a qualquer momento. Penso em dar um abraço nele quando Suze se aproxima correndo com olhos cintilando de solidariedade.

— Tarkie, deixe pra lá. — Ela o abraça. — Todas as melhores invenções têm problemas no começo.

Tarkie não responde. Parece arrasado demais para falar.

— Não é o fim do mundo — diz Suze, numa segunda tentativa. — É só um chafariz. E a ideia ainda é brilhante.

— Brilhante? Está mais para uma catástrofe. — O conde se aproxima por entre as poças. — Desperdício de tempo e dinheiro. Quanto esse fiasco custou, Tarquin? — pergunta ele, apontando com a bengala banco. Sinto vontade de dar com aquela bengala na cabeça dele. — Achei que seu chafariz era para divertir as pessoas, não afogá-las! — Ele dá uma gargalhada curta e sarcástica. — E agora que você arruinou o local e nos tornou alvo de piadas, talvez queira algumas aulas sobre como comandar uma casa histórica de forma *apropriada.*

Olho para Tarquin e me encolho. Ele está roxo de vergonha e esfrega as mãos com nervosismo. Meu peito começa a arfar de indignação. O pai dele é *horrível.* O que ele está fazendo é bullying. Na verdade, estou puxando ar para dizer isso a ele quando uma voz soa de súbito.

— Já chega. — Levanto a cabeça, surpresa: é papai, abrindo caminho na multidão e secando a testa molhada. — Deixe o garoto em paz. Todos os grandes projetos têm obstáculos no caminho. A primeira empresa de Bill Gates foi à falência, e veja onde ele está agora! — Papai se aproxima de Tarquin e agora está dando tapinhas gentis no braço dele. — Você teve um problema técnico. Não é o fim do mundo. E acho que todos pudemos ver que a vista vai ficar linda quando os detalhes estiverem resolvidos. Parabéns a você, Tarquin, e a toda equipe da Onda.

Com determinação, papai começa a aplaudir, e, depois de alguns segundos, a multidão se junta a ele. Ouço até alguns "U-hus!"

Tarquin está olhando para papai com adoração. O conde se afastou com a expressão irritada e retraída, o que não é surpresa, pois todo mundo o está ignorando. Num impulso, eu me adianto e abraço papai, e quase derramo meu vinho.

— Pai, você é genial — digo. — E Tarkie, olha só, o chafariz vai ficar incrível. São só problemas de início de projeto!

— Exatamente! — repete Suze. — São só problemas de início de projeto!

— Vocês são muito gentis.

Tarquin dá um suspiro pesado. Ele ainda parece querer morrer, e troco olhares ansiosos com Suze. Coitado. Ele se dedicou muito por vários meses. Viveu e respirou esse precioso chafariz. E, independentemente do que papai possa dizer, isso é uma humilhação enorme. Vejo que todas as equipes de TV ainda estão filmando e sei que vai ser a matéria engraçada do noticiário.

— Querido, acho que precisamos de um descanso — diz Suze. — Para relaxarmos mente e corpo.

— Descanso? — Tarquin parece inseguro. — Que tipo de descanso?

— Férias! Um tempo longe de Letherby Hall, do chafariz, de toda a pressão familiar... — Suze lança um olhar revoltado ao conde. — Angus disse que precisamos ir a Los Angeles para verificar nossos investimentos. Ele recomenda uma viagem para a Califórnia o mais rápido possível. Acho que deveríamos ir, *sem dúvida*.

PLEASEGIVEGENEROUSLY.COM

Dê ao mundo... compartilhe com o mundo... melhore o mundo...
VOCÊ ESTÁ NA PÁGINA DE PEDIDOS DE:

DANNY KOVITZ

Mensagem pessoal de Danny Kovitz

Queridos amigos,

Sinto-me inspirado a escrever para vocês aqui durante este meu ano de "retribuir", de "me desafiar", de "me levar a um novo lugar".

Este ano, vou passar por uma série de tarefas elaboradas para me testar ao limite e também para arrecadar fundos para uma série de causas muito merecedoras. (Veja as instituições de caridade de Danny.)

Vou encarar a proeza de completar todos os desafios a seguir **no período de um ano**. Eu sei! É uma empreitada e tanto. Mas, para mim, é muito importante realizar isso. Meus queridos e maravilhosos amigos, vejam os links e doem com generosidade.

    Expedição pelo Manto de gelo da Groenlândia
    IRONMAN (Lago Tahoe)
    IRONMAN (Flórida)
    Marathon des Sables (Deserto do Saara)
    Ataque Iaque (corrida de mountain bike no Himalaia)

O treinamento vai bem até agora, e meu treinador, Diederik, está TÃO feliz com o meu progresso! (Caso estejam interessados, podem ver Diederik no site dele, Diederiknyctrainer.com. As fotos dele fazendo supino de short azul colado são de MORRER...)

Farei atualizações constantes sobre minha jornada. Próxima parada, Groenlândia!!! Amo vocês todos.

Bjs,
Danny

SEIS

Duas semanas se passaram. E agora moro em Hollywood. Eu, Becky Brandon, nascida Bloomwood, moro em Hollywood. *Eu moro em Hollywood!* Fico dizendo em voz alta para mim mesma, para ver se parece mais real. Mas ainda parece que estou dizendo "Moro no mundo das fadas".

A casa que alugamos em Hollywood Hills é quase toda de vidro e tem tantos banheiros que não sei o que fazer com todos eles. E tem um closet *e* uma cozinha externa. E piscina! E um homem para cuidar da piscina! (Ele veio junto com a casa e tem 53 anos e uma pança, infelizmente.)

O mais incrível de tudo é a vista. Todas as noites, nos sentamos na varanda e ficamos olhando para as luzes cintilantes de Hollywood; como se estivéssemos em um sonho. Los Angeles é um lugar estranho. Não consigo entender direito. Não é como na Europa, onde você chega ao centro das cidades e pensa: *Ah, sim,* aqui *estou eu em Milão/Amsterdã/Roma.* Em LA, você dirige por ruas extensas e infinitas, espia pela janela e pensa: *Já chegamos?*

Além do mais, os vizinhos não são muito simpáticos. Não se *vê* ninguém. As pessoas não espiam por cima das cercas e conversam. Elas entram e saem de carro acionando portões eletrônicos, e quando você consegue sair correndo atrás gritando: "Oi! Meu nome é Becky! Você quer uma xícara de...", eles já foram embora.

Nós conhecemos um vizinho, um cirurgião plástico chamado Eli. Ele pareceu bem simpático, e tivemos uma conversa legal sobre preços de aluguel e a especialidade dele, "microlifting". Mas o tempo todo ele ficou me avaliando com olhar clínico. Tenho certeza de que estava pensando no que faria em mim se eu estivesse na mesa de cirurgia. Mas, além dele, não conheci mais ninguém da nossa rua.

Enfim. Não importa. Eu *vou* conhecer gente. É claro que vou.

Calço sandálias anabela de juta, jogo o cabelo para trás e me olho no espelho enorme do saguão. Fica em cima de um enorme baú entalhado, e há duas poltronas enormes, uma de frente para a outra, no piso de ladrilhos mexicanos. Tudo na casa é enorme: o sofá macio em forma de L na sala de estar, em que cabem umas dez pessoas; a cama com dossel na suíte principal, onde Luke e eu praticamente nos perdemos; a cozinha enorme e independente com três fornos e teto abobadado de tijolos. Até as portas são imensas, cheias de tachas, estilo mediterrâneo, feitas de madeira de demolição e com trancas que funcionam. Já retirei todas as chaves, embora sejam pitorescas. (Minnie e chaves *realmente* não são uma boa combinação.) É uma casa linda, tenho que admitir.

Mas, hoje, minha prioridade não é a casa, é minha roupa. Olho para ela atentamente em busca de defeitos. Há séculos não me sinto tão nervosa em relação à minha aparência. Tudo bem, vamos fazer uma avaliação. Blusa: Alice + Olivia. Jeans: J Brand. Bolsa com franjas: Danny Kovitz. Prendedor de cabelo gracioso estilo pente: encontrei numa loja vintage. Faço algumas poses, ando para a frente e para trás. Acho que estou bem, mas *estou bem o bastante para Los Angeles?* Pego os óculos escuros Oakley e os experimento. Em seguida, experimento um par Tom Ford grandão. Humm. Não sei. Incrível... ou exagerada?

Meu estômago está dando nós de nervoso e o motivo é que hoje é um dia importantíssimo: vou levar Minnie para a pré-escola. Chama-se Little Leaf, e tivemos muita sorte em conseguir uma vaga. Aparentemente, vários filhos de celebridades estudam lá, então é *claro* que vou me oferecer para ajudar na associação de pais e mestres. Imagine se eu me envolvesse com gente importante. Imagine se tivesse que organizar a festa da escola com Courtney Cox ou alguém do tipo! Quer dizer, pode acontecer, não pode? E aí ela me apresentaria para todo o elenco de *Friends*... talvez saíssemos para passear de barco ou fazer alguma outra coisa incrível...

— Becky? — A voz de Luke invade meus pensamentos, e ele vem andando pelo corredor. — Eu estava olhando debaixo da cama...

— Ah, oi — interrompo com urgência. — Que óculos devo usar?

Luke olha sem entender enquanto mostro primeiro os da Oakley e depois os de Tom Ford, depois um de aro de tartaruga da Top Shop, maravilhoso e que só custou 15 libras, o que me fez comprar três.

— Tanto faz — diz ele. — É só para levar Minnie à escola.

Fico olhando para ele, chocada. Só levar Minnie à escola? *Só levar Minnie à escola?* Ele não lê o *US Weekly*? Todo mundo sabe que levar o filho à escola é um grande acontecimento! É onde os paparazzi tiram fotos dos famosos agindo como pais normais. É onde as pessoas arrasam com roupas casuais. Até em Londres as mães se olham de cima a baixo e balançam as bolsas nos braços, exibidas. Dá para imaginar a pressão aqui em Los Angeles, onde todos têm dentes e abdomens perfeitos, e metade das pessoas é celebridade de verdade?

Escolho os da Oakley e os coloco no rosto. Minnie vem correndo pelo corredor, e seguro a mão dela para olhar nossa imagem no espelho. Ela está usando um vestidinho amarelo lindo e óculos escuros com armação branca, e o cabelo penteado em um rabo de cavalo com um lindo prendedor de abelhinha. Acho que vamos nos sair bem. Nós *parecemos* mãe e filha de Los Angeles.

— Pronta? — pergunto a Minnie. — Você vai se divertir tanto na pré-escola! Vai brincar e talvez fazer lindos cupcakes com confeitos...

— Becky. — Luke tenta de novo. — Eu estava olhando debaixo da cama e encontrei isso. — Ele levanta um porta-casacos. — É seu? O que está fazendo lá?

— Ah...

Ajeito o rabo de cavalo de Minnie para ganhar tempo. Droga! Por que ele foi olhar debaixo da cama? Ele é um homem influente de Los Angeles. Como tem tempo de olhar debaixo de camas?

— É pra Sage — respondo por fim.

— Pra *Sage*? Você comprou um casaco comprido de pele sintética pra Sage?

Ele fica me olhando, atônito.

Sinceramente, ele nem olhou direito. Não é longo, só vai até o meio da coxa.

— Acho que vai ficar bem nela — explico. — Combina com a cor do cabelo. É um visual bem diferente pra ela.

Luke parece perplexo.

— Mas por que você está comprando roupas pra ela? Você nem a conhece.

— Eu *ainda* não a conheço — corrijo. — Mas você vai nos apresentar, não vai?

— Bem, vou, em algum momento.

— Então! Você sabe que quero ser produtora de moda, e Sage seria a cliente perfeita. Por isso andei montando umas produções pra ela. Só isso.

— Espere um pouco. — A expressão de Luke se modifica. — Havia outras bolsas debaixo da cama também. Não me diga...

Eu me xingo em silêncio. Nunca devia ter colocado nada debaixo da cama.

— Aquilo tudo são compras pra Sage?

Ele está tão chocado que fico na defensiva. Primeiro Suze, agora Luke. Será que eles não entendem nada sobre montar um negócio? Não entendem que, para ser produtora de moda, você precisa de roupas? Eles não esperariam que eu fosse jogadora de tênis e não tivesse raquete.

— Não são "compras"! São despesas essenciais do negócio. É como quando você compra clipes de papel. Ou copiadoras. De qualquer modo, também usei todas aquelas roupas pro meu portfólio e tirei fotos maravilhosas da Suze. Então, na verdade, economizei dinheiro.

Luke não parece convencido.

— Quanto você gastou? — pergunta ele.

— Acho que não devíamos falar de dinheiro na frente da Minnie — digo, afetada, e seguro a mão dela.

— Becky...

Luke me lança um olhar demorado, que mais parece um suspiro. Sua boca está virada em um dos cantos, e as sobrancelhas estão em forma de V. É outra das expressões dele com a qual estou familiarizada. Significa: *Como vou dizer isso pra Becky sem que ela faça um escândalo?*

(O que é muito injusto, porque *nunca* faço escândalo.)

— O quê? — pergunto. — O que foi?

Luke não responde imediatamente. Anda até as poltronas enormes e acaricia uma colcha mexicana listrada. Dava *quase* para dizer que ele estava colocando a poltrona entre mim e ele.

— Becky, não se ofenda.

Ah, mas esse é um jeito ridículo de começar qualquer conversa. Já estou ofendida por ele achar que sou uma pessoa que *poderia* ficar ofendida. E, de qualquer modo, por que eu me ofenderia? O que ele vai dizer?

— Não vou me ofender — digo. — Claro que não.

— É só que andei ouvindo coisas muito boas sobre um lugar chamado... — Ele hesita. — Golden Peace. Você já ouviu falar?

Se eu ouvi falar? Qualquer pessoa que leu a revista *People* já ouviu falar do Golden Peace. É um lugar onde se usa pulseiras e faz ioga, e aonde as celebridades vão para largar a bebida e depois dizem que só estavam descansando.

— É claro que ouvi. É para reabilitação.

— Não só reabilitação — diz Luke. — Eles oferecem vários programas e lidam com todo o tipo de... distúrbio. O cara com quem conversei tinha uma namorada que era acumuladora. Estava acabando com a vida dela. Ela foi ao Golden Peace e eles resolveram os problemas. E eu me perguntei se um lugar assim poderia ser bom. Pra você.

Demoro um momento para entender o que ele está dizendo.

— Pra *mim*? Mas eu não sou acumuladora. Nem alcoólatra.

— Não, mas você... — Ele coça o nariz. — Você tem um problema com gastos, você não acha?

Inspiro profundamente. Isso é golpe baixo. Beeeem baixo. E daí que tive alguns problemas no passado? E daí se tive alguns percalços financeiros? Se eu fosse uma empresa do FTSE, seria chamada de "correção" e enfiada no final do relatório anual e seria completamente esquecida. Não chamariam atenção para os problemas a cada oportunidade. Não sugeririam *reabilitação*.

— Então agora sou viciada? Muito obrigada, Luke.

— Não! Mas...

— Não consigo acreditar que você está fazendo essas acusações na frente da nossa filha. — Agarro Minnie de forma dramática. — O quê, você acha que não sou boa mãe?

— Não! — Luke coça a cabeça. — Foi só uma ideia. Nanny Sue sugeriu o mesmo, lembra?

Olho para ele com raiva. Não quero me lembrar de Nanny Sue. Nunca mais vou contratar uma dita "especialista". A tarefa dela era ajudar no comportamento de Minnie, e o que ela fez? Virou o holofote para *mim*. Começou a falar sobre o *meu* comportamento, como se tivesse alguma coisa a ver.

— De qualquer forma, o Golden Peace é americano — digo, pensando em algo para rebater o argumento dele. — Eu sou britânica. Portanto...

Luke parece perplexo.

— Portanto o quê?

— Portanto, não daria certo — respondo pacientemente. — Se eu tivesse problemas, coisa que não tenho, seriam problemas *britânicos*. Completamente diferentes.

— Mas...

— Quero a vovó — diz Minnie. — Quero vovó fazendo bolinhos. Por favor. Por favooor!

Luke e eu paramos de falar e nos viramos, surpresos. Minnie se senta de pernas cruzadas no chão e ergue o rosto, com o lábio inferior tremendo.

— Quero *vovó* fazendo bolinhos — insiste ela, e uma lágrima brilha em seus cílios.

Vovó é como Minnie chama minha mãe. Ah, meu Deus, ela está com saudade de casa.

— Querida! — Passo os braços ao redor de Minnie e a abraço com força. — Meu amor, minha linda. Todos nós queremos ver a vovó, e vamos vê-la em breve, mas agora estamos em um lugar diferente e vamos fazer muitos amigos novos. *Muitos* amigos — repito, quase para convencer a mim mesma.

— De onde ela tirou isso? — murmura Luke acima da cabeça de Minnie.

— Não sei. — Dou de ombros. — Deve ser porque falei em fazer cupcakes com confeitos, e ela costuma fazer cupcakes com a mamãe...

— Minnie, meu amor. — Luke se abaixa e senta Minnie no colo dele. — Vamos ver a vovó e dizer oi, que tal? — Ele pega meu celular no baú entalhado e abre a galeria de fotos. — Vamos ver... aqui está ela! Vovó e vovô! — Ele mostra a Minnie uma foto da minha mãe e do meu pai vestidos para uma noite flamenca no clube de bridge. — E aqui está Wilfie... — Ele muda para outra foto. — E tia Suze...

Ao ver o rosto alegre de Suze sorrindo no meu celular, sinto uma pontinha de dor. A verdade é que, embora eu fique negando para Luke, estou me sentindo um pouco solitária aqui em Los Angeles. Todo mundo parece tão distante, e não há muitos vizinhos com quem conversar, e não tenho emprego...

— Diga "Oi, vovó!" — Luke está tentando alegrar Minnie, e depois de um momento ela acena para o celular e as lágrimas desaparecem.

— E quer saber, querida? Pode parecer meio assustador aqui, no início. Mas logo vamos conhecer um monte de gente em Los Angeles.

— Ele bate na tela. — Em pouco tempo, esse celular vai estar cheio de fotos de todos os nossos *novos* amigos. É sempre difícil no começo, mas vamos nos adaptar, tenho certeza.

Ele está falando comigo ou com Minnie?

— É melhor irmos. — Dou um sorriso agradecido para ele. — Minnie tem brinquedos com que brincar e eu tenho novos amigos para fazer.

— Isso aí! — Ele abraça Minnie e levanta para me beijar. — Arrase.

A pré-escola de Minnie é em algum lugar perto da Franklin Avenue, e, apesar de eu já ter ido lá de carro, chego meio afobada. Meu Deus, dirigir em LA é estressante. Ainda não me acostumei nem um pouco com nosso carro alugado. Todos os controles parecem ficar em lugares estranhos, e toda hora aperto a buzina por engano. Quanto a dirigir do lado direito, bem, isso é errado. Não é natural. Além do mais, as ruas de Los Angeles são grandes demais. Têm faixas demais. Londres é bem mais aconchegante. Você sabe onde *está*.

Finalmente consigo estacionar o carro, um Chrysler muito grande. Por que não alugamos um Mini? Eu expiro com o coração ainda disparado e me viro para olhar para Minnie, presa na cadeirinha.

— Chegamos! É hora da escola! Está animada, querida?

— Motorista americano idiota — responde Minnie, séria.

Olho para ela, chocada. Onde ela ouviu isso? Eu *não* falei isso. Falei?

— Minnie, não diga isso! É feio. Mamãe não queria ter dito isso. Mamãe queria dizer... carros americanos lindos!

— Idiota — diz Minnie, me ignorando. — Motorista americano idiota, motorista americano idiota... — Ela está cantando no ritmo de "Brilha, brilha, estrelinha". — Motorista americano idiota...

Nosso primeiro dia na pré-escola não pode ser com Minnie cantando "Motorista americano idiota".

— Motorista americano idiota... — Ela está cantando cada vez mais alto. — Motorista americano idiooooota...

Será que posso fingir que é uma cantiga britânica antiga e inofensiva?

Não. Mas também não posso ficar o dia todo sentada aqui. Outras mães com crianças pequenas estão saindo de seus gigantescos SUVs por toda a rua. E tínhamos que chegar cedo hoje.

— Minnie, enquanto estivermos andando até a escola, você pode comer um biscoito! — digo, levantando a voz. — Mas temos que ficar muito, muito quietinhas, como ratinhos. Não podemos cantar — acrescento para enfatizar.

Minnie para de cantar e me olha, desconfiada.

— Biscoito?

Pronto. Ufa.

(E tudo bem, eu *sei* que é horrível subornar os filhos, por isso vou dar uma porção maior de vagem mais tarde, para compensar o biscoito.)

Salto rapidamente do carro e a tiro da cadeirinha. Entrego a ela um biscoito com gotas de chocolate do meu estoque de emergência e começamos a andar pelo passeio.

Quer dizer, calçada. *Preciso* me acostumar com isso.

Quando nos aproximamos da escola, já estou olhando ao redor em busca dos paparazzi, mas não consigo ver nenhum. Eles devem estar escondidos nos arbustos. Há algumas mães passando com crianças pequenas pelo portão, e observo com sutileza seus rostos enquanto também entramos.

Humm. *Acho* que nenhuma delas é famosa, embora todas estejam em forma, bronzeadas e tenham cabelos sedosos. A maioria está com roupa de academia, e tomo nota mental para usar isso amanhã. Eu quero *tanto* me encaixar nesse modo de vida. Quero que Minnie se encaixe e que nós duas façamos muitas amigas.

— Rebecca!

Erica nos cumprimenta, e dou um sorriso de alívio ao ver um rosto familiar. Erica tem uns 50 anos, cabelo ruivo liso e usa roupas bem coloridas, como um personagem de filme infantil. É a chefe do programa das crianças menores e já me mandou muitos e-mails sobre Transição e Separação, e também sobre a Alegria do Aprendizado e da Autodescoberta, o que acho que significa se arrumar bem. Mas não ouso perguntar.

— Bem-vinda ao seu primeiro dia na Little Leaf, Minnie! — exclama ela, e nos acompanha para o Centro de Aprendizado dos Pequenos, que é basicamente uma sala cheia de brinquedos, como qualquer maternal na Inglaterra, só que aqui eles chamam de "auxílio ao desenvolvimento". — Você conseguiu logo uma vaga para estacionar? — pergunta ela ao pendurar a garrafa de água de Minnie no ganchinho dela. — Sei que algumas pessoas tiveram problema hoje.

— Ah, foi tranquilo, obrigada — respondo. — Sem problema.

— Onde fica o freio? — diz Minnie de repente, e sorri para Erica. — Onde fica o maldito freio nesse maldito carro idiota?

Meu rosto fica muito vermelho.

— Minnie! — digo com rispidez. — Pare com isso! Onde diabos você... Caramba, não faço ideia...

— Motoristas americanos idiotas. — Minnie começa a cantar "Brilha, brilha" de novo. — Motoristas americanos idiotas...

— Minnie! — Eu praticamente grito. — Pare! Nada de cantar!

Quero morrer. Consigo ver Erica tentando se controlar para não rir e duas ajudantes nos olhando. Que ótimo.

— Está óbvio que Minnie é uma criança muito *receptiva* — diz Erica de maneira educada.

Sim. Receptiva até demais. Nunca mais vou falar nada na frente dela.

— Sem sombra de dúvida. — Tento recuperar o controle. — Nossa, que tanque de areia lindo. Vá, Minnie! Vá brincar na areia!

— Como expliquei a você, nós, da Little Leaf, seguimos um programa transicional de separação — diz Erica, observando Minnie enfiar as mãos na areia com alegria. — Este é o começo da grande jornada de independência da Minnie como ser humano no mundo. São os primeiros passos dela longe de você. Precisam acontecer no ritmo dela.

— Claro.

Fico ligeiramente hipnotizada por Erica. Ela fala como se estivesse descrevendo uma viagem épica pelo mundo, não apenas a vida de uma criancinha que vai frequentar o maternal.

— Então, Rebecca, vou pedir que você fique ao lado de Minnie nessa primeira manhã. Para acompanhá-la. Tranquilizá-la. Para identificar as novas e empolgantes descobertas que ela vai fazer. Para ver o mundo no nível dela. Minnie vai ficar cautelosa no começo. Apresente-a lentamente ao conceito da vida longe da mamãe. Observe-a florescer gradualmente. Você vai ficar impressionada com o progresso dela.

— Certo. Fantástico. — Eu mexo a cabeça, concordando com sinceridade.

Vejo outra mãe ali perto, sentada com o filho louro de cabelos cacheados. A mãe é magra como um alfinete e está usando várias camisetas sobrepostas (por acaso sei que cada uma delas custa 100 dólares, uma coisa que mamãe jamais entenderia, nem em um milhão de anos) e está observando atentamente o garoto espalhar tinta em uma folha de papel.

— Que cores interessantes, Isaac — diz ela com seriedade. — Gostei do mundo que você fez. — Enquanto ele espalha tinta no rosto, ela nem pisca. — Você está se expressando no próprio corpo. Fez essa escolha, Isaac. Podemos fazer *escolhas*.

Caramba. Eles levam mesmo tudo a sério aqui. Mas, se vou me encaixar, tenho que ser assim também.

— Vou estar por perto se você precisar de mim. — Erica sorri. — Aproveite essa primeira manhã de descobertas simultâneas!

Quando ela se aproxima de outra criança, eu desligo o celular. Estou me sentindo bastante inspirada por Erica. Vou me concentrar completamente em Minnie e na manhã dela.

Ok. O problema é o seguinte. Tudo parece lindo quando Erica diz para eu "ficar com Minnie". Eu quero, de verdade. Quero ser como uma mãe golfinho e seu filhote, deslizando juntos em um lindo dueto, descobrindo o mundo juntos.

Mas as mães golfinho não vão tropeçar em Legos, nem terão casas de boneca em seu caminho, nem criancinhas que não conseguem decidir em que direção seguir. Minnie levou uns três segundos para ficar entediada com o tanque de areia e correu para o pátio para brincar com um triciclo. Eu tinha acabado de chegar ao lado de fora, depois de tropeçar em uma caixa de blocos de montar, quando ela mudou de ideia, voltou para dentro e agarrou uma boneca. Depois, correu para fora para jogar a boneca pelo escorrega. Ela entrou e saiu umas dez vezes. Estou sem fôlego só de ficar andando atrás dela.

O tempo todo, tentei ficar falando coisas encorajadoras e tranquilizadoras, mas Minnie não estava nem um pouco interessada. Toda a ansiedade dela sobre aquela manhã parecia ter desaparecido, e quando tentei abraçá-la ainda agora, ela se contorceu para se livrar de mim, exclamando:

— Abraço não, mamãe! *Brinquedos!*

— Então, você está descobrindo... hã... a gravidade! — digo quando ela larga um ursinho de brinquedo no chão. — Maravilhoso, querida! Agora você vai se expressar por meio da água? — Minnie foi até o tanque de água e está batendo as mãos e espalhando água despreocupadamente. — Você escolheu se molhar... Argh! — grito, quando Minnie espirra água no meu rosto. — Escolheu me molhar também. Uau! Foi... uma escolha interessante.

Minnie não está nem ouvindo. Ela correu até a casinha de bonecas, que é simplesmente linda, como um chalé de biscoito. Sigo-a rapidamente e quase tropeço no tapete colorido e macio de alfabeto.

— Agora você está na casinha! — digo, revirando o cérebro em busca de alguma coisa para dizer. — Está descobrindo... eh... as janelas. Posso entrar também?

— Não — diz Minnie, e bate a porta na minha cara. Ela olha de cara feia pela janela. — Não, mamãe! Casa da *Minnie*!

Ela fecha a janela, e eu me sento sobre os calcanhares. Estou exausta. Não consigo pensar em nenhuma outra descoberta para apresentar a Minnie. Quero uma xícara de café.

Pego um brinquedo com contas de madeira presas em fios coloridos e começo a mexer nele, distraída. É um jogo bem legal, na verdade. Você precisa levar as contas de cores diferentes para os quatro cantos, e é bem mais difícil do que parece...

— Rebecca.

Dou um pulo, cheia de culpa, e largo o jogo no tapete.

— Ah, oi, Erica!

— Como Minnie está indo? — Erica dá um sorriso. — Está aprendendo a dar os passos dela gradualmente longe de você?

— Ela está brincando na casinha — respondo com um sorriso e abro a janela, mas a casinha está vazia. Merda. — Bem, ela *estava* na casinha... — Olho ao redor, desesperada. — Ah, ali está ela.

Minnie está de braços dados com outra garotinha, andando de um lado para o outro cantando "My Old Man's A Dustman", que meu pai ensinou. Tento ir atrás delas, mas não é fácil, com tantos caminhões de brinquedo e blocos de espuma gigantes pelo caminho.

— Muito bem, querida! — digo. — Você está se expressando pela música! Eh... quer contar pra mamãe como se sente em relação a isso?

— *Não* — diz Minnie, e, antes que eu consiga pegá-la, ela corre para o jardim, sobe no escorrega e olha para baixo, triunfante.

Olho para Erica, que parece sem palavras.

— Minnie é uma criança... muito segura — diz ela finalmente. — Muito independente.

— Eh... é.

Nós duas observamos Minnie girar uma corda de pular sobre a cabeça como um laço. Em pouco tempo, as outras crianças do escorrega estão imitando Minnie e gritando "Meu coroa é gari! Meu coroa é gari!", embora provavelmente nem saibam o que é um gari. Elas devem chamar de "lixeiro" ou "sanitarista de detritos" ou alguma coisa assim.

— Minnie parece estar passando pela transição com bastante confiança — diz Erica. — Talvez você queira se sentar no lounge dos pais, Rebecca. É a área para os pais das crianças que estão nos estágios finais do programa de transição. Oferece proximidade com independência e ajuda a criança a ter uma noção melhor de si mesma ao mesmo tempo que se sente segura.

Não entendi nenhuma palavra do que ela disse. Só ouvi "se sentar no lounge dos pais", que deve ser melhor do que "ficar atrás da minha filha, tropeçando em caminhões de brinquedo e me sentindo uma idiota".

— Eu adoraria.

— Também achamos que é um bom recurso para os pais trocarem opiniões sobre a criação dos filhos. Tenho certeza de que você deve estar cheia de perguntas sobre o currículo... socialização...

— Sim! — Eu me animo. — Na verdade, eu *estava* querendo saber, as mães têm muitas manhãs de confraternização, festas, esse tipo de coisa?

Erica me lança um olhar estranho.

— Eu estava falando da socialização das crianças.

— Certo. — Pigarreio. — Das crianças. Claro.

Quando nos aproximamos de uma porta clara de madeira com a inscrição *Lounge dos Pais*, sinto uma empolgação repentina. Finalmente! Uma chance de fazer alguns amigos. O que preciso é me jogar de cabeça na vida escolar e me oferecer para tudo, e aí vou acabar conhecendo gente legal.

— Chegamos.

Erica abre a porta de uma sala mobiliada com cadeiras de espuma bem coloridas, nas quais três mulheres estão sentadas, todas com roupa de ginástica. Elas conversam animadamente, mas param e se viram com sorrisos simpáticos. Também dou um sorriso e já reparo que uma delas tem aquela bolsa linda com bordado que vi na Fred Segal.

— Quero apresentar Rebecca — diz Erica. — Rebecca acabou de chegar a Los Angeles, e a filha dela, Minnie, entrou para o nosso programa para crianças pequenas.

— Oi! — Aceno para elas. — É um prazer conhecer vocês.

— Sou Erin.

— Sydney.

— Carola. Bem-vinda a Los Angeles! — Carola, que tem cabelo escuro e ondulado e usa várias joias de prata com estilo interessante, se inclina para a frente quando Erica sai da sala. — Há quanto tempo você mora aqui?

— Não muito. Vamos passar um tempo aqui por causa do trabalho do meu marido.

— E você conseguiu vaga na Little Leaf?

— Pois é! — digo, animada. — Tivemos tanta sorte!

Carola me olha por um tempo sem entender e logo começa a balançar a cabeça.

— Não. Você não entendeu. Ninguém simplesmente consegue uma vaga na Little Leaf. Ninguém.

As outras assentem, de forma enfática.

— Ninguém — ecoa Erin.

— Isso simplesmente não acontece — diz Sydney.

Tenho vontade de comentar que, se ninguém consegue uma vaga na Little Leaf, o que os filhos delas estão fazendo aqui? Mas todas parecem intensas demais. Está claro que é um assunto sério.

— Não é que nós tenhamos "conseguido uma vaga" — explico. — Minnie teve que fazer uma pré-avaliação. E acho que meu marido fez uma doação — acrescento, um pouco constrangida.

Carola está me olhando como se eu não soubesse de nada.

— Todos fazem a *pré-avaliação* — diz ela. — Todos fazem *doações*. O que *mais* vocês fizeram?

— Nós escrevemos cinco cartas — declara Erin, com satisfação sinistra. — *Cinco*.

— Nós prometemos construir um jardim no terraço da escola — diz Sydney. — Meu marido e eu já entramos em contato com o arquiteto.

— Nós botamos Alexa no caratê — acrescenta Carola. — Ela tem bolsa de estudos esportiva.

Olho para todas elas, boquiaberta. Essas pessoas estão *malucas*? Tenho certeza de que é uma boa pré-escola e tudo. Mas, no fim das contas, são apenas crianças batendo umas nas outras com massinha.

— Bem, a gente só apareceu — digo em tom de desculpas. — Me desculpem.

A porta se abre e uma mulher de cabelo castanho entra. Ela tem olhos escuros e alegres e está usando uma blusa larguinha azul bem elegante com calça jeans, que disfarçam uma pequena barriguinha de gravidez.

— Oi! — cumprimenta ela, vindo direto na minha direção. — Sou Faith. Você é Rebecca, certo? Erica acabou de me contar que temos uma novata entre nós.

Ela tem um sotaque cantado delicioso do sul que, aos meus ouvidos, parece ser de Charleston. Ou do Texas. Ou talvez... de Wyoming? Isso fica no sul?

Ou quero dizer Wisconsin?

Não. *Não*. Esse é o estado do queijo. E Wyoming é...

Ok, a verdade é que nem faço ideia de onde fica Wyoming. Preciso montar o quebra-cabeça do mapa dos Estados Unidos da Minnie e tentar decorar os nomes.

— Oi, Faith. — Dou um sorriso e aperto a mão dela. — É um prazer conhecer você.

— Essas garotas estão cuidando de ti?

De ti. Adoro isso. *De ti*. Talvez eu comece a dizer "de ti".

— Estão, sim! — digo, usando um tom cantado na voz. — Estão mesmo!

— O que *nós* queremos saber é como ela conseguiu uma vaga. — Carola se dirige a Faith. — Ela entra aqui, faz um cheque e está dentro. Afinal, quem *faz* isso?

— Queenie não deu uma força pra ela? — diz Faith. — Porque ela é britânica? Acho que Erica falou qualquer coisa sobre isso.

— Ahhh. — Carola expira como um balão murchando. — É *isso*. Tudo bem, agora eu entendo. Você teve sorte. — Ela se vira para mim. — Isso não aconteceria com qualquer um. Precisa agradecer a Quennie. Ela fez um grande favor a você.

— Desculpem, mas quem é Queenie? — pergunto, tentando acompanhar.

— A presidente da Associação de Pais e Mestres — explica Sydney. — Ela também tem uma filha no programa. Você vai adorar conhecê-la. Ela é tão fofa.

— Ela é superdivertida — concorda Faith. — E também é britânica! Nós a chamamos de Queenie porque ela fala como a rainha da Inglaterra.

— Ela organiza eventos sociais incríveis — diz Carola.

— E tem uma turma de ioga para as mães nas manhãs de quarta-feira. Põe a gente em forma.

— Parece incrível! — digo com entusiasmo. — Eu virei, com certeza!

Meu humor é o melhor em dias, desde que chegamos a Los Angeles. Finalmente fiz amigas! Elas são tão receptivas e divertidas. E essa tal de Queenie parece fabulosa. Acho que podemos nos dar superbem. Podemos comparar opiniões sobre morar em LA e compartilhar potes de Marmite.

— Há quanto tempo Queenie mora em Los Angeles? — pergunto.

— Não muito. Uns dois anos, talvez?

— Ela teve um romance relâmpago — diz Faith. — Ela e o marido se conheceram em uma terça-feira e se casaram na sexta.

— Não acredito!

— Ah, sim. — Faith ri. — É uma história ótima. Tu vais ter que perguntar pra própria. — E olha pela janela para o estacionamento. — Ah, aí vem ela.

Ela acena e chama uma pessoa, e fico sentada na expectativa.

— Queenie! — exclama Carola quando a porta se abre. — Venha conhecer Rebecca.

— *Muito* obrigada por nos ajudar... — Começo a dizer quando a porta se abre mais um pouco.

Fico muda de repente e sinto meu corpo todo tremer. Não. Não. *Não.*

Um gemidinho escapa da minha boca antes que eu possa impedir, e Carola me lança um olhar estranho.

— Rebecca, esta é a Queenie. Alicia, melhor dizendo.

É Alicia, a Vaca Pernalta.

Aqui. Em Los Angeles. Na escola de Minnie.

Estou paralisada de choque. Se eu não estivesse sentada, acho que minhas pernas iam ficar bambas.

— Oi, Rebecca — diz ela delicadamente, e sinto um pequeno tremor. Não ouço essa voz há anos.

Ela continua tão alta, magra e loura como sempre, mas o estilo mudou. Está usando uma calça larguinha de ioga, um top cinza e tênis Keds. Nunca vi Alicia usando qualquer coisa além de saltos. E o cabelo está preso em um rabo de cavalo baixo, que também é bem diferente. Quando a observo, reparo em uma pulseira torcida branca e dourada em um dos pulsos. Não é a pulseira que usam no Golden Peace?

— Vocês duas se conhecem? — pergunta Sydney, interessada.

Quero dar gargalhadas histéricas. Se nos *conhecemos*? Bem, vamos ver. Nos últimos anos, Alicia tentou arruinar minha carreira, minha reputação, os negócios do meu marido e meu casamento. Ela me sabotou e me olha com superioridade sempre. Só de olhar para ela agora, meu coração já dispara de estresse.

— Sim — consigo dizer. — Nos conhecemos, sim.

— Então foi por *isso* que você recomendou Rebecca! — Carola ainda parece obcecada com isso. — Eu estava aqui perguntando, como foi que ela conseguiu uma vaga com tão pouca antecedência?

— Eu conversei com a Erica — diz Alicia.

Percebo que a voz dela está diferente. Está mais baixa e mais tranquila. Na verdade, a postura dela está mais tranquila. É apavorante. Parece que colocou Botox na alma.

— Ah, tu és ou não um amorzinho? — Faith passa um braço carinhoso pelos ombros de Alicia. — Que sorte Rebecca tem de ter uma amiga assim!

— Estávamos falando de você para Rebecca — diz Carola. — Mas nem precisávamos!

— Mudei muito desde que nos vimos pela última vez, Rebecca. — Alicia dá uma leve gargalhada. — Quando foi?

Estou tão chocada que faço um ruído de indignação. Quando *foi*? Como ela pode perguntar isso? Não está registrado no cérebro dela para sempre, como está no meu?

— No meu casamento.

Engulo em seco. *Quando você foi retirada, dando chutes e gritos, depois de tentar estragar tudo.*

Estou esperando um vislumbre de compreensão, remorso, reconhecimento, *alguma coisa*. Mas os olhos dela estão estranhos, sem emoção.

— Sim — diz ela de forma pensativa. — Rebecca, sei que tivemos alguns problemas, e devemos tentar deixar isso tudo pra trás. — Ela coloca a mão no meu ombro com delicadeza, e eu me encolho na mesma hora. — Será que podemos tomar uma xícara de chá de hortelã e conversar, só nós duas?

O quê? Todas aquelas coisas horríveis e ela resumiu como "problemas"?

— Eu não... Você não pode simplesmente...

Paro de falar, com a garganta seca, o coração disparado e os pensamentos completamente fora de ordem. Não sei o que dizer.

Não! É o que quero dizer. *Você só pode estar brincando* é o que quero dizer. *Não podemos deixar tudo pra trás.*

Mas não consigo. Não estou no meu território. Estou no lounge dos pais de uma pré-escola de Los Angeles, cercada de estranhas que acham que Alicia é uma fofa e que me fez o maior favor do mundo. E agora, uma nova sensação toma conta de mim. Uma percepção horrível e fria. Essas mulheres são todas amigas de Alicia. Não minhas amigas; amigas de Alicia. São o grupo dela.

O problema de Alicia é que ela sempre conseguiu fazer com que eu me sentisse com dez centímetros de altura. E, mesmo agora, apesar de eu saber que estou certa e ela está errada, sinto como se estivesse diminuindo a cada segundo. Ela faz parte da galera legal. E, se eu quiser participar, vou ter que ficar amiga dela. Mas não posso. Simplesmente não posso. Mal consigo olhar para ela, imagine ir à sua aula de ioga para mães.

Como todas podem se deixar enganar por ela? Como podem ficar chamando-a de "fofa" e "superdivertida"? Uma sensação massacrante de decepção toma conta de mim. Por um momento, fiquei tão animada. Pensei que tinha encontrado um caminho para me enturmar. E agora encontro Alicia, a Vaca Pernalta, na porta, barrando o caminho.

A porta se abre e Erica entra, com o xale colorido voando atrás como a vela de um navio.

— Rebecca! — exclama ela. — Fico feliz de dizer que Minnie está se saindo muito bem. Ela se adaptou incrivelmente rápido e parece já estar fazendo amigos. Na verdade, ela é uma líder nata. — Erica sorri para mim. — Tenho certeza de que vai haver um pequeno grupo atrás dela em pouquíssimo tempo.

— Genial — consigo dizer com um sorriso largo. — Muito obrigada. É uma ótima notícia.

E é mesmo. É um grande alívio ver que Minnie já se sente em casa em Los Angeles e está feliz e fazendo amigos. Mas não estou surpresa. Minnie é muito confiante e encanta todos que conhece, então não é surpresa ver todos caindo aos seus pés.

Mas, quando olho para Alicia e suas discípulas, não consigo deixar de pensar... e eu?

SETE

Nos dias seguintes, continuo em estado de choque por Alicia Billington ter ido parar em Los Angeles. Só que ela não é mais Alicia Billington, é Alicia Merrelle. Para piorar, eu descobri quando coloquei o nome dela no Google ontem, ela é muito rica e conhecida por toda Los Angeles porque é casada com o fundador do Golden Peace. O verdadeiro fundador. Ele se chama Wilton Merrelle e tem 73 anos, barba grisalha pontuda e aqueles olhos imóveis e esticados típicos das pessoas que exageram nas cirurgias plásticas. Eles se conheceram em uma praia no Havaí. Em uma *praia*. Quem conhece o marido em uma praia? Eles têm uma filha chamada Ora, um mês mais nova que Minnie, e estão, de acordo com uma entrevista, "com esperanças de aumentar a família".

Assim que comecei a pesquisar no Google, descobri um monte de artigos sobre a "dona de casa superestilosa" com "a inteligência e o charme britânicos". Mandei para Suze, e ela respondeu o e-mail com duas palavras: *"O QUÊ?????"* Isso fez com que eu me sentisse melhor. Suze não tem tempo para Alicia. Nem Luke (o que não é surpresa, tendo em mente que ela já tentou roubar todos os clientes dele e destruir sua empresa. Ah, sim, enquanto detonava minha reputação no jornal. Luke e eu chegamos a nos separar por causa disso. Foi *horrível*). Quando contei para ele, Luke só grunhiu e disse:

— Você devia saber que ela ia acabar se dando bem, e ainda por cima com Manolo.

Mas o problema é que todo mundo aqui a acha adorável. Não voltei a vê-la na Little Leaf, ainda bem, mas tive umas seis conversas com outras mães sobre o quanto é incrível o fato de Queenie e eu sermos velhas amigas (amigas!), e como ela é divina, e se eu vou para a festa dela no spa!

Não consigo encarar a festa no spa de Alicia, a Vaca Pernalta. Não consigo.

Enfim. Não importa. Eu não ligo. Vou fazer amizades de outra maneira. Há muitas outras formas. E, enquanto isso, vou me concentrar na minha nova carreira.

Já tenho um plano engatilhado, e ele começa hoje. Fiquei muito inspirada com a história de Nenita Dietz entrando no setor de figurino e conseguindo um emprego. Portanto, hoje vou fazer um tour no Sedgewood Studios, que é onde Nenita Dietz trabalha, e vou fugir e procurá-la. Luke até conseguiu uma entrada VIP por meio de alguns contatos, embora eu não tenha mencionado meu plano para ele. Vou esperar até ter sucesso primeiro. *Aí ele vai ver.*

Reuni uma coleção do meu trabalho como *personal shopper*: books, fotos de clientes, até alguns desenhos meus, tudo guardado em uma pasta de couro. Também escrevi críticas sobre alguns filmes recentes do Sedgewood Studios para mostrar que entendo de cinema. (Como, por exemplo, aquele filme de alienígenas que eles fizeram, *Força sombria*. Poderiam ter usado figurinos melhores. Os uniformes espaciais eram tão *volumosos*. No ano 2154, tenho certeza de que vamos para o espaço usando calça jeans skinny, com capacetezinhos fabricados pela Prada ou por alguma outra marca.)

Também fiz uma grande pesquisa sobre Nenita Dietz, porque quero ter certeza de que vamos nos dar bem de primeira. Estou usando um vestido lindo de Rick Owens, uma marca da qual ela gosta, e passei Chanel Nº 5, que dizem ser o aroma favorito dela, e pesquisei a Martinica no Google, que é para onde ela vai nas férias. Só preciso encontrá-la, pois tenho *certeza* de que vamos nos dar bem.

Enquanto espero o tour VIP, sinto um friozinho na barriga de empolgação. Minha vida pode dar uma guinada enorme hoje! Estou perto dos famosos portões, enormes e decorados, com Sedgewood Studios escrito em letras de ferro enormes no topo. Dizem que, se você beijá-las, seu maior desejo vira realidade, e muitos turistas as beijam e se filmam fazendo isso. Sinceramente, quanta besteira. Como se um *portão* pudesse ajudar. Como se um *portão* pudesse ter poderes secretos. Como se um *portão* pudesse...

Ah, vamos lá. Por que não? Só para garantir. Estou beijando o portão e sussurrando: "Me arrume um emprego, por favor, por favor, portão lindinho" quando uma entrada lateral se abre.

— Aproximem-se para o tour VIP!

Uma garota com fone de ouvido começa a nos conduzir para dentro e olhar nossos convites. Sigo a multidão de turistas e logo me vejo do outro lado do portão, dentro da área do estúdio. Estou aqui! Estou no Sedgewood Studios!

Olho rapidamente ao redor para tentar me localizar. Tem uma rua sem fim à frente, ladeada de lindos prédios art déco. Mais adiante, tem uma área gramada, e dá para ver mais prédios ao longe. Não consegui encontrar um mapa on-line do estúdio, então vou ter que encontrar o caminho sozinha.

— Por aqui, senhora. — Um jovem com cabelo louro, jaqueta escura e fones de ouvido se aproxima de mim. — Temos mais um lugar no carrinho.

Eu me viro e vejo que uma frota inteira de carrinhos de golfe apareceu e todos os turistas estão subindo neles. O sujeito louro está indicando o assento de trás de um carrinho no qual cabem seis pessoas e está quase cheio.

Não quero entrar. Quero encontrar o departamento de figurino. Mas acho que não tenho escolha.

— Legal. — Dou um sorriso para ele. — Obrigada.

Subo na parte de trás com relutância e coloco o cinto, ao lado de uma senhora de short listradinho cor-de-rosa que está filmando tudo.

Ela até se vira para me filmar, e aceno rapidamente. O sujeito louro foi para a frente do carrinho e está distribuindo fones de ouvido.

— Oi! — A voz dele explode nos meus ouvidos assim que coloco os fones. — Meu nome é Shaun e vou ser seu guia hoje. Vou levar vocês para um passeio fascinante pelo Sedgewood Studios, no passado, no presente e no futuro. Vamos ver os lugares onde todos os seus programas e filmes favoritos foram filmados. E, durante o passeio, fiquem de olhos bem abertos, porque vocês podem acabar vendo um de seus ídolos trabalhando. Ontem eu estava começando um passeio quando vimos ninguém menos que Matt Damon!

— Matt Damon!

— Eu adoro o Matt Damon!

— Os filmes dele são incríveis!

Na mesma hora, todos começam a olhar em volta, animados, como se ele pudesse aparecer de novo, e um homem até começa a disparar a câmera para lugares vazios.

É como estar em um safári. Na verdade, estou impressionada de não fazerem safáris com celebridades. Fico imaginando quem representaria os cinco grandes mamíferos. Brad Pitt, obviamente, e Angelina. E *imagine* se desse para ver a família toda junta. Seria como quando demos de cara com uma leoa alimentando os filhotes em Masai Mara.

— Agora vamos voltar no tempo, para os dias gloriosos de Sedgewood — diz Shaun. — Vou compartilhar com vocês alguns dos momentos mágicos da história do cinema. Portanto, relaxem e divirtam-se!

O carrinho de golfe segue em frente, e todos olhamos atentamente para os prédios brancos e gramados e árvores. Depois de um tempo, o carrinho para, e Shaun nos mostra o chafariz onde Johnno pediu Mari em casamento em *Éramos tão jovens*, de 1963.

Eu nunca vi *Éramos tão jovens*. Na verdade, nunca nem ouvi falar do filme, então isso não significa muito para mim. Mas é um chafariz lindo mesmo.

— E agora, vamos para o nosso próximo ponto alto! — diz Shaun quando voltamos para o carrinho.

Ele o liga e andamos por muito tempo, passando por mais prédios brancos, gramados e árvores. Fazemos uma curva fechada e olhamos com empolgação para ver o que vem depois... mas são mais prédios brancos, gramados e árvores.

Acho que eu sabia que era assim que um estúdio de cinema seria. Mas não consigo deixar de pensar que é um pouco... sem graça. Onde estão as câmeras? Onde está o cara gritando "Ação"? E, o mais importante, onde está o departamento de figurino? Eu queria mesmo ter um mapa, e queria *demais* que Shaun parasse. Como se estivesse lendo meus pensamentos, ele para e se vira para nos olhar, com o rosto transbordando de animação.

— Vocês já se perguntaram onde ficava a famosa grade de bueiro onde Anna perdeu o anel no filme *Contos da raposa*? Ficava bem aqui, no estúdio Sedgewood! Venham olhar mais de perto.

Obedientemente, todos descemos do carrinho e damos uma olhada. É claro que em uma cerca ali perto há uma imagem emoldurada de um filme em preto e branco de uma garota vestindo pele de raposa deixando cair um anel em uma grade no chão. Aos meus olhos, é só uma grade de bueiro velha. Mas todo mundo está tirando fotos, procurando o melhor ângulo, então, talvez, eu devesse fazer o mesmo. Tiro duas fotos e me afasto do grupo enquanto todos estão absortos. Ando até a esquina e aperto os olhos para a rua, na esperança de ver uma placa dizendo *Figurino* ou *Guarda-roupa*, mas só tem mais prédios, gramados e árvores. Também não consigo ver um único ator. Aliás, estou começando a duvidar que eles costumem vir aqui.

— Senhora? — Shaun apareceu do nada, parecendo um agente especial de paletó escuro e fones de ouvido. — Senhora, preciso que fique com o grupo.

— Ah, certo. Tudo bem.

Com relutância, eu o sigo de volta até o carrinho e subo no veículo. Isso é inútil. Nunca vou me encontrar com Nenita Dietz presa em um carrinho.

— À direita, vocês vão ver os prédios que abrigam algumas das empresas de cinema mais famosas do mundo — diz Shaun de repente pelos fones de ouvido. — Todos produzem filmes bem aqui no estúdio Sedgewood! Agora, vamos para a lojinha...

Estou olhando para o lado e vou lendo todas as placas. Quando paramos em um cruzamento, eu me inclino com os olhos apertados para ler as placas nos prédios. *Scamper Productions... AJB Films... Too Rich Too Thin Design!* Ah, meu Deus, é ela! É a empresa da Nenita Dietz! Bem aqui, na frente dos meus olhos! Vou descer.

Com uma explosão de alegria, solto o cinto e começo a descer do carrinho, na hora que começamos a nos deslocar. O movimento me joga esparramada na grama, e todo mundo no carrinho grita.

— Ah, meu Deus! — exclama uma mulher. — Esses carrinhos são *seguros*?

— Ela se machucou?

— Estou bem! — grito. — Não se preocupem, estou bem!

Fico de pé rapidamente, me limpo e pego minha pasta. Certo. Carreira nova, aí vou eu.

— Senhora? — Shaun apareceu ao meu lado de novo. — Está tudo bem?

— Ah, oi, Shaun. — Dou um sorriso para ele. — Eu gostaria de descer aqui, na verdade. Vou voltar sozinha, obrigada. Foi um ótimo passeio — acrescento. — Adorei a grade. Tenha um ótimo dia!

Saio andando, mas, para minha irritação, Shaun está me seguindo.

— Senhora, infelizmente não posso permitir que você ande sem a supervisão de um funcionário do estúdio. Se quiser abandonar o passeio, um de nossos funcionários irá levá-la de volta até o portão.

— Isso não é necessário — digo, animada. — Sei o caminho.

— É necessário, senhora.

— Mas, sinceramente...

— Aqui é um local de trabalho, e visitantes não autorizados precisam ter um acompanhante o tempo todo, senhora.

O tom dele é implacável. Sinceramente. Eles levam tudo tão a sério. Que lugar é este, a NASA?

— Posso ir ao toalete? — peço, numa inspiração repentina. — Só vou entrar rapidinho naquele prédio ali, só vou demorar um segundo...

— Tem um toalete na lojinha, que é nossa próxima parada — diz Shaun. — A senhora pode voltar para o carrinho, por favor?

Ele não demonstrou hesitação nenhuma vez. Está falando sério. Se eu sair correndo, ele provavelmente vai pular em cima de mim e me derrubar no chão. Quero gritar de frustração. A empresa de design de Nenita Dietz está bem ali. A poucos *metros* de distância.

— Tudo bem — digo, e sigo-o morosamente até o carrinho.

Os outros passageiros estão me olhando perplexos e sem entender nada. Quase consigo ver os balões de pensamento acima da cabeça deles: *Por que alguém desceria do carrinho?*

Partimos novamente, passando por mais prédios e fazendo novas curvas, e Shaun começa a falar sobre um diretor famoso que tomava sol nu nos anos 1930, mas eu nem presto atenção. Isso tudo é um desastre total. Talvez eu precise voltar amanhã e tentar uma nova estratégia. Fugir no começo, antes mesmo de subir no carrinho. Sim.

A única coisa positiva é uma lojinha. Pelo menos posso comprar lembrancinhas para todo mundo. Enquanto ando pela loja, vendo paninhos e lápis com claquetes em miniatura na ponta, dou um suspiro melancólico. A senhora que estava sentada ao meu lado se aproxima e pega um peso de papel em formato de megafone. Ela olha para Shaun, que está supervisionando todo mundo com olhar atento. Em seguida, se aproxima de mim e diz em voz baixa:

— Não olhe para mim. Ele vai desconfiar. Só preste atenção.

— Tudo bem — concordo, surpresa.

Pego uma caneca do Sedgewood Studios e finjo estar avaliando o design.

— Por que você desceu do carrinho?

— Eu quero trabalhar com cinema — respondo, praticamente sussurrando. — Quero conhecer Nenita Dietz. O escritório dela era bem ali.

— Achei que era mesmo alguma coisa assim. — Ela assente, satisfeita. — Esse é o tipo de coisa que eu teria feito.

— Ah, é?

— Ah, eu era doida por cinema. Mas o que eu podia fazer? Era uma adolescente que morava no Missouri. Meus pais não me deixavam espirrar sem permissão. — Os olhos dela ficam um pouco turvos. — Eu fugi aos 16 anos. Consegui chegar a Los Angeles, mas depois me encontraram. Nunca mais tentei depois disso. Mas devia ter tentado.

— Sinto muito — digo, constrangida. — Quer dizer... Sinto muito por você não ter conseguido.

— Eu também. — Ela parece voltar a si. — Mas você pode conseguir. Vou criar uma distração.

— Hã?

Fico olhando para ela.

— Uma distração — repete ela, impaciente. — Sabe o que isso quer dizer? Eu os distraio, você foge. Deixe Shaun comigo.

— Ah, meu Deus. — Eu aperto a mão ossuda dela. — Você é incrível.

— Vá até a porta. — Ela indica com a cabeça. — Sou Edna, a propósito.

— Rebecca. Obrigada!

Com o coração acelerado, sigo na direção da porta e paro perto de uma estante com aventais e bonés de *Éramos tão jovens*. De repente, há um estrondo enorme! Edna caiu no chão de forma teatral e levou uma estante inteira de louças junto. Há gritos e berros e todos os funcionários da loja, inclusive Shaun, correm até ela.

Obrigada, Edna, penso enquanto saio sorrateiramente da loja. Corro pela rua o mais rápido que consigo com minhas sandálias anabela da H&M (com uma estampa linda preta e branca, nem dá para imaginar que custaram apenas 26 dólares). Depois de me afastar um pouco, passo a ir mais devagar para não parecer suspeita e dobro uma esquina. Tem gente caminhando e andando de bicicleta e dirigindo carrinhos de golfe, mas ninguém me parou até agora. Até agora.

O único problema é que não faço ideia de onde estou. Todos esses malditos prédios brancos são iguais. Não ouso perguntar a ninguém onde fica o escritório de Nenita Dietz, vou acabar atraindo atenção demais. Na verdade, ainda estou esperando Shaun aparecer zumbindo ao meu lado em um carrinho de golfe para me prender.

Dobro outra esquina e paro à sombra de um toldo grande e vermelho. O que faço agora? O estúdio é enorme. Estou completamente perdida. Um carrinho de golfe cheio de turistas passa por mim e eu me encolho nas sombras, me sentindo uma fugitiva que se esconde da polícia secreta. Já devem ter passado minha descrição para todos os motoristas de carrinhos de golfe. Devo estar na lista dos mais procurados.

E, de repente, uma coisa passa sacolejando por mim, e pisco, perplexa. É uma coisa tão brilhante e colorida e maravilhosa que tenho vontade de gritar. É um presente de Deus! Uma arara de roupas! É uma garota empurrando uma arara de roupas em sacos plásticos. Ela a guia com habilidade pela calçada, com o celular na outra mão, e a escuto dizer:

— Estou a caminho. Tudo bem, não se estresse. Estou quase aí.

Não faço ideia de quem ela é, nem do que está fazendo. Só sei que onde há roupas, há um departamento de figurino. Aonde quer que ela esteja indo, eu também quero ir. O mais discretamente possível, começo a segui-la pela rua, me escondendo atrás de pilares e protegendo o rosto com a mão. *Acho* que estou sendo bem discreta, embora duas pessoas me lancem olhares estranhos quando passam por mim.

A garota dobra duas esquinas e segue por uma viela, e fico atrás dela. Talvez trabalhe para Nenita Dietz! E, mesmo que não trabalhe, pode haver outras pessoas legais que eu poderia conhecer.

Ela finalmente entra por uma porta dupla. Espero um momento e a sigo com cautela. Estou em um corredor largo, cheio de portas, e à minha frente a garota está cumprimentando um homem com fones de ouvido. Ele olha para mim, e entro rapidamente em um corredor menor. Um pouco mais para a frente, espio por um painel de vidro e sufoco um gritinho. É o Cálice Sagrado! É uma sala cheia de mesas e máquinas de costura e, em todas as paredes, araras de roupas. Eu *tenho* que dar uma olhada. A sala está vazia, graças a Deus, então abro a porta e entro na ponta dos pés. Há vestidos de época enfileirados de um lado, e dou uma olhada neles, tocando em todas as lindas nervuras e babados e botões forrados. Imagine trabalhar em um filme de época. Imagine escolher todos aqueles vestidos maravilhosos. E os chapéus! Estou esticando a mão para pegar um tipo bonnet com um laço de fita bem largo quando a porta se abre e outra garota de calça jeans e fones de ouvido olha para dentro da sala.

— Quem é você? — pergunta ela, e eu a olho, culpada. Merda.

Minha mente está em disparada quando coloco o chapéu no lugar. Não posso ser expulsa agora, *não posso*. Vou ter que dar um jeito.

— Ah, oi. — Tento parecer simpática e agir naturalmente. — Sou nova. Acabei de começar. É por isso que você nunca me viu.

— Ah. — Ela franze a testa. — Tem mais alguém por aqui?

— Eh... não agora. Você sabe onde Nenita Dietz está? — acrescento. — Tenho um recado para ela.

Rá! Isso foi ótimo. Já posso até dizer agora "Você pode me ajudar a lembrar onde fica o escritório dela?", e estarei dentro.

A testa da garota fica enrugada.

— Não estão filmando as externas ainda?

Externas? Meu coração despenca. Nunca me ocorreu que ela podia estar filmando cenas externas.

— Ou talvez tenham voltado ontem. Não sei. — A garota não parece nem um pouco interessada em Nenita Dietz. — Onde *está* todo mundo?

Ela está olhando com impaciência pela sala vazia, e percebo que deve estar se referindo às pessoas que trabalham aqui normalmente.

— Sei lá. — Dou de ombros. — Não vi ninguém.

Acho que estou improvisando muito bem essa conversa. Essa é a maior prova: tudo de que você precisa é um pouco de confiança.

— Ninguém se dá conta de que estamos fazendo um *filme*?

— Pois é — digo em solidariedade. — Era de se pensar que sim.

— O problema é a *atitude*.

— Terrível — concordo.

— Não tenho tempo de ficar indo atrás das pessoas. — Ela suspira. — Tudo bem, vai ter que ser você.

Ela pega uma blusa branca de algodão com gola de babados.

— O quê? — pergunto sem entender, e a garota aperta os olhos.

— Você não é costureira?

Meu rosto congela. *Costureira?*

— Eh... é claro — respondo depois do que parece uma eternidade. — É claro que sou costureira. O que mais eu seria?

Preciso sair desta sala. E rápido. Mas antes que eu possa me mover, a garota me entrega a blusa.

— Certo. Isso é para a Sra. Bridges mais velha. Preciso que você faça a bainha embaixo, um centímetro. Preciso que use ponto baixíssimo nessas peças — acrescenta ela. — Tenho certeza de que Deirdre falou isso pra você. Ela mostrou a peça?

— Sem dúvida. — Tento parecer profissional. — Ponto baixíssimo. Na verdade, estou indo buscar um café e vou fazer isso depois. — Coloco a blusa ao lado da máquina de costura. — Foi um prazer conhecer você...

— Jesus Cristo! — A garota explode e eu dou um pulo de susto. — Você não vai fazer depois, vai fazer *agora*! Estamos filmando! Hoje é seu primeiro dia e você já chega com esse tipo de atitude?

Ela é tão assustadora que dou um passo para trás.

— Desculpe.

Engulo em seco.

— E então, você quer começar?

A garota indica as máquinas de costura e cruza os braços. Não tenho como escapar disso. Não mesmo.

— Certo — digo, depois de uma pausa, e me sento na frente de uma das máquinas de costura. — Então.

Já vi mamãe usando uma máquina de costura. E Danny. É só colocar o pano sob a agulha e apertar o pedal. Consigo fazer isso.

Com o rosto quente, insiro cautelosamente a blusa na máquina de costura.

— Você não vai prender com alfinete? — diz a garota de forma crítica.

— Eh... eu prendo o alfinete enquanto trabalho — respondo. — É o meu jeito de fazer.

De forma experimental, aperto o pedal, e por sorte a máquina vibra vigorosamente, como se eu fosse especialista. Estico a mão para pegar um alfinete, enfio no tecido e costuro mais um pouco. Acho que pareço bem convincente, desde que a garota não chegue perto de mim.

— Você não quer voltar para pegar daqui a um minuto? — pergunto. — Posso levar pra você, talvez?

Para meu alívio, há um estalo nos fones de ouvido dela. Ela balança a cabeça com impaciência enquanto tenta ouvir e sai da sala. Parou de costurar na mesma hora. Graças a *Deus*! É hora de fugir. Estou me levantando da cadeira quando a porta se abre e, para o meu horror, é a garota de novo.

— Querem algumas nervuras na frente também. Você terminou a bainha?

— Ah... — Engulo em seco. — Quase.

— Termine e faça as nervuras. — Ela bate palmas. — Vamos! Estão esperando! Agora!

— Certo — concordo com um movimento de cabeça e faço a máquina de costura funcionar rapidamente de novo. — Nervuras. É pra já.

— E dois vincos adicionais para as mangas nos ombros. Você sabe fazer isso?

— Vincos nas mangas. Sem problema.

Costuro bruscamente a bainha, viro a blusa e costuro a outra bainha. Ela ainda está me olhando. Por que ainda está me olhando? Será que não tem para onde ir?

— Então — digo. — Só vou... fazer os vincos.

Não faço ideia do que estou fazendo. Estou empurrando a blusa para a frente e para trás, fazendo barras cruzadas pela peça toda. Não ouso parar, não ouso erguer o rosto. Só quero que a garota vá embora. *Vá, por favor, vá... por favor, por favor, vá...*

— Já está acabando? — A garota presta atenção aos fones de ouvido. — Eles estão esperando.

Sinto como se estivesse em um pesadelo de costura infinito. A blusa está uma confusão de pontos irregulares aleatórios; na verdade, eu costurei a peça inteira. Estou costurando de forma cada vez mais febril, para a frente e para trás, rezando para alguma coisa me livrar disso...

— Oi! Com licença! — Ela ergue a voz acima do som da máquina de costura. — Você consegue me ouvir? Ei! — Ela bate com a mão na mesa. — *Você consegue me ouvir?*

— Ah. — Levanto o rosto como se a estivesse ouvindo pela primeira vez. — Me desculpe. Eu só estava costurando.

— A blusa?

Ela estica a mão.

Olho com firmeza para ela. Sangue lateja nos meus ouvidos. A qualquer minuto, ela vai pegar a blusa na máquina de costura e vai ser o fim de tudo. E ela não vai me deixar ir embora e serei presa pela polícia secreta de paletós escuros do estúdio, e meu plano todo vai por água abaixo antes mesmo de começar.

— Na verdade... acho que vou mudar de emprego — digo em desespero.

— O quê?

A garota me olha, boquiaberta.

— Sim. Tive um estalo repentino. Não quero mais ser costureira. Quero trabalhar com animais.

— *Animais?*

Ela parece completamente surpresa, e aproveito a oportunidade para me levantar e passo por ela em direção à porta.

— Sim. Vou para Bornéu trabalhar com gorilas. Sempre foi meu sonho. Portanto, eh, obrigada pela oportunidade. — Começo a recuar para sair da sala. — Agradeça a Deirdre também. Vocês foram ótimas colegas de trabalho!

A garota ainda está me olhando estupefata quando saio pela porta dupla. Consigo ouvi-la chamando alguém, mas não paro para escutar. Tenho que sair.

THE MISSOURI ECHO

IDOSA DE ST. LOUIS "DESCOBERTA" EM LOJINHA DE HOLLYWOOD

POR: REPÓRTER DE CINEMA

Quando Edna Gatterby, de 70 anos, nascida em St. Louis, foi fazer um tour pelo Sedgewood Studios, ela esperava acabar o passeio com uma lembrancinha ou duas. Mas acabou voltando com um papel em uma grande produção do Sedgewood, *A luta do dia*, um drama sobre a Segunda Guerra Mundial que começa a ser produzido mês que vem.

A idosa do Missouri fez um teste com o diretor Ron Thickson depois de um encontro na loja de lembrancinhas. "Eu estava procurando um presente quando uma senhora caiu no chão", explicou Thickson. "Quando corri para ajudá-la, vi o rosto dela, e achei que combinava com minha imagem de Vera, a avó do herói." Edna fez o teste no mesmo dia e recebeu a proposta para ficar com o pequeno papel.

"Fiquei em êxtase. Sempre quis atuar", comentou Edna. "Preciso agradecer a Rebecca", acrescentou ela, mas não quis explicar quem é "Rebecca".

OITO

Que desastre. Não consegui conhecer Nenita Dietz. Não consegui conhecer ninguém. No caminho para a saída do estúdio, eu estava tão afobada que quase corri até os portões, olhando toda hora para trás em busca dos homens de paletós escuros. Nem comprei presentinhos, portanto aquilo foi um desperdício total. Depois, Luke quis ouvir sobre a experiência, e tive que fingir que me diverti muito.

Ao arrumar Minnie para levá-la à Little Leaf no dia seguinte, ainda *estou* desanimada. E minha infelicidade aumentou um milhão de vezes quando recebemos um e-mail dizendo que Alicia quer falar com todos os pais hoje sobre uma campanha de arrecadação e perguntando se nós poderíamos ficar para uma reunião informal depois de deixarmos as crianças na escola.

Isso quer dizer que, depois de conseguir evitá-la nos últimos dias, vou ter de encará-la de novo. Não sei como vou manter a calma.

— O que devo fazer? — pergunto a Minnie enquanto tranço os cachinhos dela.

— Xícara de chá — responde ela com seriedade, e me passa um copo de plástico.

Estamos sentadas na varanda, que é onde Minnie quer se vestir quase todas as manhãs (não posso culpá-la, com esse sol lindo), e todos os ursos e as bonecas dela estão sentados à nossa volta, cada um com um copo. Quando Luke sai de casa com a pasta na mão, parece consternado com o que vê.

— Essa é a reunião dos Alcoólicos Anônimos para ursos? — pergunta ele.

— Não! — Dou risadinhas. — São nossos copos de coquetel de jardim. Minnie os encontrou na cozinha externa. Não quebram, por isso deixei que ela brincasse com eles.

— Papai, xícara de chá — diz Minnie, entregando um copo para ele.

— Tudo bem — responde Luke. — Uma xícara rápida de chá.

Ele se agacha e pega o copo da mão dela. Um momento depois, seu olhar se fixa no urso logo à frente. Droga. Já sei o que ele viu. Eu devia ter escondido.

— Becky — diz ele. — Aquele urso está usando minhas abotoaduras Asprey? As que você me deu?

— Eh... — Faço uma expressão inocente. — Deixe eu ver. Ah. Sim, acho que sim.

— E meu relógio Cartier.

— É mesmo.

— E aquela boneca está com a minha gravata da faculdade.

— Está? — Estou tentando não rir de novo. — Bem, Minnie queria arrumar os brinquedos. Você devia ficar lisonjeado por ela ter escolhido suas coisas.

— Ah, é? — Luke pega o relógio do urso e ignora os protestos de Minnie. — Não vejo você oferecendo nenhuma das *suas* joias de valor inestimável.

— Suas abotoaduras não são de valor inestimável!

— Talvez sejam de valor inestimável pra mim porque ganhei de você.

Ele ergue as sobrancelhas para mim e eu hesito, porque, apesar de saber que ele está me provocando, também sei que está falando sério.

— Bebe *chá*, papai! — diz Minnie com severidade, e Luke leva o copo aos lábios obedientemente.

Eu me pergunto o que todos os integrantes do comitê em Londres diriam se pudessem vê-lo agora.

— Luke... — Mordo o lábio.

— Aham?

Eu não planejava incomodá-lo com meus problemas, mas não consigo evitar.

— O que vou fazer em relação a Alicia?

— Alicia — diz Luke, e ergue os olhos para o céu. — Que Deus nos ajude.

— Exatamente! Mas ela está aqui, e vou encontrá-la hoje na pré-escola, e todo mundo acha que ela é maravilhosa, e tenho vontade de gritar "Se vocês soubessem que bruxa má ela é!"

— Bem, eu não faria isso — diz Luke com olhar divertido. — Não em público.

— Não tem problema pra você! Você é muito bom quando encontra gente de quem não gosta. Fica todo calmo e indiferente. Eu fico toda afobada.

— Pense em dignidade. É meu melhor conselho.

— Dignidade! — repito com desespero, e Minnie presta atenção.

— Dinhidade — diz ela com cuidado, e Luke e eu rimos, o que a faz falar de novo, sorrindo para nós. — Dinhidade! Dinhidade!

— Isso mesmo — diz Luke. — Dinhidade. Tenho que ir.

Ele fica de pé e tira as abotoaduras Asprey do ursinho. Tomo um gole de chá de mentirinha, querendo mesmo que fosse um coquetel de verdade e que Luke pudesse tirar o dia de folga e que Alicia morasse no Timbuktu.

— Querida, não sofra — diz Luke, como se estivesse lendo meus pensamentos. — Você vai se sair bem. Queixo erguido, olhos firmes.

Não consigo deixar de rir, pois é *exatamente* assim que ele fica quando está com raiva de alguém mas não quer fazer uma cena.

— Obrigada. — Eu o abraço e dou um beijo nele. — Você é a pessoa com mais "dinhidade" que eu conheço.

Luke junta os calcanhares e faz uma reverência como se fosse um príncipe austríaco, e dou outra risada. Tenho mesmo o melhor marido do mundo. E não sou nada convencida.

Quando chego à Little Leaf, estou decidida. Luke me inspirou. Vou ficar completamente serena e *não* vou deixar Alicia me abalar.

Minnie sai correndo para brincar com os amigos, e sigo para o lounge dos pais, onde parece que Alicia vai falar. Consigo ouvir o aspirador funcionando lá dentro, concluo que a sala não deve estar pronta e me encosto na parede para esperar. Alguns minutos depois, ouço passos, e Alicia aparece no canto, impecavelmente vestida com a roupa de ioga e segurando o que parece ser uma bolsa Hermès novinha.

Muito bem, é agora. Queixo erguido. Olhos firmes. Calma.

— Oi — digo, tentando agir naturalmente, mas ao mesmo tempo tentando parecer interessada e também nada ansiosa para manter minha moral inabalada. Tudo em uma sílaba.

— Becky.

Alicia acena e se encosta na parede à minha frente. Sinto como se estivéssemos jogando uma partida estranha de xadrez, só que não sei qual é o próximo movimento.

Enfim. Não é xadrez, digo para mim mesma. Isso não é uma batalha. Não vou nem *pensar* em Alicia. Vou... olhar meu celular. Sim. Quando começo a ler umas mensagens antigas, vejo que Alicia está fazendo o mesmo à minha frente. Só que ela fica rindo baixinho, balançando a cabeça e exclamando "Não brinca! Ah, hilário!", como se para demonstrar que vida divertida ela tem.

Estou furiosa, dizendo a mim mesma para não prestar atenção nela, não pensar nela... só que não consigo evitar. Nosso passado em comum fica piscando na minha mente como um filme. Todas as vezes que ela me sabotou, todos os planos dela, toda a sacanagem dela...

Meu peito sobe e desce de indignação, meus dedos se apertam e meu maxilar está contraído. Depois de um tempo, Alicia percebe, pois guarda o celular e me olha como se eu fosse algo interessante.

— Rebecca — diz ela daquele jeito *new age* e delicado que me dá vontade de esbofeteá-la. — Sei que você sente hostilidade em relação a mim.

Ela pronuncia "hoshtilidade" agora.

Claro.

— Hostilidade? — Olho para ela sem acreditar. — Claro que sinto hostilidade!

Alicia não diz nada, apenas suspira, como se dissesse: "Que pena que você sente isso, mas não faço ideia do motivo."

— Alicia — digo calmamente. — Você se lembra da forma como se comportou comigo nos últimos anos? Ou apagou tudo da memória?

— Quero contar pra você um pouco da minha jornada — diz Alicia, séria. — Quando conheci Wilton, estava muito infeliz. Acreditava ser deficiente de todas as maneiras possíveis. Ele me ajudou a me autorrealizar.

Argh. *Autorrealizar.* O que isso significa, afinal? Auto-obsessão, deve ser.

— A velha Alicia vivia em um ciclo muito venenoso. — Ela faz uma expressão melancólica. — A velha Alicia ainda era criança em muitos aspectos.

Ela está falando como se "a velha Alicia" não tivesse nada a ver com ela.

— Essa é você — digo, para lembrá-la.

— Sei que nosso relacionamento no passado talvez tenha sido... — Ela faz uma pausa como se estivesse querendo escolher a palavra certa. — Desequilibrado. Mas agora que acertei os ponteiros, podemos seguir em frente, não?

— Acertou os ponteiros? — Fico olhando para ela. — Que ponteiros?

— Por que motivo eu recomendaria sua filha para a Little Leaf? — pergunta ela, parecendo muito satisfeita consigo mesma.

As peças de repente se encaixam na minha mente.

— Você recomendou Minnie... pra quê? Pra compensar?

Alicia apenas baixa a cabeça com um leve sorriso, como se fosse Madre Teresa me dando uma bênção.

— De nada — diz ela.

De nada? Estou arrepiada de horror. Quero entrar no playground, arrancar Minnie de lá *e* ir embora da Little Leaf para sempre. Só que isso seria injusto com Minnie.

— Então você acha que estamos quites agora? — pergunto, só para ter certeza de que entendi direito. — Acha que está tudo certo?

— Se é assim que você vê, está bom pra mim. — Ela dá de ombros tranquilamente. — Pra mim, o mundo não é tão linear.

Ela me dá um sorriso condescendente, como fazia quando era RP financeira e eu era jornalista e o terno dela era mais caro do que o meu e nós duas sabíamos.

— Esqueça esse papo de linear! — Meus pensamentos estão descontrolados e furiosos, e tenho dificuldade em articulá-los. Mais ainda em manter a "dinhidade". — Só me responda isso, Alicia. Você está arrependida de alguma coisa que fez comigo? *Está arrependida?*

As palavras pairam no ar como um desafio. E, enquanto olho para ela, meu coração começa a vibrar com a expectativa. Minhas bochechas estão quentes e me sinto como uma menina de 10 anos no parquinho. Depois de todo o mal que ela fez a mim e a Luke, se ela realmente quiser acertar as contas, vai ter que se desculpar. Vai ter que dizer *de coração*. Percebo que estou prendendo a respiração. Estou esperando para ouvir isso há muito tempo. Um pedido de desculpas de Alicia, a Vaca Pernalta.

Mas só há silêncio. E, quando encaro aqueles olhos azuis, percebo que ela não vai pedir desculpas. É claro que não vai. Todo esse papo de acertar as contas. Ela não lamenta nem um pouco.

— Rebecca... — diz ela de forma pensativa. — Acho que você está obcecada.

— Ah, eu acho que você ainda é uma *bruxa* malvada!

As palavras saem da minha boca antes que eu possa impedi-las, e ouço um ruído alto de surpresa atrás de mim. Eu me viro e vejo um amontoado de mães no corredor, todas com olhos arregalados e algumas com as mãos na boca.

Meu coração fica apertado. Todas me ouviram. E todas amam Alicia. Jamais entenderiam, nem em um milhão de anos.

— Rebecca, sei que você não falou de coração — diz Alicia na mesma hora com a voz mais melosa estilo *new age*. — Você está passando por um período estressante na vida, é compreensível, estamos todas do seu lado... — Ela estica a mão para segurar a minha, e, perplexa, eu deixo que ela segure.

— Queenie, querida, você é tão compreensiva! — exclama Carola, me lançando facas no olhar.

— Queenie, você está bem? — pergunta Sydney ao entrar no lounge dos pais.

Conforme as outras mães vão passando, todas dizem uma palavra gentil para Alicia e todas evitam olhar para mim. É como se eu tivesse uma doença contagiosa.

— Vou embora — murmuro, puxando a mão.

— Você não vem para a reunião, Rebecca? — pergunta Alicia docemente. — Você é muito bem-vinda.

— Não dessa vez — digo e me viro. — Obrigada mesmo assim.

Quando saio andando pelo corredor, estou de cabeça erguida, mas meu rosto se contrai e estou à beira das lágrimas. Eu falhei, e Alicia venceu de novo. Como ela pode ter vencido? Isso não é nada justo.

Quando volto para casa, me sinto mais deprimida do que em qualquer outro momento desde que chegamos a Los Angeles. Tudo está dando errado, em todas as direções. Fracassei na minha missão de conhecer Nenita Dietz. Fracassei na minha missão de fazer amigos. Todos na Little Leaf vão pensar que sou uma psicopata cruel.

Estou entrando na cozinha e pensando se devo me servir de uma taça de vinho quando meu celular toca. Para minha surpresa, é Luke. Ele não costuma ligar no meio do dia.

— Becky! Como estão as coisas?

Ele fala de modo tão caloroso, gentil e familiar que por um momento horrível acho que vou cair no choro.

— Acabei de ver Alicia — respondo, desabando em uma cadeira. — Tentei ter "dinhidade".

— E como foi?

— Ah, lembra que você falou para eu não chamá-la de bruxa malvada? Eu a chamei de bruxa malvada.

A gargalhada de Luke é tão sincera e tranquilizadora que me sinto melhor na mesma hora.

— Não importa — diz ele. — É só ignorá-la. Você é tão melhor do que ela, Becky.

— Eu sei, mas ela está na escola todos os dias, e todo mundo acha que ela é maravilhosa...

Paro de falar, desanimada. Luke não *entende* essa coisa toda de portão de escola. Sempre que vai buscar Minnie, ele passa direto pelo portão e a leva embora e não parece reparar que existem outros pais. Muito menos o que eles estão vestindo e sobre o que estão fofocando, nem que olhares enviesados estão dando para quem.

— Você está em casa? — pergunta ele.

— Estou, acabei de voltar. Por que, você esqueceu alguma coisa? Quer que eu leve pra você?

— Não. — Luke faz uma pausa. — Becky, quero que você relaxe.

— Tudo bem — concordo, intrigada.

— Fique relaxada.

— Eu *estou* relaxada! — digo, impaciente. — Por que você está me mandando relaxar?

— Porque houve uma mudança de planos. Vou pra casa fazer uma reunião aí. Com... — Ele hesita. — Com Sage.

É como se um raio me atingisse.

Eu me sento ereta, com todas as terminações nervosas vibrando. Minha infelicidade desapareceu. Alicia de repente parece irrelevante na minha vida. Sage Seymour? Aqui? O que devo vestir? Será que tenho tempo de lavar o cabelo?

— Provavelmente nem vamos ver você — diz Luke. — Acho que vamos direto pra biblioteca. Mas eu queria avisar.

— Certo — digo, sem fôlego. — Você quer que eu prepare um lanche? Posso fazer cupcakes. De quinoa — acrescento rapidamente.

— Sei que ela gosta de quinoa.

— Querida, você não precisa fazer nada especial. — Luke parece pensar por um momento. — Na verdade, talvez seja melhor você sair.

Sair? *Sair?* Ele está maluco?

— Eu vou ficar em casa — digo com firmeza.

— Tudo bem — diz Luke. — Bem... vejo você em meia hora.

Meia hora! Desligo o telefone e olho para a casa, repentinamente insatisfeita. Nada parece bom o bastante. Eu devia reorganizar a mobília. Tenho também de escolher a roupa certa, retocar a maquiagem... Mas uma coisa de cada vez. Pego o celular e mando uma mensagem para Suze e para mamãe, com os dedos desajeitados de tanta empolgação.

Adivinhem! Sage vem aqui em casa!!!

De alguma forma, meia hora depois estou quase pronta. Lavei o cabelo e sequei com secador, e estou com bobes de velcro (vou tirar assim que ouvir o motor do carro). Mudei a posição dos sofás na sala e afofei as almofadas. Estou usando meu vestido tubinho novo, da Anthropologie, e decorei as sinopses de todos os próximos lançamentos de Sage, que procurei no Google.

Tenho dois looks completos prontos para ela, mas não vou mostrar de imediato. Não quero que ela se sinta bombardeada. Na verdade, vou ter de fazer isso de forma sutil, pois sei que Luke não vai gostar se eu invadir a reunião dele. Decido que vou ser bem casual. Vou deixar o casaco de brocado em algum lugar, e ela vai admirá-lo e então experimentar e tudo vai se desenrolar a partir daí.

Ouço o barulho de um motor a distância, vindo da frente da casa, seguido pelo som de portas de carros batendo. Eles chegaram! Levanto a mão para ajeitar o cabelo e de repente me lembro dos bobes. Começo a arrancá-los com pressa e a jogar um por um atrás de um grande vaso de plantas. Balanço a cabeça, me sento casualmente no sofá e pego um exemplar da revista *Variety*, um acessório incrível que faz qualquer um parecer interessadíssimo em cinema de maneira instantânea.

Escuto a porta da frente se abrindo. Eles estão entrando. Fique calma, Becky... fique tranquila...

— ... ir para a biblioteca, foi o que pensei — diz Luke. — Sage, esta é minha mulher, Becky.

Meu rosto começa a formigar quando três pessoas entram pela porta. Ah, meu Deus. É ela. É ela! Bem aqui, nesta sala! É mais baixa do que eu esperava, com braços pequenos e bronzeados e aquele cabelo sedoso familiar. Roupas: calça branca apertadíssima, sapatilhas laranja, um coletinho cinza e A Jaqueta. *A Jaqueta.* Não consigo acreditar que ela está usando! É de uma camurça clara e aveludada, e ela usou na *US Weekly* semana passada. Foi na seção "Quem se veste melhor?", e ela venceu. É claro que venceu.

Aran eu já conheço: é o empresário dela. É alto e louro, com olhos azuis e sobrancelhas arqueadas, e me cumprimenta com um beijo educado.

— Oi, Becky — diz Sage de forma simpática. — Nos falamos ao telefone, não foi? Na época da festa de Luke.

Ela tem um sotaque incrível. É bem americano, mas com um toque francês, pois a mãe dela é meio francesa e ela passou a primeira infância na Suíça. A revista *People* já chamou de "sotaque mais sexy que existe", e eu acho que concordo.

— Foi mesmo. — Engulo em seco. — Sim. Oi.

Tento pensar em mais alguma coisa para dizer... alguma coisa inteligente... vamos, Becky... mas tem algo errado com a minha cabeça. Está vazia. Só consigo pensar: *Sage Seymour! Na minha sala!*

— Você tem um belo jardim — diz Sage, como se estivesse fazendo um pronunciamento importante.

— Obrigado. Gostamos bastante dele.

Luke abre a porta de vidro que leva ao jardim. Sage e Aran vão atrás dele, e eu vou atrás de todo mundo.

Todos olhamos para o azul convidativo da piscina, e tento pensar rápido no que dizer. Mas é como se meu cérebro tivesse sido substituído por algodão.

— Vamos nos sentar aqui fora? — pergunta Luke, indicando uma mesa externa. Tem um guarda-sol enorme aqui, e o cara da piscina lava todos os dias para que sempre fique limpo.

— Claro.

Sage se senta graciosamente em uma cadeira, seguida por Aran.

— Tem água na geladeira... — Luke distribui garrafas.

— Alguém gostaria de um café? — Enfim consigo juntar mais de duas palavras.

— Não, obrigado — responde Aran educadamente.

— Acho que estamos bem, Becky — diz Luke. — Obrigado.

Ele faz um aceno que compreendo. Significa *deixe a gente em paz agora*. Mas vou fingir que não vi.

Quando os três começam a mexer em pastas e papéis, corro de volta para dentro de casa, pego o casaco de brocado, um cinto e um par de sandálias e volto correndo para o jardim. Paro sem fôlego ao lado de Sage e mostro o casaco pendurado no braço.

— Acabei de comprar isso — digo em tom informal. — É bonito, não é?

Sage observa o casaco.

— Bonito — concorda ela com um aceno, e vira uma página de clippings de imprensa fotocopiados.

— Quer experimentar? — pergunto de forma casual. — Tenho certeza de que é do seu tamanho. Ficaria bem em você.

Sage me dá um sorriso ausente.

— Não, obrigada.

Fico olhando para ela em estado de choque. É tão lindo que eu tinha certeza de que ela iria querer experimentar. Talvez ela não goste de casacos.

— Comprei esse cinto também. — Pego o cinto rapidamente. — Não é incrível?

O cinto é da coleção nova de Danny. É de camurça preta, com três fivelões verdes de resina. Com um vestido simples, faria o conjunto se destacar.

— É Danny Kovitz — conto a ela. — Ele é meu amigo, na verdade.

— Que ótimo — diz Sage, mas não dá sinal de que vai tocar nele, muito menos de que vai pedir para experimentar. Isso não está indo como planejado.

— Você calça 35, não é? — pergunto, desesperada. — Comprei essas sandálias por engano. Por que você não fica com elas?

— É mesmo? — Ela olha para mim, surpresa, e observa meus pés, maiores que os dela.

— Sim! Claro! Fique com elas.

Coloco as sandálias na mesa. São Sergio Rossi em tom claro de coral, bem simples e lindas. Na verdade, eu as quero para mim, e foi muito difícil comprar no tamanho de Sage, não no meu.

— Legal!

Finalmente! Sage está finalmente mostrando algum interesse. Ela pega um pé da sandália e o vira de um lado para o outro.

— Minha irmã vai adorar. Usamos o mesmo número. Dou para ela tudo que não quero. Obrigada!

Fico olhando para ela, consternada. Irmã? *Tudo que não quero?*

Um pensamento ocorre a Sage de repente.

— Como foi que você comprou do tamanho errado? Isso não é estranho?

Estou ciente do olhar sardônico de Luke do outro lado da mesa.

— Ah. Certo. — Sinto que estou ficando vermelha. — Ah... eu me confundi entre os tamanhos britânico e americano. E não experimentei. Nem posso devolver.

— É uma pena. Bem, obrigada!

Ela entrega as sandálias a Aran, que as coloca em uma bolsa no chão, perto dos pés. Fico arrasada e as vejo desaparecer.

Ela não gostou de nada do que comprei. Não sugeriu irmos fazer compras juntas, muito menos pediu conselho para seu próximo look para o tapete vermelho, nem nenhuma das minhas fantasias. Não consigo deixar de ficar desanimada. Mas não vou desistir. Talvez eu só precise conhecê-la um pouco melhor.

Luke está passando uma folha com o título *Agenda*. Todos estão me ignorando. Não posso mais ficar em volta da mesa. Mas *não posso* voltar docilmente para dentro de casa. Talvez... Vou pegar sol. Sim, boa ideia. Vou correndo para dentro de casa e pego a *Variety* que está na sala, depois volto caminhando com indiferença e me sento em uma espreguiçadeira a uns 3 metros deles. Luke olha com a testa levemente franzida, mas eu o ignoro. Posso tomar sol no meu próprio jardim, não posso?

Abro a *Variety* e leio um artigo sobre o futuro de franquias 3D, tentando prestar atenção na conversa à mesa. O problema é que eles estão falando tão *baixo*. Mamãe sempre reclama que as estrelas de cinema de hoje em dia sempre murmuram, e tenho de concordar. Não consigo ouvir nada do que Sage está dizendo. Ela devia fazer umas aulas de dicção e teatro. Devia projetar a voz!

Luke está sendo igualmente discreto, e a única voz que ecoa pelo jardim é a de Aran. Mesmo assim, só pego uma ou outra palavra intrigante.

— ... marca... posicionamento... Cannes... ano que vem... Europa...

— Eu concordo — diz Luke. — Mas... *murmúrio murmúrio*... orçamento grande... premiação da Academia...

Premiação da Academia? Apuro os ouvidos. O que tem a premiação da Academia? Deus, como eu queria que tivesse legendas.

— Quer saber? — diz Sage com animação repentina. — Fodam-se todos eles. Eles são... *murmúrio murmúrio*... Pippi Taylor... bem, a escolha deles...

Estou quase caindo da espreguiçadeira ao tentar ouvir. Estava escrito no *Hollywood Reporter* da semana passada que Sage Seymour tinha perdido para Pippi Taylor os últimos três papéis que tentou. Também dizia que Sage estava "em decadência", coisa que eu jamais comentaria. Acho que foi por isso que ela contratou Luke, para ajudar a mudar o rumo das coisas.

— ... situação de Lois Kellerton...

— ... tem que ignorar Lois Kellerton, Sage.

Lois Kellerton. Eu me sento mais ereta, e minha mente trabalha de maneira frenética. Agora me lembro. Sage e Lois Kellerton têm uma desavença antiga. Não tem um clipe delas no YouTube gritando uma com a outra nos bastidores de alguma premiação? Mas não consigo lembrar qual é o problema.

— Ignorar aquela vaca? — Sage ergue a voz com indignação. — Depois de tudo que ela fez pra mim? Você está brincando, né? Ela é uma... *murmúrio murmúrio*...

— ... não é relevante...

— ... totalmente relevante!

Ah, não aguento mais. Pela primeira vez, tenho algo com que contribuir para a conversa deles. *Não posso* ficar mais quieta.

— Eu conheci Lois Kellerton! — disparo de repente. — Quando estávamos aqui procurando casa.

— Ah, é? — Sage me dá uma olhada rápida. — Coitada de você.

— Eu não sabia disso, Becky. — Luke parece surpreso.

— Ah, foi. E foi bem bizarro. Vocês nunca vão *adivinhar* o que ela estava fazendo.

Sinto uma onda de triunfo quando Sage finalmente me dedica atenção total.

— O que aquela maluca estava fazendo?

— Ela estava...

Hesito por um momento quando o rosto pálido e tenso de Lois surge em minha mente. A voz suplicante. A mão dela segurando a minha. Eu prometi guardar segredo, penso, incomodada. E mantive a promessa até agora. (Menos para Suze. Mas ela não conta.)

Mas, por outro lado, por que devo protegê-la? Ela estava violando a lei. Exatamente. Exatamente! Eu devia tê-la levado até a delegacia mais próxima. E ela tentou me subornar. Pois bem, não sou uma pessoa que pode ser subornada. De jeito nenhum. Não Becky Brandon. Além do mais...

Quer dizer, a questão é...

Certo. A verdade real e sincera é que estou desesperada para ter a atenção de Sage.

— Ela estava furtando em uma loja! — As palavras saem da minha boca antes que eu consiga pensar melhor. E, se eu queria uma reação, não fico decepcionada.

— Não acredito. — Os olhos de Sage brilham e ela bate com a mão na mesa. — Não *acredito*.

— *Furtando?* — diz Aran, atônito.

— Venha aqui. Venha! — Sage bate na cadeira ao lado. — Conte tudo.

Tentando esconder a satisfação, corro até a mesa e afundo na cadeira ao lado de Sage.

Ai, meu Deus, minhas coxas têm o *dobro* do tamanho das dela. Não importa. Vou manter o olhar distante das coxas.

— O que aconteceu? — pergunta Sage com ansiedade. — Onde você estava?

— Ela estava em uma loja de artigos esportivos na Rodeo Drive. Pegou três pares de meias. Quer dizer, ela devolveu — acrescento apressadamente. — Acho que foi só... você sabe. Um momento de loucura.

— E você a pegou?

— Corri atrás dela na rua — admito. — Eu não sabia quem ela era.

— Você é uma heroína! — Sage levanta a mão pequena e cheia de anéis e bate na minha. — Isso aí, Becky!

— Eu não fazia ideia.

Luke parece perplexo.

— Bem, eu prometi que não ia contar pra ninguém.

— Mas você acabou de nos contar.

Luke ergue as sobrancelhas para mim e sinto uma pontada de mal-estar, que sufoco rapidamente. Não é nada de mais. Não falei para o mundo todo.

— Não contem pra mais ninguém, tá? — Olho para todos eles. — Foram só três pares de meias.

— Claro. — Sage dá um tapinha na minha mão. — Seu segredo está seguro com a gente.

— Ela teve sorte de ter sido você quem a viu, e não o segurança da loja — diz Aran secamente.

— Típico. Aquela bruxa sempre se dá bem. — Sage revira os olhos. — Agora, se tivesse sido *eu* quem a pegou...

— Nem comece. — Aran dá uma gargalhada curta.

— O que aconteceu entre vocês? — arrisco timidamente. — Sei que houve algum tipo de... discussão.

— Discussão? — Sage dá uma gargalhada debochada. — Foi mais um ataque sem motivo algum. Ela é maluca. Tem um parafuso a menos, se você quer saber.

— Sage. — Aran suspira. — Isso é coisa do passado. — Ele olha para Luke. — Acho que a gente pode seguir em frente.

— Sem dúvida. — Luke concorda. — Vamos...

— Não! Becky quer saber! — Sage se vira para mim e ignora Aran e Luke. — Começou no SAG Awards. Ela disse que devia ter ganhado o prêmio de Melhor Atriz porque estava melhor do que eu no filme dela. Como assim? Eu fiz o papel de uma *mulher com* câncer.

— Não acredito. — Fico olhando para ela com expressão de choque. — Que horror.

— Sabe o que ela disse? "Não se ganha prêmio nenhum de atuação por raspar a cabeça." — Sage arregala os olhos. — Você sabe o quanto eu pesquisei pra fazer aquele papel?

— De qualquer modo...

— Bem, ela está tendo o que merece agora. — Sage aperta os olhos. — Você soube do filme sobre atletismo que ela está fazendo? Um pesadelo. Dez milhões acima do orçamento e o diretor pulou fora. Todo mundo a odeia. Ela vai *afundar*. — O celular dela apita e ela olha para a tela. — Ah, tenho que ir. Terminem sem mim.

— Você tem que *ir*? — Luke fica olhando para ela. — Acabamos de começar!

— Sage, querida. — Aran suspira de novo. — Liberamos sua agenda pra isso. Queremos saber o que Luke tem a dizer.

— Eu tenho que ir — repete ela, dando de ombros. — Esqueci que tenho aula no Golden Peace.

— Então cancele.

— Não vou cancelar! — retruca ela como se ele estivesse maluco. — Vejo o que vocês fizeram depois.

Reparo em Aran e Luke trocando olhares frustrados quando ela pega a bolsa, mas estou mais interessada no fato de que ela vai ao Golden Peace.

— E você vai muito ao Golden Peace? — pergunto casualmente.

— Ah, muito. É maravilhoso. Você devia ir.

— Na verdade, estou planejando mesmo. — Ouço-me dizendo. — Então vejo você lá!

— Você vai ao Golden Peace, Becky? — diz Luke, sem expressão. — Eu não sabia disso.

— Pois é. — Evito o olhar zombeteiro dele. — Vou me matricular em algumas aulas.

— Ah, faça isso! — diz Sage com sinceridade. — Aquele lugar é ótimo. Tenho uns problemas sérios de autoestima e eles trabalharam isso muito bem. Também tenho problemas de autoafirmação, de autoaceitação... Estou lutando contra umas coisas complicadas. — Ela joga o cabelo para trás. — E você?

— Eu também — digo rapidamente. — Também estou lutando contra coisas complicadas. Tenho... eh... problemas com compras. Quero trabalhar isso.

Escuto uma gargalhada debochada vinda da direção de Luke, que prefiro ignorar.

Sage assente.

— Eles têm um bom programa pra isso. É um ótimo lugar pra botar as merdas em ordem. De que adianta isso tudo se a gente não se amar, não é? — Sage abre bem os braços. — E como podemos nos amar se não nos *entendemos*?

— Exatamente. É exatamente o que sempre pensei.

— Que ótimo. Bem, vejo você lá. Poderíamos tomar um café, não é?

— Eu adoraria — digo da forma mais displicente possível.

— Esse é meu número novo de celular... — Ela pega meu celular e digita um número. — Me mande uma mensagem para eu ter o seu.

Ah, meu Deus! Alguém me belisca. Estou marcando um café com Sage! *Finalmente* vou ter uma coisa para contar para mamãe e Suze!

Assim que Sage vai embora, entro correndo em casa e ligo para Suze.

— Oi, Suze! — exclamo, assim que ela atende. — Adivinha!

— Não, adivinha *você*! — responde ela, com a voz transbordando de empolgação. — Vamos pra Los Angeles! Convenci Tarkie. Ele vai ter uma reunião com o pessoal daí. Eu disse para ele: "É uma irresponsabilidade ter investimentos nos Estados Unidos sem saber quais são eles." Ele acabou concordando. E está precisando muito de um descanso. — Ela suspira. — Ele ainda está arrasado por causa da Onda. Você viu as matérias no jornal?

Faço uma careta.

— Algumas.

— O pai dele fica mandando recortes de jornal e dizendo que ele desgraçou o nome Cleath-Stuart.

— Não! — respondo, horrorizada.

— O pobre Tarkie se sente um fracasso. E a coisa mais imbecil é que agora o chafariz *está funcionando*. É uma atração turística incrível. Mas todo mundo só se lembra da inauguração que deu errado.

— Venha para Los Angeles o mais depressa que puder — digo com firmeza. — Vamos caminhar na praia e esquecer isso tudo, e Tarkie vai se alegrar.

— Exatamente. Estou olhando os voos agora. Falei pro pessoal da escola que vamos levar as crianças em uma viagem sabática educativa. Los Angeles é uma cidade educativa, não é?

— Sem dúvida! Quanto tempo vocês vão ficar?

— Não sei. Um mês pelo menos, talvez mais. Tarkie precisa de um bom tempo de descanso. Uma semana não basta. Ah, qual era a sua novidade? — acrescenta ela, como se tivesse acabado de lembrar.

— Nada de mais — digo casualmente. — Só que conheci Sage Seymour e nos demos bem e vamos tomar café no Golden Peace. Rá!

— Ah, meu Deus! — A voz de Suze explode nos meus ouvidos. — Anda, fala! Como ela é? O que estava vestindo? O que... Espera! — Ela se interrompe. — Você disse Golden Peace?

— Disse. — Tento parecer indiferente.

— O lugar de reabilitação?

— É.

— Fundado pelo marido da Alicia, a Vaca Pernalta?

— É.

— Bex, você está louca? Por que vai lá?

— Para... hã... entrar no programa de vício em compras.

— *O quê?* — Ela chega a cuspir no telefone.

— Quero trabalhar meus problemas. — Pigarreio. — Tenho questões complicadas a resolver.

Por algum motivo, quando falo para Suze, não parece tão convincente quanto antes.

— Não tem, não — discorda ela com deboche. — Você só quer andar com a Sage Seymour e todas as celebridades!

— E daí se eu quiser? — digo na defensiva.

— Mas elas são *estranhas* — argumenta ela, parecendo infeliz. — Bex, não fique estranha comigo, por favor.

Fico em silêncio por um momento. Ela está certa. Elas são meio estranhas. Alicia é *completamente* estranha. Mas, se eu não for ao Golden Peace, como vou tomar café com Sage?

— Vou ficar bem. Vai entrar por um ouvido e sair pelo outro.

— Ah... tudo bem. — Suze suspira. — Mas não se deixe envolver. Por favor.

— Prometo. — Cruzo os dedos.

Não vou admitir a verdade: eu *quero* me deixar envolver. Porque me ocorreu que, se Sage vai ao Golden Peace, quem mais será que também vai? Que oportunidades de carreira podem existir lá? E se eu conhecer um diretor famoso e começarmos a conversar sobre os figurinos para o próximo filme dele tomando um chá de ervas ou o que quer que eles bebam. (Provavelmente água de coco ou de inhame. Ou água de banana. Alguma coisa nojenta assim.)

— Bex.
— Ah. — Eu volto a mim. — Me desculpe, Suze.
— Me conte, então — pergunta ela. — O que Sage estava usando? E não deixe nada de fora.
— *Bem...*

Eu me encosto com alegria e me acomodo para uma longa conversa. Los Angeles é incrível e empolgante e tudo... mas sinto falta da minha melhor amiga.

De: Kovitz, Danny
Para: Kovitz, Danny
Assunto: Estou vivo!!!!!!!

queridos amigos

estou escrevendo do campo de treinamento na ilha de kulusuk. estou aqui há um dia e já sei que vai ser uma experiência transformadora para mim. nunca me senti tão vivo. tirei fotos do gelo e do povo inuíte fofo com suas roupas lindinhas. estou pronto para o desafio. estou pronto para me levar ao limite. estou pronto para me unir com a natureza poderosa e incrível ao meu redor. é uma experiência mística. estou orgulhoso e humilde e vivo e empolgado. vou ver paisagens que poucas pessoas já viram. vou me levar ao extremo. minha nova coleção vai ser baseada nesta experiência.

recebam todo meu amor e me desejem sorte. vou mandar outro e-mail do próximo campo.

bjs bjs bjs danny

NOVE

Só posso dizer... uau! Quer dizer, *Namastê*. Ou talvez *Satnam*? (Andei aprendendo um monte de palavras espirituais de ioga e tentando usar em conversas. Só que "*Satnam*" sempre me faz pensar em "satanás".)

Por que nunca fiz a terapia de Mente Corpo Espírito? Por que nunca participei desses eventos na Inglaterra? Nem de Viaje por Seu Território Interior? Nem de Cura Sã para Traumas de Infância? Estou indo ao Golden Peace há duas semanas e minha vida já se transformou. É incrível!

Para começar, o lugar é fantástico. Fica em um terreno enorme perto da costa, ao sul de Los Angeles. Era um clube de golfe, mas agora é cheio de prédios baixos cor de areia e lagos com carpas e uma pista de corrida, que tenho intenção de usar qualquer hora dessas. Além do mais, vendem sucos de fruta e refeições saudáveis, e tem aula gratuita de ioga na hora do almoço na praia, e à noite passam filmes inspiradores ao ar livre e todos se acomodam em pufes. Basicamente, não dá vontade de ir embora nunca.

Estou em uma sala com piso escuro de madeira e cortinas brancas esvoaçantes e há uma fragrância delicada no ar. Todas as salas do Golden Peace têm o mesmo cheiro, é o aroma exclusivo deles de ylang ylang e cedro e... alguma outra coisa saudável. As velas aromáticas estão à venda na lojinha. Já comprei oito, pois serão presentes de Natal *perfeitos*.

Todos os programas para vício em compras estavam lotados quando liguei, mas isso não importa, porque uma garota muito gentil, Izola, me recomendou um programa completo de aulas de bem-estar. A questão é que todo mundo pode trabalhar a alma e o ser interior; o "músculo espiritual" precisa de exercício como qualquer outro. (Li isso no livreto.)

Faço parte de um grupo de autoestima às segundas, de Comunicação com Compaixão às terças, O Eu Transitivo às quartas e uma aula incrível chamada Buscando o Bem-Estar às sextas. Agora é quinta de manhã, e estou na aula de Concentração para uma Vida Positiva. No começo da aula, a professora sempre diz que é difícil se concentrar e que vai levar tempo para deixarmos o mundo exterior, e que não devemos ser impacientes conosco. Mas, na verdade, acho fácil. Devo ter um talento natural.

O grupo está em silêncio e estamos todos meditando sobre alguma coisa na sala, que é o que fazemos todas as semanas. Por sorte, o pessoal no Golden Peace tem muito estilo, então há sempre alguma coisa interessante sobre a qual meditar. Hoje, estou concentrada em uma linda mochila de couro azul-petróleo que a garota de cabelos pretos à minha frente colocou embaixo da cadeira. Tenho vontade de perguntar se existe em cinza-chumbo, mas talvez eu só faça isso depois da aula.

— Brian — diz Mona, nossa professora, com voz baixa. — Você poderia verbalizar sua jornada de concentração de hoje? Sobre o que está meditando?

Já vi Brian em outra ocasião. Ele é alto e moreno, com um nariz bem proeminente, coisa incomum em Los Angeles, e está sempre com um copo do Starbucks, apesar de eu ter certeza de não ser permitido.

— Estou concentrado nas linhas do piso — responde Brian com voz distante. — Estou vendo a forma como a madeira gira ao redor, reflui e segue. Quero pensar na minha ex-mulher, mas vou afastar esses pensamentos. — Ele parece furioso de repente. — Não vou pensar nela *nem* no advogado dela...

— Brian, não se recrimine — diz Mona delicadamente. — Apenas permita que seus pensamentos voltem para o chão. Absorva cada detalhe. Cada linha, cada mancha, cada curva. Esteja presente no momento. Tente alcançar um sentimento apurado de percepção.

Brian expira.

— Estou no momento — repete ele com voz trêmula e os olhos grudados no chão.

— Que bom! — Mona sorri. — Agora, Rebecca? — Ela se vira para mim. — Você não participou muito. Como está sua meditação hoje?

— Ótima, obrigada! — Abro um sorriso largo para ela.

— Sobre o que você está meditando hoje?

— Aquela mochila. — Aponto. — É muito bonita.

— Obrigada. — A garota de cabelo preto sorri.

— Uma mochila. — Mona pisca. — Isso é diferente. Você está se concentrando na textura da mochila... nas fivelas... na cor?

— Nas alças — digo.

— Nas alças. Que bom. Talvez você possa compartilhar sua meditação conosco. É só... nos dar um fluxo de consciência. Nos leve para onde seus pensamentos estão indo.

— Tudo bem. — Respiro fundo. — Bem, estou pensando que aquelas alças parecem muito confortáveis, mas depende da largura dos ombros, né? E estou me questionando se posso experimentá-la depois da aula. Eu preferiria cinza-chumbo porque já tenho uma mochila de couro azul-petróleo, mas talvez possa dá-la para minha amiga Suze porque ela sempre gostou dessa mochila, e ela vem me visitar. Na verdade, ela chega hoje! E também estou me perguntando se a encontro na Barneys porque tenho um vale-presente de lá, apesar de também ter visto um casaco *muito* lindo para a minha filha Minnie no departamento infantil que também quero comprar...

— Rebecca, pare! — Mona levanta a mão, e paro, surpresa. — Pare aí!

Qual é o problema? Achei que eu estava indo muito bem. Estava bem mais interessante do que Brian e a tediosa madeira granular.

— Sim? — digo com educação.

— Rebecca... Vamos lembrar o que concentração quer dizer. Quer dizer que damos atenção à experiência presente baseada no momento.

— Eu sei — concordo. — Minha experiência presente é pensar na mochila — explico. — É Alexander Wang?

— Não, é 3.1 Phillip Lim — diz a garota. — Comprei pela internet.

— Ah, em qual site?

— Acho que você não entendeu — interrompe Mona. — Rebecca, tente se concentrar em apenas um aspecto da mochila. Assim que você perceber que sua mente está se dispersando, traga-a delicadamente de volta ao objeto de sua atenção. Certo?

— Mas minha mente não se dispersou — protesto. — Eu estava pensando na mochila o tempo todo.

— Posso mandar o link pra você — diz a garota de cabelo preto. — É uma mochila ótima. Cabe um iPad.

— Ah, posso experimentar?

— Claro. — A garota pega a mochila.

— Pessoal! — A voz de Mona soa meio aguda, e ela sorri imediatamente, como se para compensar. — Coloque a mochila no lugar! Tudo bem. Vamos... nos concentrar agora. Rebecca, vou recomendar que você pare com a meditação da mochila por enquanto. Em vez disso, tente se concentrar na respiração. Fique ciente da sua respiração entrando e saindo do corpo. Não a julgue... não julgue você mesma... só observe sua respiração. Você consegue fazer isso?

Dou de ombros.

— Tudo bem.

— Que ótimo! Vamos fazer cinco minutos de meditação, todos nós. Podem fechar os olhos se quiserem.

A sala fica em silêncio, e eu tento obedientemente me concentrar na respiração. Para dentro. Para fora. Para dentro. Para fora. Para dentro.

Meu Deus, isso é muito chato. O que há para se pensar sobre respiração?

Sei que não sou especialista em me concentrar, mas a meditação tem que fazer você se sentir bem, não é? Eu me sentiria *bem* melhor se estivesse meditando sobre uma linda mochila em vez de meditar sobre minha respiração.

Meus olhos se abrem e se dirigem à mochila. Ninguém consegue saber sobre o que estou meditando. Vou dizer que é sobre minha respiração. Nunca vão saber.

Ah, eu amei mesmo aquela mochila. Os zíperes são tão lindos. E a questão é que eu devia comprá-la porque mochilas são boas para a postura. Suze vai ficar feliz da vida se eu der minha Marc Jacobs para ela. Olho discretamente para o relógio. Eu me pergunto onde ela deve estar. Espero que no aeroporto. O avião dela já deve ter pousado, e falei para ela vir direto para o Golden Peace para almoçarmos. Graças a Deus não tem só água de coco; servem um bom cappuccino descafeinado e brownies deliciosos de alfarroba, e Suze disse que traria uns chocolates Lion...

— E gradualmente voltem seus pensamentos mais uma vez para o grupo. — A voz de Mona interrompe minha meditação. Por toda a sala, as pessoas começam a abrir os olhos e a esticar as pernas, e algumas bocejam. Mona sorri para mim. — Como foi? Conseguiu manter a mente concentrada, Rebecca?

— Eh... consegui! — respondo, alegre.

E é meio verdade. Meus pensamentos *estavam* concentrados, só que não na minha respiração.

Terminamos com um minuto de contemplação silenciosa e saímos da sala para o terreno, piscando várias vezes ao voltarmos para a luz intensa do sol. Na mesma hora, todo mundo que estava na aula volta a ligar o celular e olha para o aparelho com atenção. *Isso* é concentração, se você quer saber. Devíamos meditar sobre nossos celulares. Na verdade, talvez eu dê essa sugestão na semana que vem...

Obaaaaa! Meu celular apita com uma mensagem, e quase dou um grito. É de Suze! Ela está aqui!

Tenho que dizer uma coisa sobre Suze. Ela é uma das pessoas mais bonitas que conheço, e não falo isso porque ela é minha amiga. Ela é alta, magra e tem roupas incríveis. Poderia até representar a Inglaterra em algum concurso de beleza e uma vez quase foi modelo da *Vogue*. Mas ela tem *mesmo* a tendência de passar muito tempo de calça de montaria ou calça jeans ou com alguma roupa velha da Barbour, principalmente agora que mora no interior. E é isso que espero ver quando vou correndo para o portão de entrada. Suze de calça skinny e sapatilha, talvez com uma jaqueta de linho, e as crianças com jardineiras de veludo e shorts feitos à mão pela Nanny.

O que não espero ter é essa visão à minha frente. Preciso piscar para ter certeza de que são os Cleath-Stuarts. Eles parecem uma família famosa de Los Angeles. O que *aconteceu*?

Suze está tão espetacular que mal a reconheço. Para começar, está usando um short jeans pequenininho. Bem, bem pequenininho. As pernas dela são longas e bronzeadas, e os pés com unhas feitas estão de Havaianas. O cabelo comprido está mais louro do que o habitual (ela clareou?), e ela está usando óculos Pucci maravilhosos. As crianças também estão lindíssimas. Os dois garotos estão usando jaquetas de aviador e gel no cabelo, e Clementine está demais com uma sainha jeans com colete.

Por um momento, só o que consigo fazer é piscar de estupefação. Mas Suze me vê e começa a acenar freneticamente, e ganho vida de novo e me adianto.

— Suze!

— Bex!

— Você chegou! — Eu a envolvo em um abraço, depois abraço todas as crianças, uma de cada vez. — Suze, suas *roupas*!

— Estão boas? — pergunta Suze na mesma hora, com ansiedade, e passa a mão no microshort. — Eu queria ficar adequada. Estou bem?

— Você está incrível! Passou spray bronzeador? — Vejo um golfinho tatuado no tornozelo dela e sufoco um gritinho. — Suze, você *não* fez uma tatuagem, fez?

— Ah, não! — Ela ri. — É temporária. Todo mundo tem tatuagem em Los Angeles, então achei melhor fazer uma pra viagem. E botei umas pulseiras da amizade.

Ela balança o braço na minha direção, e vejo umas vinte pulseiras da amizade no pulso dela, no qual normalmente usa um relógio Cartier antigo.

— Você foi muito detalhista! — digo, impressionada. — Está a cara de LA. Tarkie fez a mesma coisa? Cadê ele, afinal?

— Está vindo. Parou pra olhar uma árvore diferente no terreno. E não, ele não fez a mesma coisa. — Ela parece triste de repente. — Ele não quis. Comprei uma camiseta com uma estampa incrível pra ele e uma bermuda desfiada, mas ele não quis usar. Não consigo fazê-lo tirar aquele casaco de caça.

— Casaco de caça? Em Los Angeles?

Sufoco uma risada. O casaco de caça de Tarquin já é tradição. É feito do tweed da família e tem uns 95 bolsos e cheiro de cachorro molhado o ano todo.

— Exatamente! Eu queria que ele usasse um casaco de couro de aviador, mas ele se recusou. Acha que pulseiras da amizade são idiotice e que a minha tatuagem é horrenda. — Ela parece indignada. — Não é horrenda! É linda!

— É linda — digo de forma tranquilizadora.

— Eu só achei que seria uma oportunidade para ele se afastar, sabe? — A indignação de Suze se transforma em uma ansiedade familiar. — Ele precisa parar de sofrer. Precisa esquecer o pai, a LHA e toda aquela gente.

— A LHA? — repito. — O que é isso?

— Ah. — Ela faz uma careta. — Eu não contei? É a Letherby Hall Association. São integrantes do público que apoiam a Letherby Hall. Fizeram um abaixo-assinado contra o chafariz.

— Não! — exclamo, consternada.

— Pois é. E outro grupo iniciou um abaixo-assinado *a favor* do chafariz. Eles se odeiam. São todos loucos. — Ela balança a cabeça. — Enfim, esqueça isso. Tem alguma celebridade aqui? — Ela olha para todos os lados enquanto seguimos pelo caminho para a área de lazer. — Não consigo *acreditar* que você começou a frequentar o Golden Peace.

— Não é incrível? — digo com entusiasmo. — Tem grupos ótimos, tem ioga, servem brownie... — Faço uma pausa no trecho pavimentado com sinos de bronze presos em pequenos pilares também de bronze ao redor. — São os Caminhos da Serenidade — explico. — Você pode tocar os sinos se precisar de clareza.

— Clareza? — Suze levanta uma sobrancelha.

— É. Você sabe. Clareza na vida.

— Você consegue clareza na vida tocando um sino?

Ela dá uma gargalhada debochada e toca um deles.

— É! — afirmo, na defensiva. — Você precisa manter a mente aberta, Suze. É como uma vibração. O barulho do sino muda o ritmo do seu ouvido interior e promove compreensão e resolução e... eh... — Ah, meu Deus, esqueci o resto. — De qualquer modo, o som é legal — concluo rapidamente.

Foi Bryce, o Líder de Crescimento Pessoal, que me explicou sobre as vibrações e a clareza durante minha sessão de apresentação, e entendi tudo na hora. Vou ter que pedir que ele me explique de novo.

Há um som repentino e violento por todos os lados. Os filhos de Suze decidiram sair tocando os sinos. Ernest, que é meu afilhado, está chutando o dele, que está quase caindo do pilar.

— Parem! — diz Suze, arrastando-os para longe. — É clareza demais! Podemos tomar uma xícara de... — Ela se interrompe. — Uma vitamina?

Rá. Ela ia dizer "xícara de chá". Sei que ia!

— Você quer uma xícara de chá, Suze? — pergunto para provocá-la. — E um biscoito para acompanhar?

— Não, obrigada — recusa ela na mesma hora. — Prefiro tomar um suco de fruta. Com um pouco de broto de trigo.

— Não, não prefere.

— Prefiro, sim — diz ela, obstinada.

Ela quer muito uma xícara de chá. Mas não vou mais provocá-la. Ela pode tomar uma quando chegarmos em casa. Comprei saquinhos de chá inglês e Cooper's Oxford Marmalade e Branston Pickle.

Levo todos para a área de lazer, onde há um café e um playground para as crianças. Ali perto, alguns homens estão jogando vôlei e há uma aula de tai chi a 100 metros, debaixo das árvores.

— Por que tem um playground aqui? — pergunta Suze quando as crianças saem correndo para os balanços e nos sentamos a uma mesa do café. — Não tem crianças aqui, tem?

— Ah, não — respondo, segura. — Mas as famílias dos residentes costumam vir visitar.

— Residentes?

— Você sabe. Os estressados viciados em reabilitação. Eles moram ali. — Aponto para uma área isolada por um portão dentro do terreno. — Aparentemente, tem uma celebridade *das grandes* morando aqui no momento. Mas ninguém diz quem é.

— Droga!

— Pois é.

— Podemos passar e dar uma espiada?

— Já tentei — revelo com pesar. — O pessoal da segurança manda os enxeridos embora.

— Mas tem outros famosos aqui, não tem?

— Tem! Um monte! — Estou prestes a elaborar minha resposta quando reparo em um integrante da equipe passando por perto. — Mas é claro que é tudo secreto, então não posso contar nada — acrescento rapidamente.

A verdade é que só vi duas celebridades no grupo, e elas não eram tão famosas assim. Uma era modelo da Victoria's Secret e fez cada um do nosso grupo de autoestima assinar acordos de confidencialidade. E aí ela percebeu que tinha escrito o próprio nome errado, e tivemos todos que mudar "Brandie" para "Brandee" e rubricar. Depois, não falou nada de remotamente interessante. Estou falando sério.

— Vou tomar café com Sage Seymour — digo, e Suze franze a testa, insatisfeita.

— Você não ia fazer isso duas semanas atrás?

— É, bem, ela anda ocupada...

Paro de falar quando vejo uma pessoa vindo em nossa direção.

— Ah, meu Deus — sussurro. — Tarquin está *horrível*.

— Pois é — concorda Suze. — Exatamente! Ele poderia pelo menos ter colocado uma calça jeans.

Mas não é disso que estou falando. Não estou olhando para o casaco de caça de tweed, nem para os sapatos brogues velhos nem para a gravata mostarda de crochê no pescoço. É o rosto dele. Ele está tão pálido. E há uma inclinação nos ombros dele da qual não me lembro.

Luke também costuma ficar perturbado por causa do trabalho, me pego pensando. Mas é diferente. Ele construiu a própria empresa sozinho. Gerenciou. Criou. Já Tarquin recebeu um império inteiro nos ombros quando o avô morreu. E, agora, parece estar pesado demais para ele.

— Tarkie! — Eu me apresso em cumprimentá-lo. — Bem-vindo a Hollywood!

— Ah. Hã... — Ele dá um sorrisinho fraco. — Sim. Hollywood. Maravilhoso.

— Tarkie, tire esse casaco de caça! — diz Suze. — Você deve estar morrendo de calor. Pensando melhor, por que não tira a camisa também?

— Tirar a camisa? Em público?

Tarquin parece escandalizado, e me seguro para não rir. É melhor eu não levá-lo para visitar Venice Beach.

— Pra pegar um pouco de sol! Faz bem! Olha, todos aqueles homens ali estão sem camisa.

Suze aponta de forma encorajadora para os jogadores de vôlei na praia, que estão quase todos de shorts desfiados e bandanas na cabeça.

Suze sabe ser bem mandona quando quer, e em trinta segundos Tarkie tira o casaco de caça, a gravata, a camisa, as meias e os sapatos. Para minha surpresa, *ele é bem bronzeado e musculoso*.

— Tarkie, você andou malhando? — pergunto, atônita.

— Ele tem ajudado a colocar cerca na propriedade — diz Suze. — Você não se importa de tirar a camisa pra isso, não é?

— Mas lá estou na minha propriedade — explica Tarkie, como se fosse óbvio. — Suze, querida, acho que vou vestir a camisa...

— Não! Agora ponha isso. — Ela entrega a ele um par de óculos Ray-Ban. — Pronto! Está ótimo.

Estou quase ficando com pena de Tarquin e me oferecendo para pegar um chá Earl Grey quando a bola de vôlei quica perto de nós e Suze pula para pegá-la. Um cara bronzeado de short desfiado e camiseta do Golden Peace vem correndo, e, quando se aproxima, vejo que é Bryce.

Ele é incrível. Tem os olhos azuis mais penetrantes que já vi e olha bem nos olhos de cada pessoa antes de dizer qualquer coisa. Não sei quantos anos ele tem, o cabelo está ficando grisalho, mas ele é incrivelmente magro e bem-disposto. Não parece ser professor de nenhum grupo, mas anda pela propriedade e conhece todos e diz coisas como "Sua jornada começa aqui" e parece estar sendo sincero.

— Rebecca. — Os olhos dele se estreitam com um sorriso. — Como vai hoje?

— Muito bem, obrigada! — Dou um sorriso largo para ele. — Bryce, esses são meus amigos, Suze e Tarquin.

— Aqui está sua bola — diz Suze, entregando-a para ele.

Ela joga o cabelo para trás de um jeito meio constrangido, e consigo vê-la encolhendo a barriga, não que ela precise.

— Obrigado. — Bryce dirige o sorriso encantador para ela. — Bem-vindos, vocês dois. — Ele olha para o casaco de caça de Tarquin. — Jaqueta legal.

— Ah — diz Tarquin. — Hã. É meu casaco de caça.

— Casaco de *caça*. — Os olhos de Bryce se iluminam. — Essa é uma grande ideia. Acho que serve para todos os climas, não é? E quantos bolsos! Posso?

Bryce pega o casaco e o examina com admiração.

— São úteis para colocar cartuchos — diz Tarkie.

— Você atira nos filmes? — Bryce ergue o olhar, interessado. — É das antigas, hein. Desculpe perguntar, mas... eu conheço seu trabalho?

Ouço Suze dar uma gargalhada abafada na mesma hora que sufoco a minha. Bryce acha que Tarkie é diretor. Tarkie! Não consigo pensar em alguém menos improvável para dirigir um filme.

— Meu trabalho? — Tarkie parece um pouco incomodado. — Você está falando... do trabalho em Letherby Hall?

— *Letherby Hall.* — Bryce franze a testa. — Infelizmente, não vi. Foi lançado no mundo todo?

Tarquin parece perplexo. Eu e Suze nos olhamos e tentamos não explodir em gargalhadas.

— Enfim. — Bryce quica a bola duas vezes. — Quer jogar?

— Jogar?

— Vôlei.

Ele indica o pessoal que está esperando por ele na praia.

— Ah. — Tarquin parece ter sido pego de surpresa. — Acho que não...

— Vá! — diz Suze. — Pode ir, Tarkie. É exatamente disso que você precisa depois do voo.

Com relutância, Tarkie fica de pé e segue Bryce até a praia. Pouco depois, ele está no jogo, e, pelo que vejo, fazendo ótimas jogadas.

— Tarkie é excelente no vôlei! — exclamo.

— Ah, sim, ele é ótimo nesse tipo de coisa — diz Suze vagamente. — Mas esse Bryce é um espetáculo, não é?

Ela não está nem olhando para o marido. Seus olhos estão grudados em Bryce. É assim mesmo. Todo mundo fica vidrado nele, tanto homens quanto mulheres.

Um garçom se aproxima e eu peço vários sucos diferentes para nós e para as crianças, e estou quase perguntando a Suze o que ela quer fazer primeiro: a Calçada da Fama ou a Rodeo Drive ou o letreiro de Hollywood... quando reparo em uma pessoa com o canto do olho. Uma pessoa loura, andando na direção da praia com uma calça branca de ioga e um top nadador cor-de-rosa.

— Ela está aqui — murmuro, virando a cabeça rapidamente. — Não olhe.

— Quem? — Suze vira a cabeça imediatamente. — Alguém famoso?

— Não. Uma pessoa absolutamente horrível.

Suze a vê de repente e ofega.

— Alicia, a Vaca Pernalta!

— Shhh! — Eu puxo Suze. — Vire pra lá. Não preste atenção. Distraída e distante.

— Certo — diz Suze vagamente, sem se mexer.

Contei para Suze pelo telefone tudo sobre meu terrível encontro com Alicia, mas ela estava depilando as pernas na hora, e tenho certeza de que não prestou atenção direito.

— Ela emagreceu — diz Suze de forma crítica. — E o cabelo está lindo. Gostei do top...

— Pare de elogiá-la! E não chame atenção dela.

Mas é tarde demais. Alicia está vindo em nossa direção. Não é a primeira vez que a vejo no Golden Peace, mas é a primeira vez que ela vem falar comigo. Em termos de Golden Peace, Alicia é praticamente a realeza. Tem uma foto enorme dela e de Wilton no saguão, e, quando os dois passaram pelo café lotado na semana passada, as pessoas praticamente fizeram reverência. Todas, menos eu.

— Suze. — Alicia nem olha para mim, mas cumprimenta Suze com a nova voz suave, e vejo Suze piscar, surpresa. — Faz tanto tempo.

— Oi, Alicia — diz Suze com cautela.

— Você deve ter vindo visitar Rebecca. São seus filhos? — Ela se vira para olhar Ernest, Wilfrid e Clementine, que estão correndo como loucos em volta do escorrega. — São lindos! E adorei essas jaquetinhas fofas.

— Ah, obrigada! — responde Suze.

Ela parece desarmada, e faço cara de quem está explodindo de raiva por dentro. É um truque baixo típico. Elogiar as crianças.

— Por quanto tempo vocês vão ficar? — pergunta Alicia.

— Ainda não sei — diz Suze.

— Eu ia dizer que, se você quiser que eles frequentem a escola durante sua estada aqui, posso dar um jeito. Nossos filhos estudam em uma pré-escola ótima, não é, Rebecca? — Ela consegue olhar na minha direção sem que seus olhos encontrem os meus. — E tem uma escola particular ali perto que pode ser boa para o seu mais velho. Ele parece bem avançado, não?

— Bem. — Suze fica orgulhosa. — Ele é bastante inteligente...

— Eu poderia falar com os diretores. Pode ser divertido para eles vivenciarem, mesmo que brevemente, o sistema educacional americano. O semestre está quase acabando, mas há ótimos programas de verão.

— Uau! — Suze parece surpresa. — Ah, isso seria ótimo. Mas tem certeza...

— Não é nada. — Alicia dá aquele sorriso delicado novamente, mas fica séria em seguida. — Suze, sei que nossa amizade nem sempre foi sincera.

Amizade? Elas não têm amizade.

— Mas quero que você saiba — prossegue Alicia — que estou determinada a reconstruir o caminho e peço desculpas por qualquer incômodo que possa ter causado a você no passado. Vamos seguir com a jornada da vida com um astral diferente.

— Certo.

Suze parece totalmente desnorteada. Enquanto isso, eu fico olhando, petrificada de choque. Ela pediu desculpas? Ela pediu desculpas para Suze?

— Depois aviso sobre as escolas.

Alicia sorri e toca no ombro de Suze, como se dando uma bênção, acena com seriedade para mim e sai andando em direção à praia.

— Ah, meu Deus — diz Suze em uma explosão quando ela está longe o bastante para não ouvir. — O que *aconteceu* com ela? Aquela voz estranha e aquele sorriso... e todo aquele papo sobre reconstruir a vida... — Ela olha para mim rindo, mas eu não consigo rir.

— Ela pediu desculpas pra você — digo, sem acreditar.

— Pois é. — Suze parece satisfeita. — Achei fofo. E foi legal da parte dela oferecer ajuda com as escolas...

— Não! — Coloco as mãos na cabeça. — Você não entende! Ela se recusou a me pedir desculpas! Depois de tudo que fez pra mim e pro Luke, ela não quis pedir desculpas. Eu fui bem clara com ela.

— Bem... — Suze pensa por um momento. — Talvez ela tenha ficado constrangida demais.

— *Constrangida?* Alicia, a Vaca Pernalta não fica constrangida!

— Talvez tenha achado que já pediu desculpas.

— Você está defendendo a Alicia? — Olho para Suze, consternada. — Não consigo acreditar que você está defendendo essa Vaca Pernalta.

— Não estou defendendo! — rebate Suze. — Só estou dizendo que as pessoas mudam e...

Ela para de falar quando as bebidas chegam e a garçonete nos entrega duas sacolas de presente do Golden Peace, brancas e cintilantes com alças de cordinhas douradas.

— Alicia me pediu para entregar isso a vocês. — Ela sorri. — É um pequeno kit de boas-vindas.

— Aah! Obrigada! — diz Suze, e começa a abrir o dela na mesma hora. — Olha, óleo de banho... e uma vela...

— Você vai aceitar? — pergunto, escandalizada.

— É claro que vou! — responde Suze, revirando os olhos. — É um gesto de paz. Ela mudou. Você devia deixar as pessoas mudarem, Bex.

— Ela não mudou. — Olho para Suze com raiva. — Se tivesse mudado, teria pedido desculpas.

— Ela pediu desculpas!

— Não pra mim! — Eu praticamente grito. — Não pra *mim*!

— Olhe, Bex. — Suze para depois que começa a desembrulhar saquinhos de chás de ervas. — Não vamos discutir. Principalmente por causa da Alicia, pelo amor de Deus! Acho que você devia ficar com seus brindes e aproveitá-los. Vai. — Ela me cutuca com um sorriso provocador. — Abra. Sei que você quer...

Apesar de ainda estar fumegando por dentro, não posso mais discutir com Suze. Principalmente no primeiro dia dela aqui. Portanto, faço um esforço enorme e dou um sorriso. *Nunca vou fazer com que ela entenda meu problema com Alicia*, penso com tristeza. Talvez ninguém consiga entender, exceto Luke (mais ou menos) e eu, e vou ter de aceitar isso. Com relutância, puxo a sacolinha para mais perto e abro. Também ganhei uma vela, sabonete de óleo de oliva e... Uau! Um biquíni do Golden Peace. Já vi na loja, custa 100 dólares.

É legal. Mas não muda nada.

— Quero muito uma dessas pulseiras brancas e douradas — diz Suze, olhando para a minha. — Talvez eu faça algumas aulas. Vamos dar uma olhada... — Ela abre o livreto que veio na bolsa e, um momento depois, o coloca no colo com os olhos arregalados. — Bex, este lugar custa uma fortuna! Quantas vezes por semana você vem aqui?

— Eh... todos os dias.

— Todos os dias? — Suze está chocada. — Mas quanto isso custa? — Ela começa a folhear o livreto e se assusta a cada página. — Você viu quanto custa uma aula de ioga? Pago um quinto disso em Londres.

Ela parece tão espantada que fico meio na defensiva.

— Não é questão de dinheiro, Suze. É de saúde mental e bem--estar espiritual e minha jornada pessoal.

— Ah, é? — diz ela com ceticismo. — E então, eles fizeram com que você parasse de comprar demais?

Faço uma pausa e respondo com um floreio:

— Sim!

— *Sim?* — Suze larga o livreto e fica me encarando com os olhos azuis arregalados. — Bex, você disse "sim"?

Rá. Eu estava *esperando* que esse assunto surgisse.

— Sim — respondo com arrogância. — Tive uma sessão especial individual ontem com David, um dos terapeutas, e falamos sobre meus problemas, e ele me ofereceu vários mecanismos para resolver. Sou uma pessoa diferente, Suze!

— Ah, meu Deus — diz Suze com a voz fraca. — Você está falando sério!

— É claro que estou!

— Então... o quê? Você entra em uma loja e não tem vontade de comprar nada?

— Não é assim que funciona — explico gentilmente. — É uma jornada, Suze. Estamos todos em uma jornada.

— Bem, e *como* funciona?

— Vou mostrar! Venha, vamos à lojinha de presentes.

Bebo o suco todo e me levanto, agora animada. Quero muito exibir minhas novas técnicas. Ainda não tive oportunidade de praticá-las, exceto no espelho de casa.

— Ernie! — grita Suze. — Você é o responsável. Fique no playground. Vamos dar um pulo na loja, tá?

— Não tem problema — digo. — Dá para ver o playground de lá. Venha!

Para ser sincera, ando bem impressionada com meu progresso espetacular. Quando David foi me procurar no almoço um dia e sugeriu uma sessão particular para "discutir meus problemas com compras", não fiquei muito animada. Na verdade, eu respondi:

— Uau, parece incrível, mas estou meio ocupada.

Mas, como ele marcou a sessão mesmo assim, esqueci de aparecer, de propósito. E quando ele foi me procurar na aula de ioga, eu... Bem. Eu o evitei.

Tudo bem, eu fugi e me escondi atrás de uma árvore. E reconheço que foi uma coisa meio infantil. Mas ele me encontrou no café um pouco depois e me cumprimentou com delicadeza e falou que, se eu odiasse o que ele ia dizer, podia ignorar tudo.

Finalmente fiz a sessão. E só posso dizer: *por que* não fiz isso antes? David ficava dizendo "esses são os passinhos iniciais" e "sei que você vai achar essas ideias difíceis", e eu concordei porque senti que era o que ele queria que eu dissesse. Mas, sinceramente... Achei tudo *fácil*. Devo ser muito forte mentalmente.

Ele falou sobre "por que as pessoas compram" e me contou sobre várias técnicas diferentes em que poderíamos trabalhar juntos, depois me falou sobre as lições que estou aprendendo nas outras aulas, como Concentração para uma Vida Positiva e Buscando o Bem-Estar, e como elas ajudam para o mesmo fim. Eu assenti com seriedade e tomei nota, depois conversamos sobre eu entrar no programa de vício em compras quando houver uma vaga disponível.

Mas a verdade é que não preciso entrar no programa de vício em compras. Obviamente, eu aprendo rápido, pois entendi tudinho. Tenho controle sobre mim! Mal posso esperar para mostrar a Suze.

— Aqui estamos!

Abro a porta da lojinha de presentes. Tenho de admitir que é uma loja linda. É toda em madeira clara e cheia de velas aromáticas, e para todo lado que você olha há uma coisa linda e animadora para ajudar na sua jornada, como um cashmere de ioga com capuz ou um "diário de pensamentos" com capa macia de couro ou mensagens positivas impressas em telas. Há uma variedade de bijuterias, todas feitas de cristais orgânicos, e pilhas de livros e CDs, e até maquiagem com "poder de cura".

Olho para Suze e espero que ela diga "Uau, que loja incrível!" Mas ela está só me olhando com expectativa.

— Tudo bem — diz ela. — E agora? Você só olha ao redor e pensa "não, eu não quero nada disso"?

— É um *processo* — respondo com paciência, e pego meu caderno. — Primeiro de tudo, preciso pensar: "Por que estou fazendo compras?" E preciso anotar a resposta.

Olho para a lista de sugestões que David me deu. Estou entediada? Não. Solitária? Não. Ansiosa? Não. Por um momento, fico confusa. Por que *estou* fazendo compras?

— Vou colocar: "Para mostrar para uma amiga que não faço mais muitas compras" — digo.

Eu escrevo e sublinho com orgulho.

— E agora?

— Fazer compras pode ser uma forma de melhorar a autoestima — explico, demonstrando confiança. — Então preciso eu mesma melhorar minha autoestima com algumas frases. — Pego os cartões de Pensamento Positivo que David me deu e mexo neles. — Como esta: *Eu me aprovo e me sinto ótima comigo mesma.* — Dou um sorriso largo para Suze. — Não é incrível? Tenho um monte aqui.

— Quero ver! — diz ela na mesma hora, esticando a mão.

— Aqui está. — Entrego a ela um cartão que diz: *Eu aceito os outros como são e eles também me aceitam como eu sou.* — Dá para comprar aqui — acrescento. — E dá para comprar camisetas lindas com as frases impressas. Vamos experimentar algumas?

— Experimentar camisetas? — Suze fica me olhando fixamente. — Bex, achei que você tivesse parado de comprar.

— Eu não *parei de comprar.* — Quase dou uma gargalhada por causa da atitude simplista e ingênua dela. — A questão não é essa, Suze. Não é abstinência, é ter um *padrão de compras saudável.*

Foi essa a lição que se fixou na minha mente depois da sessão do dia anterior. A questão *não* é parar de comprar. Assim que David disse isso, tudo passou a fazer mais sentido para mim.

— Ah, mas não seria mais saudável não comprar nada? — pergunta Suze. — Quer dizer, não devíamos ir embora?

Suze não entende mesmo. Mas ela não está tão sintonizada com sua atmosfera interior quanto eu.

— Parar completamente de fazer compras é uma péssima ideia — explico. — Você precisa aprender a exercitar seu músculo do controle. Pra mim, estar aqui é como malhar.

— Certo. — Suze parece em dúvida. — E o que acontece agora?

— Vou fazer as compras que preciso, com calma e com propósito.

Adoro essa expressão. David ficava repetindo ontem. *Você precisa aprender a fazer compras com calma e com propósito.*

— Mas você não precisa comprar nada — objeta Suze.

— Preciso, sim! Na verdade, preciso de um livro. David me mandou comprar. Então...

Sigo para a seção de Terapia Comportamental Cognitiva e pego um livro chamado *Coletando pensamentos: introdução à TCC.*

— É isso que faço no meu grupo — digo, me sentindo importante e apontando para o título. — Terapia Comportamental Cognitiva. Se eu quiser comprar alguma coisa e não for apropriada, preciso reestruturar meus pensamentos. Preciso identificar meus erros cognitivos e desafiá-los.

— Uau! — Pela primeira vez, Suze parece genuinamente impressionada. — É difícil?

— Não, é bem fácil — respondo enquanto folheio o livro. — Vou comprar a versão em áudio também, pra poder ouvir quando estiver correndo. E tem outros títulos que David disse que eu deveria olhar.

Começo a colocar livros de capa dura na cesta. *Diário de Pensamentos da TCC, TCC para Vício em Compras, Diário do Gastador Compulsivo, Viciado em Compras: rompa o padrão...* Enquanto vou empilhando os livros, sinto um calorzinho. David estava certo, eu *consigo* me libertar dos hábitos antigos. Há uns lápis bem legais também, pretos e foscos, com slogans como *Crescimento* e *Expire*. Vou comprar um pacote.

Suze está me observando, um pouco confusa.

— Mas Bex, qual é a diferença entre isso e comprar normalmente? Onde está o desafio ou sei lá o quê?

Ah, certo. Eu tinha me esquecido disso por um momento.

— Eu estava *chegando* lá — afirmo com certa severidade. — Você coloca as coisas na cesta e *depois* se desafia.

Levanto o livro de cima e olho para ele atentamente. Na verdade, estou meio confusa sobre o que devo fazer depois, mas não vou admitir isso para Suze.

— Preciso desse livro — confesso por fim com uma voz audível. — Essa é minha crença. A evidência a favor dessa crença é: David me disse que eu devia comprá-lo. A evidência contra é... nenhuma. Então, vou comprá-lo, com calma e propósito. Amém.

— *Amém?* — Suze dá uma risada repentina.

— Saiu sem querer — admito. — Mas não foi legal? Eu aprendi bem como me desafiar.

— Faça com os lápis agora — diz Suze.

— Tudo bem. — Pego os lápis e me concentro neles. — Preciso desses lápis. Essa é minha crença. A evidência a favor dessa crença é: lápis são sempre úteis. A evidência contra é...

Paro na mesma hora, quando um pensamento me ocorre. Já comprei um pacote desses lápis, não comprei? No primeiro dia que fui ali. O que fiz com eles?

— A evidência contra é que já comprei isso! Então, coloco de volta! Com um floreio, coloco o pacote de lápis de volta na prateleira.

— Está vendo? Estou me *controlando*. Sou uma pessoa completamente diferente. Impressionada?

— Bem, sim. Mas, e todos esses livros? — Suze indica minha cesta. — Não é possível que você precise de tantos.

Ela não estava ouvindo nada do que eu estava dizendo?

— É claro que preciso deles — digo com toda a paciência do mundo. — Eles são essenciais para o meu progresso. Vou comprá-los com calma e propósito. — Estico a mão para pegar um bloquinho lindo. — Também vou comprar isso com calma e propósito. Posso usar como meu diário de sonhos. Todo mundo devia fazer um diário de sonhos, sabia?

Suze ainda parece contrariada quando o coloco na cesta.

— Tudo bem, vamos supor que você compre *mesmo* muito — diz ela. — O que você faz então?

— Aí você usa técnicas diferentes — explico. — Por exemplo, estapear.

— Estapear como?

— Ah, é incrível — respondo com entusiasmo. — Você dá uns tapinhas no rosto e no queixo e diz mantras, e isso liberta seus meridianos e cura você.

— *O quê?*

— É verdade!

A aula de bem-estar é a minha favorita. Além do mais, ficar batendo no próprio rosto deve ser muito bom para tonificar os músculos. Coloco a cesta no chão e me viro para demonstrar.

— Você bate na testa e diz: "Sei que comprei demais, mas me aceito de forma profunda e completa." Está vendo? — Abro um sorriso. — Fácil.

Dou um tapa no peito por garantia e depois no alto da cabeça.

— Bex... — Suze parece perplexa.

— O quê?

— Você tem *certeza* de que está fazendo certo?

— É claro que estou fazendo certo!

O problema de Suze é que ela não passou pelo processo de abrir a mente como eu passei. Não foi exposta à riqueza da melhoria da mente-espírito que existe por aí.

— Você vai aprender as técnicas do Golden Peace depois de um tempo aqui — explico gentilmente. — Agora vamos experimentar camisetas!

LOJA DE PRESENTES DO GOLDEN PEACE

Nota fiscal do cliente

Sra. Rebecca Brandon
Número de matrícula: 1658

Depto.	Item	Qtde.	Preço
Livros	*Viciados em compras: como romper o padrão*	1	U$19,99
Presentes	Protetor labial de coco	5	U$20.00
Presentes	Protetor labial de tangerina	5	U$20,00
Casa	Sino de vento (grande)	3	U$89,97
Casa	Sino de vento (pequeno)	3	U$74,97
CDs	*Nunca mais gaste demais*	1	U$24,99
Bijuterias	Pingente cristal da terra	2	U$68,00
Roupas	Camiseta positiva: *Aprenda*	1	U$39,99
Roupas	Camiseta positiva: *Cresça*	1	U$39,99
Roupas	Casaco de caminhada (50% desconto)	1	U$259,99
Livros	*Diário do Gastador Compulsivo*	1	U$15,99
Comida	Mel de Manuka (desconto de atacado)	10	U$66,00
Livros	*TCC para Vício em Compras*	1	U$30,00
Bijuterias	Pulseira da cura de prata	2	U$154,00

Página 1 de 2

DEZ

Eu achava que Suze ficaria mais impressionada com o Golden Peace. Acho que ela está com algum bloqueio mental. Tem preconceito, é isso. Ela não entrou para uma única aula sequer nem comprou uma camiseta. Só fica dizendo que acha tudo caro demais e perguntando qual é o sentido daquilo?

O sentido? Ela não reparou no quanto eu mudei?

Por sorte, Tarkie está do meu lado. Ele acha o Golden Peace ótimo e fez amizade com Bryce.

— Nós dois pensamos exatamente a mesma coisa sobre poluição — diz ele agora. Estamos tomando café da manhã, todos reunidos na minha cozinha. — A poluição luminosa é um mal moderno, mas os políticos simplesmente não querem escutar.

Vejo Suze revirando os olhos e dou um sorrisinho para ela. Tarkie é tão obcecado por poluição luminosa que sai andando por Letherby Hall o tempo todo apagando as luzes, e Suze vai atrás dele acendendo tudo de novo.

— Certo! — Eu me aproximo da mesa, triunfante, segurando um prato. — Aqui está nosso café da manhã saudável de Los Angeles: omelete de clara de ovo no vapor com couve.

Todos na mesa ficam em silêncio. Todo mundo está olhando para o prato, horrorizado.

Certo, admito que não parece muito um omelete. Está meio branco e disforme, e a couve ficou verde-acinzentada. Mas é saudável.

— Omelete no vapor? — indaga Suze finalmente.

— Fiz no micro-ondas, em um saco Ziploc — explico. — Sem gordura. Quem quer o primeiro?

Mais silêncio.

— Ah... de fato parece delicioso — diz Tarquin apressadamente. — Mas você não tem arenque, tem?

— Não, eu não tenho arenque! — respondo, meio chateada. — Aqui não é a Escócia. É Los Angeles, e todo mundo come omelete no vapor.

Luke finalmente levanta os olhos da carta que está lendo.

— O que é *isso*? — pergunta ele, horrorizado, e disfarça o espanto quando olha para mim. — Quer dizer... o que é isso?

— É omelete no vapor.

Cutuco o omelete, inconsolável.

Eles estão certos, o aspecto é mesmo nojento. E passei *séculos* separando as claras e picando a couve. A receita estava em um livro chamado *Brunch poderoso*, e achei que todos iam ficar impressionados. Não ouso contar a eles sobre o shake de proteína de cogumelo, que está esperando no liquidificador.

— Bex, onde estão as gemas que você não usou? — pergunta Suze de repente.

— Em uma tigela.

— E por que não fazemos um omelete com elas?

Antes que eu possa detê-la, Suze está aquecendo uma frigideira, colocando pedaços de manteiga e preparando o omelete mais delicioso, amarelo e crocante que eu já vi, com fatias de bacon que ela encontrou na geladeira.

— Pronto.

Ela o coloca na mesa e todos caem em cima dele. Até eu dou uma garfada e quase morro de prazer.

— Deviam fazer omeletes de *gema* nos restaurantes — diz Suze com a boca cheia. — Por que todo mundo é tão obcecado pela clara? Não tem gosto de nada!

— É saudável.

— Besteira — diz Suze com convicção. — Damos gema para nossos carneiros, e eles são perfeitamente saudáveis.

Luke está servindo café para todo mundo, Suze está passando geleia em uma torrada e todos estão mais animados.

— Então. — Luke olha para todos na mesa. — Recebi um convite hoje. Quem quer ir a um baile de gala beneficente no Beverly Hilton?

— Eu! — gritamos eu e Suze ao mesmo tempo.

— É em prol... — Ele aperta os olhos para a carta. — Das vítimas de discriminação. Uma organização de caridade nova.

— Eu li sobre isso! — diz Suze, empolgada. — Salma Hayek vai! Podemos mesmo ir?

— Sage está pedindo que a gente fique na mesa dela, inclusive os hóspedes da casa. — Luke sorri para Suze. — Você está incluída.

— Tarkie, você ouviu isso? — Suze se inclina sobre a mesa segurando a torrada. — Fomos convidados para uma festa de Hollywood!

— Uma festa. — Tarquin parece que acabou de descobrir que precisa arrancar um dente. — Maravilhoso.

— Vai ser *divertido* — diz Suze. — Você talvez conheça Salma Hayek.

— Ah. — A expressão dele é vaga. — Incrível.

— Você não sabe quem é Salma Hayek, sabe? — pergunta Suze em tom acusatório.

— É claro que sei. — Tarkie parece perdido. — Ele é... ator. Muito talentoso.

— Ela. *Ela* é muito talentosa! — Suze suspira. — Vou ter que treinar você antes de a gente ir. Aqui, leia isso pra começar.

Ela dá a ele um exemplar de *US Weekly* no momento que Minnie e Wilfrid entram correndo na cozinha.

Receber os Cleath-Stuarts em casa está sendo ótimo para Minnie. Acho que ela nunca se divertiu tanto. Ela está com dois bonés, um por cima do outro, está segurando uma calçadeira como se fosse um chicote de montaria e está "montada" em Wilfrid como se ele fosse um cavalo.

163

— Vai, cavalinho! — grita ela, puxando as "rédeas", que consistem em seis cintos de Luke presos uns nos outros. No minuto seguinte, Clementine aparece "montando" em Ernest.

— Vamos pular, Minnie! — chama ela, aos berros. — Vamos pular nos sofás!

— Não! — diz Suze. — Parem de correr por aí e venham tomar café da manhã. Quem quer torrada?

Reparo que ela nem menciona o omelete, para evitar qualquer constrangimento. Acho que vamos todos fingir que ele nunca existiu.

Quando as crianças se sentam, percebo que Minnie esticou a mão para pegar meu celular.

— Por favor, celular — diz ela na mesma hora. — Por favoooooo-or. *Por favoooooooor!*

Ela o abraça, levando-o ao ouvido, como se fosse seu bebê recém--nascido e eu fosse Herodes.

Dei uns três telefones de brinquedo para ela, mas eles não a enganam nem um pouco. É de admirar, na verdade. Assim, sempre acabo cedendo e deixando que ela pegue meu celular, embora eu fique paranoica, com medo de que ela possa jogá-lo no copo de leite ou algo assim.

— Tudo bem — concordo. — Só por um minuto.

— Alô! — diz Minnie ao celular enquanto sorri para mim. — Alô, Oraaaa!

Ora? Ora, a Vaquinha Pernalta?

— Não fale com a Ora, querida — digo, num tom suave. — Fale com outra pessoa. Fale com Page. Ela é uma fofa.

— Fala Ora — insiste Minnie com teimosia. — Ama Ora.

— Você não ama Ora! — digo num impulso.

— Quem é Ora? — pergunta Suze.

— A filha da Alicia — murmuro. — De todas as crianças no mundo pra Minnie ser amiga.

— Sinceramente, Bex! — diz Suze. — Você está sendo ridícula. O que é isso, Romeu e Julieta?

Minnie olha para Suze e para mim, depois para Suze de novo. Em seguida, faz uma careta e grita:

— Ama Oraaaaaaa!

Durante todo esse tempo, Luke continua digitando no BlackBerry. Ele tem um poder quase místico de se desligar do mundo ao redor quando Minnie está gritando. Mas, agora, levanta a cabeça.

— Quem é Ora?

Não acredito que todos à nossa mesa de café da manhã estão falando da filha de Alicia, a Vaca Pernalta.

— Ninguém — respondo. — Minnie, venha me ajudar a preparar minha torrada.

— Torrada!

Os olhos dela se iluminam de empolgação, e não consigo deixar de dar um beijinho nela. Minnie acha que espalhar manteiga em uma torrada é a atividade mais divertida do mundo, mas preciso dissuadi-la de acrescentar geleia e pasta de chocolate e creme de amendoim. (Luke sempre diz "Tal mãe, tal filha", o que não faz o menor sentido. Não sei o que ele quer dizer com isso.)

Enquanto bebo o café e tento impedir Minnie de besuntar os dedos de manteiga, me pego observando Luke. Ele está olhando para o BlackBerry e uma veia lateja em seu pescoço. Ele está estressado com alguma coisa. Com o que será?

— Luke — chamo com cautela. — Algum problema?

— Não — diz ele na mesma hora. — Nada. Nada.

Tudo bem. Isso quer dizer que tem alguma coisa.

— Luke — tento de novo.

Ele olha nos meus olhos e bufa.

— É um e-mail do advogado da minha mãe. Ela vai fazer uma cirurgia. Ele achou que eu deveria saber.

— Certo.

Luke está olhando para a tela de novo. Qualquer estranho que olhasse para ele veria apenas um homem mal-humorado. Mas consigo perceber a expressão típica e arrasada que aparece sempre que ele está pensando na mãe, e isso acaba comigo. Luke não consegue se entender com ela. Ele a idolatrava de maneira ilógica; agora, a odeia de maneira ilógica. Quando ele era pequeno, Elinor o abandonou para morar nos Estados Unidos, e acho que ele nunca a perdoou por isso. Principalmente agora que ele tem Minnie; ele sabe o que é ser pai.

— O que ela espera? — explode ele de repente. — O que ela espera que eu faça?

— Talvez não espere nada — arrisco.

Luke não responde, apenas bebe o café com a expressão de quem quer matar alguém.

— Que cirurgia ela vai fazer? — pergunto. — É sério?

— Vamos esquecer isso — diz ele abruptamente e se levanta. — Vou avisar a Aran que nós quatro vamos ao baile beneficente. O traje é black tie — acrescenta ele e me beija. — Vejo vocês mais tarde.

— Luke... — Seguro a mão dele para impedi-lo de ir. Mas, quando ele se vira, percebo que não sei o que quero dizer além de "Faça as pazes com a sua mãe", o que não posso falar assim, de repente, sem qualquer preparação. — Tenha um bom dia — digo sem jeito, e ele assente.

— Black tie? — Tarquin parece consternado quando se vira para Suze. — Querida, o que eu vou usar? Eu não trouxe meu kilt.

Kilt? Ah, meu Deus. A ideia de Tarkie aparecendo em um baile beneficente de Los Angeles de kilt e bolsa de couro e aquelas meias altas de lã me dá vontade de explodir em gargalhadas.

— Você não vai usar kilt! — protesta Suze. — Vai usar... — Ela pensa por um momento. — Um smoking Armani. E camisa preta e gravata preta. É o que todos em Hollywood usam.

— Camisa preta? — Agora é a vez de Tarquin protestar. — Suze, querida, só trambiqueiros usam camisa preta.

— Tudo bem então, camisa branca — cede Suze. — Mas *sem* colarinho quebrado. Você precisa parecer moderno. E mais tarde vou fazer um teste sobre celebridades com você.

Pobre Tarkie. Quando sai da cozinha, ele parece um homem condenado à prisão, não alguém que recebeu um convite para uma das festas mais legais da cidade.

— Ele não tem jeito — suspira Suze. — Sabe, ele é capaz de citar umas cem raças de carneiro, mas não sabe o nome de nem ao menos *um* dos maridos da Madonna.

— Eu nunca vi ninguém tão deslocado. — Mordo o lábio e tento não rir. — Tarkie não combina muito bem com Los Angeles, não é?

— Bem, já viajamos demais para caçar galos silvestres — diz Suze. — Agora é minha *vez*. E estou *amando* isso aqui. — Ela se serve de mais suco e baixa a voz. — O que você acha que Elinor tem?

— Não sei. — Falo mais baixo ainda. — E se ela estiver muito doente?

Nós nos entreolhamos com ansiedade. Consigo perceber que nossos pensamentos vão na mesma direção, mas depois se afastam da ideia.

— Ele precisa saber a verdade sobre a festa — diz Suze. — Tem que saber o quanto ela foi generosa. Só para o caso... de alguma coisa acontecer.

— Mas como eu falo pra ele? Ele vai surtar. Não vai nem me ouvir!

— Que tal escrever?

Penso nisso por um momento. Eu *sou* mesmo boa em escrever cartas e poderia fazer Luke prometer ler até o fim antes de gritar. Mas, ao pensar nisso, percebo o que realmente quero fazer.

— Vou convidá-la — digo com determinação. — Antes ou depois da cirurgia, dependendo do que for.

— Convidá-la pra onde? *Pra vir aqui?* — Suze arregala os olhos. — Tem certeza, Bex?

— Se eu escrever uma carta, ele vai ignorar. Preciso juntar os dois. Vou armar uma intervenção — explico com um floreio.

Estávamos falando sobre intervenções no Golden Peace outro dia, e eu era a única que nunca tinha participado de uma. Acabei me sentindo excluída.

Suze parece confusa.

— Isso não é para viciados em drogas?

— E brigas familiares — acrescento com autoridade.

Não sei se é verdade. Mas sempre posso começar meu próprio tipo de intervenção, não posso? Tenho uma visão de mim mesma vestida com roupas brancas esvoaçantes falando em voz baixa e melodiosa e trazendo harmonia para as almas ressentidas de Luke e Elinor.

Talvez eu compre cristais de cura para a ocasião. E velas aromáticas e um CD de músicas relaxantes. Vou criar minha própria lista de técnicas e não vou deixar Luke nem Elinor saírem antes de chegarem a alguma resolução.

— Você não deveria contratar um especialista? — Suze ainda parece confusa. — Afinal, o que você sabe sobre isso?

— Muita coisa — respondo, um pouco ofendida. — Aprendi muita coisa no Golden Peace, sabe, Suze. Já fiz resoluções de conflito e tudo. "Compreender tudo é perdoar tudo." — Não consigo resistir à oportunidade de citar. — Buda.

— Certo, se você é especialista, resolva aquele conflito ali.

Suze aponta para Wilfie e Clemmie, que estão brigando desesperadamente por causa de um bichinho de plástico.

— Eh... ei, Wilfie! Clemmie! — grito. — Quem quer uma bala?

As duas crianças param de brigar na mesma hora e esticam as mãos.

— Pronto! — digo com arrogância.

— É assim que você vai resolver com Luke e Elinor? — debocha Suze. — Vai oferecer balas?

— É claro que não — admito com dignidade. — Vou usar uma variedade de técnicas.

— Bem, eu ainda acho arriscado. — Ela balança a cabeça. — *Muito* arriscado.

— "Ninguém pode se recusar a comer apenas porque existe o risco de se engasgar" — cito com sabedoria. — Provérbio chinês.

— Bex, pare de falar essas frases de camiseta! — Suze surta de repente. — Odeio esse maldito Golden Peace! Fale de alguma coisa *normal*. O que você vai usar no baile? E *não* diga alguma idiotice como "*Roupas são uma metáfora da alma*".

— Eu não ia fazer isso! — respondo.

Na verdade, é uma frase ótima. Eu talvez fale em uma aula no Golden Peace. *Roupas são uma metáfora da alma.*

Talvez eu mande fazer um quadro para dar a Suze de Natal.

— Por que você está sorrindo? — pergunta ela, desconfiada.

— Por nada! — Forço minha boca a ficar séria. — E *você*? O que vai usar no baile?

ONZE

Suze não pode criticar minhas compras. Ela não pode criticar minhas compras!

Além de comprar um vestido novo para o baile, ela comprou sapatos, um colar e cabelo novo. *Cabelo* novo. Nem sequer me contou que ia fazer isso. Em um momento, ela foi "dar um pulinho no cabeleireiro", e no outro entrou pela porta dos fundos com o megahair mais volumoso e brilhante que já vi. As mechas vão até a cintura como um rio louro, e, junto com as pernas bronzeadas, deixam-na parecendo uma estrela de cinema.

— Você está linda — digo com sinceridade quando paramos na frente do meu espelho.

Ela está com um vestido tubinho de contas azul da cor do mar e o colar tem um pingente de sereia. Eu nunca tinha visto um colar de sereia, mas agora estou desesperada para ter um também.

— Ah, você também! — diz Suze na mesma hora.

— É mesmo?

Puxo meu vestido Zac Posen que tem uma cintura linda, bom, eu acho. Para combinar, coloquei um colar Alexis Bittar e fiz um penteado elaborado no cabelo, cheio de tranças e ondas. Além disso, andei praticando como fazer poses no tapete vermelho. Encontrei um guia na internet e o imprimi para nós duas. Pernas cruzadas, cotovelo para fora, queixo para baixo. Faço minha pose e Suze me imita.

— Parece que eu tenho papo — diz ela, meio nervosa. — Tem certeza de que é assim?

— Talvez a gente esteja baixando demais o queixo.

Levanto a cabeça e na mesma hora pareço um soldado. Enquanto isso, Suze está fazendo uma pose perfeita da Victoria na época de Posh Spice. Com direito a carão e tudo.

— É assim! — Mostro, empolgada. — Mas sorria.

— Não consigo fazer essa pose e sorrir ao mesmo tempo — diz Suze, parecendo estar fazendo esforço. — Acho que preciso ter juntas em dobro pra fazer direito. Tarkie! — grita ela quando ele passa pela porta aberta. — Venha treinar algumas poses para sermos fotografados!

Tarquin está em estado de choque desde que Suze apareceu com o megahair. Agora, parece um homem condenado. Suze o obrigou a vestir um smoking Prada com gravata preta *slim* e sapatos sociais com cadarço. Ele está até muito bem. É alto e magro, o cabelo foi artisticamente arrumado com musse por Suze. Mas ele está tão... diferente.

— Você devia usar Prada sempre, Tarkie! — digo, e ele fica pálido.

— Venha aqui — chama Suze. — Agora, quando forem tirar uma foto sua, você precisa inclinar o rosto em determinado ângulo. E fazer cara de mal-humorado.

— Querida, acho que não vou sair nas fotos — diz Tarkie, recuando. — Se não tiver problema.

— Você precisa sair! Todo mundo é fotografado. — Ela olha para mim, em dúvida. — Todo mundo é fotografado, não é?

— É claro que sim — digo, confiante. — Somos convidados, não somos? Então vamos ser fotografados.

Sinto um arrepio de animação. Mal posso esperar! Sempre quis ser fotografada em um tapete vermelho em Hollywood. Meu celular apita com a chegada de uma mensagem e eu o tiro da minha bolsa *clutch*.

— O carro chegou! Vamos!

— E o Luke? — pergunta Tarquin, desesperado por apoio moral.

— Vamos nos encontrar com ele lá. — Dou uma última borrifada de perfume e sorrio para Suze. — Pronta para seu close, Lady Cleath-Stuart?

— Não me chame assim! — diz ela na mesma hora. — Me faz parecer velha!

Vou até o quarto das crianças, onde a babá, Teri, está organizando um jogo de Twister. Minnie não entende o Twister, mas entende o que é rolar no tapete e atrapalhar todo mundo, e é exatamente isso que está fazendo.

— Boa noite! — Dou um beijo na bochechinha dela. — Até mais tarde!

— Mamãe! — Wilfrid olha para Suze, impressionado. — Você parece um peixe.

— Obrigada, querido! — Suze o abraça. — Era *exatamente* isso que eu queria parecer.

Tarquin se aproximou e está segurando o trem de brinquedo de Wilfrid.

— Acho que vou ficar para ajudar a cuidar das crianças — diz ele. — Eu ficaria feliz em...

— Não! — Suze e eu gritamos em uníssono.

— Você vai adorar — insiste Suze, empurrando-o para fora do quarto.

— Pode ser que você conheça Angelina Jolie — digo.

— Ou Renée Zellweger.

— Ou Nick Park — digo, tentando animá-lo. — Sabe quem é? O cara do *Wallace e Gromit*.

— Ah! — exclama Tarkie, ficando animado de repente. — *As calças erradas. Esse* filme é engraçado.

A premiação do Globo de Ouro acontece no Beverly Hilton. Vamos para o mesmo lugar onde acontece o Globo de Ouro! Enquanto nosso carro segue pelo trânsito do começo da noite, mal consigo ficar parada.

— Ei, Suze! — digo de repente. — Você acha que vai ser o mesmo tapete vermelho que usam no Globo de Ouro?

— Talvez.

Percebo que Suze está tão encantada com essa ideia quanto eu. Ela começa a rearrumar o cabelo nos ombros e eu verifico o batom pela milionésima vez.

Não vou desperdiçar essa oportunidade. Vai haver celebridades muito famosas nessa festa e, se eu me controlar, posso fazer excelentes contatos. Estou com meus cartões na bolsa, que dizem *Rebecca Brandon, Produtora de moda*, e planejo direcionar todas as conversas que puder para o assunto moda. Só preciso que uma pessoa influente me contrate, e logo o boato vai se espalhar, minha reputação vai crescer e... bem, o céu é o limite.

Encontrar essa pessoa influente é a parte difícil.

O carro para em frente ao hotel e eu dou um gritinho de empolgação. Não há uma multidão na entrada como no Globo de Ouro, mas há grades e fileiras de fotógrafos e um tapete vermelho! Um tapete vermelho de verdade! Há telas enormes com as letras *E.Q.U.A.L.*, o nome da organização de caridade. (É abreviação de alguma coisa, mas não faço ideia do quê. Acho que ninguém sabe.) Na frente delas, uma loura elegante de vestido *nude* posa para as câmeras ao lado de um homem de barba, num smoking.

— Quem é aquela? — pergunto, cutucando Suze. — É a Glenn Close?

— Não, é a do... você sabe. Aquele programa. — Suze franze o nariz. — Ah, Deus, qual é o nome dela...

— Olhe!

Aponto para um rapaz jovem de cabelo espetado e smoking saindo da limusine. Há fotógrafos amontoados ao redor do carro, clicando sem parar e gritando, mas ele os ignora de um jeito muito tranquilo.

— Vocês estão prontas?

O motorista da limusine se vira para nos olhar.

— Certo. Estamos.

Respiro fundo para me acalmar.

Suze e eu treinamos a tarde toda no carro alugado dela, saindo e tirando fotos uma da outra, e aprendemos direitinho. Não vamos deixar a calcinha à mostra sem querer nem tropeçar nos saltos. Muito menos acenar para a câmera, coisa que Suze sempre quer fazer.

— Pronta?

Suze me dá um sorriso trêmulo.

— Pronta!

O motorista da limusine abre a porta do meu lado. Ajeito o cabelo pela última vez e dou o passo mais elegante possível para sair, esperando os flashes, os gritos, o clamor...

Ah. O quê?

Para onde foram as câmeras? Estavam aqui há um minuto. Eu me viro, frustrada, e as vejo amontoadas em volta de outra limusine, atrás de nós. Uma ruiva vestida de azul está saindo do carro com um sorriso lindo no rosto. Eu nem sei quem ela é. É famosa de verdade?

Suze sai da limusine ao meu lado e olha ao redor, perplexa.

— Onde estão os fotógrafos?

— Ali — aponto. — Com ela.

— Ah. — Ela parece tão inconsolável quanto eu. — E nós?

— Acho que não somos celebridades — digo com relutância.

— Ah, deixa pra lá. — Suze se anima. — Ainda temos o tapete vermelho. Venha! — Tarquin também sai da limusine e ela o segura pelo braço. — Hora do tapete vermelho!

Quando nos aproximamos do hotel, vemos um monte de gente em traje black tie, mas conseguimos chegar à entrada do tapete vermelho. Estou vibrando de expectativa. É agora!

— Oi! — Dou um sorriso para o segurança. — Somos convidados.

Mostro os convites e ele os olha sem animação.

— Por aqui, senhora.

Ele aponta para longe das celebridades, para um caminho lateral, onde uma multidão de roupas de gala faz fila.

— Não, nós vamos ao baile beneficente — explico.

— Esse é o caminho do baile beneficente. — Ele indica a direção a seguir e abre um caminho levantando a corda. — Tenham uma boa noite.

Ele não entendeu. Talvez seja meio lento.

— Precisamos ir *por aqui*.

Indico claramente o amontoado de fotógrafos.

— Pelo tapete vermelho — diz Suze. Ela aponta para nosso convite. — Está escrito "Entrada do Tapete Vermelho".

— Este é o tapete vermelho, senhora.

Ele aponta para o caminho lateral de novo, e Suze e eu trocamos um olhar de consternação.

Certo, acho que, falando literalmente, tem um tapete. E é meio avermelhado. Mas *não* me diga que é por lá que nós temos que ir.

— Não é vermelho — protesta Suze. — É marrom.

— E não tem fotógrafos nem nada. Nós queríamos andar *naquele* tapete vermelho.

Aponto para a área atrás dele.

— Só os Convidados da Lista Dourada entram por aquele tapete vermelho, senhora.

Convidados da Lista Dourada? Por que não somos Convidados da Lista Dourada?

— Venham — diz Tarkie, já entediado. — Vamos entrar e tomar alguma coisa.

— Mas o tapete vermelho é o mais importante! Ei, olhem, é a Sage Seymour! — Sage está séria, falando para uma câmera de TV. — Ela é minha amiga — digo para o segurança. — Quero falar oi.

— Você vai ter a chance de cumprimentá-la no baile — diz o segurança, de forma implacável. — Pode seguir em frente, senhora? Há pessoas esperando atrás de vocês.

Não temos escolha. Seguimos morosamente pela barreira e pelo Tapete Pseudovermelho Totalmente Inferior da Lista Não Dourada. Não acredito! Achei que andaríamos no tapete vermelho com Sage e todos os famosos. Não em fila como gado por um mal-iluminado tapete marrom manchado.

— Ei, Suze — sussurro de repente. — Vamos dar a volta. Vamos ver se conseguimos ir para o tapete vermelho de verdade.

— *Vamos* — diz Suze. — Ei, Tarkie — chama ela, mais alto. — Preciso ajeitar o sutiã. Vejo você lá dentro, tá? Pegue uma bebidinha.

Ela entrega o convite dele, nós damos meia-volta e seguimos para a entrada do tapete não vermelho. Tem tanta gente entrando agora, com vestidos de gala e joias e nuvens de aroma, que parece que somos peixes nadando contra uma maré cintilante e glamorosa.

— Desculpe — digo várias vezes. — Esqueci uma coisa... Com licença...

Finalmente, chegamos no começo do tapete e paramos para respirar. O segurança ainda está na posição dele, direcionando gente para o tapete marrom. Ainda não nos viu, mas isso é porque estamos escondidas atrás de uma tela.

— E agora? — pergunta Suze.

— Temos que arrumar um jeito de distrair todo mundo. — Penso por um momento e grito: — Ah, meu Deus! Meu brinco Harry Winston! Por favor, gente! Perdi meu brinco Harry Winston!

Todas as mulheres ao redor ficam paralisadas. Vejo o sangue sumindo do rosto delas. Não se brinca com Harry Winston em Los Angeles.

— Ah, meu *Deus*.

— Harry *Winston*?

— Quantos quilates?

— Por favor! — digo, quase chorando. — Me ajudem a procurar! Umas dez mulheres se abaixam e começam a tatear o tapete.

— O quê?

— Frank, ajude! Ela perdeu o brinco!

— Eu perdi meu anel Harry Winston uma vez, tivemos que esvaziar a piscina toda...

O caos é total. Há mulheres de quatro e pessoas tentando andar pelo tapete marrom, e homens tentando arrastar as mulheres, e o segurança fica gritando:

— Andando, pessoal! Por favor, sigam em frente!

Ele finalmente larga a barreira de corda e vem andando pelo tapete.

— Pessoal, precisamos que vocês sigam em frente.

— Ai! Você pisou na minha mão! — grita uma mulher.

— Não pise no brinco! — grita outra.

— Alguém encontrou o brinco?

— Que brinco? — Ele parece estar prestes a perder a paciência. — O que está acontecendo?

— Agora — sussurro no ouvido de Suze. — *Corra!*

Antes que eu possa pensar duas vezes, saímos correndo pelo tapete marrom, passamos pelo ponto de controle da corda de veludo, sem segurança agora, e chegamos ao tapete vermelho... Não consigo deixar de dar uma gargalhada de alegria. Nós conseguimos! Estamos no tapete vermelho de verdade! Suze também parece eufórica.

— Nós conseguimos! — diz ela. — *Isso* é o que eu chamo de vermelho.

Olho em volta para me localizar enquanto tento fazer uma pose adequada e sorrir. O tapete é vermelho, sem dúvida. Também parece grande e vazio, e deve ser porque todos os fotógrafos se afastaram. Conforme Suze e eu seguimos em frente, fazemos nossas melhores poses de Hollywood, com os cotovelos para fora e tudo. Mas nenhum fotógrafo está tirando fotos. Alguns ainda estão amontoados ao redor do rapaz com cabelo espetado e outros falam ao celular.

Eu sei que não somos *exatamente* famosas, mas, mesmo assim. Fico chateada por causa de Suze, que está simplesmente linda.

— Suze, faça aquela pose com as costas curvadas, em que você olha por cima do ombro — digo, e corro até um fotógrafo com cabelo escuro e jaqueta jeans encostado na grade, bocejando. Bocejando!

— Ei, tire uma foto dela — peço, apontando para Suze. — Ela é linda!

— Quem é ela? — pergunta ele.

— Você não está reconhecendo? — Tento parecer chocada. — Você vai perder seu emprego! Ela é famosa.

O fotógrafo não parece impressionado.

— Quem é ela? — repete ele.

— Suze Cleath-Stuart. É britânica. Muito, muito famosa.

— Quem? — Ele folheia um bloco com rostos e nomes de celebridades. — Não. Acho que não.

Ele guarda o bloquinho, pega o celular e começa a digitar uma mensagem.

— Ah, tire uma foto dela — imploro, sem fingimento nenhum agora. — Vamos lá! Só por diversão.

O fotógrafo olha para mim como se me visse pela primeira vez.

— Como você entrou no tapete vermelho?

— Entramos escondido — admito. — Estamos visitando Los Angeles. E se *eu* fosse fotógrafa de Hollywood, tiraria fotos de pessoas comuns e de celebridades também.

Um sorriso tímido e relutante surge na boca do fotógrafo.

— Ah, tiraria?

— Sim!

Ele suspira e revira os olhos.

— Tudo bem.

Ele levanta a câmera e aponta para Suze. Isso!

— Minha também! — grito, e corro até o tapete vermelho para me juntar a ela.

Tudo bem, rápido. Cotovelo para fora. Pernas cruzadas. Está acontecendo! Estão tirando fotos de nós em Hollywood, no tapete vermelho! Sorrio para a câmera e tento parecer natural, esperando o flash...

— Meryl! Meryl! MERYL!

Em um piscar de olhos, a câmera desaparece. Como feras famintas, todos os fotógrafos, inclusive o nosso de jaqueta jeans, foram correndo para o outro lado do tapete. Acho que ele não tirou nenhuma foto nossa, e agora está no meio dos paparazzi que gritam e berram:

— AQUI, MERYL! MERYL! AQUI!

Os flashes são como luz estroboscópica. A gritaria é absurda. E tudo porque Meryl Streep chegou.

Ah, tudo bem. É justo. Ninguém pode competir com Meryl Streep.

Olhamos com espanto e fascinação conforme ela segue graciosamente pelo tapete, cercada de ajudantes.

— Meryl! — chama Suze com ousadia quando ela se aproxima. — Amo seu trabalho!

— Eu também! — digo.

Meryl Streep vira a cabeça e nos dá um sorriso um pouco desconcertado.

Uau! Nós interagimos com Meryl Streep no tapete vermelho! *Espere* só até eu contar para mamãe.

Quando entramos no salão onde acontece o baile, ainda estou empolgada. Não importa se ninguém tirou uma foto nossa, isso é *exatamente* como eu imaginava que Hollywood seria. Muita gente de vestidos incríveis, Meryl Streep, uma banda tocando jazz e deliciosos coquetéis cítricos.

Todo o ambiente está decorado em cinza claro e cor-de-rosa, e tem um palco no qual alguns dançarinos se apresentam, uma pista de dança e um monte de mesas redondas. E já consigo ver um saquinho de brinde em cada cadeira! Minha cabeça gira enquanto tento ver todas as celebridades. Suze está fazendo o mesmo.

Avisto Luke no bar, e Suze, Tarkie e eu nos aproximamos. Ele está com Aran e um casal que não reconheço. Ele os apresenta como Ken e Davina Kerrow, e lembro que ele me contou sobre os dois na semana anterior. Eles são produtores e estão fazendo um filme sobre a guerra da Crimeia. Luke e Aran estão tentando fazer com que Sage seja considerada para o papel de Florence Nightingale. Aparentemente, ela precisa de uma "mudança de direção" e *"rebranding"*, e ser Florence Nightingale vai proporcionar isso.

Na minha opinião, ela não tem condições de ser Florence Nightingale, mas não vou dizer isso para Luke.

— Sage está muito interessada no papel — diz ele para Ken, que tem uma barba e uma expressão intensa e franze muito a testa. — Eu diria que está apaixonada.

Davina também é bastante intensa. Está usando um smoking preto e fica olhando para o BlackBerry e dizendo "Aham?" quando Luke está no meio de uma frase.

— Sage acha que é uma história que precisa ser contada — insiste Luke. — E o papel despertou o interesse dela... Ah, aqui está ela! Estávamos falando de você, Sage.

Ah! Ali está ela, aproximando-se em um vestido vermelho esvoaçante que realça perfeitamente o cabelo cor de mel. Sinto uma onda de empolgação com a ideia de apresentá-la a Suze e a Tarkie.

— Eu esperava que você *estivesse* mesmo falando de mim — diz Sage para Luke. — Por que outro motivo eu pagaria o seu salário?

Ela dá uma gargalhada, e Luke sorri educadamente.

— Estávamos falando sobre Florence — diz ele. — Eu estava dizendo o quanto você está fascinada pelo papel.

— Ah, muito — assente Sage. — Vocês viram minha tatuagem nova?

Ela estica o pulso e balança os dedos de forma brincalhona, e Luke faz uma careta.

— Sage, querida — diz Aran com tranquilidade. — Pensei que tivéssemos combinado que você não faria mais tatuagens.

— Eu precisava fazer — diz Sage, parecendo magoada. — É uma andorinha. Representa a paz.

— A pomba representa a paz — diz Aran, e o vejo trocar um olhar com Luke.

— Oi, Sage — digo casualmente. — Você está linda.

— Você é tão gentil. — Ela dá um sorriso radiante para mim, Suze e Tarkie. — Bem-vindos ao baile. Vocês querem uma foto? Aran, essas pessoas querem uma foto, você poderia...?

Olho para ela, confusa. Ela pensa que sou uma fã qualquer.

— Sou eu, Becky — digo, ficando vermelha de vergonha. — A mulher do Luke. Nos conhecemos lá em casa.

— Ah, *Becky!* — Ela cai na gargalhada de novo e aperta meu braço. — É claro. Foi mal.

— Sage, eu gostaria que você conhecesse meus amigos, Suze e Tarquin Cleath-Stuart. Suze e Tarkie, eu gostaria de apresentar...

Paro de falar no meio da apresentação. Sage virou de costas e está cumprimentando com entusiasmo um cara com smoking azul-marinho.

Há um momento de silêncio constrangedor. Não consigo acreditar que Sage foi tão grosseira.

— Me desculpem. — Acabo por murmurar.

— Bex, não é culpa sua! — diz Suze. — Ela é bem... hum...

Ela para, e percebo que está tentando ser diplomática.

— Eu sei.

Sage parece frenética. Será que está *doidona*? Agora está falando alto sobre Ben Galligan, seu ex-namorado de uns três anos atrás. Ele a traiu quando estava fazendo *Hora do terror 5* e a largou na estreia, e agora a nova namorada dele está grávida. E Sage nunca superou isso.

Saiu na revista *People*, e Luke diz que é quase tudo verdade. Mas, irritantemente, quando pedi que ele me contasse exatamente que partes eram verdade e que partes não eram, ele disse que eu deveria parar de ler aquele lixo e lembrar que as celebridades são seres humanos.

— O rato está aqui? — Sage está olhando ao redor loucamente. — Porque juro que vou arrancar os olhos dele.

— Sage, já conversamos sobre isso! — diz Aran em voz baixa. — Hoje você é embaixadora da igualdade e da justiça no mundo, certo? Não pode ser a ex-namorada esquentadinha.

Sage não parece estar ouvindo. Os olhos dela vão loucamente de um lado para o outro.

— E se eu jogar uma garrafa de vinho nele? Pensem na repercussão. Vai se tornar viral.

— Esse não é o tipo de viral que queremos. Sage, temos uma estratégia, lembra?

— Não posso falar quem mais está no páreo! — Ouço Davina Kerrow dizendo para Luke. — Embora você provavelmente possa adivinhar...

— É Lois — diz Sage, que também ouviu isso e parece estar com raiva. — Ela quer o papel de Florence, sei que quer. Você consegue ver Lois como enfermeira? *Enfermeira?* Essa é a garota que disse "Não se ganha prêmio nenhum de atuação por raspar a cabeça", lembra?

— Isso de novo não. — Aran fecha os olhos.

— Ela poderia fazer o papel de uma enfermeira psicopata. Isso daria certo. Ou talvez uma enfermeira cleptomaníaca, não é, Becky? — diz ela, me dando um sorriso enlouquecido.

Fico alarmada ao ouvir a palavra *cleptomaníaca*. Sage está falando muito alto e o salão está lotado. Qualquer pessoa poderia ouvir.

— Hã, Sage. — Chego mais perto dela e baixo a voz. — Quando eu te contei sobre Lois disse que era segredo.

— Claro, claro — diz Sage. — Só estou me divertindo, certo? Certo? Ela me dá aquele sorriso de novo.

Meu Deus, Sage é cansativa. Ela se contorce de um lado para o outro como uma enguia. Não sei como Luke consegue trabalhar com ela.

Eu me viro para ter certeza de que Suze e Tarkie estão bem e vejo que ele está conversando com Ken Kerrow. Ah, isso poderia ser interessante.

— Vamos chamar o filme de *Florence apaixonada* — diz Ken Kerrow, animado. — Como *Shakespeare apaixonado*, só que mais autêntico. Vamos retratar Florence como uma americana, mas vamos manter a *essência* dela. Seu conflito. O crescimento. O despertar sexual. Achamos que ela teria se vestido de homem para ir para o campo de batalha. Achamos que se envolveria em um ardente triângulo amoroso. Imagine *A idade da inocência* misturado com *O resgate do soldado Ryan* e um toque de *Yentl*.

— Certo. — Tarkie não parece estar entendendo nada. — Bem, infelizmente não vi nenhum desses filmes, mas tenho certeza de que são muito bons.

Ken Kerrow parece profundamente chocado.

— Você não viu *Yentl*?

— Ahm... — Tarkie parece perdido. — Desculpe. Você disse "Lentilha"?

— *Yentl!* — Ken Kerrow quase grita. — Streisand!

Pobre Tarkie. Está claro que não entende uma palavra do que Ken está dizendo.

— Vejo muitos documentários sobre vida selvagem — diz ele desesperadamente. — Do David Attenborough. É um homem maravilhoso.

Ken Kerrow só balança a cabeça com pena, mas antes que possa dizer qualquer coisa, Suze interrompe a conversa.

— Querido, vamos ver os dançarinos. — Ela lança um sorriso encantador para Ken Kerrow. — Lamento por ter que levar meu marido. Bex, vamos ver os dançarinos?

Quando estamos indo na direção do palco, uma placa em uma das mesas me distrai: *Prêmios do Leilão Silencioso.*

— Vou só dar uma olhadinha rápida — digo para Suze. — Encontro vocês em um segundo.

Há um colar incrível em um balcão, exposto para o leilão, e, quando chego perto, sinto uma pontada de desejo. Meu Deus, é lindo, cheio de cristais rosa-claros e um coração de prata batida, eu me pergunto quanto...

Ah, meu Deus. De repente, vejo a etiqueta impressa embaixo: *preço de reserva: U$ 10.000.* Recuo rapidamente para ninguém pensar que estou dando um lance. Dez mil? É sério? É um colar lindo e tudo mais, mas... 10 mil dólares? Por uns cristais cor-de-rosa? Eu nem *ouso* chegar perto do par de relógios na ponta da mesa. Nem do voucher para a mansão em Malibu. Talvez eu deva ver os dançarinos com Suze. Estou prestes a me virar quando vejo um homem bem idoso andando lentamente de prêmio em prêmio. Ele parece bem frágil e mantém o equilíbrio se apoiando na mesa.

Ninguém reparou nele, o que me deixa bem irritada. Qual é o sentido de ir a um baile beneficente para ajudar pessoas e ignorar um pobre idoso que precisa de ajuda bem na frente dos seus olhos?

— O senhor está bem?

Eu me aproximo rapidamente, mas ele me repele com a mão e eu me afasto.

— Estou, estou.

Ele é muito bronzeado, tem dentes perfeitos e o que parece uma peruca branca, mas as mãos são enrugadas e os olhos são um pouco leitosos. Sinceramente, alguém devia cuidar dele.

— É um evento lindo — digo educadamente.

— Ah, sim. — Ele assente. — É uma causa maravilhosa. A discriminação é a praga das nossas vidas. Eu mesmo sou gay e sei que o mundo não é um lugar livre de preconceito. Ainda não.

— Não — concordo.

— Não me diga que não enfrentou discriminação. Como mulher. E de outras formas. Porque, na minha opinião, nenhum ser humano na face da Terra está livre de discriminação.

Ele é tão fervoroso que não quero contradizê-lo.

— Definitivamente — concordo. — Fui discriminada de várias formas. *Várias*. O tempo todo.

— Me conte alguns exemplos desse comportamento chocante.

Os olhos leitosos estão grudados em mim, ansiosos.

Minha mente está vazia. Vamos, depressa. Discriminação.

— Bem, obviamente, como mulher... e... — Penso rapidamente. — Já precisei tirar os brincos para trabalhar em um café, e isso foi uma discriminação contra bijuterias... e... eh... podemos sofrer discriminação por causa dos hobbies e... dos animais de estimação... — Não faço ideia do que estou dizendo. — É terrível — termino de forma deprimente. — Precisamos lutar contra isso.

— E vamos fazer isso. — Ele segura minha mão. — Juntos.

— Sou Rebecca, a propósito — acrescento. — Rebecca Brandon.

— E eu sou Dix. — Ele me dá um sorriso branco. — Dix Donahue.

Espere. Dix Donahue. Esse nome parece familiar. Olho para um pôster ali perto e, sem sombra de dúvida, está escrito em letras grandes e cinza: APRESENTAÇÃO, DIX DONAHUE.

Este é o *apresentador*? Ele parece ter 100 anos.

— Dix! — Um homem gorducho com bigode preto bem-cuidado se aproxima de nós e aperta a mão dele. — Victor Jamison, da E.Q.U.A.L. Sou seu fã. Está tudo pronto para o discurso de apresentação?

— Eu falo de improviso.

Dix sorri para mim de novo, e eu retribuo o sorriso. Ele deve ser famoso de alguma forma. Luke vai saber.

Os dois homens saem andando, e eu bebo tudo que tem no meu copo. Preciso encontrar Luke e Suze, mas o problema é que todo mundo começou a se amontoar em torno da área do palco e é difícil ver. Os dançarinos pararam a coreografia e a banda ficou em silêncio e há expectativa no ar. De repente, a banda recomeça com uma música que todo mundo parece reconhecer a julgar pelos acenos e sorrisos de todos. Dix Donahue sobe os degraus com um saltinho e um pulo, e fica óbvio que ele é bom em entreter uma plateia. Ele parece cintilar sob as luzes, mesmo tendo um zilhão de anos.

Quando ele começa a contar piadas, contorno a extremidade da multidão e de repente vejo Luke. Estou prestes a me juntar a ele quando o salão fica escuro, um holofote se move pela multidão e Dix Donahue assume uma postura séria.

— Mas, falando sério, pessoal — diz ele. — Estamos aqui por uma causa muito importante. A discriminação é um mal que se apresenta de todas as formas, em geral em um lugar onde você menos esperaria. Mais tarde, vamos ouvir Pia Stafford, que lutou contra a discriminação no trabalho por causa de uma deficiência adquirida em um acidente de carro.

O holofote pousa em uma mulher de preto, que levanta a mão e acena com sobriedade.

— Mas, sabe, eu estava conversando com uma jovem agora mesmo que tem talvez a história mais incomum de discriminação que já ouvi... — Dix Donahue cobre os olhos e vasculha a plateia com o olhar. — Rebecca, onde você está? Ah, ali!

Ele está falando de *mim*? Olho para ele, horrorizada. Um momento depois, o holofote está brilhando no meu rosto.

— Rebecca sofreu discriminação por causa, por incrível que pareça — ele balança a cabeça, fazendo mistério —, do animal de estimação.

Meus olhos quase saltam da cabeça. Ele não pode ter me levado a sério. Eu só falei "animais de estimação" porque fiquei sem ter o que dizer.

Nunca deviam ter contratado um apresentador de 100 anos. Ele é maluco.

— Rebecca, vamos ouvir sua história — pede Dix Donahue com a voz delicada e persuasiva. — Qual era o seu animal de estimação?

Fico olhando para ele, hipnotizada.

— Um... um hamster... — Eu me ouço dizendo.

— Um hamster, senhoras e senhores.

Dix Donahue começa a bater palmas, e uma salva de palmas desanimada soa ao meu redor. Consigo ver as pessoas sussurrando umas com as outras, com expressões intrigadas, como deviam mesmo estar.

— E qual foi a forma de discriminação?

— Hã... bem... As pessoas não o aceitavam — digo com cautela. — Fui isolada pela minha comunidade. Amigos se viraram contra mim e minha carreira foi prejudicada. Minha saúde também. Acho que depende do governo e da sociedade mudar atitudes. Porque todos os humanos são iguais. — Estou começando a gostar do meu discurso agora. — Todos nós, independentemente da religião ou da cor da pele, sabe, se temos um hamster ou não... somos iguais!

Faço um gesto amplo e vejo Luke. Ele está me olhando de alguns metros de distância, boquiaberto.

— É isso — termino rapidamente.

— Maravilhoso!

Dix Donahue puxa outra salva de palmas, e, desta vez, parece genuína. Uma senhora até me dá um tapinha nas costas.

— Mais uma pergunta antes de seguir em frente. — Dix Donahue pisca para mim. — Qual era o nome do seu hamster, Rebecca?

— Eh... — Merda. Minha mente ficou completamente vazia. — Era... eh... se chamava...

— Ermintrude — diz a voz grave de Luke. — Ela era da família.

Rá, rá, rá. Muito engraçado.

— Sim, Ermintrude. — Dou um sorriso. Ermintrude, a hamster.

O holofote finalmente se afasta de mim, e Dix Donahue termina o discurso. Levanto o rosto e vejo Luke dando uma piscadela para mim ao se aproximar em meio à multidão.

— Vou te dar um hamster novo no Natal, querida — diz ele junto do som de aplauso. — Vamos lutar contra a discriminação juntos. Se você consegue ser corajosa, eu também consigo.

— Shhh! — Não consigo evitar uma gargalhada. — Vamos, está na hora de comer.

É a última vez que converso com um homem desconhecido só para ser gentil. Quando voltamos para nossa mesa, estou morrendo de vergonha, principalmente porque as pessoas ficam me parando para me parabenizar e me perguntar sobre o hamster e me dizer que os filhos têm um coelho e eles não aguentariam a discriminação, é um *absurdo* nessa época que vivemos.

Mas finalmente conseguimos nos sentar, e a comida está deliciosa. Estou tão entretida com meu filé que não presto muita atenção à conversa, mas não importa, porque os dois Kerrows estão falando para a mesa toda sobre o filme de Florence Nightingale que eles querem fazer. Eles falam como um dueto musical, sobrepondo cada trecho de fala, e mais ninguém consegue falar. Essa é outra lição que estou aprendendo em Hollywood. Ouvir sobre um filme parece empolgante, mas na verdade é um tédio. Percebo que Suze está tão de saco cheio quanto eu porque os olhos dela estão vidrados e ela fica falando o tempo todo para mim com movimentos labiais: "Chaaaaaato."

— ... as locações são o desafio...

— ... diretor maravilhoso...

— ... problemas com o terceiro ato...

— ... ele realmente *entende* o arco de Florence...

— ... falamos com o estúdio sobre o orçamento...

— ... finanças organizadas. Estamos esperando o último investidor, mas depende de um britânico aí de nome maluco. John John Saint John. Que tipo de nome é esse?

Kerrow espeta uma vagem e come com voracidade.

— Você está falando de John St. John John? — pergunta Suze, prestando atenção na conversa de repente. — Como você o conhece? É o Pucky — acrescenta ela, falando comigo. — Você conheceu o Pucky?

Não faço ideia se já conheci o Pucky. Todos os amigos de infância da Suze têm nomes como Pucky e Binky e Minky. Eles são basicamente como labradores humanos, alegres e barulhentos.

— Eh... talvez.

— *Você conheceu* o Pucky. — Ela se vira para Luke. — Sei que você conheceu.

— É o gerente de investimentos do Tarquin — diz Luke, pensativo. — Conheci, sim. Cuida da imprensa, não é?

— Alguma coisa assim — diz Suze vagamente, depois sorri para Tarkie, que está voltando do toalete. — Querido, eles conhecem o Pucky.

— Meu bom Deus. — O rosto de Tarkie se ilumina. — Que coincidência extraordinária.

— Pucky? — Ken Kerrow parece perplexo.

— Eu o chamo assim desde o colégio — explica Tarkie. — É um cara incrível. Trabalha comigo há, o que, dez anos agora?

— *Trabalha* com você? — Os olhos de Kerrow encaram Tarquin de uma nova forma. — Você trabalha com filmes?

— Filmes? — Tarkie parece horrorizado com a ideia. — Meu bom Deus, não. Sou fazendeiro. Você estava dizendo alguma coisa sobre uma arca. Você quis dizer a arca de Noé?

— Tarquin, posso fazer uma pergunta? — questiona Luke. A boca dele está tremendo e ele parece achar graça de alguma coisa. — Sei que você tem alguns ramos direcionados para a mídia nos seus investimentos. Pucky já patrocinou algum filme por você?

— Ah! — A expressão de Tarquin muda. — *Ahm*. Bem. Na verdade, sim. Talvez seja isso mesmo.

— Filmes? — Suze fica olhando para ele. — Você nunca me falou isso!

— Este é o seu investidor — diz Luke para Ken Kerrow, e aponta para Tarquin com o indicador. — Lorde Cleath-Stuart.

— Por favor — diz Tarkie, ficando vermelho. — Tarquin.

Ken Kerrow parece engasgar com o pedaço de filé.

— É *você*?

— *Lorde?* — Sage levanta o rosto do celular pela primeira vez.

— Lorde Cleath-Stuart. — Ken Kerrow está gesticulando para a mulher. — É o investidor britânico. Você financiou *O jogo do violinista* — acrescenta ele para Tarquin. — Não foi?

— É... sim. — Tarquin parece meio incomodado. — Acho que sim.

— Esse filme fez 30 milhões no fim de semana de estreia. Você escolheu um vencedor.

— Ah, foi o Pucky — diz Tarkie com modéstia. — Eu não saberia diferenciar um filme de outro.

— Com licença — diz Ken Kerrow. — Vou procurar meu coprodutor. Eu adoraria que você o conhecesse.

Ele dá um pulo e praticamente corre até uma mesa próxima, onde consigo vê-lo falando freneticamente com outro cara de smoking.

— Tarkie! — exclama Suze, e dá um tapa na mesa. — Desde quando investimos em filmes? Você devia ter me contado!

— Mas, querida — diz Tarkie, ansioso —, você disse que não estava interessada em nossos investimentos.

— Eu estava falando de coisas chatas, como ações e apólices. Não filmes... — Suze para e olha para Tarkie com expressão acusadora. — Me fale a verdade. Nós fomos convidados para pré-estreias?

— Ahm... — Tarkie olha ao redor, meio nervoso. — Você teria que perguntar ao Pucky. Eu falei que não estávamos interessados.

— Não estávamos *interessados*? — A voz de Suze vira um grito agudo.

— Vossa Lordeza! — Ken Kerrow está de volta à mesa. — É uma honra apresentar meu coprodutor, Alvie Hill.

Um homem grande aperta a mão de Tarkie com entusiasmo.

— Vossa Lordeza. É um prazer recebê-lo em Los Angeles. Se houver *qualquer coisa* que eu possa fazer para tornar sua estada mais agradável...

Ele continua falando por cinco minutos, elogiando Tarkie, elogiando Suze, sugerindo restaurantes e oferecendo levá-los para passear nos cânions.

— Ahm, obrigado. — Tarkie dá um sorriso constrangido. — Você é muito gentil. Sinto muito — diz para a mesa quando Alvie finalmente se afasta. — Que confusão. Vamos voltar ao nosso jantar.

Mas isso é só o começo. Uma hora depois, parece que todas as pessoas na sala passaram por nossa mesa para se apresentar a Tarkie. Várias citaram filmes, inúmeras o convidaram para exibições, outras tentaram marcar reuniões, e uma delas sugeriu levar a família toda de avião para a fazenda no Texas. Tarkie já faz parte de Los Angeles. Eu não consigo acreditar.

Na verdade, ninguém consegue acreditar. Luke cai na gargalhada várias vezes, principalmente quando o executivo de algum estúdio perguntou a Tarkie qual era a opinião dele sobre a franquia *American Pie*, e Tarkie disse que, caramba, não tinha certeza. Era parecida com o Starbucks? E o próprio Tarkie parece meio em estado de choque. Sinto um pouco de pena dele, na verdade. Ele veio para cá para fugir de tudo, não para cair nas garras de pessoas querendo o dinheiro dele.

Consigo entender por que ele passa tanto tempo caminhando pela propriedade sozinho. Pelo menos os cervos não ficam atrás dele dizendo que têm um conceito incrível que adorariam compartilhar com ele durante o café da manhã. Agora, um cara de terno cinza cintilante está perguntando a Tarkie se ele quer visitar um set de filmagem.

— Estamos filmando um drama incrível; se passa em alto-mar. Leve seus filhos, eles vão adorar...

— É muita gentileza sua. — Tarkie está começando a falar como robô. — Mas estou aqui de férias...

— Eu vou! — interrompe Suze.

— Que ótimo! — O cara de terno cinza sorri para ela. — Seria um prazer receber você, levá-la para fazer um passeio, você pode ver algumas cenas sendo filmadas...

— Posso ser figurante? — pergunta Suze com ousadia.

O homem de terno cinza fica olhando para ela, aparentemente surpreso.

— Você quer...

— Ser figurante no filme. E minha amiga Bex também. — Ela segura meu braço. — Não quer?

— Quero! Claro!

Eu *sempre* quis ser figurante em um filme! Dou um sorriso satisfeito para Suze e ela sorri para mim.

— Vossa Ladycência. — O homem de terno cinza parece perplexo. — Você não vai ficar à vontade sendo figurante. O dia é longo, cansativo, as cenas são refilmadas várias vezes... Por que você não *assiste* à cena e depois conhece o elenco, vamos almoçar em algum lugar agradável...

— Eu quero ser figurante — diz Suze, obstinada. — E Bex também.

— Mas...

— Não queremos só ver, queremos estar *no* filme.

— Queremos estar *no* filme — repito de forma enfática.

— Bem. — O homem parece admitir a derrota. — Tudo bem. Não há problema nisso. Meu pessoal vai resolver tudo pra vocês.

— Bex, nós vamos ser figurantes!

Suze me agarra com empolgação.

— Vamos participar de um filme!

— Podemos nos ver no cinema! Todo mundo vai nos ver. Ah, sobre o que é o filme? — pergunta Suze, ao se dar conta de que não sabia nada sobre o filme, e o homem levanta o rosto de um cartão no qual *escrevia* o número de seu celular.

— Piratas.

Piratas? Olho para Suze com ânimo renovado. Vamos participar de um filme de piratas!

DiscriminHate LA
a/c 6.389 Kester Avenue — Van Nuys CA 91411

Prezada Sra. Brandon,

Peguei seu nome com Andy Wyke, que estava no recente baile beneficente da E.Q.U.A.L. e ouviu sua história inspiradora.

Sou presidente do DiscriminHate LA, um grupo de caridade dedicado a combater a discriminação em todas as suas formas. Consideramos as definições atuais de discriminação limitadas demais. Identificamos nada menos que 56 bases de discriminação, e a lista fica maior a cada dia.

No entanto, o seu é o primeiro caso de "animal-ismo" de que soubemos, e gostaríamos de conversar sobre sua experiência. Muitos de nossos integrantes lideraram campanhas, e nós esperamos que você possa fazer o mesmo. Como exemplo, você poderia:

- Escrever um relato da história da discriminação que sofreu para o nosso site;
- Desenvolver um programa para alunos de ensino médio que talvez sofram o mesmo tipo de discriminação;
- Pressionar o representante local do governo para que crie a "Lei Ermintrude".

Gostaria de oferecer minha sincera solidariedade e compaixão. Não conheço os detalhes exatos do seu caso, mas sei que foi uma história comovente e deve ter sido doloroso compartilhá-la.

Espero ansiosamente uma resposta sua e o momento de tê-la em nossa causa.

Atenciosamente,

Gerard R. Oss
Presidente da DiscriminHate LA
Sobrevivente e combatente: tamanho-ismo, nome-ismo, odor-ismo e prática sexual-ismo
Autor de *Eu sou diferente, você é diferente, ele(a) é diferente*

⇛ LHA ⇚
Letherby Hall Association
The Parsonage
Letherby Coombe
Hampshire

Prezada Sra. Ermintrude Endwich,

Obrigada por sua recente carta.

É sempre interessante ouvir a opinião de uma "pessoa imparcial do público", como você se descreve. No entanto, preciso chamar sua atenção para vários pontos. O LHA não é um "bando de nazistas sem nada melhor para fazer além de reclamar de chafarizes". Nós não fazemos "reuniões todas as noites em uma caverninha escura" nem criamos "estratagemas como as bruxas de *Macbeth*". Nossas escolhas de vestuário são irrelevantes, eu diria.

Também refuto sua afirmação de que A Onda é "uma das maravilhas do mundo". Não é. E nós não vamos "lamentar quando o brilhante Tarquin Cleath-Stuart receber uma medalha por ela, dada pela rainha". Não consigo imaginar que medalha seria essa.

Você poderia me dar seu endereço no Reino Unido? Não encontro nenhuma menção ao seu nome no registro eleitoral.

Maureen Greywell
Presidente
LHA

DOZE

Fiz minhas pesquisas. Estou levando isso a sério. Vou ser a melhor figurante de todos os tempos.

Não, "figurante" não. O termo certo é "atriz do elenco de apoio". Descobri tanta coisa na internet sobre ser figurante que me sinto muito bem preparada. Por exemplo, você deve sempre levar um baralho ou um livro para o caso de ficar entediado. E não deve usar verde, porque podem estar usando uma tela verde para recursos de computação gráfica. E deve levar uma variedade de roupas. Embora isso não se aplique ao meu caso, pois parece que nosso figurino vai ser fornecido. Uma limusine também foi oferecida para nos levar ao set de filmagens, o que não é uma prática comum. Estão sendo muito legais com a gente por Suze ser esposa de Tarkie.

Aliás, estou torcendo para serem tão legais a ponto de nos darem uma fala. Por que não? Obviamente, não falas *grandes,* nem discursos, nem nada. Só alguma coisinha. Eu poderia dizer "É verdade, capitão" depois que o Pirata Capitão faz um discurso. E Suze poderia dizer "Terra à vista!" ou "Navio à vista!" ou "Pirata à vista!" Qualquer coisa à vista, na verdade. Andei treinando uma voz rosnada de pirata na frente do espelho e li um artigo sobre atuação em filmes. Lá dizia que o erro mais comum, mesmo entre atores experientes, é o exagero na atuação, pois a câmera pega os movimentos mais infinitesimais e os amplia, então você precisa fazer tudo com discrição.

Não sei se Suze sabe disso, mas ela passou o café da manhã todo fazendo exercícios de aquecimento vocal, bem alto, sacudindo as mãos para "relaxar" e repetindo um trava-línguas sem parar. Mas não posso dizer nada para ela sobre atuar porque ela só diz:

— Bex, eu fiz *escola de teatro*, lembra?

A filmagem está acontecendo em um estúdio em Burbank e é para lá que estamos indo agora. Luke vai deixar Minnie na pré-escola hoje e os filhos da Suze também. (Assim que a diretora descobriu quem Tarkie era, fez o que pôde para oferecer vagas temporárias para os Cleath-Stuarts, e a diretora de uma escola próxima arrumou uma vaga para Ernest também.) Estamos na limusine, vendo os outdoors passarem voando e sorrindo loucamente uma para a outra. É a coisa mais empolgante que já fiz na vida *toda*.

Não sei sobre o que é a cena; na verdade, nem sei direito sobre o que é o filme, porque tudo que encontrei na internet dizia que é um "drama que se passa em alto-mar". Mas treinei um pouco com o cutelo na cozinha; nunca se sabe, pode ser uma cena de luta.

— Ei, Suze, se eu precisar lutar com alguém, quero que seja com você — digo.

— Eu também — concorda Suze na mesma hora. — Mas será que as mulheres lutam? Pode ser que elas só olhem e gritem.

— Há piratas mulheres. Podemos ser uma dessas. Veja Elizabeth Swann.

— Eu quero lutar com o capitão Jack Sparrow — diz Suze com ar sonhador.

— Ele não está no filme! — digo pela milionésima vez.

Suze anda caidinha pelo Johnny Depp, e acho que estava torcendo para participarmos do novo *Piratas do Caribe*. Mas o filme não é esse. Chama-se *O Bandeira Negra*, e não reconheci nenhum dos nomes dos atores, exceto April Tremont, que faz o papel de "Gwennie".

— Sei que não está. Mesmo assim. Não seria incrível? — suspira ela.

— Pode ser que haja um pirata ainda mais lindo nesse — digo na hora que meu celular toca.

É o papai me ligando, e isso me surpreende. Normalmente, é mamãe quem liga e passa para ele, mas logo pega o telefone de volta porque se esqueceu de me contar sobre a capa nova do sofá ou sobre os gerânios de Janice.

— Papai! — exclamo. — Adivinhe o que Suze e eu estamos fazendo agora?

— Tomando suco de laranja ao sol — diz papai com uma gargalhada. — Espero que estejam!

— Errado! Estamos em uma limusine indo para um set de filmagens!

Mamãe e papai já sabem que vamos ser figurantes em um filme porque liguei para contar a eles imediatamente. E para Janice e Martin. E para Jess e Tom, e para meu antigo gerente de banco Derek Smeath...

Pensando bem, acho que liguei para muita gente.

— Que maravilha, querida! — diz papai. — Não deixe de trocar uma ideia com os atores do filme.

— Pode deixar!

— Eu estava aqui pensando, você conseguiu procurar meu velho amigo Brent?

Ah, droga. Com o Golden Peace e a chegada de Suze, eu esqueci completamente.

— Ainda não — digo, me sentindo culpada. — Ainda não tive tempo. Mas eu vou, prometo.

— Ah, seria maravilhoso.

— Vou procurá-lo em breve e vou falar tudo que você pediu.

Chegamos à entrada fechada de um complexo amplo com prédios e pátios, e, quando o motorista diminui a velocidade, vejo uma fila de trailers pela janela. Trailers de cinema de verdade!

— Chegamos! Tem trailers! Ah, papai, você tinha que ver!

— Parece incrível — diz ele. — Bem, me avise quando falar com o Brent.

— Pode deixar — digo, sem prestar atenção direito. — Tchau, pai.

O motorista está dando nossos nomes para o porteiro. Enquanto Suze e eu olhamos pela janela, ansiosas, vejo um homem com figurino de pirata se aproximar de um dos trailers, bater na porta e entrar.

— Ah, meu *Deus* — exclama Suze.

— Pois é! — Não consigo evitar uma risadinha.

Enquanto somos levadas para dentro do complexo, minha cabeça fica virando de um lado para o outro para tentar absorver todos os detalhes. É tudo como eu imaginei. Garotas com fones de ouvido e pranchetas. Um cara carregando o que parece ser uma estátua de mármore debaixo do braço. Uma mulher usando uma armação de arame por baixo da saia falando com um homem de jaqueta de couro.

— Estou nervosa — diz Suze de repente. — E se eu for uma porcaria?

— Nervosa? — pergunto, atônita. — Suze, você vai ser ótima!

O carro para e eu aperto o braço dela de forma encorajadora.

— Vamos sair e procurar um café. A *melhor* coisa de se estar em um set de filmagem é a comida.

Estou certíssima quanto à comida. Depois de andar por alguns minutos, encontramos uma mesa enorme chamada Craft Service, com uma variedade incrível de cafés, biscoitos, muffins e até peças de sushi. Enquanto como meu terceiro biscoito de cereja e amêndoas, um cara com fone de ouvido se aproxima, parecendo agitado.

— Você é a Lady Cleath-Stuart?

— Eu — diz Suze, com a boca cheia de muffin.

— Sou Dino, o segundo diretor-assistente. Você tinha que ter se encontrado comigo lá na frente.

— Ah, desculpe. Nós queríamos café. — Suze sorri para ele. — Esse *latte* de avelã está uma delícia!

— Que bom — diz ele, murmurando alguma coisa num walkie-talkie e, em seguida, levanta o rosto de novo. — Vou levar vocês pra conhecerem o Don. Ele é nosso assessor de imprensa e vai ficar com vocês hoje.

Don é todo vaidoso e tem as maçãs do rosto mais estranhas que já vi. *O que* aconteceu com elas? Será que ele fez preenchimento? Ou fez lipo na bochecha? Seja o que for, não deu certo, *não* que eu vá comentar alguma coisa, nem ficar olhando para o rosto dele. Não muito. Ele nos leva para um lugar que parece um armazém enorme e baixa a voz enquanto seguimos entre fios e cabos.

— Lady Cleath-Stuart — diz ele com reverência —, estamos muito felizes em receber vocês no set de *O Bandeira Negra*. Queremos que o dia de hoje seja o mais agradável e interessante possível para as duas. Por favor, me acompanhem. Achamos que vocês gostariam de ver o set antes de seguirmos para o Figurino.

Suze é VIP! Que incrível! Nós duas o acompanhamos, desviando de uns caras carregando um muro de pedra cenográfico feito de madeira. Seguimos para um amontoado de cadeiras de diretor e um monitor, e muita gente com fones de ouvido e expressões sérias.

— Isso é o que chamamos de *"video village"* — diz Don em voz baixa. — É aqui que o diretor assiste a tudo que está sendo filmado. Mantenham seus celulares desligados. Acho que vamos começar a filmar.

Contornamos a área até conseguir ver o set direito. É o interior de uma biblioteca, e dois atores estão sentados em poltronas. A mulher está toda arrumada, com um vestido de saia armada, e o homem está de casaca. Um cara magro de calça jeans com cabelo vermelho está curvado e falando com eles com a expressão séria.

— Aquele é Ant, o diretor — murmura Don.

Enquanto observamos, Ant se senta na cadeira, coloca os fones de ouvido e olha atentamente para o monitor.

— Gravando! — grita alguém do set.

— Gravando! — várias pessoas repetem na mesma hora. — Gravando! Gravando! — Até atrás de nós, perto da porta, tem duas garotas gritando: — Gravando!

— Gravando! — digo, tentando ajudar. — GRAVANDO!

Isso é tão legal. Já me sinto integrante da equipe de filmagem!

— Ação! — grita Ant, e, como mágica, o local fica em silêncio total. Todos ficam imóveis, e as conversas param, mesmo no meio das frases.

— Sequestrada — diz a mulher de vestido de veludo. — Sequestrada!

O homem segura a mão dela, e ela olha para ele com tristeza.

— Corta! — grita Ant, e corre para o set de novo.

— Essa cena acontece na casa de Lady Violet — sussurra Don. — Ela acabou de saber que a filha Katriona foi sequestrada por piratas. Vocês gostariam de chegar mais perto?

Seguimos na ponta dos pés até chegarmos ao "*video village*". Há várias cadeiras de diretor com nomes impressos nas costas, e olho para elas com brilho nos olhos. Eu *morreria* para ter uma cadeira com meu nome. Minha mente é tomada de repente pela imagem de uma cadeira na qual se lê: *Becky Brandon, Chefe de Figurino*. Imagine se eu começasse a trabalhar no cinema e tivesse uma cadeira com meu nome escrito atrás! Eu não ia querer me levantar. Andaria por aí com a cadeira presa em mim.

A figurinista-chefe deste filme se chama Renée Slattery. Pesquisei sobre ela no Google e já sei o que vou dizer se nos encontrarmos. Vou elogiar o figurino de *Vi-a cedo demais*, que é outro filme no qual ela trabalhou, e vou falar sobre o desafio de trabalhar com roupas de época. (Não sei muito sobre isso, mas posso improvisar.) Depois, vou perguntar casualmente se ela precisa de ajuda, talvez para comprar fita de gorgorão e botas de botão, ou qualquer outra coisa.

Ela *deve* precisar de ajuda, não? Assim, podemos começar a trabalhar juntas e compartilhar ideias, e é dessa forma que vou conseguir entrar no mercado.

Eu e Suze ganhamos cadeiras de diretor com as palavras *Visitante* nas costas e nos sentamos nelas, orgulhosas, enquanto observamos a cena ser filmada mais duas vezes. Não consigo ver a diferença entre as tomadas, mas não vou admitir isso. Ant fica tomando café, olhando o monitor e gritando instruções para um cara com uma grua à esquerda.

De repente, ele se vira e olha para mim e para Suze, depois fala num tom quase agressivo para Don:

— Quem são elas? O que estão fazendo no meu set?

Don baixa a cabeça, e consigo ouvi-lo murmurando:

— Lorde Cleath-Stuart... investidor... convidadas especiais... estúdio...

— Bem, faça com que fiquem fora do meu caminho — diz Ant de um jeito brusco.

Sinceramente! Nós não estamos atrapalhando! Reviro os olhos para Suze, mas ela encontrou um roteiro em algum lugar e está lendo enquanto murmura as falas sozinha. Suze adoraria ser atriz. (Ou amazona. Ou artista. Ou jornalista. Na verdade, ela já pensou em seguir várias carreiras.)

— Dylan! — O diretor eleva a voz de repente. — Onde está o Dylan!

— Aqui!

Um sujeito pequeno de camisa cinza se aproxima correndo.

— Esse é o roteirista — explica Don para mim e para Suze. — Ele fica no set para o caso de precisarmos de diálogos extras.

— Precisamos de mais uma fala aqui para Lady Violet — diz Ant. — Precisamos transmitir a gravidade do que aconteceu, mas também a *dignidade* de Lady Violet. Ela não vai ceder. Vai lutar. — Ele faz uma pausa. — Só que ela tem que dizer tudo isso em umas três ou quatro palavras.

— Certo. — Dylan está balançando a cabeça, ansiosamente. — Certo.

Quando Ant sai, ele começa a escrever em um bloco amarelo, e eu o observo, fascinada. Ele está criando um filme bem aqui. Estamos vendo a história cinematográfica acontecendo! De repente, uma ideia me ocorre. É tão boa que quase dou um gritinho.

— Com licença — chamo, acenando para chamar atenção de Dylan. — Com licença. Não quero interromper, mas uma fala me ocorreu, e achei que você poderia usá-la. Acabou de vir à minha cabeça — digo com modéstia.

— Muito bem, Bex! — exclama Suze.

Dylan suspira.

— Qual é?

— Com grandes poderes vêm grandes responsabilidades.

Quando estou falando em voz alta, não consigo evitar ficar orgulhosa.

— Brilhante! — diz Suze. — Só que deveria ser dito com mais paixão. "Com grandes poderes vêm grandes responsabilidades" — repete ela, com voz baixa e trêmula. — "Com grandes *poderes* vêm grandes *responsabilidades*."

— Perfeito! — digo, olhando para Dylan. — Ela fez escola de teatro, sabe.

Dylan nos olha como se fôssemos duas malucas.

— Essa fala é do *Homem-Aranha* — diz ele secamente.

Homem-Aranha?

— É mesmo? — Eu franzo a testa. — Tem certeza? Porque não me lembro...

— É claro que tenho certeza! Caramba!

Ele risca a fala que estava escrevendo e rabisca outra coisa.

— Ah — digo, frustrada. — Certo. Me desculpe.

— E que tal "Com grandes dores vêm grandes desafios"? — sugere Suze.

— Ou "Com grandes problemas vêm grandes felicidades" — proponho. — Ou "Com grandes tristezas vêm grandes iluminações".

Sinto muito orgulho dessa última sugestão, mas Dylan parece cada vez mais agitado.

— Vocês poderiam deixar eu me concentrar, por favor? — corta ele.

— Ah, tudo bem. Foi mal.

Suze e eu nos afastamos, fazendo careta uma para a outra. Nós o observamos fascinadas enquanto ele enche a página de texto e segue abruptamente na direção de Ant.

— Que tal isso?

— Tudo bem. Vamos experimentar.

Ant anda até o set, e vejo-o mostrando o papel para a atriz de vestido de veludo.

— Por que não é você que leva a fala pros atores? — pergunto quando Dylan se senta.

— Eu não me aproximo do set. — Ele parece chocado com a ideia. — O *diretor* se aproxima do set.

Ele fala como se estivesse dizendo "Eu não me aproximo do trono". Caramba, sets de filmagem são um lugar estranho.

— Espero que vocês tenham gostado da visita — acrescenta ele, obrigando-se a ser educado. — Foi um prazer conhecer vocês.

— Ah, ainda não terminamos nossa visita — explico.

— Vamos participar do filme! — anuncia Suze.

— Somos figurantes!

— Vocês?

Ele olha para Suze e para mim de novo.

Estou prestes a dizer que ele não precisa ficar desconfiado quando Ant se aproxima, olhando irritado para Dylan, e joga o bloco amarelo em cima dele.

— Yolanda disse que está fraco, e eu concordo. Você não consegue fazer melhor?

Sinceramente. Que agressivo! Aposto que Dylan escreveu uma fala brilhante. (Mas não tão boa quanto "Com grandes poderes vêm grandes responsabilidades".)

— Essas duas me distraíram — diz Dylan, indicando nós duas, e minha solidariedade evapora instantaneamente. Ele não precisava nos culpar! Nós só estávamos tentando ajudar! Ant olha para nós com raiva e fica mais furioso ainda quando se vira para Dylan.

— Me dê mais algumas opções. Vamos descansar cinco minutos.

Ant se afasta, e Dylan olha de novo para o bloco com a testa franzida, mordendo a caneta. O clima está pesado, e fico aliviada quando Don aparece e nos chama.

— Os atores vão fazer uma pausa — avisa ele. — Achei que vocês gostariam de conhecer o set antes de irmos para o Figurino.

Nós o acompanhamos até o set e pisamos no tapete com cuidado. Estamos em um set de filmagens de verdade! É bem pequeno, mas bem planejado, com prateleiras de livros e uma mesa com enfeites e uma janela cenográfica com cortina de veludo.

— Com licença — pede Don quando o telefone vibra. — Preciso atender essa chamada.

Ele sai do set, e Suze se senta na poltrona de Lady Violet.

— Sequestrada — diz ela com voz triste. — Sequestrada!

— Muito bom! — exclamo. — Você achou o vestido da Lady Violet meio volumoso? Acho que poderia ser um pouquinho mais justo. Vou comentar com alguém do figurino, se tiver oportunidade.

— Sequestrada! — repete Suze, e olha para a câmera, esticando as mãos como se estivesse em um palco enorme de Londres, perante uma plateia. — Ah, meu Deus. Sequestrada! Nosso pesadelo não vai acabar nunca?

— Tudo parece tão real — digo, passando a mão por uma fileira de lombadas de livros cenográficos. — Veja esse armário. — Balanço a porta, mas está bem presa. — Parece tão real, mas é cenográfico, como tudo. — Vou até a mesinha. — Veja esses muffins. Parecem de verdade. Até o cheiro é real. É tão inteligente.

— Eles podem *ser* reais — observa Suze.

— É claro que não são de verdade. Nada em um set de filmagens é de verdade. Olhe.

Pego um com confiança e dou uma mordida.

Merda. Era de verdade. Estou com a boca cheia de pão de ló e creme.

— Bex! — Suze está me olhando, consternada. — O muffin está no filme! Você não pode *comê-lo*!

— Eu não pretendia comê-lo! — digo, na defensiva.

Sinto-me um pouco ultrajada. Eles não deviam colocar bolos de verdade em um set de filmagem. Vai contra todo o espírito da coisa.

Olho ao redor, mas ninguém parece ter me visto. O que devo fazer agora? Não posso botar só metade do muffin de volta na mesa.

— Muito bem, vamos recomeçar — diz uma voz alta. — Esvaziar o set!

Ah, meu Deus. Os atores estão voltando e eu ainda estou com a outra parte do muffin na mão.

Talvez ninguém repare.

Saio do set rapidamente com as mãos escondidas atrás das costas e encontro um lugar em que fico quase escondida atrás de uma coluna de pedra. Os dois atores estão se sentando nas poltronas e todos estão voltando para uma nova tomada.

— Um minuto. — Uma garota vestida toda de preto se aproxima correndo do set. Ela olha para a tela de uma câmera pequena e depois para a mesa. — O que aconteceu com o outro muffin?

Droga.

Os atores estão olhando em volta sem entender, como se não tivessem nem percebido que havia muffins na cena.

— Muffin? — pergunta o homem.

— Sim, muffin! Devia ter seis! — Ela aponta para a tela da câmera. — O que aconteceu com ele?

— Ah, não olhe pra mim! — diz o homem, parecendo afrontado. — Eu nunca vi o muffin.

— Viu, sim!

— Acho que eram cinco — diz a atriz que faz o papel de Lady Violet.

— Perdão — insiste a garota de preto com a voz firme. — Mas se eu estou dizendo que eram seis, então eram seis, e a não ser que você queira refazer tudo que fizemos hoje de manhã, sugiro que não mexa no cenário.

— Eu não mexi no cenário! — retorque Lady Violet.

Preciso confessar. *Vá*, Becky. Eu me obrigo a me aproximar da beirada do set e pigarreio.

— Hã, com licença — digo, constrangida. — Está aqui. Desculpe.

Estico a mão, e todos olham para o muffin parcialmente comido. Minhas bochechas estão pegando fogo de vergonha, e fico mais constrangida quando um pedaço cai no chão. Eu me inclino para pegá-lo, me sentindo pior do que nunca.

— Devo colocar de volta na mesa? — arrisco. — Poderíamos esconder o lado comido...

A garota de preto me olha sem acreditar.

— Você *comeu* um item cenográfico?

— Eu não pretendia fazer isso! — respondo apressadamente. — Achei que fosse de mentira e fui morder pra provar...

— Eu sabia que não era de mentira — diz Suze. — Falei pra ela. Falei que nenhum muffin cenográfico podia ser tão perfeito...

— Podia, sim! — protesto. — A tecnologia de hoje é incrível.

— Não *tão* incrível...

— Enfim. — Um pensamento me ocorre de repente. — Talvez seja uma coisa boa. Por que será que eles teriam mesmo tantos muffins assim? — Apelo para Ant. — Seis é muito para duas pessoas. Você não quer que eles pareçam gulosos, quer? Não quer que a plateia pense: "Não é surpresa Lady Violet precisar de um espartilho se come tantos muffins..."

— Chega! — Ant surta de repente. — Tire essas duas do meu set! — Ele olha para Don com raiva. — Não me interessa quem elas são, elas estão banidas.

Banidas? Suze e eu trocamos olhares perplexos.

— Mas vamos ser figurantes! — argumenta Suze, consternada.

— Lamento por termos atrapalhado vocês — digo rapidamente. — Eu não pretendia comer o muffin. Não vou comer mais nada.

— Ant, escute — diz Don, em tom tranquilizador. Ele se aproxima correndo e murmura no ouvido do diretor.

Consigo ver Ant nos lançando olhares ameaçadores, mas finalmente ele bufa com irritação e diz:

— Tudo bem. Tanto faz. Preciso ir *em frente*.

Prendo a respiração quando Don volta até nós e nos conduz com firmeza para fora do set.

— Ainda vamos poder ser figurantes? — pergunta Suze, ansiosa.

— É claro! — diz ele com um sorriso tenso. — Não tem problema nenhum. Vamos até o Figurino e depois... bem. O que eu recomendaria é que, na próxima cena, vocês assumam uma postura mais *contida*.

— Você quer dizer que não devemos falar com o diretor — diz Suze. — Nem comer o cenário.

Ele assente.

— Esse tipo de coisa.

— Está ouvindo, Bex? — Suze me cutuca. — Nada de engolir o cenário.

Tudo bem, vou compensar meu erro. Vou ficar bem quieta e ser muito discreta no set. Ou, pelo menos, tão discreta quanto eu puder, levando em consideração que agora estou usando uma peruca ruiva cacheada, com dentes enegrecidos, uma saia armada e um corpete também amarrado que faz meus peitos parecerem... Bem. *Proeminentes* seria uma palavra. *Ridículos* seria outra.

Minha maquiagem foi feita em cinco segundos por uma garota ouvindo um iPod, mas mesmo assim estou transformada! Pareço suja, nojenta, enrugada e meio assustadora. Quanto a Suze, ela parece uma velha coroca. Está com uma peruca preta gosmenta e um tipo de placa nos dentes que muda o formato da boca, e verrugas nas mãos inteiras. Está mancando ao andar e, sinceramente, parece mesmo uma pirata. Eu não estou mancando, mas acho que vou incorporar um tremor às minhas mãos. Ou uns espasmos. Bem sutis.

Fomos colocadas em uma sala ao lado, e todos os outros figurantes estão sentados ao redor lendo livros, com cara de entediados, mas eu estou alerta. A única parte meio ruim é que ainda não consegui falar com ninguém sobre oportunidades de emprego no Figurino. Renée Slattery não está em lugar algum, e a equipe toda está bem ocupada. Fiz uma pergunta sobre o comprimento da minha anágua e a garota responsável disse:

— Não faz diferença. Próximo.

Não faz diferença? Como uma anágua pode não fazer diferença?

Em seguida, perguntei como ela conseguiu esse trabalho, e ela respondeu:

— Fui burra o bastante para querer acordar às cinco da manhã durante o resto da vida.

Isso *não* é resposta.

Logo depois, ela me mandou ir embora.

— Elenco de apoio! — O segundo diretor-assistente, Dino, está à porta. — Elenco de apoio no set, por favor!

Ah! Somos nós!

Quando seguimos pelo estúdio de som e chegamos ao set, sinto um tremor de animação. Está mesmo acontecendo! Vou participar de um filme! Este cenário é bem maior do que o primeiro e representa o interior da cabine de um navio. Há uns dez figurantes, incluindo Suze e eu. São todas mulheres, e, de acordo com uma conversa que acabei de ouvir, é uma cena muito importante e essencial.

Uma cena importante e essencial! E se virar uma daquelas cenas de filme muito famosas que são mostradas na televisão o tempo todo e eu estou nela?! E se eu for descoberta! Sinto uma vibração ridícula de esperança. Sei que nunca considerei ser atriz, mas e se eu tiver um rosto bom para filmes e nunca percebi?

Sou tomada por uma fantasia vívida na qual Ant para de gravar de repente e aponta a câmera para mim, depois se vira para o assistente e diz simplesmente:

— Meu Deus. Olhe as maçãs do rosto dela.

Tudo bem, sei que não é *muito* provável que isso aconteça. Mas tenho maçãs do rosto bonitas, e tudo fica diferente quando se olha pela câmera e...

— Bex! — Suze me cutuca. — Dino está chamando você!

Vou rapidamente até Dino e olho para ele com expectativa, na esperança de ele dizer alguma coisa do tipo "Eu gostaria de fazer um teste com você para o pequeno papel de Princesa Pirata".

— Muito bem, você. Comedora de muffin.

Ele levanta o rosto de uma lista.

Comedora de muffin?

— Meu nome é Becky — digo para ele.

— Legal. — Fica claro que ele não está ouvindo. — Vou colocar você em um lugar que Ant não possa ver. Não queremos que ele fique ainda mais irritado. Você vai engraxar os sapatos de Gwennie com esse trapo e vai ficar nessa posição a cena toda. Mantenha o rosto abaixo e fora do alcance da câmera. Entendeu? *Fora de alcance.*

Ele se vira e chama a próxima garota, e eu fico olhando para ele, cabisbaixa.

Fora do alcance da câmera? Mas ninguém vai me ver! E minha família? Quero chorar. Como vão saber que sou eu?

Estou arrasada quando assumo minha posição, agachada no chão e segurando um trapo velho e sujo. Não foi isso que imaginei. Uma garota que se parece um pouco com April Tremont se senta na cadeira e me lança um olhar desinteressado. Acho que é a dublê.

— Pessoal! — Dino bate palmas para chamar atenção. — Um pouco sobre a cena que vamos filmar. As mulheres piratas estão preparando a cerimônia de casamento. Gwennie, interpretada por April Tremont... — Há uma explosão de aplauso de alguns figurantes, e Dino sorri em reconhecimento. — Gwennie vai ser dada ao bandoleiro pirata, Eduardo, interpretado por Curt Millson. No entanto, ela está apaixonada pelo novo pirata rival, capitão Arthur, também conhecido como capitão do *Bandeira Negra*, e nessa cena vamos ver esse fato sendo descoberto por Eduardo.

— Oi — digo com desânimo para a dublê. — Tenho que engraxar seus sapatos.

— Tudo bem.

Ela levanta a saia, e eu esfrego o sapato dela meio desanimada.

— Muito bem, vamos ensaiar! — diz Dino. — Ação!

— Casar com Eduardo — diz a dublê em tom monótono. — Isso nunca vai acontecer enquanto eu estiver viva. — Ela pega um lenço e o acaricia. — Ah, Arthur.

— Figurantes — instrui Dino. — Quero que vocês olhem para o lenço. Vocês estão interessados nele.

Com obediência, inclino a cabeça e olho para o lenço, mas Dino diz na mesma hora:

— Você não, comedora de muffin.

Que ótimo. Todo mundo pode olhar para o lenço enquanto eu tenho que rastejar no chão. A porta se abre com um rangido e ouço o som de botas pesadas.

— O que é essa coisinha bonita? — pergunta uma voz grave e masculina. — Me mostre.

— Nunca! — diz a dublê.

Há uma espécie de agitação, mas não consigo ver porque não ouso levantar a cabeça. Isso é tão frustrante... Eu *quero muito* saber o que está acontecendo, mas não consigo ver nada abaixada aqui. Nunca vou conseguir dar meus espasmos nem dizer "Verdade, capitão". É tão deprimente...

— Corta!

Eu me sento nos calcanhares e aceno para Suze, tentando não sentir inveja. Está tudo bem para ela, Suze está em um degrau, em um lugar onde todos conseguem vê-la. Até recebeu um adereço de verdade, um pente velho e quebrado, e está penteando o cabelo embaraçado com um floreio teatral.

— Com licença.

Uma voz insinuante chega aos meus ouvidos, e uma botinha mínima cheia de botões aparece na frente dos meus olhos. Levanto o rosto e sinto uma pontada de admiração. É April Tremont! A própria! Ela está se sentando na cadeira e puxando as saias, para que eu possa engraxar suas botas.

— Acho que você vai ter que ficar engraxando minhas botas — diz ela com um aceno. — Pobrezinha.

— Ah, tudo bem! — respondo na mesma hora. — É divertido. Sabe como é. Adoro engraxar sapatos. E não só em sets de filmagem, eu adoro engraxar em casa, no jardim e... eh...

Ah! Pare de tagarelar, Becky!

— Eu sou a April — diz ela de um jeito agradável.

Como se eu não soubesse. Como se ela não fosse muito, muito famosa.

— Eu sou a Becky.

— Foi você que comeu o muffin?

— Foi um engano — digo apressadamente.

— Foi engraçado.

Ela dá aquele sorriso incrível que já vi em um monte de filmes. Bem, não exatamente um monte. Dois filmes e uma série de TV e um comercial de hidratante. Mas mesmo assim.

— April. Curt. Uma palavrinha com vocês dois.

Ant está vindo em nossa direção, e me apresso em esconder o rosto nas saias de April para que ele não repare em mim. Não que ele pareça reparar nos figurantes.

— Quero violência de verdade nessa cena — instrui ele, acima da minha cabeça. — Curt, quando você vir a insígnia do inimigo no lenço de Gwennie, tudo muda. Você sabe que ela está apaixonada por Arthur, e isso deixa você furioso. Lembre-se: essa cena é fundamental. É o que faz você atacar a Frota dos Inimigos; é o que desencadeia todos os acontecimentos. Tudo bem, pessoal? Paixão. *Intensidade*. Vamos rodar uma tomada.

Apesar de tudo, não consigo evitar ficar empolgada. Uma tomada! Vamos rodar uma tomada! Está acontecendo!

Uma hora depois, estou me sentindo *um pouco* menos empolgada. Fizemos a cena várias vezes, e em todas elas eu preciso manter a cabeça abaixada enquanto toda a ação acontece acima, e estou ficando com os joelhos doloridos de permanecer nessa posição.

Além disso, quanto mais fazemos a cena, menos eu a entendo.

— Você está bem? — April Tremont sorri enquanto sua maquiagem é retocada. — É bem difícil ficar aí embaixo.

— Ah, tudo bem! — digo na mesma hora. — De verdade. É incrível!

— Está gostando da cena?

— Eh...

Eu hesito. Sei que deveria dizer "Sim, é ótima!" Mas a verdade é que não consigo me identificar com ela.

— Não estou entendendo — respondo por fim. — Mas *você* é muito boa — acrescento rapidamente.

— Que parte você não está entendendo? — pergunta April, parecendo interessada.

— Bem, por que você está mexendo no lenço?

— É uma lembrança do Arthur, meu amor — explica April. — Tem a insígnia dele. Está vendo?

Ela mostra o lenço para que eu possa ver.

— Eu sei disso. — Concordo com a cabeça. — Mas você está no navio do Eduardo. Ele é muito violento e odeia Arthur. Portanto, você não deixaria o lenço escondido? Se realmente amasse Arthur, você o protegeria, claro.

April Tremont fica olhando para mim em silêncio por alguns segundos.

— É uma boa observação — diz ela. — Por que *estou* mexendo no lenço?

— Talvez seja porque você é burra? — sugiro.

— Não! — diz April, decidida. — Eu não sou. Ant! — Ela ergue a voz. — Ant, venha aqui!

Ai, meu Deus. Escondo o rosto na saia dela e tento agir naturalmente.

— Ant, tenho um problema com minha motivação — diz April. — Por que Gwennie pega o lenço?

Lanço um olhar rápido para cima, e Ant está olhando para April como se desconfiasse de uma pergunta capciosa.

— Já falamos sobre isso — responde ele. — É sentimental. Ela está pensando no amante.

— Mas por que pegar o lenço se é tão perigoso? Ela está no navio do inimigo. Por que seria tão burra?

Há silêncio por alguns momentos, e Ant grita:

— Dylan! Venha aqui. Explique para April a motivação da personagem dela.

Na mesma hora, Dylan se aproxima correndo, com os tênis fazendo barulho no contato com o piso do estúdio de som.

— Ah, certo — diz ele, parecendo meio nervoso. — Bem, Gwennie está pensando no amante, Arthur. Está se lembrando dos momentos que passaram juntos. Ela pega o lenço...

— Por quê? — interrompe April.

— Pra se lembrar dele. — Dylan parece meio desconcertado. — Essa é a motivação dela.

— Mas ela pode se lembrar dele sem um lenço. Por que ela arriscaria a vida dele por causa de um lenço?

— Ela é mulher — diz Dylan sem convicção. — É sentimental.

— Ela é *mulher*? — retorque April, parecendo furiosa de repente. — Ela é *mulher*? Isso não é resposta! O fato de ela ser mulher não quer dizer que seja uma imbecil! Eu não vou fazer isso — diz ela, decidida. — Não vou segurar o lenço. Gwennie não é burra. Ela não faria isso.

— Mas você tem que segurar o lenço! — diz Dylan, consternado. — É a questão central da cena!

— Bem, você vai ter que encontrar uma nova questão central.

— April, querida — diz Ant, respirando ruidosamente. — Você precisa segurar o lenço. Se Eduardo não vir o lenço, não vai poder atacar a Frota dos Inimigos. É o segundo ato todo. É a porra do *filme* todo.

— Bem, não faz sentindo nenhum — diz April de maneira obstinada. — Becky está certa.

— *Becky?* — Ant parece prestes a perder a paciência. — Quem é Becky?

Com relutância, levanto o rosto das saias de April e vejo Ant me encarando sem acreditar.

— Ah, oi — cumprimento, meio nervosa, e arrisco um sorrisinho. — Excelente direção — acrescento rapidamente. — Muito inspirada.

— Você de novo? — diz Dylan, incrédulo.

— Quem é você, porra? — pergunta Ant. — Você está estragando o meu filme!

Ele quase parece querer me bater.

— Não, não estou! — digo, horrorizada. — Quer dizer, eu não pretendia!

— Você devia agradecer a ela! — diz April. — A cena tem um furo enorme e ela foi a única que reparou. — Ela se levanta. — Resolvam a cena, cavalheiros. Estarei no meu trailer. Gilly, minhas botas Ugg?

Uma das garotas do figurino se aproxima e desamarra as botas de April.

— April! — diz Ant. — Não seja ridícula!

— Vocês não perceberam, mas os críticos vão perceber — corta ela.

Ela calça o par de botas Ugg e sai do estúdio. Está indo embora. Ah, meu Deus.

— Volte aqui! — chama Ant, furioso.

— Consertem a cena! — responde ela por cima do ombro.

Vejo Ant e Dylan trocando olhares preocupados.

— April, seja razoável. — Ant sai correndo atrás dela. — Vamos conversar.

Olho ao redor, todos os figurantes e a equipe estão olhando, hipnotizados. O que fazemos agora?

Dino conversa rapidamente com outro homem com fones de ouvido, depois vai na direção do set.

— Tudo bem, almoço. Hora do almoço, pessoal.

Na mesma hora, todos os figurantes saem, e Suze atravessa o cenário e vem até mim, o mais rápido que consegue com as saias enormes.

— O que você fez? — pergunta ela.

— Eu não fiz nada!

— Todo mundo está botando a culpa em você.

— É mesmo? — Fico olhando para ela, consternada. — Isso é tão injusto!

— Não, as pessoas estão *satisfeitas*. Talvez recebam pagamento extra. Vamos comer alguma coisa? Talvez tenha mais sushi lá. Sabe, talvez eu passe a ser figurante em tempo integral — acrescenta ela enquanto andamos. — Aprendi tanta coisa... Tem uma agência especial para a qual você entra e tem bastante trabalho se você tiver a aparência certa. Dá pra ganhar um bom dinheiro!

Um bom dinheiro! Tenho vontade de lembrar que Suze já *tem* dinheiro, considerando que o marido é zilionário, mas ela parece tão animada que até perco a vontade.

— E, se você souber cavalgar, conta como habilidade especial — diz ela quando uma garota nova corre até nós.

— Becky? Alguma de vocês é a Becky?

— Sou eu — respondo, meio nervosa.

— A Srta. Tremont quer ver você no trailer dela.

Suze e eu nos olhamos com entusiasmo. Um trailer! Uma estrela de cinema quer que eu vá ao trailer dela!

— Minha amiga também pode ir? — pergunto.

— Claro. Por aqui.

Fico *um pouco* decepcionada com o trailer, para ser sincera. Estava esperando que estivesse cheio de rosas e baldes de champanhe e cartões dos produtores e talvez umas fotos autografadas do George Clooney, e não apenas uma van enorme com revistas e garrafas de água Evian e barras de proteína espalhadas por todo lado. April está falando ao celular quando entramos, e eu me sento com cuidado ao lado de Suze em algo que parece um banco.

Eu não me importaria de ter um trailer, penso. Imagine se, para todo lugar que você fosse na vida, houvesse um pequeno trailer esperando, aonde você pudesse ir e relaxar sempre que tivesse vontade.

Imagine ir de trailer às *compras*. Ah, sim! Daria para colocar todas as sacolas dentro e descansar um pouco, fazer uma xícara de chá e...

— Becky. — April coloca o celular na mesa e sorri para mim. — Como você está?

— Eh, bem! Obrigada. Esta é a minha amiga Suze.

— Oi, Suze. — April dirige o sorriso radiante para Suze e volta a olhar para mim. — Eu só queria ver se você estava bem. Não queria que fosse maltratada por Ant. Se você tiver algum problema com ele, pode me avisar.

— Obrigada! — digo, emocionada.

— Bem, tenho uma dívida com você. — Ela suspira. — Eu devia ter percebido aquela questão na leitura. Ou alguém devia. Esses caras são uns idiotas.

— O que vão fazer agora? — pergunto, meio temerosa. — Eu estraguei mesmo o filme todo?

— Ah, não! — Ela ri. — Vão escrever outra cena. Vão consertar. É o trabalho deles. Mas eu gostaria de retribuir o favor, se puder. —

Ela olha para mim. — Você tem agente? Precisa de alguém melhor? Gostaria de um contato? Sei como o mercado é difícil, faço o que puder para ajudar.

— Na verdade, não tenho agente — explico. — Isso não é *exatamente* o que eu faço...

— Eu adoraria ter um agente! — diz Suze. — Quero ser figurante. Acho mesmo que poderia ser minha nova carreira.

April Tremont nos observa com curiosidade.

— Vocês não são atrizes?

— Eu fiz escola de teatro — diz Suze rapidamente. — Tenho diploma. Fui muito elogiada pelo meu discurso moderno.

— Eu trabalho com moda.

— Estamos no filme por causa do Tarkie.

— Tarkie é o marido dela — explico. — Ele investiu no filme.

— Só *agora* que eu descobri — diz Suze, amargurada.

— E todo mundo ficou perguntando se Suze queria ver um filme sendo gravado, e nós dissemos que, na verdade, gostaríamos de participar dele.

— E aqui estamos!

Nós duas paramos e olhamos para April, na expectativa. Parece que ela está tendo certa dificuldade para acompanhar.

— Então *você* precisa de agente? — pergunta para Suze.

— Preciso, sim! — diz Suze.

— E *você* precisa... — Ela se vira para mim. — Você precisa de alguma coisa?

— Eu adoraria um emprego com moda. É o que eu faço. Eu trabalhava na Barneys e estou tentando uma vaga em Hollywood, mas é difícil dar o primeiro passo.

— Bex é incrível — elogia Suze. — Ela faz *qualquer pessoa* ficar bonita. Até minha cunhada Fenella, pode acreditar...

Ela faz uma careta.

— Ela tem ombros bonitos — explico. — Você só precisa se concentrar nos ombros.

— Tudo bem — diz April, pensativa. — Diga o que você quer. Tenho uma amiga que é produtora de moda e vive muito ocupada. Está sempre procurando gente talentosa pra trabalhar com ela. Que tal eu marcar um encontro entre vocês duas?

— Isso seria *incrível!* — Eu quase dou um gritinho. — É sério?

— Nós duas vamos ao Actors' Society Awards na sexta à noite. E se eu conseguir um convite pra você? Posso conseguir um duplo. É bem divertido.

— Obrigada! — Dou um sorriso feliz para Suze. — Muito obrigada!

— O nome da minha amiga é Cyndi. — April escreve o nome em um pedaço de papel. — Ela vai estar lá com a nova cliente. Você pode conhecê-la também. Talvez vocês duas acabem trabalhando juntas!

— Uau! — Pego o pedaço de papel. — Obrigada. Quem é a nova cliente?

— Lois Kellerton — diz April, e eu paro na mesma hora.

Percebo que Suze está com os olhos arregalados e tento desesperadamente ignorá-la.

— O que foi? — pergunta April, sentindo a tensão. — Você conhece Lois?

— Não — respondo rapidamente. — Não mesmo. Não. Nunca a vi. Por que eu conheceria Lois Kellerton?

Dou uma gargalhada aguda e nada natural.

— Tudo bem. Lois é um amor — diz April. — Nós somos amigas. Na verdade, somos vizinhas. Moramos na Doheny Road desde sempre. Vocês vão se dar muito bem.

É a primeira vez que ouço alguém descrever Lois como "um amor", e fica claro que April repara minha surpresa.

— O que foi?

Eu sei que devia ficar calada, mas não consigo resistir.

— É só que ouvi que Lois era... uma pessoa complicada de se lidar — arrisco. — O filme novo dela não está tendo uns problemas?

April suspira.

— Eu queria que Lois não tivesse essa fama. Ela é tão maravilhosa. E o filme vai ser fantástico. É a história das primeiras atletas mulheres, sabe, usando algumas imagens originais das Olimpíadas. É tão inteligente. E, sim, houve problemas, mas todos os filmes têm.

— Foi mal — digo, meio constrangida. — Eu não pretendia... Eu só ouvi...

— Eu sei. — April baixa as mãos em um gesto exasperado. — Todo mundo diz a mesma coisa. A questão é que Lois é inteligente, tem expectativas altas e isso acaba criando inimizades. Mas você vai gostar dela. Tenho certeza de que vai.

Uma mensagem chega no celular dela.

— Me desculpem, tenho que ir. Dê seu endereço pra minha assistente e vou mandar entregar seus convites. Podem ficar o quanto quiserem.

Ela sai do trailer ainda calçando as botas Ugg, e Suze e eu ficamos nos olhando.

— Lois Kellerton — diz Suze finalmente. — Ai, meu Deus, Bex.

— Pois é. — Massageio as têmporas. — Bizarro.

— O que você vai *falar* pra ela? Estou me referindo a... você sabe.

— Não vou falar nada. Não aconteceu, tá? E eu também nunca te contei nada.

— Tudo bem. — Suze assente com veemência e levanta o rosto. — Ei, o que Luke vai dizer sobre você conhecer Lois? Ela não é a maior inimiga da Sage? Você não deveria estar na esquipe da Sage?

Ah, meu Deus! No calor do momento, acabei me esquecendo disso. Droga! Pego uma barra de proteína enquanto penso. Tudo bem, não é o ideal. Se eu pudesse ter escolhido outra celebridade, eu teria preferido. Mas não posso dispensar essa oportunidade incrível. Não *posso*.

— Luke vai apoiar totalmente minha carreira — digo depois de um tempo, com um pouco mais de confiança do que realmente sinto. — Afinal, não precisamos ser os dois da equipe da Sage, né? Podemos ter aquele lance da China.

— O quê? — Suze parece não entender. — Biscoitos da sorte?

— Não! — Não consigo evitar uma risadinha. — *Muralhas*. Quando duas pessoas estão em lados diferentes, mas não tem problema porque elas não contam nada uma para a outra.

— Muralha? — diz Suze, desconfiada. — Não gosto da ideia de muralhas. Não devia haver muralhas em um casamento.

— Não muralhas de verdade, muralhas *da China*.

Suze não parece convencida.

— Continuo não gostando. Acho que vocês deveriam ficar do mesmo lado.

— Ah, eu também — concordo, na defensiva. — Mas o que eu posso fazer? Tentei ser produtora de moda da Sage, mas ela não ficou interessada.

— Trabalhe com outra celebridade então.

— Quem? Não tem fila pros meus serviços, tem? — Fico meio irritada com Suze, em parte porque sei que ela tem razão. — Olha, vai ficar tudo bem. Vai ser como naquele filme em que o marido e a mulher são advogados e representam lados opostos no tribunal, mas, quando estão em casa, é tudo lindo e cheio de amor.

— Que filme? — pergunta Suze, desconfiada.

— Eh... você sabe. Aquele.

Estou inventando enquanto falo, mas não vou admitir isso.

— Qual é o nome? — pergunta Suze.

— Não importa o nome. Olhe, só vou morar em Hollywood uma vez, Suze. Preciso pelo menos *tentar* virar produtora.

Quando estou falando, percebo o quanto quero essa oportunidade; o quanto estou decepcionada com todos os meus fracassos. E agora uma chance real e decente está ao meu alcance.

— Luke vai entender — acrescento. — Vou resolver isso com ele de alguma forma. E tudo vai ficar bem.

BACKGROUND ARTISTS UNLIMITED AGENCY
FORMULÁRIO DE INSCRIÇÃO PARA ARTISTAS

Título (apague os que não se encaixarem): ~~Sr./Sra./Srta.~~ *Lady*
Primeiro nome(s): *Susan deLaney Margaret*
Sobrenome: *Cleath-Stuart*
Data de nascimento: *Você não sabe que não se pergunta a idade de uma pessoa?*
Local de nascimento: *Sandringham, nos estábulos (mamãe tinha acabado de voltar da caça).*
Experiência prévia em atuação: *Fiz uma abelhinha na Academia da Sra. Darlington e depois fui um coelho, depois fui aquela Blanche Dubois, meu papel mais brilhante, e depois aquela garota em <u>O Mercador de Veneza</u>. Ah, e Julieta. Mas só fizemos três cenas porque Shakespeare É meio longo demais.*
Habilidades especiais (p. ex. equitação, malabarismo): *Ah, um monte! Equitação, tênis, pescaria, ioga; fazer porta-retratos, arranjos de flores, dobradura de guardanapos, cobertura de bolos (fiz um curso, papai achou que eu poderia ser boleira). Não sou muito boa em digitação, mas sempre consegui enganar. E se a filmagem for em um cenário de casa inglesa antiga, sei dizer onde ficam facas e garfos, porque vocês sempre colocam errado. E os ingleses não usam tweed o tempo todo. Ah, e POR QUE os vilões são sempre britânicos?*
Sotaques: *Consigo fazer um sotaque americano excelente. E francês. Sei fazer o galês, mas logo começa a parecer indiano.*
Você está disposta a aparecer nua? *Você está louco? O que papai diria? E meu marido? De qualquer modo, por que vocês precisam que alguém apareça nu? Quando uma pessoa tira a roupa no cinema, eu começo a me contorcer de vergonha, e meu marido se levanta e pergunta: "Quem quer alguma coisa para beber?" As pessoas deveriam ficar vestidas nos filmes. Fora o capitão Jack Sparrow, ele pode tirar a roupa! (Não conte para Tarkie que eu disse isso.)*

Página 1 de 3

TREZE

Vai dar tudo certo. Já encarei várias situações sociais constrangedoras; vai ficar tudo bem. É verdade que nunca encontrei uma estrela de cinema que: 1. eu peguei furtando; 2. tem uma reputação estranha (talvez não merecida); 3. cuja história de vida conheço por completo depois de ter pesquisado tudo sobre ela no Google obsessivamente por três dias.

Mesmo assim. Espero que corra tudo bem. Acho que vamos nos entender, nos encontrar para um café, fazer compras juntas...

Não. Eu me forço a parar na mesma hora. *Sem* compras. E se ela roubar alguma coisa? E se me pedir para ser cúmplice e eu não conseguir dizer não? Tenho uma visão repentina e horrenda das manchetes: *Produtora de moda e estrela de cinema presas na Barneys colocando meias de marca na bolsa. Veja as fotos nas páginas 8 a 10.*

Ah! Pare, Becky. Isso não vai acontecer. Decisão um: se eu for trabalhar na equipe de produção de moda de Lois, vou falar para ela que nunca saio para fazer compras com minhas clientes. E se por algum motivo nós *formos* fazer compras e ela me pedir para furtar alguma coisa, eu vou... eu vou fingir que não entendi e vou me afastar. E sair correndo. Sim. Bom plano.

Pelo menos fiz minhas pesquisas. Sei tanto sobre Lois Kellerton que poderia escrever um livro sobre ela. Sei que começou a carreira aos 2 anos em um infomercial sobre segurança nas estradas, tinha um agente aos 3 anos, e os pais largaram os empregos para se concentrarem na carreira dela. A mãe sempre foi dedicada e o pai teve vários casos extraconjugais e saiu de casa, então nem vou mencioná-lo.

E também não vou mencionar Sage. Eu não tinha percebido a seriedade da rixa entre elas. Não foi só o comentário sobre a vítima de câncer com cabeça raspada que Sage fica repetindo. Começou séculos atrás, quando as duas chegaram a um evento com o mesmo vestido verde, e Sage acusou Lois de ter feito de propósito. Depois, Sage não compareceu a um evento de AIDS organizado por Lois. Ao que parece, ela seria a apresentadora da noite, e Lois disse que se sentiu "esnobada e desprezada", mas que não ficou surpresa por Sage "mais uma vez ter demonstrado seu egoísmo nato".

E então, no ano passado, Lois chegou à Calçada da Fama de Hollywood e disse em seu discurso: "Hollywood está no meu DNA." Na mesma hora, Sage comentou em seu Facebook: "Que Deus ajude Hollywood."

O triste mesmo é que elas eram amigas há alguns anos. Até participaram de um programa de TV juntas quando crianças. Mas Hollywood é um lugar difícil para uma atriz do século XXI, e ela aprende a ver as outras estrelas como inimigas (de acordo com um blog excelente que encontrei, o *Hollywouldn't.com*). Pelo que dizem, as atrizes disputam papéis, disputam homens, disputam campanhas publicitárias e até cirurgiões plásticos. Montam acampamentos que mais parecem cortes reais e ficam paranoicas com as concorrentes, até com aquelas que são "amigas".

Tudo parece muito estressante. Não consigo imaginar disputar um cirurgião plástico com Suze. Embora, para ser justa, já tenhamos brigado por um casaco Orla Kiely que as duas queriam comprar no eBay. (Suze comprou. Mas me empresta.)

Portanto, há alguns temas perigosos. Não vou mencionar Sage, nem furtos a lojas (nem lojas), nem o pai de Lois, nem o filme mais recente dela, *A cama de pregos* (recebeu críticas ruins), nem açúcar refinado (ela acha que é do mal). Não que eu estivesse planejando falar sobre açúcar, mas mesmo assim. Vale lembrar. Tópicos que *posso* mencionar tranquilamente: o Globo de Ouro de Lois, *kettlebells*, macadâmia. Anotei tudo para o caso de ficar muda.

— Por que macadâmia? — pergunta Suze, que leu a lista demonstrando interesse.

— Porque Lois adora — digo. — Estava escrito na *Health and Fitness*. Portanto, vou fingir que também adoro, e vamos ter uma coisa em comum.

— Mas o que se pode dizer sobre macadâmias? — objeta Suze.

— Não sei! — respondo, na defensiva. — Vou dizer: "São bem crocantes, não são?"

— E o que você vai falar sobre os *kettlebells*? Você já *viu* um?

— Essa não é a questão. Lois gravou um DVD de exercícios com *kettlebells*, então é um bom assunto para conversar.

Estamos no meu quarto, nos arrumando para o Actors' Society Awards, ou "ASA", como todo mundo chama. E não consigo deixar de me sentir meio eufórica. Tenho que fazer tudo certo hoje. Tenho que causar uma boa impressão. Já analisei o estilo de Lois infinitas vezes nos últimos dias e tenho um monte de ideias para ela. Acho que ela poderia se vestir de forma mais jovem e glamorosa. Ela usa vestidos que parecem de gente muito velha. E *quem* faz o cabelo dela?

— Li outro artigo na *Variety* hoje dizendo que a carreira de Lois está mal das pernas — diz Suze casualmente. — Cabelo preso ou solto?

Ela segura o megahair com uma das mãos e o prende em um coque. Olho com a expressão crítica.

— Preso. Fica incrível. E *não está* mal das pernas.

— Bem, o cachê dela baixou. Parece que é mal-humorada. Shannon trabalhou com ela e diz que vive nervosa.

— Shannon só está com inveja — digo.

Estou ficando meio cansada dessa Shannon. Depois da nossa saída de *O Bandeira Negra*, Suze arrumou um dia de trabalho como figurante em um programa de TV chamado *Cyberville* e fez amizade com uma moça chamada Shannon, que é figurante profissional há mais de vinte anos. Shannon se considera especialista em Hollywood, e Suze leva em conta todas as opiniões dela e fica repetindo tudo para mim. Sinceramente. Não é porque você participou de *Matrix* que você sabe tudo.

— Lois só precisa de um visual novo e interessante — digo com convicção. — E eu vou dar isso a ela.

— O que o Luke achou disso? — Suze se vira, com a voz abafada pelos grampos na boca. — Você não me falou.

— Ah. Hã.

Ganho tempo fazendo um contorno cuidadoso com o batom nos lábios, apesar de já ter feito isso.

— Ele encarou numa boa, não foi? — Suze me olha fixamente. — Bex, você não contou pra ele, não é?

— Veja bem. — Procuro a melhor resposta. — Não faz sentido contar pra ele ainda.

— Você tem que contar! — Suze enfia um grampo brilhoso no cabelo. — Você não pode entrar na equipe da Lois sem ele saber!

— Eu ainda nem conheci Lois — respondo. — E se não der certo? Vou ter contado pra ele à toa. Vou esperar até ser contratada, *aí* eu conto pra ele.

Ainda não quero contar a Luke sobre conhecer Lois. Primeiro, porque sei lá no fundo que Suze está certa, Luke pode fazer alguma objeção. E, segundo, quero contar para ele quando eu já for um sucesso. Quero provar que *consigo* me virar sozinha.

— E se ele vir você conversando com Lois hoje?

— Suze, não estamos na Guerra Fria! Eu posso conversar com as pessoas! Vou dizer que estávamos só conversando. Você pode fechar meu vestido?

Quando Suze começa a puxar o tecido do corpete do meu vestido, meu celular apita com a chegada de três novas mensagens, as três seguidas, e eu o pego.

— Pare! — censura Suze. — Não consigo abotoar com você se mexendo. É só uma mensagem.

— Pode ser uma emergência.

— Deve ser só o Luke.

— O que você quer dizer com *só* o Luke? — pergunto enquanto digito a senha. — Eu não diria que é "só" o Tarquin.

— Diria, sim, você diz isso o tempo todo. — Suze puxa meu vestido. — Você tem certeza de que o vestido é do tamanho certo?

Não consigo responder. Estou olhando para o celular em estado de choque.

— Bex? — Suze me cutuca. — Oi?

— Ela vem — digo depois de um tempo.

— Quem vem?

— Elinor. Pra cá.

— *Agora?* — diz Suze, alarmada.

— Não, não agora, mas em breve. Em uma semana, mais ou menos. Mandei uma mensagem pedindo que viesse, mas nunca achei que ela viria mesmo... — Eu me viro para olhar para Suze, de repente apavorada. — Ah, meu Deus. O que eu faço?

— Você vai fazer uma intervenção, lembra? — diz Suze. — Porque você é excelente em resoluções de conflitos, *lembra*?

— Certo. — Engulo em seco. — Sim.

De alguma forma, tudo parecia melhor na teoria. Mas a ideia de que Elinor vai mesmo pegar um avião para Los Angeles e que Luke nem faz ideia disso, e de que vou ter de lidar com os dois...

— Suze, você tem que me ajudar — digo, suplicando.

— Eu não vou ajudar! — recusa ela, na mesma hora. — Não conte comigo. Eu sempre achei que era má ideia.

— Não é má ideia! É só que... pode ser mais difícil do que pensei.

— Achei que você fosse especialista — diz Suze, sem nenhuma sensibilidade. — Achei que tivesse uma variedade de técnicas na manga e que Buda fosse guiar você com aquela sabedoria infinita. — Ela faz uma pausa e acrescenta: — Vou dizer uma coisa, posso comprar uns sinos de vento se você quiser.

— Muito engraçado.

— Bem, sinceramente, Bex, você deve estar louca. O que aconteceu com a cirurgia da Elinor, aliás?

— Foi cancelada — digo, lendo a terceira mensagem de novo. — Era só um procedimento simples no dedão do pé.

— No *dedão do pé*? — Suze fica me olhando. — Pensei que ela estivesse morrendo!

— Eu também — admito.

— Bem, acho que você devia cancelar a vinda dela. Diga que se enganou e que não vai estar aqui. — Ela cutuca meu ombro. — Agora vire para mim. Tem mais um colchete pra prender.

Eu me viro enquanto me esforço para pensar. Essa é a opção óbvia. A solução fácil. Eu poderia mandar uma mensagem para Elinor. Pedir que ela não venha, inventar uma desculpa. Dessa forma, provavelmente nunca mais vamos vê-la. Mas é isso mesmo que eu quero? É mesmo o melhor para todos nós? Para Luke? Para Minnie?

Suze abotoa o último colchete.

— Pronto. Acabei. — E acrescenta: — Ou você pode dizer que Minnie está doente. Faço isso o tempo todo quando quero fugir de alguma situação. Ernie teve coqueluche umas cinco vezes, o pobrezinho...

— Eu não vou cancelar. — Estou determinada. — Elinor e Luke precisam se entender, e acho mesmo que posso ajudar, só que quanto mais eu adiar, mais difícil vai ser.

— Que Deus nos ajude. — Suze me olha sem acreditar. — Você *vai* fazer uma intervenção.

— Por que não? Tenho certeza de que consigo. Com ou sem ajuda — digo, incisiva.

— Quem precisa de ajuda? — A voz do Luke vem do corredor, e eu enrijeço. Desligo o celular na mesma hora e dou um sorriso casual.

— Ah, oi! — cumprimento-o animada quando ele entra, todo elegante de traje de festa. — Só estamos falando sobre... *kettlebells*.

— Maravilha — diz Luke, lançando-me um olhar estranho. — O que é um *kettlebell*, afinal? Toda hora ouço esse nome.

— É um acessório pra malhar — improviso. — Tem o formato de um bule. E de sino, obviamente. As duas coisas. Que horas vamos sair? — pergunto apressadamente.

— Ah, meu Deus, está na hora? — Suze parece mal-humorada de repente. — Cadê o Tarkie?

— Eu não o vi. — Luke olha para o relógio. — Vamos precisar sair em uns vinte minutos.

Luke não pretendia ir ao ASA, mas de uma hora para outra Sage anunciou que queria ir, e o grupo todo teve que ir também. Aparentemente, ela queria levar um macaco para uma ação publicitária, e Luke teve de convencê-la a não fazer isso. Um macaco! Imagine se o animal fizesse uma bagunça danada lá.

De repente, Luke repara em uma sacola reluzente na cama, com a ponta de uma bolsa *clutch* toda de zircônia para fora.

— Outra bolsa, Becky? — Ele ergue uma sobrancelha. — Achei que a bolsa que você comprou no fim de semana era tão perfeita que você a usaria pra sempre, que seria sua marca e as pessoas passariam a chamar você de "A Garota com a Bolsa Lara Bohinc".

Sinto uma pontada de indignação. Maridos *não* deviam decorar conversas palavra por palavra. É contra o espírito do casamento. Mas nesse caso não me importo, porque, seja lá no que ele estiver pensando, ele está errado.

— Aquela bolsa *clutch* não é pra mim. Eu comprei no meu papel de produtora de moda. É dedutível do imposto de renda — acrescento, me sentindo esperta.

Não sei se é verdade, mas deve ser, né?

— Certo. Claro. O trabalho de produção. — Luke exibe uma expressão zombeteira. — Como está indo então?

— Muito bem! — respondo, empolgada. — Tenho muito potencial. De vento em popa.

Luke suspira.

— Becky, querida, eu queria que você me deixasse ajudar. Tenho certeza de que poderia apresentar algumas pessoas...

— Não preciso da sua ajuda! — respondo, magoada. — Estou cuidando do assunto.

É por *isso* que não quero mencionar Lois Kellerton ainda. Quero mostrar a ele. A bolsa é para Lois, claro. É item exclusivo de um brechó e tem um design art déco que acho que ela vai adorar. Ultimamente, Lois passou a usar tons muito sutis e sem vida, que são muito bonitos, mas acho que ela precisa se destacar um pouco mais, e essa bolsa vai ser perfeita. Principalmente com aquele cabelo preto lindo. Estou planejando dar para ela hoje, para quebrar o gelo, e com sorte podemos começar a partir daí.

— Onde *ele* está? — Suze está digitando no celular. — Sinceramente, esse maldito Golden Peace... — Ela me lança um olhar acusatório, o que é totalmente injusto. — Falei pra ele voltar a tempo — murmura ela, e aperta "Enviar". — Ele perde a noção do tempo. O que ele está *fazendo*?

Sei que Suze pensa que Tarkie vai demais ao Golden Peace. Mas ela está com preconceito com o lugar. A verdade é que Tarkie está se divertindo bastante lá com o pessoal do vôlei, ele faz parte de um grupo. Ninguém o perturba por causa de gabletes inclinados nem de investimentos na África do Sul. Nem ficam tentando dar ideias de filmes, porque esse tipo de coisa é proibido no Golden Peace. Acho que é o primeiro lugar onde ele consegue ser apenas ele. Tarkie.

Ouço portas de carro batendo do lado de fora. Um segundo depois, a porta da casa abrindo e fechando, e, em seguida, passos no corredor. Pronto. Eu sabia que Tarkie iria aparecer.

— Está vendo? Ele chegou. — Pego minha bolsa *clutch* Lara Bohinc e a de zircônia. — Vamos tomar uma coisinha enquanto ele se arruma.

Suze está colocando os sapatos altíssimos, que a fazem parecer ainda mais alta e longilínea que o habitual. O cabelo louro, preso no alto em cachos elaborados, dá mais altura a ela, que fica com uma aparência incrível: toda membros dourados e bronzeados e cílios postiços e uma testa franzida imperiosa. Ninguém sabe franzir a testa como Suze. Ela é bem assustadora, principalmente quando está muito mais alta que você, com os Louboutins nos pés. Ela herdou isso da mãe, que também é incrível. Aparentemente, os ancestrais dela foram identificados até Boudica. (Ou será que quero dizer Boadiceia? A mulher lutadora e corajosa, é a ela que estou me referindo.)

Assim Suze pega a bolsa *clutch* dela (Tory Burch, pele de cobra, em liquidação na Bloomingdale's) e sai do quarto gritando:

— Tarkie! Onde você *estava*? Temos que ir!

Saio rapidamente atrás dela até a grade que protege a escada e paro na mesma hora que ela. Tarkie está no corredor do andar de baixo, mas não está sozinho. Está com Bryce, mais bronzeado e com olhos mais enrugados que nunca. Os dois estão de shorts largos de surfista e com bandanas na cabeça, e Tarkie está segurando um Frisbee. Já vi Tarkie segurando muitas coisas esquisitas na vida (uma arma da Primeira Guerra Mundial, uma coruja empalhada antiga, uma cimitarra), mas, por algum motivo, vê-lo com um Frisbee me dá vontade de explodir em risadas.

Quando olho para Suze, percebo que ela não está achando graça.

— Oi, Bryce — diz ela, sendo exageradamente agradável, enquanto desce a escada. — Que ótimo ver você de novo. Não vamos te prender aqui. Tarkie, é melhor você trocar de roupa.

O tom controlado e educado de Suze soa como cacos de vidro caindo, um a um. O sorriso está gélido, e a atmosfera é claramente desconfortável.

— Querida, prefiro não ir hoje, se você não se importar — diz Tarkie, aparentemente indiferente. — Bryce marcou uma caminhada noturna com alguns dos caras. Me parece bem divertido.

— Mas, *querido*, nós vamos ao Actors' Society Awards. Lembra? Nós combinamos. — A voz de Suze está tão controlada que até Tarkie parece perceber que tem alguma coisa errada.

— Ah, Suze, você não vai precisar de mim por lá, vai? — pergunta ele, em tom de súplica. — Vai estar cheio de gente horrível.

Só Tarkie poderia descrever a nata de Hollywood como "gente horrível".

— Sim, eu preciso de você lá! — exclama Suze. — E não precisava que você tivesse desaparecido o dia todo. Onde você estava, afinal?

— Nós jogamos vôlei — responde Tarquin, parecendo meio incomodado. — E depois almoçamos... e conversamos...

— A tarde *toda*? — A voz de Suze fica cada vez mais aguda.

— Peço desculpas — diz Bryce de forma encantadora, com aquela voz macia e hipnótica que ele tem. — Eu segurei Tarquin. Começamos a conversar e não paramos mais.

— Não precisa se desculpar! Foi um dia maravilhoso. — Tarkie se vira para Suze. — Querida, Bryce tem tantas ideias brilhantes. Eu adoraria que jantássemos juntos um dia. E, Bryce... — Ele se vira para o amigo. — Eu adoraria ir àquela aula sobre a qual você estava falando. Era meditação?

— Concentração.

— É isso! Parece... ahm... fascinante.

— Sou excelente nisso! — digo, querendo ajudar. — É muito fácil.

— Você não precisa ir a aula nenhuma, Tarquin! — corta Suze.

— Concordo — diz Bryce, de forma surpreendente. — Não é essencial. Tarquin, acho que você é uma pessoa que vai se curar por um processo lento e natural. Só não tenha medo de botar pra fora.

— Certo. Ahm... com certeza. — Tarquin parece desconfortável. — A questão é que não é muito fácil...

— Eu sei — concorda Bryce. — É difícil. Mas vai acontecer. Lembre-se, não precisa ser *com* ninguém. O mar vai ouvir você. O ar vai ouvir você. Apenas se expresse e deixe sua alma encontrar as respostas.

Estou ouvindo, completamente hipnotizada, mas Suze está furiosa.

— Falar com o mar? — debocha ela. — O quê? E todo mundo pensar que você está maluco?

— "Maluco" é uma palavra que eu tento não usar — diz Bryce, imperturbável. — E, sim, acho que conversar com outras pessoas pode levar a coisas que não ajudam em nada. Às vezes, você só precisa conversar com uma entidade. Com o vazio. Seu deus. Fazemos muito trabalho de cura com animais.

— Tarkie não precisa de *cura*! — Suze parece ultrajada.

— Essa é a sua opinião.

Ele dá de ombros de um jeito como quem sabe tudo e conhece tudo, como quem diz *tenho uma visão mais ampla das coisas por-*

que tenho mais experiência com problemas e neurose e estresse humano do que você jamais poderia imaginar, embora tenha jurado confidencialidade e jamais conte qualquer detalhe das celebridades.

Bem, ao menos foi isso que eu captei.

— Sou *esposa* dele — diz Suze, séria.

— É claro. — Ele levanta as mãos. — Suze, eu respeito você.

Há uma química muito estranha entre Suze e Bryce. Ela está praticamente soltando fagulhas quando o encara...

Ah, meu Deus, ela está a fim dele? Quer dizer, todo mundo é meio a fim do Bryce, e você teria que não ser humano para não ficar a fim dele... mas será que ela está a fim dele *de verdade*?

— Vamos. — Suze finalmente se vira e fala com Tarkie. — Temos que ir.

— A gente se vê, Tarquin — diz Bryce, aparentemente sem ficar ofendido.

— Me liga, Bryce — diz Tarkie. — Se você e o pessoal forem jogar vôlei ou se marcarem outra caminhada...

Ele está tão ansioso e esperançoso que me faz pensar em um garotinho correndo atrás dos meninos populares no parquinho.

— Ligo. — Bryce assente com gentileza, se vira e vai embora.

— Bem! — Suze expira quando a porta se fecha.

— Que cara interessante — diz Luke de forma evasiva. — Qual é a história dele, Tarquin?

— Não sei — diz Tarkie. — E não importa. — Ele se vira para Suze. — Acho que você poderia ser um pouco mais educada com os meus amigos.

— Ele não é seu amigo — retorque Suze.

— É, sim! É mais amigo do que a maioria das pessoas na minha vida! É mais inteligente, mais gentil e entende mais... — Tarquin para de falar, e ficamos olhando para ele, boquiabertos. Acho que nunca ouvi Tarkie falar com tanta paixão na vida.

Mas eu tenho que concordar. Conheci os amigos de Tarquin, e a maioria só consegue dizer umas seis palavras: "Bom tiro" e "Outro drinque?" e "Maldito faisão". Não consigo imaginar nenhum deles falando sobre a alma encontrar respostas.

E, se alguém quiser saber minha opinião, acho que Suze está cometendo um grande erro. Por que Tarkie não deveria falar o que quiser com o mar se isso o ajudar? Ele estava em péssimo estado antes de chegar aqui. Pelo menos agora está com uma corzinha nas bochechas.

— Se você não consegue ver isso, então não sei como explicar — conclui Tarquin.

— Bem, eu não consigo — diz Suze, irritada.

Em silêncio, Tarquin sobe a escada, com o Frisbee na mão caída ao lado do corpo. Troco um olhar nervoso com Luke, depois olho para Suze. Ela está com as mãos nos quadris e as bochechas infladas de forma desafiadora.

— Suze! — sussurro assim que Tarkie se afasta. — Qual é o seu problema?

— Não sei. Eu só... — Ela expira. — Não gosto daquele cara. Ele me irrita.

Ele a irrita. Bem, isso explica tudo. Ela está *mesmo* a fim dele, ainda que não perceba. É uma coisa de química sexual, e ela está tentando resistir e acaba descontando no pobre Tarkie com um preconceito irracional. Bum! Diagnóstico feito!

Sinceramente, eu devia trabalhar com psicologia. Está óbvio que levo jeito.

— Você não sabe como Tarkie é — continua Suze. — Não o tem visto recentemente. Ele começou a falar coisas muito estranhas. Está mudado.

Sim, e isso é uma coisa boa!, tenho vontade de exclamar. *Você esqueceu como ele estava péssimo?* Mas agora não é o momento.

— Olha, deixa pra lá — digo, de forma tranquilizadora. — Vamos sair e nos divertir e depois conversamos sobre isso.

A verdade é que Suze se beneficiaria dessas coisas de falar com o mar e curas por processos naturais e encontrar a alma. (Mas não vou dizer isso porque ela provavelmente pisaria no meu pé, e está usando um par de Louboutins com os saltos mais finos do mundo.)

O Actors' Society Awards acontece no Willerton Hotel e, de acordo com o programa, é para "atores menos conhecidos cuja arte pode não ter reconhecimento em outros lugares". O problema é que o local todo está lotado de grandes celebridades, então os pobres "atores menos conhecidos" não estão tendo visibilidade nenhuma. Já vi Diane Kruger e Hugh Jackman e a loura daquele programa com o canguru. E, agora, os fotógrafos lá fora estão gritando "Tom! Tom!", em um frenesi histérico, embora eu não saiba se é para o Cruise ou para o Hanks.

(Ou para o Selleck?)

(Ou para algum outro novo Tom lindão que não conheço?)

Pelo menos só havia um tapete vermelho dessa vez, não que meus pés o tenham tocado por mais de trinta segundos. Todos os astros e as estrelas posavam de um lado para os fotógrafos, enquanto nós, pobres mortais, fomos empurrados bruscamente por homens com fones de ouvido que pareciam estar nos açoitando com chicotes de montaria. Eu quase saí correndo, e Suze torceu o tornozelo.

— Melhor spray de cabelo — diz Suze, indicando uma mulher com um penteado sólido como uma rocha.

— Melhores peitos de silicone — aponto para uma garota andando de vestido tomara que caia.

— Aah, olha! Melhor produtora sendo cruel com a assistente — diz Suze, indicando uma mulher esquelética de smoking falando com ferocidade pelo canto da boca com uma jovem que parece prestes a chorar.

A premiação mesmo só começa daqui a *uma hora*, e, até onde consigo ver, nem Sage nem Lois chegaram. Suze diz que o tornozelo está doendo demais para ela ficar andando por ali, e Tarkie desapareceu com um amigo do vôlei, então estamos sentadas à mesa com uma taça de vinho, distribuindo nossos próprios prêmios.

— Vi aquela garota no banheiro. — Suze me cutuca quando uma ruiva bonita passa por nós. — Ela pode ganhar o prêmio de melhor uso de corretivo. E de melhor secagem dos sovacos com ar quente... Ah! — Ela interrompe o que estava dizendo. — April! Oi!

Eu me viro e engulo em seco. Ali está April Tremont, muito magra em um vestido azul-pavão. E ao lado dela está...

Ah, meu Deus. Meu coração dispara no peito de repente.

— Lois, eu gostaria de apresentar Rebecca Brandon — diz April. — Rebecca, esta é a Lois Kellerton.

Ver celebridades na vida real é como ver em um Olho Mágico. Primeiro, elas parecem completamente irreais, como uma revista ou um filme que ganhou vida. Depois, seus olhos se ajustam gradualmente e elas assumem forma 3D. E, por fim, elas viram uma pessoa real. É mais ou menos assim.

O rosto de Lois está ainda mais fino do que quando a conheci. A pele é tão clara que parece quase transparente. O cabelo ondulado está preso em um coque frouxo, e ela está usando um vestido fino de seda cinza, que a faz parecer uma sombra.

— Oi — diz ela delicadamente.

— Oi — cumprimento, constrangida, esticando a mão. — É um prazer... conhecer você.

Ela aperta minha mão e vejo alguma coisa mudar na expressão dela. Ela percebeu. Ela me reconheceu. Meu estômago se contrai de apreensão. E agora?

Lois merece todo o crédito por manter a calma. As pupilas nem dilataram. Ninguém jamais imaginaria que já nos conhecemos. Imagino que seja esse tipo de coisa que a atuação proporcione.

— Becky — diz ela lentamente.

— Exatamente. — Engulo em seco. — Sou a Becky.

Não mencione furtos em lojas, digo pra mim mesma, decidida. *Nem PENSE em furtos em lojas*. O problema é que quanto mais eu me forço a *não* pensar no assunto, mais eu penso. Sinto que o segredo dela está dançando dentro de mim, gritando "Me deixa sair!"

— Adoro macadâmia — afirmo de repente, em desespero. — Você não?

— Acho que sim. — Lois parece intrigada e acrescenta: — Então, pelo que April me disse, você quer ser produtora de moda.

— Becky é produtora! — diz Suze. — Ela trabalhava na Barneys como *personal shopper*. Ela é incrível. A propósito, sou a Suze. Também sou do ramo — acrescenta ela com orgulho. — Sou do elenco de apoio.

Sinceramente, qual é a da Suze? *Também sou do ramo.*

— Eu comprei na Barneys algumas vezes quando estava filmando em Nova York — diz Lois. — Eu falava com a... Janet?

— Janet era minha chefe! — Tento não parecer animada demais. — Ela me ensinou tudo!

— Ah, certo. — Lois me olha de cima a baixo. — Então você sabe o que está fazendo.

— Becky, sinto muito — diz April, virando-se para mim —, mas Cyndi não conseguiu vir. Eu ia apresentar Becky a Cyndi — explica ela para Lois.

— Ah. — Escondo a decepção. — Bem... — Eu pego a bolsa *clutch* art déco. — Trouxe isso pra você. — Entrego a bolsa a Lois. — Quando a vi, achei que parecia ter o seu estilo, é vintage...

Paro de falar e prendo a respiração. Ficamos em silêncio enquanto Lois avalia a bolsa. Sinto como se estivesse na final do *MasterChef* e Michel Roux Jr. estivesse avaliando meus profiteroles.

— Gostei — declara Lois depois de um tempo. — *Adorei.* Vendido.

— Que ótimo! — digo, tentando não parecer feliz demais. — Bem, é de um brechó incrível, vou lá sempre, poderia facilmente conseguir mais algumas coisas pra você...

— Eu adoraria.

Lois me dá aquele sorriso encantador, o mesmo que dá em *Tess d'Ubervilles* quando Angel tira a roupa e faz a dança sexy para ela. (Isso aconteceu no livro? Alguma coisa me diz que talvez não.)

Ela parece muito doce e tranquila. Não consigo entender por que as pessoas a consideram maldosa. Agora ela está olhando para o celular e franzindo a testa.

— Meu agente. Preciso falar com algumas pessoas. Eu volto para pegar essa coisa linda. — Ela coloca a bolsa na mesa. — E vamos conversar sobre as condições.

— Mas e a Cyndi? — pergunto, meio constrangida. — Não quero passar a perna nela.

— Você não vai. — Lois dá uma gargalhada. — A verdade é que Cyndi anda ocupada demais pra cuidar de mim. April sempre disse que isso ia acontecer.

— Ela tem clientes demais — explica April.

— Eu não tenho muitas clientes — digo na mesma hora, e Lois ri de novo.

— Que bom, então conte comigo como uma delas.

Ela sorri mais uma vez e se afasta pelo salão lotado.

— Na próxima vez que você for fazer compras, vou com você — diz April, sorrindo. — Você pode encontrar uma bolsa dessas pra mim também.

— É claro! E muito obrigada por me apresentar a Lois.

— O prazer foi meu! Obrigada a *você* por comentar que aquela cena que eu estava filmando não fazia sentido. Acho que ainda estão reescrevendo. — Ela pisca para mim. — Vejo vocês depois, meninas.

Ela se mistura à multidão, e eu me viro, feliz, para Suze.

— Você viu aquilo? Lois gostou da bolsa! Ela quer conversar sobre as condições!

— É claro que ela gostou da bolsa! — diz Suze, me dando um abraço. — Muito bem, Bex! Lois pareceu ser bem legal. Achei que falavam que ela era horrível.

Estou prestes a dizer que era exatamente isso que eu estava pensando quando ouço a voz de Luke me chamar.

— Querida, tudo bem?

Eu me viro e o vejo com Aran e duas mulheres que não reconheço, e Sage, que está usando um vestido prateado com sapatos combinando e o cabelo em um penteado *beehive* dos anos 1960.

— Se aquela vaca ganhar — diz ela, furiosa. — Se aquela vaca maluca ganhar...

— Sage, acalme-se — murmura Aran.

— Está se divertindo? — pergunta Luke.

— Sim! — digo, ainda feliz da vida. — Estamos nos divertindo muito! Oi, Aran; oi, Sage...

Enquanto sou apresentada para as duas mulheres, Sage se senta em uma cadeira e digita furiosamente no celular.

— O que foi? — pergunto baixinho para Luke.

— Lois Kellerton — murmura ele. — Florence Nightingale. Tenho a sensação de que Lois vai levar o papel. Mas não fale nada, tá?

— Ah. — Sinto uma pontada de desconforto. — Certo.

Consigo sentir os olhos de Suze me fuzilando e sei o que ela está tentando dizer: eu deveria contar para Luke que vou começar a trabalhar com Lois Kellerton. Ela está certa. Eu deveria. Só que não tenho certeza de como fazer isso na frente de Sage.

Será que mando uma mensagem?

Pego o celular, abro uma nova mensagem e começo a digitar.

Luke. Tenho uma cliente. É Lois Kellerton.

Não, é seco demais. Apago tudo e recomeço.

Luke, consegui uma oportunidade incrível que não quero mencionar em voz alta. E espero que você fique feliz por mim. Eu ACHO que você vai ficar feliz por mim. Pode haver um leve conflito de interesses, mas sempre podemos construir muralhas da China, e...

Droga. Acabou o espaço. Estou apagando tudo quando Sage levanta o rosto do celular.

— Que bolsa linda — diz ela, olhando para a bolsa art déco e puxando-a na direção dela. — É sua, Becky?

Merda. *Merda.*

— Ah. Hã...

Enquanto estou elaborando uma resposta, Luke se intromete.

— É uma das compras de trabalho da Becky — diz ele. — Você sabia que ela é produtora de moda, Sage? Ela trabalhou na Barneys e em uma loja grande de Londres. Lembra, eu falei sobre o trabalho dela ontem.

— Eu lembro — diz Aran, erguendo o rosto do celular. — Não conseguimos fazer você parar de falar.

Ele pisca para mim e volta a digitar no celular.

Não consigo deixar de ficar emocionada. Eu não fazia ideia de que Luke estava promovendo meu trabalho.

Sage franziu a testa, como se estivesse tendo uma lembrança distante de uma vida passada.

— Claro — diz ela vagamente. — Você me falou. E pra quem é essa bolsa?

— Acho que pode ser pra você! — Os olhos de Luke brilham. — Estou certo, Becky?

Não. Nãããão!

Desastre. Desastre total. Por que não a escondi debaixo da mesa?

— Hã... — Pigarreio. — Na verdade...

— Pra mim? — O rosto de Sage se ilumina. — Que legal. Combina com meu vestido.

Ela está maluca? É do tom errado de prata.

— A questão é... Não é...

Estico a mão para pegar a bolsa, mas é tarde demais. Sage ficou de pé e está experimentando a *clutch*, fazendo poses como se estivesse no tapete vermelho. Olho para Suze, e ela parece tão chocada quanto eu.

— Acho que você marcou um ponto, Becky — diz Luke, parecendo satisfeito. — Bravo!

— A questão é que é para uma cliente — digo, meio constrangida. — Já prometi pra ela. Me desculpe. Posso tentar conseguir uma igual pra você.

— Que cliente? — Sage parece irritada.

— Só uma... hã... uma garota... — Estou cruzando os dedos. — Você não a conhece...

— Bem, diga a ela que perdeu. — Sage faz um beicinho infantil. — É linda demais. Eu *tenho* que ficar com ela.

— Mas eu prometi pra ela...

Tento pegar a bolsa, mas ela se desvencilha e se afasta.

— É minha agora!

Antes que eu possa impedi-la, ela segue para o meio de um amontoado de homens de smoking. Logo em seguida, desaparece.

— Luke! — Libero todo meu estresse com um tapa na mesa. — Como você pôde fazer isso? Estragou tudo! Aquela bolsa não era pra ela!

— Ah, sinto muito, mas achei que estivesse ajudando você! — responde ele, num tom agressivo. — Você está me dizendo há semanas que quer ser produtora de moda da Sage.

— Eu quero! Mas tenho outra cliente...

— Quem é essa outra cliente? — Ele não parece convencido. — Ela existe mesmo?

— Existe!

— Bem, quem é? — Ele se vira para Suze. — Eu conheço essa cliente?

— Acho que é Becky quem precisa contar — diz Suze em tom reprovador.

— Eh... Luke — digo, engolindo em seco. — Vamos pro bar.

Enquanto seguimos para o bar, sou dominada por duas sensações. Felicidade por finalmente ter conseguido uma cliente e medo por ter que contar a Luke. Felicidade-medo-felicidade-medo... Minha cabeça está girando, minhas mãos estão apertadas e minhas pernas tremem, e fico feliz quando chegamos ao bar.

— Luke, tenho uma coisa pra te contar — eu digo. — É bom, mas não é bom. Ou pode não ser bom. Ou... — Não tem jeito. — Preciso contar pra você.

Luke olha para mim por um momento sem dizer nada.

— É o tipo de coisa que pede uma bebida forte? — pergunta ele.

— Pode ser.

— Dois *gimlets* — diz ele para o barman. — Sem gelo.

Luke costuma pedir por mim, e isso é porque nunca consigo decidir o que quero. (Mamãe é igual. Pedir comida chinesa demora uma hora na nossa casa.)

— A boa notícia é que tenho uma cliente.

— Foi o que você disse. — Luke ergue as sobrancelhas. — Muito bem! E a notícia ruim?

— A notícia ruim é... — Faço uma careta. — Minha cliente é Lois Kellerton.

Estou preparada para ver Luke explodir ou franzir a testa ou talvez bater com o punho no balcão do bar e dizer: "De todas as estrelas de cinema em todas as cidades..." e ficar olhando de longe com expressão de quem quer me matar. Mas ele só parece intrigado.

— E daí?

Sinto certa indignação. Como ele pode parecer tão calmo quando estou tão estressada?

— E daí?! Sage vai ficar furiosa! Vou ficar na equipe de Lois e você vai ficar na de Sage e vai tudo dar errado e...

— *Não* vai dar errado. — Finalmente, Luke parece zangado. — Não quero mais saber disso! Essa briga acabou. Sage é uma mulher adulta e precisa começar a agir com um pouco mais de dignidade e maturidade.

Ele olha para mim com raiva, como se fosse culpa minha.

— Não é só ela — digo, para ser justa. — São as duas. Lois usou o mesmo vestido que Sage em um evento, e depois Sage pulou fora de um evento beneficente...

— Não importa. — Luke me interrompe. — Acabou. E quanto à sua carreira, você é uma mulher independente, e se Sage tiver algum problema com o fato de você trabalhar para Lois Kellerton, pode vir falar comigo. Certo?

Ele fala de forma tão direta que sinto um arrepio de prazer. Eu sabia o tempo todo que ele me apoiaria. (Bem, mais ou menos.) Nossas bebidas chegam, e Luke levanta o copo para brindar comigo.

— A você, Becky. À sua primeira cliente em Hollywood. Bravo! Para o seu bem, espero que ela não seja tão maluca quanto a minha.

Não consigo evitar uma risadinha. É tão incomum Luke falar mal dos clientes, ele costuma ser bem discreto.

— Então é difícil trabalhar com Sage?

Luke fecha os olhos brevemente e toma um gole da bebida. Quando os abre, está dando um sorriso sarcástico.

— Presa naquele corpo lindo e cheio de curvas há uma adolescente mimada, imatura, e mais prepotente que eu já vi. E já trabalhei com banqueiros — acrescenta ele, revirando os olhos.

— Ela é pior que *banqueiros*? — pergunto, aproveitando a deixa dele.

— Ela acha que pode fazer o que quiser. O tempo todo.

— As estrelas de cinema não podem fazer tudo o que querem?

— Algumas coisas. Quando chegam a um determinado nível. — Luke toma outro gole. — Sage acha que é da realeza de Hollywood. Mas não é. Ainda não. O problema dela é que fez sucesso com muita facilidade, e cedo demais, e nada depois disso conseguiu ser igual.

— E como ela pode ter esse sucesso de novo?

— É nisso que estamos trabalhando. Mas é um trabalho em desenvolvimento. — Luke dá aquele sorriso sarcástico de novo. — Acredite, até os tipos mais antipáticos do mercado de investimentos de Londres são menos irritantes que Sage Seymour. Quando falo com conselhos administrativos, os integrantes escutam. Chegamos a um acordo sobre um plano de ação. Fazemos com que aconteça. Quando falo com Sage... quem sabe se ela está ouvindo?

— Bem, Aran acha você genial. Ele me falou outro dia.

— Aran é ótimo. — Luke assente. — Nós nos entendemos, pelo menos. — Ele levanta o copo de novo. — E é por isso, minha querida, que espero, para o seu bem, que sua cliente seja menos pirada que a minha.

Dou um sorriso para ele e tomo um gole da bebida. É bom termos uma conversa decente, eu e ele. Essas últimas semanas foram tão tumultuadas, quase não vi Luke e não passamos muito tempo juntos como casal. Estou prestes a compartilhar esse pensamento com ele quando um cara de smoking com cabelo comprido e sedoso passa por nós. Ele deve ter usado alguma coisa para alisá-lo e uma lata inteira de fixador. Olho para Luke e percebo que ele também reparou no sujeito.

— Devo deixar meu cabelo crescer assim? — pergunta ele, quase sem mexer a boca.

— Deve! — respondo, decidida. — Sem dúvida! Eu adorava quando você tinha cabelo comprido. — Eu me inclino para acariciar o cabelo dele. — Adoro o seu cabelo. Quanto mais, melhor.

Quando viajamos em lua de mel, Luke deixou o cabelo crescer e fez até umas trancinhas. Mas assim que voltamos para Londres, ele cortou curto de novo. Sempre achei que o Luke de cabelo comprido era um pouco diferente do Luke de cabelo curto. Era mais relaxado.

— Você devia usar cabelo comprido e chinelos pra trabalhar — sugiro. — É bem estilo Los Angeles.

— Homens britânicos não usam chinelos pra trabalhar — diz ele.

— Você é de LA agora — respondo.

— De jeito nenhum! — diz Luke, gargalhando.

— Bem, quase. E Minnie definitivamente é uma minimoradora de LA. Ela ama água de coco. E você sabia que ela tem aula de ioga na pré-escola? Ela tem 2 anos e está fazendo Kundalini Yoga. Eles começam estudando sânscrito e espalham aroma de açafrão no ar. Depois a professora pede a cada criança para expressar o que a aula significa pra elas.

— O que Minnie diz? — pergunta Luke, interessado.

— Só assisti a uma aula — admito. — Ela disse: "Bum bum bum."

— Bum bum bum! — Luke fala com a boca no copo. — Nossa filha articulada.

— Foi bem preciso! — Eu mesma começo a rir. — Eles estavam fazendo a postura do cachorro olhando para baixo. Você também devia fazer Kundalini Yoga, sabia? — digo para Luke em tom provocador. — Quando tiver deixado o cabelo crescer até a cintura e comprado uma calça larga, vai se encaixar perfeitamente.

— Você *quer* se encaixar perfeitamente, Becky?

Enquanto Luke sustenta meu olhar, parece estar me fazendo uma pergunta mais ampla.

— Eu... não sei — respondo. — Sim. Claro. Você não?

— Talvez — diz Luke depois de uma pausa. — É um lugar estranho, esse. Consigo me identificar com algumas coisas. Com outras, nem tanto.

— Bem, todo mundo é assim — observo. — Lembra quando você fez aquele trabalho com aqueles designers em Hoxton? Você ficava me dizendo o quanto eles eram diferentes do pessoal da City.

— *Touché.* — Ele sorri e termina a bebida. — Não é melhor você ver a sua cliente?

— Ela não vai *ser* minha cliente se eu não recuperar aquela bolsa que está com a Sage — digo, ansiosa, observando a multidão. — Será que você consegue distrair Sage enquanto eu a pego?

— Vou ver o que posso fazer. Venha.

Quando vamos para o salão, há um estrondo no sistema de alto-falantes e uma voz grave diz:

— Senhoras e senhores! O Actors' Society Awards vai começar. Por favor, todos em seus lugares.

Procuro um brilho prateado para todo lado, e as pessoas que estavam lá fora estão voltando para o salão, que fica lotado. Um monte de fotógrafos aparece no momento que uma celebridade importante entra no salão.

— Senhoras e senhores! — diz a voz alta de novo. — Por favor, sigam para seus lugares para a premiação desta noite!

Sinto um tapinha no ombro e me viro rapidamente, torcendo para ser Sage. Mas é Lois.

— Becky, eu estava procurando você — diz ela com aquela voz delicada. — Fomos interrompidas.

Não consigo responder. Estou olhando, em estado de choque. Ela está segurando a bolsinha *clutch* art déco. Como isso aconteceu?

— Onde você pegou isso? — pergunto de repente.

— Estava em uma mesa. Tinha uma taça de champanhe equilibrada em cima. — Ela dá um sorriso de reprovação debochada. — Você devia cuidar melhor de uma coisa tão linda. Tenho que apresentar um prêmio, mas vejo você depois, certo?

Ela pisca para mim e sai andando.

Meio atordoada, volto para nossa mesa e me sento na cadeira.

— O que aconteceu? — pergunta Suze. — Vocês demoraram um século!

— Está tudo bem. Luke aceitou tudo e Lois pegou a bolsa.

— Muito bem — aplaude Luke.

— Obrigada. — Dou um sorriso para ele e finalmente relaxo. — E aí, que prêmios são esses? — Estico a mão para pegar o programa e dou uma folheada. — Melhor estreia. Suze, você poderia ganhar esse!

— Devia ter melhor artista de elenco de apoio — diz Suze, erguendo o rosto do programa, insatisfeita. — Somos a espinha dorsal da indústria do cinema. Por que não temos nosso próprio Oscar? Tarkie!

— Ela exclama quando ele se senta. — Quero que você patrocine uma nova cerimônia de premiação. Para atores figurantes.

— Ahm... — Tarquin parece cauteloso. — Talvez.

— As grandes corporações não se importam conosco. Mas onde elas estariam sem o talento e o comprometimento do elenco de apoio? — Suze parece estar prestes a organizar uma manifestação. — Onde estariam os sucessos de bilheteria? Nós precisamos de reconhecimento. Precisamos de respeito!

— E você quer ganhar um prêmio — acrescento.

— *Essa* não é a questão — diz ela severamente. — Estou apenas falando em nome da minha classe.

— Mas você ganharia um prêmio.

— Talvez. — Ela se empertiga. — Poderíamos ter estátuas como as do Oscar, mas de prata.

— E chamá-las de "Suzes".

— Pare com isso! — Ela me cutuca. — Embora, na verdade... por que não?

— Senhoras e senhores! — A voz grave e alta está de volta, e holofotes começam a girar pelo salão. — Bem-vindos ao Actors' Society Awards deste ano. Recebam seu anfitrião, Billy Griffiss!

Há uma salva de palmas quando a música sai dos alto-falantes, e Billy Griffiss desce correndo uma série de degraus iluminados até o palco. (Não sei *exatamente* quem ele é. Talvez seja comediante.) Ele começa o discurso, mas não estou prestando muita atenção.

— Sage! — diz Aran quando ela se aproxima da mesa, toda cintilante sob os holofotes. — Perdemos você. Precisa de uma bebida, querida?

— Eu estava procurando a minha bolsa — diz Sage, parecendo irritada. — Estava com ela agora mesmo. Coloquei na mesa e sumiu.

— Deixa pra lá — diz Suze rapidamente. — Acho que nem combinava com seu vestido, na verdade.

— E, agora, para apresentar o primeiro prêmio, gostaria de chamar uma jovem que fez mais pelas vendas de Kleenex do que qualquer outro ator. Já a vimos no cadafalso, já a vimos presa no espaço e agora vamos vê-la bem aqui. A rainha dos filmes de choro... Srta. Lois Kellerton!

O tema de *Tess d'Ubervilles* toca nos alto-falantes, e Lois aparece no alto da escada iluminada. Ela está magra e etérea e linda... e está segurando a bolsa art déco.

Merda.

Tudo bem. Pense. Rápido. O importante é que Sage não olhe para o palco e veja a bolsa *clutch*.

— Sage! — chamo, como uma louca. — Preciso falar com você. Agora.

Consigo ver Suze reparando na bolsa prateada na mão de Lois e seus olhos se arregalam ao compreender tudo.

— Ai! — Ela massageia o peito vigorosamente. — Não me sinto muito bem. Sage, estou com a pele irritada? Você pode dar uma olhada?

Intrigada, Sage observa o peito de Suze.

— Você está bem — diz ela, e se vira para o palco.

— Sage! — Corro até a cadeira dela e me ajoelho, obrigando-a a afastar o olhar do palco. — Tive uma ideia brilhante para um vestido! Com rabo de peixe e um tipo de... corpete...

— Parece ótimo. — Sage se vira. — Vamos falar sobre isso depois. Quero ver Lois estragar tudo.

— E os indicados são... — Lois está dizendo. Ela está de pé em frente a um púlpito agora, e a bolsa está sobre ele, em pleno campo de visão.

— Ela está tão magra — diz Sage em tom pesaroso, arrumando o vestido. — Tem um corpinho tão triste. Ela... — Ela aperta os olhos de repente. — Espere. Aquela é a minha bolsa? — Ela dá um gritinho tão alto que cabeças se viram na mesa. — Aquela é a *minha* bolsa? *Aquela bruxa roubou minha bolsa?*

— Não! — digo. — Foi só um mal-entendido, tenho certeza...

— Mal-entendido? Ela roubou! — Para meu horror, Sage fica de pé. — Me devolva minha bolsa, Lois! — grita ela.

— Ah, Jesus — diz Aran, e olha nos olhos de Luke.

— O que ela está *fazendo*? — Luke parece perplexo.

Lois faz uma pausa na leitura e olha, confusa, para a plateia. Sage está indo na direção do palco, com os olhos brilhando. Para meu espanto, ela sobe no palco, com o vestido cintilando sob os holofotes.

— Essa bolsa é minha — diz ela, e a pega em cima do púlpito. — Você é uma ladra, Lois. Uma ladra qualquer.

— *Não.* — Aran bate com a cabeça na mesa quando todos os fotógrafos se aproximam e começam a fotografar.

— Eu não roubei nada. — Lois está horrorizada. — Eu ganhei essa bolsa da minha produtora de moda, Rebecca.

— Ela deu pra *mim* — retorque Sage, e a abre. — Ah, olhe. *Meu* celular. *Meu* batom. *Meu* amuleto. Agora você vai me dizer que a bolsa é *sua*?

Lois fica olhando sem entender para as coisas de Sage. Em seguida, olha para a frente, com olhos enormes e ansiosos.

— Eu ganhei a bolsa — disse ela. — Não estou entendendo.

Com as pernas tremendo, eu fico de pé e grito:

— A culpa é minha! Eu prometi a bolsa para as duas! Sinto muitíssimo...

Mas ninguém presta atenção, apesar de eu estar balançando os braços para tentar chamar atenção delas.

— Calma, moças, tenho certeza de que é só um mal-entendido — diz Billy Griffiss. — Isso me faz lembrar do ladrão de calendário. Vocês ouviram falar? Ele foi sentenciado a 12 meses e disseram que os dias dele estão contados.

Ele ri alto da própria piada, mas se está esperando que alguém ria junto, vai ficar esperando. Todos estão olhando para Sage, hipnotizados. Dois caras com fones de ouvido se aproximaram dela, mas ela fica dando tapinhas neles.

— Com licença? — Tento balançar os braços de novo. — Sage.

— As pessoas precisam saber a verdade sobre você, Lois — diz ela com desprezo. — Você age com tanta empáfia e dignidade, mas não passa de uma criminosa. É uma ladra! Furta em lojas!

Há um murmúrio na plateia quando as pessoas ouvem isso. Todos ficam chocados. Alguém grita "Uuuu!" e outra pessoa grita "Tirem ela daí!".

— Chega, chega. — Billy Griffiss parece bastante abalado também. — Acho que já chega...

— É verdade! Ela rouba lojas! Foi na... Pump!, não foi, Lois?

Lois parece estar com vontade de vomitar.

— Tem imagens do circuito interno — diz Sage com satisfação.

— Você não sabe do que está falando — diz Lois com a voz trêmula.

— Sei, sim. Becky viu você. Becky, você viu Lois furtando na loja, não viu? Conte pra todo mundo! Essa é a testemunha!

Ela aponta para mim de forma teatral.

Ainda estou de pé, então sou totalmente identificável. Em um instante, todo mundo no salão parece ter se virado para me olhar. Fotógrafos apontam as câmeras para mim. Alguns flashes já estão espocando, e eu pisco.

— Você viu Lois roubando, não viu? — insiste Sage, sua voz preenchendo todo o salão e o sorriso se curvando com crueldade. — Conte pra todo mundo, Becky. Conte a verdade.

Sangue lateja nos meus ouvidos como um trem de carga passando. Não consigo pensar direito. O mundo todo está olhando para mim, e preciso decidir o que fazer, mas estou confusa demais, e os segundos estão passando...

Já menti muitas vezes na vida. Falei que tinha quebrado a perna, mas não tinha. Falei que tive mononucleose, mas não tive. Falei que minhas botas custaram 100 libras quando na verdade custaram 250. Mas essas eram mentiras sobre *mim*. Nunca menti sobre outra pessoa.

Não posso dizer para o mundo que Lois é uma ladra.

Mas não posso dizer para o mundo que ela *não* é uma ladra.

— Eu... — Olho desesperada para Lois. — Eu... não tenho nada a declarar.

Eu me afundo na cadeira, me sentindo péssima.

— Isso prova que é verdade! — grita Sage. — As imagens do circuito interno foram gravadas! Becky viu tudo. Ela é testemunha. Coloquem Becky no banco das testemunhas!

Ela faz uma reverência para a plateia e desce do palco.

Aran e Luke estão se olhando, consternados.

— Becky. — Luke estica a mão e aperta a minha. — Você está bem?

— Sim. Não. — Engulo em seco. — O que eu podia fazer?

— Foi uma situação difícil. — A boca de Luke está apertada de raiva. — Uma situação na qual você não devia ter sido colocada.

— Eles estão vindo. — Aran olha para os fotógrafos, que estão vindo em nossa direção. Ele me lança um olhar solidário. — Preste atenção, garota. Sua vida acabou de mudar para sempre.

— Becky! — Uma jornalista está segurando um gravador apontado para mim. — Becky! Você viu Lois roubando?

— Você a pegou no flagra? — pergunta outro.

— Becky, olhe para cá, por favor!

— Para cá, Becky!

— Deixem a Becky em paz! — ordena Luke furiosamente, mas o número de jornalistas está ficando cada vez maior.

— Becky! Para a direita, por favor!

Eu sempre me perguntei como era ficar no meio dos paparazzi. Agora, já sei. É como estar no meio de uma tempestade. Tudo fica branco e barulhento e estala nos meus ouvidos. Vozes me chamam de todas as direções. Não sei para onde olhar nem o que fazer. Só consigo ouvir meu nome sendo gritado sem parar.

— Becky!

— Becky!

— Beckiiiiiiii!

QUATORZE

Imagino que, se fosse antigamente, nós teríamos esperado a entrega do jornal na manhã seguinte. Talvez até tivéssemos dormido. Mas estamos na era da internet 24 horas. A notícia está ali na hora.

São seis da manhã agora, e nenhum de nós foi para a cama. Já li umas duzentas matérias diferentes na internet. Não consigo parar. As manchetes estão mudando a cada hora, conforme mais informações vão chegando:

Lois é "ladra de loja"!!!
Cerimônia da ASA arruinada
Sage acusa Lois de roubo e interrompe premiação
Vendedora confirma furto, polícia "acha prematuro acusar"
Sage: sinto-me traída por ex-amiga

E tem um monte de coisas sobre mim.

Testemunha Becky "viu tudo"
Becky "pode testemunhar no tribunal"
Estrelas brigam por causa de bolsa da produtora de moda Becky

E as notícias continuam, sem parar. A mais extraordinária foi essa, que encontrei em um site de fofocas:

Becky "bebeu coquetéis" antes da briga, relata barman

Pelo amor de Deus. O que isso tem a ver? É o mesmo que escrever "Lois e Sage foram ao banheiro no dia da briga". É bem capaz de *realmente* escreverem isso.

Nós todos cansamos de falar sobre o quanto isso tudo é bizarro. Suze e Tarkie estão no sofá com as crianças, comendo cereal e vendo a cobertura no E!, que é basicamente uma repetição infinita de Sage gritando com Lois e uma imagem minha com a expressão perplexa. Já vi umas 47 vezes. Não preciso ver de novo.

Luke e Aran estão na cozinha, conversando, e o clima está pesado. De alguma forma, eles conseguiram convencer Sage a parar de dar entrevistas, ir para casa e prometer que iria dormir. Aran a deixou pessoalmente aos cuidados da empregada, deu uma boa gorjeta e disse:

— Essa garota precisa dormir.

Mas aposto que ficou acordada a noite inteira. Aposto que adorou.

Quanto a Lois, não faço ideia. O pessoal dela a cercou e a levou para fora da cerimônia quase na mesma hora. Era como ver um animal enjaulado novamente. Cada vez que penso nisso, minhas entranhas se reviram de culpa.

— Quer ver *Barney*! — grita Minnie para mim, interrompendo meus pensamentos. — Quer ver *Barney*, não mamãe. Não *mamãe* — repete ela.

Imagino que seja meio entediante ver a mãe o tempo todo na TV quando se espera ver um dinossauro grande e roxo.

— Venha. — Eu a pego no colo, toda confortável com sua camisolinha e seu chinelinho de coelho. — Vamos procurar o *Barney*.

Eu a acomodo no andar de cima, vendo *Barney*, em nossa cama, com uma tigela de cereal sem açúcar. (Não tem gosto nenhum, mas, por incrível que pareça, é a guloseima favorita dela. Ela está realmente se tornando uma criança típica de Los Angeles.) Em seguida, puxo as cortinas e volto a olhar para fora. Tem uma equipe de filmagem em frente ao nosso portão. Uma equipe de filmagem de verdade! No minuto seguinte, ouço o interfone. Alguém está tocando sem parar. Corro para o hall e começo a descer a escada correndo, mas Luke está lá embaixo me esperando.

— *Não* atenda! — diz ele. — Aran vai cuidar de tudo.

Ele me leva para longe da porta, para a cozinha.

— Você vai ter que ser bem discreta nos próximos dias — instrui ele. — Sei que é chato, mas é assim que essas coisas funcionam. Vamos elaborar uma declaração e liberar no meio da manhã.

— Becky! — Consigo ouvir uma voz baixa masculina lá fora. — Becky, queremos oferecer uma exclusiva!

— Será que eu não deveria dar uma entrevista? — Eu me viro para Luke. — Para esclarecer as coisas?

— Não! — diz Luke, como se a ideia fosse um absurdo. — Uma declaração é suficiente. Não queremos alimentar o frenesi. Quanto mais você der confiança, mais eles vão querer de você. Café?

— Obrigada. Eu só preciso... pegar meu gloss...

Vou até o corredor de novo e subo metade da escada. Tem uma janela ali de onde consigo ver a frente da casa, e espio pelo vidro. Aran está no portão falando com a equipe de TV. Ele está rindo e parece despreocupado e até bate na mão de um deles. Não consigo imaginar Luke se comportando assim.

— Foi mal, pessoal... — Eu o ouço dizer, depois ele se vira de novo para a casa. — Mantenho vocês informados.

— Aran! — chamo, quando a porta se abre. — O que está acontecendo?

Desço a escada para falar com ele.

— Ah, nada de mais. — Ele dá um sorriso tranquilo. — É a imprensa em ação. O mesmo de sempre.

— E eles querem me entrevistar?

— Sem dúvida.

— O que você disse?

— Eu disse para "não arranharem o portão, sua escória miserável e sanguessuga".

Não consigo deixar de abrir um sorriso. Aran parece lidar com as coisas com tanta tranquilidade. O interfone toca de novo e ele espia por uma janela lateral.

— Mas que surpresa — observa ele. — A ABC acabou de chegar. Essa história está ficando grande.

— Luke acha que eu devia ficar em casa e ignorar todo mundo — arrisco. — E disse que vamos dar uma declaração depois.

— Se você quiser se livrar disso, é o melhor que pode fazer — diz ele em tom neutro. — Sem dúvida. Se você mantiver a cabeça baixa, eles vão ficar entediados.

Consigo sentir um "mas" pairando no ar. Olho para ele com uma pergunta nos lábios e ele dá de ombros de forma evasiva.

Ele não vai dizer nada se eu não o pressionar, vai? Eu me afasto um pouco, na direção oposta da cozinha, e espero que Aran me siga.

— Mas? — digo, e Aran suspira.

— Becky, você é mulher do Luke. Não estou aqui para aconselhar você.

— Mas?

— Tudo depende do que você quer. E do que Luke quer.

— Eu não sei o que eu quero — respondo, confusa. — Eu nem sei o que você quer dizer.

— Tudo bem. Vou explicar. — Ele parece pensar para falar. — Já vi você tentando entrar no mercado de Hollywood como produtora de moda. Sem muito sucesso, certo?

— Certo — concordo com relutância.

— Sabe do que as pessoas precisam para fazer sucesso em Hollywood? Precisam de carisma. Agora, você tem carisma. Toda essa atenção, toda essa falação... — Ele indica a frente da casa. — Isso é carisma. E você pode até me chamar de defensor do meio ambiente, mas não gosto de ver carisma ser desperdiçado.

— Certo — concordo, meio insegura. — Nem eu.

— Quer você goste ou não, se destacar nesse lugar não é questão de talento nem de trabalho árduo. Tudo bem, talvez uns dez por cento sejam talento. — Ele abre as mãos. — Os outros noventa por cento dependem de um golpe de sorte. Existem duas opções. Você pode encarar a noite de ontem como um momento esquisito do qual não quer falar e fugir... ou pode ver como o maior golpe de sorte que já teve. — Ele me encara, e seus olhos ficam sérios de repente. — Becky, ontem à noite a providência deu a você algo especial. Você pode pular para a frente da fila se quiser. Pode começar o caminho do sucesso. Você quer?

Fico olhando para ele, hipnotizada pelas palavras. Eu posso pular para a frente da fila? Começar o caminho do sucesso? Por que diabos eu não iria querer isso?

— Sim! — gaguejo. — É claro que quero! Mas... o que você quer dizer exatamente? O que eu devo fazer?

— Podemos pensar em um plano. Podemos usar esse carisma. Mas você precisa saber no que está se metendo. Tem que estar preparada pra ir até o fim.

— Você quer dizer usar a imprensa? — arrisco com hesitação. — Dar entrevistas?

— Canalizar a energia, é tudo o que estou dizendo. Você hoje é popular, mas o mundo conhece você como Becky Brandon, testemunha de um furto a uma loja. Que tal você transformar isso em Becky Brandon, produtora de moda das celebridades? Becky Brandon, especialista em moda de Hollywood. Becky Brandon, a garota que se procura para um visual maravilhoso. Podemos rotular você da forma que quisermos.

Fico olhando para ele, atordoada demais para falar. Rotular? Consultora das celebridades? *Eu?*

— Você sabia que aquela bolsa que você escolheu está em todas as páginas da internet? — acrescenta ele. — Sabe o quanto está falada no momento? E, se isso for parar nos tribunais, eles vão ficar em cima de você. Você vai ser a testemunha principal, e, acredite, o mundo vai estar olhando.

Sinto um formigamento de empolgação. Testemunha principal! Vou ter que preparar um guarda-roupa novinho! Vou usar terninhos estilo Jackie O todos os dias. E vou alisar o cabelo. Não, vou prender o cabelo. Sim! Talvez eu possa adotar um estilo diferente a cada dia, e as pessoas vão me chamar de A Garota com os Penteados Incríveis, e...

— Você está começando a perceber o que tem aqui? — Aran interrompe meu raciocínio. — As pessoas matariam por algo assim.

— Sim, mas... — Tento acalmar meus pensamentos desenfreados. — O que eu faço? Agora? Hoje?

— Bem. — Aran parece mais profissional de repente. — Vamos nos sentar e elaborar um plano. Posso chamar alguns colegas, você vai precisar de um agente...

— Pare! — digo quando volto à realidade. — Isso está indo rápido demais. — Baixo um pouco a voz. — Você não entende, tudo que você está dizendo é o extremo oposto do que Luke falou. Ele quer que isso tudo acabe.

— Claro — assente Aran. — Becky, o que você precisa lembrar é que Luke não vê você como cliente. Ele vê você como esposa. É muito protetor com você e Minnie. É claro que é. Eu? Eu vejo todo mundo como cliente. Ou cliente em potencial. — Ele dá um sorriso.

— Podemos discutir isso depois.

O interfone toca de novo, e eu dou um pulo.

— Deixe — diz Aran. — Deixe que esperem.

— O que isso tudo representa para Sage?

— Sage! — Ele dá uma risadinha curta que mais parece um latido. — Se aquela garota sair da linha mais um pouco, vai cair no buraco. Mas ela vai ficar bem. Nós vamos colocá-la na linha, Luke e eu. Ela vai espernear e não vai ser nada bonito. Mas nada em relação a Sage é bonito. Só o rosto. Quando ela está maquiada — acrescenta ele. — Você não vai querer vê-la sem maquiagem. — Ele faz uma careta. — É horrível.

— Que nada! — Dou uma risadinha zombeteira. — Ela é linda!

— Se você diz... — Ele ergue uma das sobrancelhas de forma cômica.

Ele é tão irreverente e sereno. Parece que está *gostando* de tudo isso. Olho para ele, tentando entendê-lo.

— Você não parece tão zangado com isso tudo quando Luke. Sage não arruinou a estratégia de vocês?

— É bem possível. Mas eu gosto de um desafio. — Ele dá de ombros. — As estrelas são como qualquer outro investimento. Podem subir, podem descer.

— E Lois? Você acha que isso vai... — Mal consigo falar. — Acabar com ela?

Sinto um aperto de culpa no estômago. Se eu tivesse ficado de boca fechada. Se tivesse mantido minha promessa. Sou assombrada pela imagem de Lois assustada no palco. Ela parecia tão desesperada. E foi tudo culpa minha.

— Depende de como ela reagir — diz Aran, animado. — Ela é inteligente, a Lois. Eu não descartaria a possibilidade de ela sair por cima.

Não consigo acreditar que ele seja tão sem coração.

— Você não a viu? — exclamo. — Ela parecia prestes a desmoronar! Achei que ia desmaiar bem ali no palco!

— Não deve ter comido nada no jantar. — O celular de Aran toca. — Tenho que ir. Mas vamos conversar. E Becky... — Ele me lança um olhar sério. — Não espere demais. Lembre-se, se você quer capitalizar esse momento, precisa do carisma. E o carisma não vai durar pra sempre. Alô — fala ele ao telefone.

— Espere! Aran. — Eu baixo a voz e olho na direção da cozinha. — Se você fosse me dar conselhos sobre como agir hoje... o que diria?

— Espere um momento — diz Aran ao telefone, e olha para mim. — Não estou aconselhando você oficialmente, entenda isso, Becky.

Ele olha para a cozinha.

— Entendo. — Eu praticamente sussurro.

— Mas, se eu tivesse uma cliente na sua situação que desejasse explorar ao máximo a exposição na mídia, eu a aconselharia a ser vista. Vá lá fora. Não diga *nada*. Permaneça séria, simpática, e cuide da sua vida de maneira normal. Mas seja vista. Seja fotografada. E pense no que vai usar — acrescenta ele. — Seja casual mas elegante. Faça sua roupa ter importância.

— Certo — digo, sem fôlego. — Obrigada.

Enquanto Aran atende à ligação, vou até a janela da escada de novo e espio lá fora. Tem mais gente da imprensa reunida em frente ao portão. Esperando por mim. Sou popular! As palavras de Aran ficam ecoando em minha cabeça. Ele está certo. Esse tempo todo fiquei tentando ter sucesso em Hollywood, e, agora, aqui está uma oportunidade de ouro, bem no meu colo, e, se eu não souber aproveitá-la, talvez nunca volte a ter outra chance...

— Becky.

A voz de Luke me faz pular.

— Fiz aquele café pra você.

— Obrigada — digo e abro um sorriso nervoso para ele enquanto pego a caneca. — Isso é tudo meio estranho, não é?

Aponto para a multidão de jornalistas.

— Não se preocupe. Vai passar. — Luke me dá um abraço rápido. — Por que você e Minnie e o pessoal não vão assistir a uns filmes no porão? Assim você nem vai precisar vê-los.

— Certo — concordo depois de uma pausa. — Sim. Nós poderíamos fazer isso.

Olho pela janela de novo. Consigo ver uma câmera com o logotipo da NBC. A *NBC*!

Meu celular toca de novo e eu o pego, esperando ver "número desconhecido" na tela. Já recebi recados de uns seis jornalistas hoje; só Deus sabe onde conseguiram meu número...

Mas não é nenhum jornalista, é mamãe.

— É a mamãe! — exclamo quando Luke sai andando para atender a outra ligação. — Finalmente! Oi, mãe. Fiquei tentando falar com você a noite toda! Onde você está?

— Estou no carro! Eu contei sobre nossas miniférias com Janice e Martin, não contei? No Lake District. Não tem sinal. Mas tem paisagens incríveis, apesar de o hotel ser um pouco gelado. Precisamos pedir cobertores extras, mas eles não poderiam ter sido mais gentis...

— Certo. — Tento interromper a falação dela. — Eh, mãe, aconteceu uma coisa...

— Eu sei! — diz mamãe, triunfante. — Tínhamos acabado de chegar à M1 quando recebi uma ligação de uma pessoa do *Daily World*. Ela disse: "Você sabia que sua filha está sendo uma sensação em Hollywood?" Bem! Eu falei que não fazia ideia, mas que não estava surpresa. Eu sempre soube que você seria uma sensação. Janice acabou de ver uma foto sua no smartphone dela. Todos nós olhamos. Que roupa linda. Onde você comprou, querida?

— Mãe, você não falou com a repórter, falou? Luke disse pra não falar com a imprensa. É só desligar.

— Eu não podia desligar! — diz mamãe, indignada. — Primeiro, eu queria saber tudo. Era uma garota tão agradável. Ela me deu todos os detalhes.

— Por quanto tempo vocês conversaram?

— Ah, eu diria... Quanto tempo fiquei ao telefone, Janice? Uns quarenta minutos?

— Quarenta *minutos*? — repito, chocada.

Luke diz "não fale com a imprensa" e até Aran me aconselha a "não falar nada", e agora descubro que mamãe deu uma entrevista detalhada para o *Daily World*.

— Agora não fale mais nada! — instruo. — Pelo menos não enquanto você não conversar com o Luke.

— Ela queria saber se você já tinha cometido furtos em lojas — diz mamãe. — Que ideia! Eu disse que nunca, a não ser que a gente contasse a vez que você chegou em casa depois de uma visita à Hamleys com seis pares de sapatos de boneca nos bolsos. Mas você só tinha 3 anos, coitada. Nós devolvemos em um envelope, lembra?

— Você *não* contou isso a ela! — grito. Só Deus sabe o que ela vai escrever agora. — Mãe, posso falar com o papai? Ele está dirigindo?

— Não, Martin é quem está dirigindo nesse trecho. Vou passar pra ele.

Há um barulho de movimento, e escuto a voz grave e tranquilizadora do meu pai.

— Como está a minha pequena Becky? Mergulhada em outra confusão, pelo que estou vendo! A imprensa está de plantão na porta da sua casa nesse momento?

— Está até demais.

— Ah. Bem, você sabe qual é a única coisa pior do que falarem de você, não sabe?

— *Não* falarem de você — respondo com um sorriso. Papai sempre tem algo a dizer em qualquer situação.

— Se você precisar que a gente vá até aí dar apoio, tenho certeza de que sua mãe vai ficar feliz em comprar uma roupa nova para a ocasião.

— Pai! — Não consigo evitar uma gargalhada.

— É sério, Becky. — A voz dele muda. — Você está bem? E a Minnie?

— Estamos bem.

— Nós vamos mesmo se você precisar de nós. No próximo voo que conseguirmos.

— Eu sei — digo, emocionada. — Não se preocupe, pai. Mas você pode fazer com que mamãe não fale com a imprensa?

— Vou fazer o melhor possível — diz ele. — Agora, além de decepcionar ladras e de se tornar uma sensação da mídia global, a vida está indo bem em Hollywood? O sol não está quente demais? O céu não está azul demais?

— Está tudo bem. — Dou outra gargalhada.

— Imagino que você não tenha tido oportunidade de procurar aquele meu velho amigo, não é?

Droga. *Droga.* Eu realmente pretendia fazer isso. É a segunda vez que ele precisa me lembrar. Estou me sentindo péssima.

— Pai, me desculpe, de verdade. Acabei esquecendo. Mas eu vou, prometo...

— Querida, não se preocupe! Você é muito ocupada. Eu sei disso. Ele é tão compreensivo. Sinto-me pior do que nunca.

— Eu vou procurá-lo — digo. — Prometo de verdade.

Quando desligo o telefone, não paro de pensar. Vejo outra van da imprensa parando em frente ao portão, e as palavras de Aran percorrem meu cérebro: *Não espere demais. O carisma não vai durar para sempre.*

— Seus pais estão bem? — pergunta Luke, voltando para o corredor.

— Estão, sim. Só que minha mãe deu uma entrevista para o *Daily World*. Está tudo bem — acrescento rapidamente ao ver a expressão perplexa dele. — Falei pra ela não dizer mais nada.

— Certo, bem. — Ele suspira. — Não tem jeito. Eu rascunhei uma declaração que acho que deveríamos liberar em uma ou duas horas. Vou mandar para a equipe jurídica do Aran pra ver se está tudo certinho. Se você não quiser ver um filme, por que não vai tomar um bom banho? — acrescenta ele. — Vai tirar os problemas da cabeça.

— Na verdade, tenho que sair — digo, tentando parecer casual.

— Sair? — Luke me olha como se eu fosse louca. — O que você quer dizer com *sair*?

— Tenho que fazer uma coisa pro meu pai. Tenho que procurar o velho amigo dele, Brent Lewis. Lembra, ele me pediu.

— Ah sim, lembro, mas... *agora*?

— Por que não agora? — pergunto, em tom desafiador.

— Olhe só aquela confusão! — exclama Luke, apontando para a janela. — Se você botar o pé para fora do portão, eles vão cair em cima de você!

— Bem, talvez eu não me importe! Talvez seja mais relevante pra mim fazer esse favor pro meu pai. Por que a imprensa deveria me impedir de levar uma vida normal? — Estou ficando agitada aqui. — Por que eu deveria ficar presa na minha própria casa? O que eu sou, uma prisioneira?

— Nada de prisioneira — diz Luke, impaciente. — Eu só acho que, apenas por hoje...

— Eu fiz uma promessa ao meu pai, Luke! — digo. — Vou cumprir essa promessa custe o que custar. E ninguém vai me impedir, nem a imprensa, nem você, nem ninguém!

— Tudo bem — diz Luke, por fim. — Você é quem sabe. Se insiste mesmo em fazer isso, então entre direto no carro e saia dirigindo. Não fale com a imprensa.

— Não vou falar.

— Mesmo se tentarem provocar você, ignore-os. — Ele balança a cabeça. — Becky, eu ainda acho que você devia ficar em casa.

— Luke — digo, com a voz tremendo um pouco. — Você não entende. Eu tenho que fazer isso. Pelo meu pai. Por mim. E por todos nós.

Antes que ele possa perguntar o que quero dizer com isso (eu não faço ideia), subo a escada, sentindo-me muito nobre, como um príncipe prestes a entrar em batalha. O que é um pouco verdade. E a questão é: eu tenho que ganhar. Esse é o meu desafio. Minha grande oportunidade hollywoodiana de ser fotografada, uma em um milhão.

Ah, meu Deus. O que vou *vestir*?

Pronto. Demorei uma hora e três espelhos e umas duzentas fotos no celular, mas finalmente escolhi a roupa perfeita, casual e elegante para encarar a imprensa. Minha melhor calça capri branca Stella McCartney com pequenos zíperes. Saltos altíssimos Dolce & Gabbana e uma blusa rosa-choque sem mangas. E a *pièce de résistance*: esses óculos de sol enormes e lindos que encontrei na mesma loja que comprei a bolsa *clutch* de zircônia. São um Missoni vintage, com armação com espirais rosa e verde. Não dá para não reparar neles. Eles vão chamar atenção suficiente.

O que preciso fazer é tomar o cuidado de fazer uma pose bonita na hora de abrir a porta do carro. Sim. E dizer coisas como "Me deixem em paz, nada de imprensa, por favor, só estou cuidando da minha vida".

Tiro os bobes do cabelo, dou um último retoque nos lábios e me examino no espelho. Certo. Ótimo. Preciso sair logo, antes que a imprensa se entedie e decida ir embora. Luke já saiu com Aran para ver Sage, e ouvi os jornalistas gritando quando eles saíram. E agora é a minha vez! Eu me sinto como uma gladiadora prestes a entrar em uma arena.

Consegui o endereço de Brent Lewis depois de uns seis telefonemas. É claro que a família não mora no endereço que papai me deu. Mas alguém lá tinha um número de telefone da mãe dele, e alguém naquele número disse que ela se mudou para Pasadena, e lá disseram que ela foi para a Flórida, e foi assim até eu descobrir que ela morreu há sete anos. Mas a essa altura eu também já tinha conseguido o número de uma irmã chamada Leah, e com ela finalmente consegui o endereço de Brent, em um lugar chamado Shining Hill Home Estate, na San Fernando Road. Procurei no mapa, e fica em uma área de Los Angeles aonde nunca fui. Mas tudo bem. Eu tenho GPS.

Minnie está brincando de um jogo muito desorganizado de bola com os Cleath-Stuarts no porão. Enfio a cabeça pela porta e digo casualmente:

— Vou sair pra fazer uma coisinha. Vejo vocês mais tarde.

— Minha óculos — diz Minnie na mesma hora, de olho nos Missoni vintage. — Miiiiiiiinha.

— Minnie! — digo com severidade. — Não se diz "minha"!

— Por favor — corrige ela na mesma hora. — Por favoooooor!

— Não, querida. — Eu dou um beijo nela. — É da mamãe.

— *Por favoooooor!* — Ela dá um salto determinado para pegar os óculos.

— Você tem... eh... — Olho ao redor e encontro uma bolsa de brinquedo, que entrego para ela. — Isto.

Minnie olha para a bolsa com desdém.

— Já deu — declara ela, e a joga no chão.

Ah, meu Deus. Minnie acabou de dizer "já deu"? Olho nos olhos de Suze e nós duas damos risadinhas chocadas.

— Eu não ensinei isso a ela.

— Nem eu! — diz Suze.

Olho para Clemmie, mas ela está brincando alegremente de colete e uma das saias de Minnie na cabeça. As crianças Cleath-Stuarts não fariam nem ideia do que "já deu" quer dizer.

— Foi Ora — declaro, com convicção repentina. — Ela é má influência para Minnie. Eu sabia!

— Você não sabe! — protesta Suze. — Poderia ter sido qualquer pessoa.

— Aposto que foi ela. Minnie, essa bolsa *não* está fora de moda. — Pego a bolsa e a entrego para Minnie. — É um clássico atemporal. E nós não jogamos bolsas no chão, mesmo que não estejam mais na moda.

— Aonde você vai? — Suze está me olhando de cima a baixo. — Belos sapatos.

— Só vou procurar um cara para o meu pai.

— Você sabe que a casa ainda está cercada de jornalistas, não sabe?

— Sei. — Tento parecer indiferente. — Não importa. Vou ter que... eh... ignorá-los.

Suze me lança um olhar avaliador.

— Bex, você arrumou o cabelo?

— Não! — digo, na defensiva. — Quer dizer... um pouco. Só pra dar um pouco de volume. Tem alguma coisa de errado nisso?

Os olhos dela grudam no meu rosto.

— Você está usando *cílios postiços*?

— Só alguns — confesso, incomodada. — O que é isso, um interrogatório? De qualquer modo, tenho que sair pra cuidar disso. Até mais tarde!

Eu me viro e subo a escada correndo. Na porta da casa, respiro fundo três vezes e a abro. Aqui vamos nós. Famosópolis, aí vou eu.

Na mesma hora, uma enxurrada de vozes me atinge.

— Becky! Beckiiiii! Aqui!

— Becky, você andou falando com Lois?

— Você falou com a polícia?

— Becky! Aqui!

Ah, meu Deus! Tem o dobro de jornalistas agora. O portão fica a uns 20 metros da porta da casa, é alto e feito de barras de aço com espirais, e há lentes de câmeras apontando para mim em cada buraco. Tenho vontade de voltar para dentro de casa, mas é tarde demais para isso agora. Tenho que ir.

A questão de ter um monte de fotógrafos apontando as câmeras para você é que eles podem tirar uma foto *a qualquer momento*. Tenho que fazer tudo de forma graciosa. Encolho a barriga, jogo os ombros para trás e sigo lentamente na direção do carro, tentando ignorar todos os gritos.

— Becky, podemos entrevistar você? — Um homem fica gritando.

— Só estou seguindo com a minha vida — grito enquanto jogo o cabelo para trás. — Obrigada.

As chaves do carro estão no meu bolso, e consigo pegá-las com um movimento delicado. Abro a porta do carro, tomando cuidado para que minhas pernas estejam cruzadas em uma pose estilo Victoria Beckham e entro. Fecho a porta e expiro. Pronto. Consegui.

Mas... e se nenhum deles tiver conseguido uma foto boa?

Será que eu devia ter chegado mais perto do portão? Devia ter andado mais devagar?

Essa é minha única chance de ser fotografada pela imprensa mundial em uma foto icônica e definidora que vai ser motivo de falação e vai lançar minha carreira como produtora de moda de Hollywood. Acho que preciso sair do carro e fazer tudo de novo.

Penso bastante por alguns segundos, abro a porta do carro e saio, com o máximo de elegância que consigo. Tento fingir que estou ignorando os fotógrafos e vou para a frente do caminho e começo a examinar a cerca viva com atenção.

— Becky! Beckiiii! Aqui!

— Nada de imprensa — digo enquanto ajeito o cabelo. — Nada de imprensa, obrigada. Só estou cuidando da minha vida.

Casualmente, tiro os óculos de sol e faço minha melhor expressão de bochechas sugadas e lábios projetados. Viro de um lado para o outro algumas vezes, balançando os braços. Talvez eu devesse abrir o portão, para eles poderem ver meus sapatos melhor. Aperto o controle remoto, e o portão começa a abrir lentamente.

— Becky! — Uma mulher está sacudindo um microfone na minha direção. — Sharon Townsend, NBC. Conte sobre quando viu Lois roubando!

— Por favor, respeitem minha privacidade — digo. — Só estou cuidando da minha vida.

Uma ideia brilhante me ocorre, e sigo para o carro. Subo no capô, faço uma pose casual e pego o celular. Eu posso fazer uma ligação de celular na entrada da minha casa, sentada no capô do meu carro! O que poderia ser mais natural do que isso?

— Oi — digo ao celular. — Sim. Sem dúvida. — Cruzo as pernas em um ângulo mais lisonjeiro e gesticulo animadamente com os óculos de sol. — Eu sei. Terrível.

O som dos cliques das câmeras está ficando cada vez mais frenético. Não consigo evitar um sorriso largo de euforia. Está mesmo acontecendo! Sou famosa!

— Becky, de que marca são seus sapatos? — grita alguém.

— Por favor, não invadam minha privacidade — respondo graciosamente. — Só estou cuidando da minha vida.

Levanto os pés para que todos consigam ver os lindos saltos prateados e os viro de um lado para o outro.

— São Yves Saint Laurent! — Ouço uma mulher dizer.

— Não, não, não! — Esqueço meu plano de não dizer nada e corro até os portões abertos. — São Dolce & Gabbana. Minha blusa é J Crew e minha calça é Stella McCartney. E meus óculos de sol são Missoni vintage.

Será que eu deveria acrescentar "estou disponível para produção de moda por preços razoáveis, por favor, entrem em contato, nenhum trabalho é pequeno demais"?

Não. É exagero.

— Qual é o seu recado para Lois?

Um amontoado de microfones surge debaixo do meu nariz.

— A quem a bolsa *clutch* pertencia de verdade, Becky?

— Havia drogas na bolsa? Lois é viciada?

Isso está fugindo do controle.

— Muito obrigada — digo com a voz um pouco aguda demais. — Só estou cuidando da minha vida. Tenho uma coisa importante a fazer. Obrigada por respeitarem minha privacidade.

De repente, eu me lembro da postura. Ajeito as pernas para parecerem mais finas e coloco uma das mãos no quadril, como uma supermodelo.

— E sua ligação? — pergunta um sujeito de um jeito sarcástico usando calça jeans.

Ah, é. A ligação. Eu tinha esquecido.

— Eh... tchau, então! — digo ao celular, e guardo rapidamente o aparelho. — Obrigada — acrescento para os jornalistas. — Muito obrigada. Nada de imprensa, por favor.

Sentindo-me um pouco abalada, sigo para o carro, pego as chaves e as deixo cair no chão. Droga.

De jeito *nenhum* eu vou me abaixar na frente de um monte de câmeras, então dobro os joelhos com cuidado, como se fazendo uma reverência, mantenho as costas retas como uma tábua e consigo pegar as chaves. Entro no carro, ligo o motor e saio dirigindo com cuidado. A multidão de jornalistas se abre para deixar o carro passar, mas os flashes e gritos continuam, e alguém até bate no teto do carro.

Quando finalmente consigo fugir, eu me recosto e expiro. Foram só cinco minutos e já estou exausta. Como as celebridades *conseguem*?

Enfim. A questão é que eu consegui. Dez minutos depois, meu coração parou de bater acelerado, e estou me sentindo muito satisfeita comigo mesma. Estou dirigindo pela Hollywood Freeway e falando em voz alta:

— Dirija na pista da *direita*. Dirija na pista da *direita*.

E meu GPS fica dizendo para eu seguir sempre em frente. Isso é bom, porque não estou na pista certa para sair da rua principal. O rádio do carro ligado ao celular toca de repente com o número de Luke, e aperto o botão verde para responder.

— Querida. Oi. Você saiu direitinho?

— Sim, foi tudo bem — digo. — Estou a caminho.

— A imprensa não foi agressiva demais?

— Er... não! Foi tudo bem.

— E você entrou direto no carro e saiu dirigindo?

— Praticamente. — Pigarreio. — Quer dizer, eles talvez tenham tirado *algumas* fotos minhas...

— Tenho certeza de que você foi brilhante, querida. Não é fácil manter a calma quando se está cercada de câmeras.

— Como está Sage?

— Enlouquecida — diz Luke. — Já recebeu um monte de propostas e quer dizer sim pra todas.

— Propostas de quê?

— De tudo que você imaginar. Entrevistas, papéis em filmes, revistas masculinas, campanhas publicitárias. Tudo que você pode chamar de segunda categoria. *Nada* do que nossa estratégia pretendia. Mas ela não consegue ver isso.

Ele parece tão irritado que tenho vontade de rir. Eu deveria ter imaginado que lidar com Sage seria bem diferente. Afinal, Luke estava acostumado a trabalhar com executivos sérios, de terno e gravata.

— Bem, boa sorte!

— Pra você também. Até mais tarde.

Desligo e ligo para o número de papai.

— Becky.

— Oi, pai! Olha, estou indo ver seu amigo Brent. Estou no carro nesse minuto.

— Querida! — Papai parece surpreso. — Você foi rápida. Eu não queria que você largasse tudo.

— Não tem problema — digo. — Ele mora em um lugar chamado Shining Hill Home Estate. Faz sentido?

— Faz todo sentido! — exclama papai. — Deve ser isso mesmo. Tenho certeza de que ele se deu muito bem na vida. Deve morar em uma mansão.

— É mesmo? — pergunto, um pouco mais interessada. — O que ele faz?

— Não sei. Naquela época, ele era estudante de pós-graduação.

— Então como você sabe que ele mora em uma mansão? — protesto.

— Ah, tenho certeza de que ele se deu muito bem na vida. — Papai ri. — Vamos dizer que ele já estava no caminho certo. Ah, Becky! — Papai interrompe o que estava dizendo. — Mamãe diz que tem uma foto nova sua no celular dela, da internet! Em frente à sua casa. Era você hoje de manhã, querida?

— Era! — digo, empolgada. — Já divulgaram? O que diz?

— *A testemunha Becky fica linda de rosa.* — Papai lê devagar. — *A britânica vai testemunhar no tribunal.* Isso está no site do *National Enquirer*.

National Enquirer! Linda de rosa! Sinto uma onda de empolgação. Mas que história é essa de testemunhar no tribunal? Eu não falei nada disso.

— Eu *estou* bonita? — pergunto. Isso é o mais importante.

— Está maravilhosa! Ah, mamãe encontrou outra agora: *Becky sai de sapatos YSL.*

Pelo amor de Deus. Eu *falei* que os sapatos não eram Yves Saint Laurent.

— Querida, você é uma celebridade! — diz papai. — Não se esqueça de nós, viu?

— Não vou esquecer!

Dou uma risada, mas dou um pulo quando vejo *Luke* surgir na tela.

— Tenho que desligar, pai. Falo com você depois. — Aperto "Atender". — Oi, Luke.

— Becky, minha querida — diz ele com aquele tom direto e paciente que usa quando está muito irritado. — Achei que você tivesse dito que saiu, foi direto para o carro e entrou logo.

— Eh... foi. Mais ou menos.

— Então por que *estou* olhando para uma foto sua no site do *Daily World*, sentada no capô do carro, mostrando os óculos de sol e dando um sorriso para a câmera?

— Eu estava fazendo uma ligação — digo, na defensiva. — Só que por acaso me sentei no carro. Devem ter me visto e tirado a foto.

— Você por acaso se sentou no carro? — pergunta Luke, sem acreditar. — Como alguém *por acaso* se senta no capô do carro?

— Eu estava cuidando da minha vida — insisto. — Não é minha culpa se estou sendo perseguida e assediada pela imprensa.

— Becky. — Luke expira. — Que tipo de jogo você está tentando fazer? Porque é bem perigoso. Quando você convida essas pessoas pra sua vida, é muito difícil mandá-las embora.

Eu não quero mandá-las embora, penso, me sentindo meio rebelde. *Quero agarrar minha chance enquanto ainda sou assunto.*

Mas Luke não entenderia, porque ele é totalmente focado no trabalho. Já ouvi as opiniões pessoais dele antes, quando tinha tomado algumas taças de vinho. Ele acha que fama não é tudo na vida e que a privacidade é o maior luxo do mundo moderno e que o tsunami das mídias sociais vai levar à desintegração permanente da interação humana. (Ou a alguma outra coisa. Às vezes, para ser sincera, eu paro de prestar atenção.)

— Não estou fazendo jogo nenhum — digo, tentando parecer sinceramente indignada. — Só estou lidando com a situação da melhor maneira que consigo. E o que você poderia fazer, Luke, é me apoiar.

— Eu *estou* apoiando! Estou aconselhando você! Mandei você ficar dentro de casa. Agora você está em todos os jornais...

— É pela minha carreira! — respondo, na defensiva.

O telefone fica em silêncio, e de repente percebo que o GPS está falando comigo.

— Você *não* pegou a saída da direita — diz a voz com severidade. — Pegue um retorno assim que possível.

Droga. Perdi a saída. É tudo culpa do Luke.

— Olha, tenho que desligar. Preciso me concentrar no caminho. Vamos conversar mais tarde.

Desligo, irritada e aborrecida. Qualquer outro marido sentiria *orgulho* da mulher. Quero conversar com Aran. Ele vai entender.

— Pegue um retorno assim que possível — insiste o GPS.

— Tá! Cala a boca!

Tenho mesmo que me concentrar no caminho. Não faço ideia de onde estou, só sei que estou indo na direção errada. Para falar a verdade, ainda fico confusa em relação à cidade toda, praticamente. Como é possível conhecer tudo? Los Angeles é tão *grande*. É mais ou menos do tamanho da França.

Tudo bem, não da França. Da Bélgica, talvez.

De qualquer modo, preciso ir logo. Finalmente chego a um ponto em que posso fazer o retorno. Faço a volta com o carro e ignoro as buzinas de outros motoristas completamente incompreensivos que não deviam estar dirigindo tão rápido. Saio na direção certa, desta vez. Shining Hill Home Estate, aí vou eu!

Quando me aproximo do meu destino, começo a procurar uma bela colina reluzente, mas não consigo ver nenhuma. Só vejo uma rua grande com hotéis dos dois lados e caminhões passando e outdoors. Isso não é nem um pouco o que eu estava esperando.

Depois de um tempo, o GPS me tira da rua principal e me leva a uma rua secundária ainda menos inspiradora, e olho ao redor com cautela. Não tem mansão nenhuma. Não tem nenhum carro de luxo. Tem um posto de gasolina parecendo abandonado e um hotel oferecendo quartos por 39 dólares. É aqui mesmo que o amigo do papai mora?

— O destino está 200 metros à frente, do lado direito — diz o GPS. — O destino está 100 metros à frente... Você chegou ao seu destino.

Paro no acostamento e olho pela janela, de queixo caído, sem acreditar. O GPS está certo: eu cheguei a Shining Hill Home Estate.

Mas não é uma mansão. É um estacionamento para trailers. Tem uma placa apagada presa a um portão galvanizado e, atrás dele, vejo fileiras de motorhomes se estendendo a perder de vista. Olho meu papel de novo: 431 Shining Hill Home Estate. Brent Lewis deve morar no trailer número 431.

Parte de mim quer ligar para papai na mesma hora e dizer o quanto ele está enganado sobre o amigo, mas decido investigar primeiro, então tranco o carro e sigo com cautela até o estacionamento para trailers. Ninguém me aborda, e logo descubro onde fica o número 431 ao olhar um mapa em uma placa. À medida que vou seguindo pela fila de trailers, recebo olhares de algumas pessoas sentadas em frente aos motorhomes, e não consigo evitar olhar ao redor com curiosidade. Alguns dos trailers são bem bonitos e bem-cuidados, com plantas e cortinas arrumadinhas, mas outros são horríveis. Em um deles, vejo mesas e cadeiras quebradas empilhadas do lado de fora, quase bloqueando a porta. Em outro, ouço gritos vindos de dentro. Um está com todas as janelas quebradas.

Chego ao número 431 e me aproximo. É um trailer bem simples, não é maltratado, mas também não é muito atraente. A porta está fechada e as janelas também, e não há sinal de vida. Tem uma folha de papel presa na porta. Olho para ela quando bato. Está escrito: *Aviso de despejo.*

Leio o aviso, que fala sobre o Sr. Brent Lewis, do número 431 da Shining Hill Home Estate e a falta de pagamento de seis meses de aluguel, e os passos que devem ser tomados em seguida, com a assinatura de *Herb Leggett, gerente.*

— Você é amiga do Brent?

Pergunta uma voz e, assim que eu me viro, vejo uma mulher magrela de pé nos degraus do trailer em frente. Ela está usando uma calça jeans preta com o cabelo preso em um rabo de cavalo e está com um garotinho pequeno no colo.

— Brent está? — pergunto. — Não sou exatamente amiga dele, mas gostaria de vê-lo.

— Você é assistente social? — Ela aperta os olhos. — É da polícia?

— Não! — digo, chocada. — Nada disso. Sou só... meu pai o conheceu há alguns anos.

— Você é britânica?

— Sou. Meu pai também.

A mulher funga e assente.

— Você o perdeu por pouco. Ele foi embora ontem.

Foi embora? Ah, meu Deus. O que papai vai dizer?

— Você tem o novo endereço? — pergunto.

Ela dá de ombros.

— Ele disse que a filha vinha aqui semana que vem para pegar as coisas. Posso perguntar pra ela.

— Você poderia fazer isso? — pergunto, ansiosa. — Sou Becky Brandon, este é meu número... — Pego um dos meus cartões de visita e dou para ela. — Se ela pudesse me ligar seria ótimo, ou talvez você poderia me ligar. Ou...

A mulher dá de ombros de novo e enfia o cartão no bolso da calça jeans. Imediatamente, o garoto o puxa e joga no chão.

— Não! — Eu dou um pulo. — Quer dizer... não vamos perder isso. Devo colocar em algum lugar seguro pra você?

A mulher dá de ombros de novo. Não tenho muitas esperanças de ela falar com a filha de Brent. Mesmo assim, coloco o cartão em segurança no vão da janela.

— Vou esperar a ligação da filha de Brent — digo, com o máximo de animação que consigo. — Ou a sua. Tanto faz. Eu ficaria muito agradecida. Enfim... eh... foi um prazer conhecer você. Sou Becky, aliás.

— Você falou.

Ela assente, mas não diz o nome dela.

Não consigo controlar minha falação com essa mulher, então dou um último sorriso simpático e me viro para ir embora. Ainda não posso acreditar que foi ali que o amigo do papai foi parar. É uma pena.

Assim que volto para a rua, ligo para o número do papai.

— Pai!

— Querida! Você o viu?

— Não exatamente. — Faço uma careta. — Papai, infelizmente você se enganou. Brent Lewis mora em um estacionamento para trailers e acabou de ser despejado por não pagar o aluguel. Não consegui um novo endereço.

— Não. Não! — Papai dá uma gargalhada curta. — Querida, isso não está certo. Não pode ser o mesmo Brent Lewis. Sinto por você ter perdido seu tempo, mas...

— Bem, foi o endereço que peguei com a irmã dele. Deve ser ele.

Há um silêncio meio longo.

— Ele mora num estacionamento para trailers? — pergunta papai.

— Sim. Mas o trailer dele é bem bonitinho — digo rapidamente. — Não está quebrado nem nada. Mas agora ele foi despejado.

— Isso não pode estar certo. — Papai parece quase com raiva. — Você deve ter entendido errado, Becky.

— Eu não entendi errado! — respondo, irritada. O que ele acha que eu sou, burra? — Eu mesma vi o aviso de despejo. Brent C. Lewis. Não dizia o que o C. significava.

— Constantine. A mãe dele era grega.

— Então, viu?

— Mas... — Ele expira. — É impossível.

— Olha, pai — digo, sendo gentil. — Faz muito tempo. Quem pode saber o que aconteceu na vida de Brent Lewis? Ele pode ter feito alguns negócios, pode ter se divorciado seis vezes, pode ter virado criminoso...

— Becky, você não entende — insiste ele de forma acalorada. — Não devia ter acontecido. Isso não devia ter acontecido.

— Você está certo, eu não entendo! — exclamo. — Se ele era tão seu amigo, por que vocês não mantiveram contato?

Ele fica em silêncio, e sinto que toquei em um ponto delicado. Sinto-me um pouco cruel de enfrentar papai assim, mas, sinceramente, ele me deixa doida. Primeiro, não quer usar o Skype, nem o

Facebook, nem nada do tipo. Depois, me manda em uma caçada às cegas para ver o amigo dele e, *depois*, quando eu falo que fiz o que ele pediu, não acredita em mim.

— Vou mandar o número da irmã dele por mensagem se você quiser. Mas, sinceramente, eu esqueceria isso se fosse você.

Minha tela começa a piscar com a palavra *Aran*, e percebo que tenho uma chamada em espera.

— Papai, tenho que desligar — digo. — Nos falamos mais tarde, tá? Tenho certeza de que Brent Lewis está bem — acrescento, tentando soar tranquilizadora. — Eu não me preocuparia mais com ele.

Desligo e aperto o botão "Atender".

— Aran! Oi!

— Becky. — A voz tranquila dele soa pelo celular. — Como você está? Já se livrou dos paparazzi?

— Praticamente! — Dou uma gargalhada.

— Foi uma sessão de fotos e tanto hoje de manhã. Roupa bonita. Óculos de sol lindos. Você causou impacto. Bom trabalho.

— Obrigada!

Eu abro um sorriso largo. Eu *sabia* que Aran apreciaria meus esforços.

— Como resultado, o telefone está tocando sem parar.

— É mesmo? — Sinto uma pontada de empolgação. — De quem, jornalistas? Editores de moda?

— Jornalistas, produtores, todo tipo de gente. Como falei, você está popular. E tenho uma proposta ótima pra você. Tomei a liberdade de lidar com ela, mas, se você quiser, posso passar tudo pro Luke...

— Não — respondo um pouco rápido demais. — Quer dizer... ele é meu marido. É um pouco próximo demais, você não acha?

— Concordo. A proposta é um segmento do *Breakfast Show USA*. A produtora acabou de ligar e está muito ansiosa pra ter você no programa. Falei que você é produtora de moda, e ela disse que isso era ótimo. Eles ficaram felizes com a ideia de você ter um quadro sobre moda. Novas tendências, novos visuais, qualquer coisa. Vamos discutir os detalhes.

— Ah, meu Deus.

Estou sem ar. Um quadro sobre moda no *Breakfast Show USA*. Isso é incrível. Isso é surreal!

— Você vai precisar de um agente — diz Aran. — Vou marcar uma reunião com nossos amigos da CAA. Minha assistente vai ligar pra você com os detalhes, tá bem?

CAA! Até eu sei que a CAA é a maior agência de Hollywood. É a agência que representa Tom Hanks. Representa o Sting! Estou até tonta. Nunca em um milhão de anos eu esperava ser catapultada em tudo isso.

Um pensamento repentino me ocorre.

— Luke sabe de tudo?

— Sabe, claro.

— O que ele disse?

— Disse que a decisão é sua.

— Certo.

Sinto-me um pouco magoada. A decisão é minha. Que resposta é essa? Por que ele não disse "Meu Deus, isso é incrível, eu sempre soube que minha esposa seria uma estrela"? Por que não está ao telefone me falando que a vida vai mudar agora e que ele vai estar comigo a cada passo do caminho?

— Então, qual é a sua decisão? — pergunta Aran.

Ele ainda precisa perguntar?

— É sim, claro! — respondo, empolgada. — É sim! É com certeza um sim!

QUINZE

Eu nunca fui a um lugar como a CAA. O prédio parece um tipo de espaçonave na qual todos os homens saíram de *MIB — Homens de preto*, todas as garotas saíram da *Vogue* e todos os sofás saíram da *Architectural Digest*. Só de ficar cinco minutos sentada no saguão já tive uma experiência hollywoodiana melhor do que todo o tour pelo Sedgewood Studios. Vi três garotas de *Gossip Girl* e um rapper famoso alimentando o filhotinho de cachorro com um conta-gotas, e dois comediantes famosos da TV tendo uma briga em voz baixa sobre uma coisa chamada "comissão", mas sem parar de sorrir para uma garota bem bonita na recepção. (Não sei os nomes deles. Acho que talvez os dois se chamem Steve Alguma Coisa.)

E agora estou em uma sala muito elegante, estilo sala de reuniões, sentada a uma mesa lisa de madeira clara, ouvindo duas mulheres falando comigo. Uma se chama Jodie, e a outra, Marsha, e as duas são agentes de "talentos". Aparentemente, eu sou o "talento". Eu! "Talento"! Espere até eu contar ao Luke.

Elas são muito inteligentes e estão bem animadas. As duas estão vestidas de forma impecável, em um estilo marinheiro chique meio Prada com jeito de caro. Uma tem um diamante enorme no dedo, e fico hipnotizada por ele; mal consigo me concentrar no que ela está dizendo. Só volto à realidade por palavras como "base de fãs" e "apelo global".

— Realidade — diz a mulher de cabelos pretos, que é Jodie ou Marsha. — Qual é sua opinião sobre isso?

— Eh...

Tenho vontade de responder "Perdi totalmente a noção dela", mas sinto que não é a resposta certa. Tomo um gole de água, que está tão gelada que me dá dor de cabeça na mesma hora. Por que os americanos gostam das bebidas tão geladas? Será que descendem dos esquimós, por acaso? Ah, talvez seja isso. Talvez eles tenham migrado do Alasca há milhões de anos. Faz todo sentido. Será que encontrei uma teoria da evolução humana completamente nova?

— Becky?

— Sim! — Volto para a sala onde estamos. — Sem dúvida! Hã, o que exatamente você quer dizer com "realidade"?

— Estou falando de um programa estilo reality show — diz Jodie ou Marsha, pacientemente. — Achamos que poderíamos conseguir um ótimo programa como veículo para você, sua família, seus amigos britânicos...

— Você quer dizer que as câmeras ficariam nos seguindo o tempo todo?

— Seria com roteiro parcial. É menos invasivo do que você poderia pensar.

— Certo.

Tento imaginar ficar sentada na cozinha com Luke, atuando em uma cena com roteiro parcial para as câmeras. Hmm.

— Não estou *totalmente* certa de que meu marido vá gostar disso. Mas posso perguntar.

— Outro formato que temos disponível é "BFFs em Hollywood" — diz Marsha ou Jodie. — Você trabalharia com uma jovem atriz chamada Willa Tilton. O conceito é o de duas melhores amigas fazendo sucesso em Hollywood, confiando uma na outra, comprando roupas, aparecendo no tapete vermelho, se metendo em enrascadas. Você seria a casada, e Willa seria a solteira. Acho que teria muito apelo.

— Acho que elas trabalhariam bem como melhores amigas — concorda Jodie ou Marsha.

— Mas Willa Tilton não é minha melhor amiga — explico, confusa. — Nós nem nos conhecemos. Minha melhor amiga se chama Suze.

— Ela seria sua melhor amiga *para as câmeras* — diz Marsha ou Jodie, como se eu fosse ligeiramente anormal. — É um *reality* show.

— Tudo bem — digo, ainda confusa. — Bem, vou pensar no assunto.

Tomo outro gole de água e tento organizar os pensamentos. Por algum motivo, não consigo levar nada disso a sério. Eu? Em um reality show? Mas, quando olho de Jodie para Marsha (ou o contrário), percebo que elas estão sendo sinceras. Não me doariam esse tempo do dia delas são não estivessem falando sério.

— Enquanto isso, temos o segmento no *Breakfast Show USA* — diz Jodie ou Marsha —, que vai dar uma boa visibilidade. Você tem assistente?

— Não — respondo, e as duas mulheres trocam olhares.

— Seria bom pensar em arrumar uma — diz Marsha ou Jodie.

— Sua vida vai começar a ficar meio diferente — acrescenta Jodie ou Marsha.

— Tenha sempre roupas prontas para as câmeras.

— Pense em fazer clareamento dental.

— E você poderia perder uns 2 ou 3 quilos. — Marsha ou Jodie dá um sorriso gentil. — É só uma ideia.

— Certo. — Minha mente está girando. — Tudo bem. Então... obrigada!

— Foi um prazer. — Jodie ou Marsha empurra a cadeira para trás. — Empolgante, né?

Enquanto ando por um dos corredores que parecem de um museu com uma assistente chamada Tori (vestida de Chloé dos pés à cabeça), ouço um gritinho atrás de mim. Eu me viro e vejo Sage correndo pelo corredor com os braços esticados.

— Beckiiiiiii! Estava com saudadeeeees!

Eu olho, atônita. Sage está usando a menor roupa que eu já vi. O top azul de bolinhas é praticamente um sutiã de biquíni e o shortinho desfiado parece mais uma calcinha.

Além do mais, o que ela quer dizer com "estava com saudades"? Quando ela me abraça, sinto o aroma de Marc Jacobs Grapefruit e cigarros.

— Faz tanto tempo! Temos tanto pra conversar! Você acabou aqui? Pra onde vai agora?

— Pra casa — respondo. — Acho que estão arrumando um carro pra mim.

— Nããão! Venha comigo! — Ela pega o celular e digita alguma coisa. — Meu motorista vai levar você pra casa e podemos conversar.

— Becky, você fica bem com a Sage? — pergunta Tori. — Não precisa de carro?

— Acho que não. Mas obrigada.

— Está tudo bem agora — diz Sage para a garota que a estava acompanhando. — Nós saímos sozinhas. Temos que conversar! — Sage aperta o botão do elevador e fica de braço dado comigo. — Você está *tão* popular agora. Nós duas somos — acrescenta ela com satisfação quando entramos. — Sabe que estão me implorando pra fazer Florence Nightingale? Seu marido acha que eu deveria aceitar. Mas, sabe, tenho muitas propostas agora. A *Playboy* me ofereceu um *zilhão*.

Ela pega chiclete e me oferece.

— A *Playboy*?

— Pois é, né? — Ela dá uma gargalhada. — Preciso me inscrever na academia se for aceitar isso.

Pisco algumas vezes, surpresa. Ela vai aceitar? Não acredito que Luke ou Aran queiram que Sage pose para a *Playboy*.

— Que óculos legais — diz ela, olhando para o Missoni que está na minha cabeça. — Você estava usando no sábado, não foi? A imprensa ficou doida com eles.

Ela está certa. Havia fotos do meu Missoni em todos os tabloides e em milhões de sites. É tudo tão surreal. Quando olho para as fotos, não pareço ser eu. Parece que tem outra pessoa se passando por "Becky Brandon".

Mas *sou* eu. Né?

Ah, meu Deus, é tão confuso. As celebridades se acostumam a ser duas pessoas, uma na vida particular e outra na pública? Ou será que esquecem a particular? Eu perguntaria a Sage, mas não sei se ela já teve vida particular.

— São lindos. — Sage ainda está grudada nos meus óculos. — Onde você comprou?

— São vintage. Pode ficar com eles se quiser — digo, entregando o par de óculos para ela.

— Legal! — Sage pega os óculos, os coloca no rosto, e se admira no espelho do elevador. — Como estou?

— Linda. — Ajeito o cabelo dela. — Pronto. Maravilhosa.

Finalmente! Estou arrumando uma estrela de Hollywood, como sempre quis desde o começo.

— Você é inteligente, Becky — diz Sage. — Essa é uma ótima história de moda. Estou usando os óculos que você usou dois dias atrás. A imprensa vai adorar. Vai aparecer em toda parte.

Não foi por isso que dei para ela, mas acho que ela está certa. Acho que ela pensa em tudo em termos de imprensa. É assim que devo começar a pensar também?

Saímos no térreo, e Sage me leva direto até um sujeito grande de terno azul que está sentado em uma cadeira no canto. Ele tem feições eslavas e ombros enormes e não sorri.

— Este é o Yuri, meu novo guarda-costas — diz Sage com jovialidade. — Você tem segurança, Becky?

— *Eu?* — Dou uma gargalhada. — Não!

— Você devia pensar nisso — diz ela. — Precisei contratar Yuri depois que fui atacada em casa. Cuidado nunca é demais. — Ela olha para o relógio. — Vamos?

Quando saímos do prédio, sinto uma onda de choque. Um amontoado de fotógrafos começa a gritar na mesma hora.

— Sage! Aqui, Sage!

Eles não estavam lá antes.

— Como eles sabiam que você estaria aqui? — pergunto, perplexa.

— É só passar a agenda para eles — explica Sage em voz baixa. — Você vai se acostumar.

Ela aperta o braço com mais firmeza no meu e abre um sorriso. As pernas longas e douradas são incríveis, e os óculos Missoni contrastam lindamente com o top de bolinhas.

— Becky! — Ouço gritarem. — Becky, aqui, por favor! — Ah, meu Deus, fui reconhecida! — Beckiiii!

Os gritos estão virando um coral. Só consigo ouvir "Becky! Sage! Aqui!". Sage faz pose atrás de pose, a maioria com o braço grudado ao meu. Alguns turistas se aproximam, e, com um sorriso encantador, Sage rabisca autógrafos para eles. Demoro um momento para perceber que também querem o meu.

Depois de um tempo, um SUV com vidros pretos aparece, e Sage saltita até ele acompanhada de Yuri. Nós entramos com os fotógrafos ainda amontoados ao nosso redor, e o motorista parte com o carro.

— Ah, meu Deus. — Eu me recosto no banco de couro.

— Você devia contratar um segurança — diz Sage novamente. — Você não é mais uma pessoa comum.

Isso é surreal. Eu não sou mais uma pessoa comum! Sou um deles!

Sage está passando os canais na TV do carro e para quando o rosto dela aparece junto com a manchete *Sage se pronuncia*.

— Ei! Olha só!

Ela abre uma lata de Coca Diet, me oferece uma e aumenta o volume.

— Eu me sinto traída por Lois — diz a Sage da tela. — Sinto que ela me decepcionou, não só como colega de trabalho, mas como mulher e como ser humano. Se ela tem problemas, lamento por ela, mas ela poderia lidar com isso de maneira apropriada, não magoando os outros. Vocês sabem, nós já fomos amigas. Mas nunca mais. Ela decepcionou toda a classe artística.

— Isso foi um pouco duro demais — digo, me sentindo desconfortável.

— Ela roubou minha bolsa — diz Sage, impassível. — É louca.

— Ela não roubou. Foi um *engano*.

— Foram palavras duras de Sage Seymour — diz o apresentador. — Conosco no estúdio para discutir o escândalo estão o comentarista de Hollywood Ross Halcomb, a crítica de cinema Joanne Seldana e...

— Sage — tento de novo. — Você sabe que foi um engano, não sabe?

— Shhh! — diz Sage, balançando a mão com impaciência.

Ficamos sentadas em silêncio enquanto um grupo de pessoas em um estúdio discute se a carreira de Sage Seymour vai decolar de vez agora e, assim que eles terminam, Sage muda para outra notícia sobre ela. Eu me sinto cada vez mais desconfortável, mas Sage não me deixa falar. Todos os programas de TV parecem só falar dela, até ela mudar de canal e o rosto de Lois aparecer de repente.

— Lois! — Sage se inclina para a frente, animada.

A câmera abre o zoom e vejo que Lois está sendo filmada em frente à casa dela, uma mansão imensa no estilo espanhol. Ela está usando um camisolão branco esvoaçante e está descalça, e parece gritar com alguém, mas não tem som nenhum.

— O que ela está *fazendo*?

Sage está olhando para a tela.

— Por que não está dentro de casa? — Faço uma careta. — Ela não parece bem.

Lois está com uma aparência horrível. Horrível *mesmo*. A pele está pálida, os olhos estão fundos, o cabelo, sem vida, e ela o enrola entre os dedos.

Eu me pergunto se a polícia a procurou. Ninguém sabe se vão dar parte; ninguém sabe de nada ainda. Vivo esperando ser chamada à delegacia, mas até agora nada. Quando comentei isso com Aran, ele disse:

— Becky, não se preocupe. Você está em todas mesmo sem tribunal.

Mas não era isso que eu queria dizer. Eu estava pensando em Lois.

— Me deixem em paz. — A voz dela fica audível de repente. — Por favor, me deixem em paz.

E, agora, conseguimos ouvir os gritos dos fotógrafos e jornalistas do lado de fora do portão.

— Você é ladra, Lois?

— Você pegou a bolsa da Sage?

— Você foi acusada formalmente?

— Você tem um recado para o povo americano?

O olhar de Lois é sombrio e desesperado, e ela está mordendo o lábio com tanta força que consigo ver filetes de sangue aparecendo. Ela parece no limite, como parecia quando a alcancei na rua. Ela entra em casa, a porta bate e a imagem volta para um estúdio, onde uma mulher de paletó justo e vermelho observa a tela com seriedade.

— Acabamos de ver as primeiras imagens de Lois Kellerton depois desse escândalo — diz ela. — Dra. Nora Vitale, a senhora é especialista em saúde mental. Diria que Lois Kellerton está vivenciando um colapso nervoso?

— Ah, bem. — A Dra. Nora Vitale é uma mulher magra e está usando um vestido cor-de-rosa surpreendentemente simples e tem a expressão séria. — Não usamos mais a palavra "colapso"...

— Caramba. — Sage desliga a TV. — *Isso* vai se espalhar por Hollywood em segundos. Sabe o que estão dizendo?

— O quê?

— Estão falando que ela é assim há anos. Que roubou durante a vida toda.

— O quê? — digo, horrorizada. — Não! Tenho certeza de que foi uma única vez. Ela estava sob forte tensão, cometeu um erro... qualquer pessoa pode cometer um erro!

— Bem. — Sage dá de ombros. — Independentemente do que você pensa, as pessoas estão se manifestando. Gente com quem ela trabalhou. Maquiadores, assistentes, gente dizendo que também foi roubada. Ela vai se afogar em processos.

— Ah, meu Deus.

A culpa espreme minhas entranhas. Estou ficando quente e gelada de remorso. É tudo culpa minha.

— E então, quando vou *ver* você de novo? — Para minha surpresa, Sage me abraça quando paramos na porta da minha casa. — Quero que você me arrume na minha próxima apresentação. Da cabeça aos pés.

— Uau — digo, surpresa. — Eu adoraria!

— E temos que almoçar. No Spago, talvez. Que tal?

— Sim! Demais.

— Estamos nisso juntas, Becky.

Ela me abraça de novo na hora que a porta de trás se abre magicamente.

Tem um amontoado de fotógrafos em frente ao meu portão. Estou quase me acostumando com eles. Verifico meu reflexo no retrovisor e saio cuidadosamente do carro. Abro o portão com meu controle remoto e dou tchau para Sage. No minuto seguinte, Minnie vem correndo até mim. Ela está usando o vestidinho amarelo lindo e está segurando um desenho que deve ter acabado de fazer. Eu a deixei em casa hoje porque ela reclamou de dor de ouvido quando acordou. (Mas também podia ser porque a faixa de cabelo estava apertada demais.)

— Mamãe! — Ela está triunfante me mostrando o desenho quando a pego em um abraço. — Schlores!

Minnie anda obcecada por flores, que ela chama de "schlores". Ela chora se Luke não usar a única gravata que tem de "schlores", então ele a coloca todas as manhãs e a tira no carro. Para ser sincera, o desenho dela não parece muito ser de flores, são só grandes manchas vermelhas, mas faço uma expressão de admiração e digo:

— Que flores vermelhas lindas!

Minnie olha friamente para as manchas vermelhas.

— Isso não é as schlores. *Isso* é as schlores. — Ela aponta para uma linhazinha azul na qual eu nem tinha reparado. — *Isso* é as schlores. — As sobrancelhas dela estão baixas e ela me olha com a expressão imperiosa. — ISSO É AS SCHLORES! — grita ela de repente, parecendo um comandante ordenando uma execução.

— Certo — digo rapidamente. — Que boba, eu. É claro que isso são as schlores. Lindas!

— Essa é a sua filha? — Para minha surpresa, Sage saiu do carro depois de mim. — Tenho que dizer oi. Ela é muito fofa! Escute só esse sotaquezinho britânico! Venha aqui, querida.

Ela levanta Minnie e gira com ela até a menina começar a dar gritinhos de prazer. Os fotógrafos clicam tão rápido que parece uma infestação de insetos.

— Sage — digo. — Não queremos que Minnie seja fotografada.

Mas Sage não me escuta. Ela está correndo com Minnie, as duas tendo ataques de gargalhadas.

— Por favooooooor! — Minnie está tentando pegar os óculos de sol Missoni. — Por favooooooor!

— Não, esses são meus. Mas você pode ficar com esses. — Sage revira a bolsa e pega outro par de óculos de sol. Dá um beijo no nariz de Minnie e coloca os óculos nela. — Adorável!

— Sage! — digo de novo. — Pare! Preciso levar Minnie pra dentro!

Meu celular apita com a chegada de uma mensagem e, me sentindo incomodada, eu o tiro da bolsa. É da mamãe.

Becky. Muito urgente. Mamãe.

O quê? O que é muito urgente? Sinto uma pontada de alarme misturado com frustração. Que tipo de mensagem é "muito urgente"? Ligo para ela e espero, impaciente, a ligação completar.

— Mãe! — digo assim que ela atende. — O que foi?

— Ah, Becky. — A voz dela está tremendo. — É o seu pai. Ele sumiu!

— Sumiu? — pergunto, estupefata. — Como assim sumiu?

— Ele foi pra Los Angeles! Deixou um bilhete! Um *bilhete*! Depois de todos esses anos de casamento, um *bilhete*! Fui a Bicester Village com Janice para passar o dia, comprei uma bolsa linda no outlet de Cath Kidston e, quando voltei, ele tinha sumido! Ido para os Estados Unidos!

Fico olhando para o celular, assustada.

— Mas o que... quer dizer, onde...

— No bilhete ele disse que precisava encontrar o amigo. Brent Lewis. O que você foi procurar.

Ah, pelo amor de Deus. Isso de novo, não.

— Mas por quê?

— Ele não falou! — A voz de mamãe fica mais aguda com a histeria. — Eu nem faço ideia de quem é esse amigo!

Há um leve sinal de pânico na voz dela, e consigo compreender por quê. A verdade sobre meu pai é que ele parece um homem de família normal e controlado. Mas tem mais nele do que isso. Há alguns anos, descobrimos que ele tinha outra filha, minha meia-irmã Jess, sobre quem ninguém sabia nada.

Para ser justa com papai, ele também não sabia. Ele não estava guardando um segredo enorme. Mas consigo entender por que mamãe está meio paranoica.

— Ele disse que tinha uma coisa que precisava "consertar" — continua mamãe. — "Consertar!" O que isso quer dizer?

— Não sei — respondo, sem ajudar. — Mas ele ficou muito chocado quando falei que Brent Lewis mora em um trailer.

— Por que ele não deveria morar em um trailer? — A voz de mamãe está histérica de novo. — Por que é da conta do seu pai onde esse homem mora?

— Ele ficou dizendo "isso não devia ter acontecido" — digo ao lembrar. — Mas não faço ideia do que ele queria dizer.

— Não sei em que voo ele está nem onde vai ficar... Devo ir atrás dele? Devo ficar aqui? É a Becky. — Ouço mamãe dizer com voz abafada. — O xerez está na segunda prateleira, Janice. — Ela volta à ligação. — Becky, não sei o que fazer. Janice acha que é crise de meia-idade, mas eu disse: "Janice, nós já *passamos* por isso com as aulas de violão. Então o que é agora?"

— Mãe, calma. Vai ficar tudo bem.

— Ele vai acabar procurando você, Becky. Fique de olho nele, amor. Por favor.

— Pode deixar. Ligo assim que souber de alguma coisa.

Desligo e, na mesma hora, mando uma mensagem para papai.

Pai. Onde você está? Me ligue!!! Becky. Bjs

Meu Deus, que drama. O que papai está *fazendo*? Mando a mensagem e me viro, me perguntando por que estou escutando gargalhadas. Na mesma hora, meu coração gela.

Sage está fazendo poses para as câmeras de uma forma exagerada, e Minnie imita cada uma das poses. Ela está com a mão no quadril, a cabeça inclinada e mexe os ombros para trás e para a frente, igual a Sage. Todos estão gargalhando, e as câmeras não param de clicar.

— Parem! — digo, furiosa. Pego Minnie no colo e aperto a cabeça dela contra meu peito, para que não seja vista. — Por favor, não publiquem essas fotos! — peço aos fotógrafos. — Ela é só uma criancinha.

— Quer dar tchau! — Minnie luta para fugir do meu colo. — Quer dar TCHAU!

— Chega de dar tchau, querida — digo, e dou um beijo na cabeça dela. — Não quero você dando tchau para essa gente.

— Becky, relaxe! — diz Sage. — É melhor ela se acostumar, não é? De qualquer modo, ela ama os holofotes, não é, docinho? — Ela mexe no cabelo de Minnie. — Precisamos arrumar um agente pra *você*, fofinha. Você não vai lançar um reality show da sua família, Becky? — acrescenta ela. — Foi o que o Aran me disse. Jogada inteligente.

— Não sei — respondo, me sentindo incomodada. — Preciso conversar com o Luke. Olhe, é melhor eu levar Minnie lá pra dentro.

— Claro — diz Sage. — Nos falamos em breve, certo?

Quando Sage entra no carro, eu corro para dentro de casa e fecho a porta. Meu coração está disparado, e meus pensamentos estão confusos. Não sei em que me concentrar primeiro; meu cérebro parece pular loucamente. Papai. Reality show. Minnie. Imprensa. Sage. Lois. Papai.

Não consigo acreditar que papai está vindo para Los Angeles. Isso é loucura. O lugar dele não é em Los Angeles, é em casa. No jardim. No clube de golfe.

— Bex! — Suze aparece no saguão e me olha, surpresa. — Você está bem?

Percebo que estou encostada na porta como se estivesse me protegendo de um ataque.

— Meu pai está vindo pra Los Angeles.

— Ah, que incrível! — O rosto dela se ilumina. — E sua mãe?

— Não é incrível. Ele fugiu e só deixou um bilhete pra minha mãe.

— O quê? — Ela me olha, sem acreditar. — Seu pai fugiu?

— Está acontecendo alguma coisa! — Balanço a cabeça. — Não sei o quê. Tem a ver com uma viagem que ele fez quando era bem mais jovem. Ele está tentando encontrar um amigo da época.

— Que viagem? Pra onde foi?

— Não sei. — Dou de ombros. — Foi pela Califórnia e pelo Arizona. Eles tinham um mapa. Estiveram em Los Angeles... Las Vegas... talvez Utah também. No Vale da Morte! — Eu me lembro de repente. — Já vi fotos deles no Vale da Morte.

Eu deveria ter prestado mais atenção. Todo Natal papai contava sobre essa viagem e pegava um mapa velho, com a linha vermelha pontilhada, mostrando onde eles estiveram.

— Bem, imagino que ele vá aparecer — diz Suze para me tranquilizar. — Ele só deve estar tendo uma crise de meia-idade.

Balanço a cabeça.

— Ele já teve isso. Fez aulas de violão.

— Ah. — Suze pensa por um momento. — Existe outro tipo de crise além dessa?

— Só Deus sabe. Provavelmente.

Seguimos para a cozinha e abro a geladeira para servir uma taça de vinho branco para nós duas. Não ligo para que horas são, preciso de vinho.

— Suco — diz Minnie na mesma hora. — Suuuuuuco! Suuuuuuco!

— Tudo bem! — digo, e sirvo um copinho de suco orgânico misto de cenoura e beterraba a ela.

Deram isso para ela na pré-escola. É a coisa mais nojenta que já provei, e uma caixinha custa U$ 10,99, mas aparentemente é "desintoxicante e tem pouco açúcar", então nos pediram para dar isso às crianças em vez de suco de frutas. E o pior é que Minnie adora. Se eu não tomar cuidado, ela vai virar uma nazista mirim dos sucos e vou ter que esconder todos os meus KitKats dela e fingir que laranjas de chocolate são macrobióticas.

— E onde está Tarkie? — pergunto enquanto entrego o suco a Minnie.

— Ainda precisa perguntar? — Suze contrai o maxilar. — Sabia que ele começou a sair às seis da manhã todos os dias pra fazer aula de Validação Pessoal com o Bryce? Eu quase não o vejo mais.

— Uau. O que é Validação Pessoal?

— Não sei! — explode Suze. — Como eu poderia saber? Sou só a *mulher* dele.

— Tome um gole — digo apressadamente, e entrego a taça de vinho a ela. — Tenho certeza de que é bom pro Tarkie estar fazendo tudo isso. Tem que ser positivo, não é? Validação pessoal? É melhor do que validação *im*pessoal, pelo menos.

— O que é validação? — pergunta Suze.

— É... eh... ser você mesmo. Esse tipo de coisa. — Tento parecer inteligente. — Você tem que deixar pra lá. E... ser feliz.

— É bobagem. — Os olhos de Suze brilham para mim.

— Bem... enfim. Saúde.

Levanto minha taça de vinho e tomo um gole.

Suze toma um gole enorme, depois outro, e expira, parecendo um pouco mais calma.

— Como foi com o agente? — pergunta ela, e meu humor melhora na hora. Pelo menos alguma coisa está indo bem.

— Foi incrível! — digo. — Elas disseram que precisamos planejar meu futuro com cuidado e que vão me ajudar a lidar com todas as propostas. E eu preciso contratar um segurança — acrescento com um toque importante na voz.

— Contratar um segurança? — Suze me encara. — Você quer dizer tipo um guarda-costas?

— É. — Tento parecer casual. — Faz sentido agora que sou famosa.

— Você não é *tão* famosa.

— Sou, sim! Você não viu os fotógrafos em frente ao portão?

— Eles vão ficar entediados logo. Sinceramente, Bex, você só vai ser famosa por uns cinco minutos. Eu não desperdiçaria dinheiro com um guarda-costas.

— Cinco minutos? — digo, ofendida. — É isso que você acha? Se você quer saber, me ofereceram um reality show. Vou ser uma marca global. Isso é só o começo.

— Você vai fazer um reality show? — pergunta ela, perplexa. — Luke concordou com isso?

— Ele... bem, está sob discussão — respondo, desviando do assunto.

— Luke sabe sobre o guarda-costas?

— Ele não precisa saber! — Estou ficando cada vez mais irritada. Na CAA, tudo pareceu tão incrível e empolgante, e agora Suze está estragando tudo. — *Eu sou* a celebridade, não o Luke.

— Você não é celebridade — diz Suze com deboche.

— Sou, sim!

— Não de verdade. Não como Sage.

— Sou, sim! — digo, furiosa. — Todos disseram que eu era na CAA. Até Sage disse. E preciso de um guarda-costas. Na verdade, vou resolver isso agora mesmo.

Saio da cozinha cheia de indignação. Vou mostrar para Suze. Vou ligar para a assistente de Aran e pegar o nome da melhor empresa de segurança de Hollywood e contratar um guarda-costas. Não ligo para o que ela pensa.

De: Blake@firstmovesolucoesdeseguranca.com
Para: Brandon, Rebecca
Assunto: Seus pedidos de segurança

Prezada Rebecca,

Foi bom conversar com você mais cedo, e anexo aqui um link para nosso livreto on-line de produtos e serviços. Tenho certeza de que poderemos oferecer a variedade de soluções de segurança de que você vai precisar em sua nova posição de destaque, seja na forma de pessoal ou de equipamentos de segurança/vigilância para sua casa. Quanto ao DF 4000 Deluxe escâner corporal de raios X sobre o qual falamos, tenha certeza de que eu nunca soube de um caso de um marido "usando isso para rastrear pacotes de compras escóndidos no corpo da mulher".

Aguardo seu contato para poder satisfazer suas necessidades de segurança.

Atenciosamente,

Blake Wilson
Vice-presidente de soluções de segurança

DEZESSEIS

Está tudo bem. Está tudo ótimo. Vamos nos acostumar com isso.

Tenho certeza de que no começo todas as famílias acham complicado ter um guarda-costas.

Só precisei de 24 horas para arrumar uma equipe de segurança. A empresa não poderia ter sido mais solícita, e todos compreenderam *perfeitamente* que eu preciso de proteção adicional, agora que estou na mira do público. Depois de discutirmos um pouco, decidimos que eu talvez não precisasse de um esquadrão armado 24 horas, mas poderia começar com o que eles chamam de "proteção de nível médio". Minha equipe começou a trabalhar esta manhã e tem sido fantástica até agora. Tem Jeff e Mitchell, os dois usando ternos escuros e óculos de sol. E tem Echo, o pastor alemão, que foi treinado na Rússia, ao que parece. Tivemos uma breve reunião para discutir minhas exigências e falamos sobre meu itinerário do dia. Agora, Mitchell está andando pela casa com Echo para verificar a "segurança atual do local", enquanto Jeff fica sentado na cozinha para oferecer "reforço da integridade pessoal".

O único problema é que é meio estranho ficar com Jeff na cozinha durante o café da manhã. Ele só fica ali sentado no canto olhando para todo mundo sem dar um sorriso e murmurando coisas no ponto eletrônico. Mas, agora que somos uma família famosa, vamos ter que nos acostumar com isso.

Ainda não tive notícia de papai, exceto uma mensagem que ele mandou para mamãe ontem no fim do dia, dizendo:

Pousei bem em LA. Tenho que cuidar de umas coisas. Lembre-se de molhar as plantas. Graham. Bjs

Lembre-se de molhar as plantas. Sinceramente! Mamãe quase teve um ataque. Já falei com ela ao telefone hoje e tenho muitos recados para dar a papai se encontrá-lo. (A maioria resultaria em divórcio imediato, então acho que eu talvez vá me esquecer desses.) Só espero que ele esteja bem. Sei que é um homem adulto, mas não consigo deixar de me preocupar. De que "coisas" ele precisa cuidar? Por que não contou para mamãe? Qual é o grande segredo?

Sirvo café numa xícara e ofereço o bule para Tarquin, mas ele não repara. Está mastigando um pedaço de torrada e ouvindo o iPod, sua maior novidade. Ele diz que precisa começar o dia com uma hora de meditação guiada, e isso deixa Suze louca.

— Tarkie! — Ela o cutuca. — Eu disse que talvez vá me encontrar com meu agente hoje à tarde. Você pode pegar as crianças?

Tarkie olha para ela com expressão vazia e dá outra mordida na torrada. Ele está tão diferente nesses últimos dias. Está bronzeado, o cabelo está bem curto (Suze também odiou isso) e está usando uma camiseta cinza com um logo de sol. Já vi na lojinha do Golden Peace. Tem um curso especial chamado "Vire-se para o Sol" e muita mercadoria relacionada a ele, só que não sei do que se trata porque nunca fiz.

Tenho que dizer que estou um *pouco* menos envolvida com o Golden Peace do que antes. Acho que superei. É um processo natural: você obtém tudo que pode de um lugar e depois segue em frente. Estou totalmente curada das compras agora, então qual é o sentido de voltar? (Além do mais, existe a lojinha on-line, então, se eu precisar de alguma coisa, é só ligar o computador.)

— Tarkie!

Suze arranca um fone do ouvido de Tarkie e ele se encolhe de irritação.

— Suze, eu preciso me concentrar — diz ele, e empurra a cadeira, fazendo bastante barulho.

— Não precisa! O que essa coisa diz, afinal? "Pare de escutar sua mulher"? "Pare de lidar com o mundo real"?

Tarkie olha para ela, irritado.

— É uma meditação sob medida gravada por Bryce. Ele diz que minha psique está maltratada pelo mundo e que preciso me recolher.

— Eu vou *acabar* com o Bryce — murmura Suze.

— Por que você é tão negativa? — Tarkie põe as mãos na cabeça. — Suze, você é venenosa. Estou finalmente me entendendo, e você precisa... precisa... me *sabotar*.

— Eu não estou sabotando você! — grita Suze. — E não ouse me chamar de venenosa! Quem foi que trouxe você pra Los Angeles? Quem disse que você precisava de um descanso? Eu!

Percebo que Tarkie não está prestando atenção nela. Está concentrado em um canto isolado da cozinha, respirando fundo.

— Tarkie? — Suze balança a mão na frente do rosto dele. — Tar-*quin*.

— Bryce disse que isso iria acontecer — diz ele, como se para si mesmo. — As pessoas fora do método têm medo dele.

— Que método? — pergunta Suze.

— Você precisa se desnudar pra se construir novamente — diz Tarquin, como se o simples fato de ter que explicar fosse doloroso. — Precisa se desnudar em todos os níveis. Você sabe quantos níveis nós temos? — Ele se vira para Suze. — Percebe quanto trabalho ainda tenho pela frente?

— Você já trabalhou o suficiente — responde Suze, de forma agressiva.

— Não trabalhei, não! Você está me obstruindo! — Ele olha ao redor da cozinha. — Vocês *todos* estão me obstruindo!

Ele recoloca o fone no ouvido, se vira e sai da cozinha.

Estou boquiaberta, chocada. Nunca vi Tarkie agindo de modo tão antagônico. Ele estava praticamente rosnando com Suze. De alguma forma, é ótimo, porque há muito tempo acho que ele vem sendo tímido demais. Por outro lado, Suze parece querer matá-lo. Não, correção: ela agora parece querer me matar.

Ela se vira para mim.

— Isso é tudo culpa sua.

— Culpa *minha*?

— Você o apresentou àquele lugar! Você o apresentou a Bryce! Agora ele está me chamando de "venenosa"! A própria mulher! Ele não quer falar comigo, não quer me ouvir, só fica pra lá e pra cá com aquele maldito iPod, Deus sabe o que aquilo está dizendo pra ele...

— Deve só estar dizendo coisas positivas e úteis — falo, na defensiva. — Fui a um zilhão de aulas no Golden Peace e estou bem.

— Você não é vulnerável como Tarkie! — corta Suze. — Sinceramente, Bex, eu seria capaz de matar você!

Imediatamente, Jeff fica de pé.

— Estamos tendo algum problema aqui?

Ele avança para Suze enquanto leva a mão ao negócio no coldre. (Não é uma arma. É um cassetete.)

Suze olha para ele sem acreditar.

— Você está me *ameaçando*? Bex, isso é sério?

— Só estou verificando se não temos nenhum problema, senhora — diz Jeff de forma implacável. — Rebecca, você está bem?

— Estou, obrigada — respondo, constrangida. — Está tudo bem, Jeff.

Quando ele volta a se sentar, Ernie, Clementine e Wilfie entram correndo na cozinha. Eles adoram a nova equipe de guarda-costas. Ficaram seguindo Mitchell pelo jardim e agora pararam na frente de Jeff. Ernest está na frente e Clementine está meio para trás, com o polegar na boca.

— Onde está seu cachorro? — pergunta Wilfie para Jeff.

— Jeff não tem cachorro — explico.

— A Sarabande da escola tem guarda-costas o tempo todo — diz Ernest com ar de importância. — O pai dela é bilionário. O guarda-costas se chama Tyrell e sabe fazer mágica.

— Bem — diz Suze, séria. — Sorte de Sarabande.

— Se as pessoas atacam você, o guarda-costas protege — acrescenta Ernie com sabedoria. — Socorro! Jeff! — Ele põe a mão no pescoço. — Estou sendo atacado por alienígenas! Socorro!

— Socorro! — grita Wilfie. Ele se joga no chão e começa a se contorcer. — Uma cobra está me comendo! Me salve, Jeff! — Ele vira os olhos agonizantes para Jeff. — Jeff! Minhas pernas já eram!

— Parem, garotos — diz Suze, rindo. — Wilfie, levante.

Jeff não moveu um músculo. Está incrivelmente sério. Agora Wilfie se levanta e o observa com atenção.

— Você tem poderes especiais? — pergunta ele. — Pode ficar invisível?

— É claro que ele não pode ficar invisível — diz Ernie com desprezo na voz. — Ele sabe lutar kung fu. Ra-iá! — Ele dá um grito agudo e faz movimentos de kung fu pela cozinha.

— Posso sentar no seu colo? — pergunta Clementine, cutucando a perna de Jeff. — Você pode me contar uma história? Por que você tem bigode? Parece uma lacraia.

— Clemmie, quer suco de laranja? — pergunto rapidamente. — Venha se sentar à mesa.

Estou prestes a servir um copo para ela quando Jeff fica de pé. Antes que eu perceba o que está acontecendo, ele está na porta da cozinha, bloqueando a passagem e murmurando com urgência no microfone.

— Senhor, posso verificar sua identidade? — diz ele. — Senhor, pode ficar aí?

— Sou o Luke Brandon. — Ouço Luke dizer com irritação do lado de fora da cozinha. — Sou o dono da casa. Essa é minha filha, Minnie.

— Seu nome não está na minha lista, senhor. Você pode dar um passo para o lado?

— Está tudo bem! — respondo, apressadamente. — Ele é meu marido!

— Rebecca, ele não está na lista. — Jeff me lança um olhar de reprovação. — Precisamos que todos estejam na lista.

— Me desculpe! Achei que ele não precisasse disso.

— Quando se trata de segurança pessoal, não há ninguém que não precise disso — explica Jeff com severidade. — Tudo bem, senhor, pode se aproximar.

— Você não me colocou na lista? — Luke entra na cozinha de mãos dadas com Minnie, com os olhos arregalados de descrença. — Você não *me* colocou na lista?

— Eu pretendia! Quer dizer... achei que não precisava.

— Becky, isso é ridículo. *Dois* guarda-costas?

— Sage recomendou — digo, com ar desafiador. — Ela disse que cuidado nunca é demais.

— Au-au! — Minnie aponta, animada, para a janela, por onde Mitchell está passando com Echo, falando desesperadamente ao microfone. — Ver au-au!

— Você não vai chegar perto daquele au-au — diz Luke com firmeza. — Becky, aquele cachorro vai atacar a Minnie.

— Ele não vai morder. Está tudo sob controle. Foi treinado na Rússia — acrescento, orgulhosa.

— Não me importa onde ele foi treinado! Ele é um cão de guarda!

O interfone toca, e Jeff fica tenso na mesma hora.

— Eu cuido disso. — Ele murmura no microfone do fone de ouvido: — Mitch, está me ouvindo? Proteja a Área A para chegada de entrega. Repetindo, proteja a Área A.

Quando Jeff sai da cozinha, Luke e Suze trocam olhares.

— Não podemos viver assim. — Luke serve um café. — Becky, por quanto tempo você contratou esses palhaços?

— Não os chame de palhaços! E eu os contratei por uma semana.

— Uma *semana*?

— Pacote pra você.

Jeff volta para a cozinha carregando uma caixa, na qual se lia na lateral: *First Move Soluções de Segurança*.

— Soluções de Segurança? — Luke olha para a caixa. — O que é isso?

— São... eh... umas coisas que eu comprei.

— Ah, Cristo. — Ele fecha os olhos. — O que você fez agora?

— Não precisa falar assim! Foi recomendado pelos especialistas! — Pego uma faca e abro a parte de cima da caixa. — Disseram que eu deveria considerar investir em segurança adicional pra minha família. Então, comprei...

Hesito ao olhar na caixa, perdendo um pouco a coragem. Tudo parece um pouco mais *militar* do que eu esperava.

— O quê? — pergunta Luke. — O que você comprou?

— Armadura corporal. — Tento parecer casual. — Só por precaução. Várias celebridades usam.

— Armadura corporal? — A voz de Luke aumenta com incredulidade. — Você está falando de coletes à prova de balas?

— Coletes à prova de balas? — Suze cospe o chá. — Bex, você *não fez isso!*

— Este é pra você.

Pego o modelo Pantera cinza claro, que achei que ficaria bem em Suze.

— Não vou usar um colete à prova de balas! — diz ela, horrorizada. — Tire isso de perto de mim!

— Quanto custou isso tudo?

Luke está segurando o modelo Leopardo, verde-musgo, entre o indicador e o polegar.

— Não importa quanto custou — digo na defensiva. — Quem pode estimar o preço da segurança das pessoas amadas? De qualquer modo, foi uma oferta especial. Compre quatro peças e ganhe uma arma de eletrochoque.

— *Arma de eletrochoque?* — Luke recua.

— Toda família deveria ter uma arma de eletrochoque — respondo, com mais confiança do que sinto.

— Você ficou louca. — Luke se vira para Suze. — Ela está louca.

— Luke, não sou mais uma pessoa qualquer! — exclamo. — A vida mudou! Você não entende isso?

Sinto uma frustração tão grande... Por que eles não entendem? Sage entende, e o homem da empresa de segurança entendeu perfeitamente. Na verdade, ele achava que eu também devia comprar um portal com leitor de raios X e mudar todas as nossas fechaduras para "hardware de pânico".

— Becky, minha querida — diz Luke com gentileza —, você está totalmente iludida se acha...

Ele para de falar quando ouvimos latidos frenéticos lá fora. No minuto seguinte, Jeff fica de pé, atento ao fone de ouvido.

— Fique onde está — avisa ele para mim de forma rude. — Temos um problema. — Quando ele sai correndo da cozinha, ouço-o dando uma ordem. — Descreva o invasor.

Problema? *Invasor?* Meu coração pula de medo.

Bem, para ser sincera, metade de medo e metade de triunfo.

— Está vendo? — digo para Luke. — Está *vendo?* Minnie, querida, venha aqui. — Eu a puxo de forma protetora para perto de mim com a voz tremendo. Ela olha para mim com olhos enormes e questionadores, e eu acaricio a testa dela. — Crianças, fiquem longe das janelas. Vamos ficar bem. — Tento parecer corajosa e positiva. — Vamos manter a calma e cantar "My Favourite Things".

Precisamos de um quarto do pânico. É *isso* que as celebridades têm. E talvez mais cachorros.

— É um ladrão? — Clemmie começa a chorar.

— Vou lutar com ele — diz Ernest com ousadia. — Ra-iá!

— Luke — chamo baixinho —, pegue a arma de eletrochoque na caixa.

— Você ficou maluca? — Luke revira os olhos.

Ele pega uma torrada na torradeira e espalha manteiga com calma, depois dá uma mordida nela. Fico olhando, indignada, sem acreditar. Ele não tem coração? Não se importa com a nossa segurança?

— Solte! — Uma voz de homem grita lá de fora. Ah, meu Deus, é o invasor. — Chame o cachorro de volta! Chame de volta!

— Identifique-se!

A voz de Mitchell explode no ar, e Echo late mais alto do que nunca. Não consigo evitar uma sensação de pavor e euforia, tudo ao mesmo tempo. Parece cena de filme!

— O ladrão está aqui!

Clementine começa a chorar, e, numa fração de segundo, Minnie se junta a ela.

— Pelo amor de Deus! — diz Suze, e olha com raiva para mim. — Está feliz agora?

— Não *me* culpe!

— Ele vai pegar a gente! — chora Clementine. — Está chegando!

Ouço passos no corredor e gritos masculinos, depois um baque e uma exclamação furiosa de um homem, que de repente parece exatamente com...

Espere um minuto. Ele não é...

— *Papai?* — grito, sem acreditar, quando Jeff e Mitchell aparecem na porta da cozinha segurando meu pai como se fossem policiais em um filme e ele fosse o vice-presidente traidor que foi encontrado tentando fugir pela janela.

— Becky!

— Esse é meu *pai*!

— Vovô!

— Encontramos esse suspeito à espreita na entrada...

— Eu não estava à espreita...

— Soltem ele!

Estamos todos falando ao mesmo tempo, e o pobre Wilfie cobriu os ouvidos com as mãos.

— Soltem-no! — grito de novo. — Ele é meu pai!

Com relutância, Mitchell solta o braço de papai, que estava torcido, preso às costas dele. Sinceramente. Como eles puderam achar que papai era um invasor? Não existe ninguém com ar menos suspeito do que meu pai. Ele está usando uma calça fina, um blazer e um chapéu panamá, e parece pronto para jogar uma partida de críquete.

— Como está minha Minnie? — pergunta ele com prazer quando Minnie se joga nele. — Como está minha queridinha?

— Pai, o que está acontecendo? Por que você está aqui? Mamãe está tão preocupada!

— Tem certeza de que é o seu pai? — pergunta Mitchell, desconfiado.

— É claro que tenho!

— Bem, ele não está na lista. — Jeff me lança um olhar de reprovação de novo. — Rebecca, precisamos de informações detalhadas para poder trabalhar de forma eficiente.

— Eu não sabia que ele vinha!

— Então como ele chegou à entrada? Como passou pelo portão? — Jeff ainda está olhando desconfiado para o meu pai.

— O código é o mesmo da garagem lá de casa — diz papai todo feliz. — Pensei em tentar e deu certo.

— Eu sempre uso o mesmo código — explico para Jeff. — É minha senha do cartão também. E da minha mãe. Assim, podemos tirar dinheiro uma para a outra. É bem prático.

— Você usa a mesma senha pra *tudo*? — Jeff parece perplexo. — Sua mãe usa a mesma também? Rebecca, nós já *conversamos* sobre segurança de senhas.

— Ah, é — digo com culpa na voz. — Tudo bem, vou mudar. Uma delas. Todas.

(Não vou mudar nada. Quatro números já são bem difíceis de lembrar.)

— Bem-vindo, Graham. — Luke aperta a mão de papai. — Quer tomar café? Vai ficar com a gente, claro.

— Se não houver problema.

— Pai, onde você *estava*? — Quero saber, estou impaciente. — O que está *acontecendo*? Por que você está em Los Angeles?

Todos na cozinha ficam em silêncio. Até Jeff e Mitchell parecem interessados.

Papai abre um sorriso discreto.

— Tenho umas coisas pra resolver. Só isso. Passei a noite de ontem em um hotel e aqui estou eu.

— É Brent Lewis, não é? Pai, qual é o mistério?

— Não tem mistério. Apenas... — Ele hesita. — Preciso consertar uma coisa. Posso fazer um chá? — Ele estica a mão para a chaleira e espia com expressão intrigada. — Isso vai ao fogo?

— É assim que fazem nos Estados Unidos — explico. — Eles não estão acostumados com chaleiras elétricas. Mas, pensando bem, também não têm muita intimidade com chás. Deixe que eu faço.

Encho a chaleira de água, coloco-a no fogão e mando uma mensagem para minha mãe: Ele está aqui!!!

Papai se sentou à mesa, com Minnie no colo, e está brincando de Dona Aranha com ela. Em pouco tempo, as outras crianças se reúnem em volta, e ele nem percebe que mandei a mensagem. Um minuto ou dois depois, meu celular toca. Mamãe.

— Onde ele está? — pergunta ela, histérica. — O que está fazendo? Ele sabe o quanto estou preocupada?

— Tenho certeza de que sabe — digo apressadamente. — Tenho certeza de que lamenta muito. Ele vai ter uma ótima explicação pra isso. Sei que vai.

Papai levanta o rosto com a expressão vazia, e faço gestos vigorosos que deveriam querer dizer: "É a mamãe!"

— Bem, coloque-o no telefone!

— Eh, pai — digo. — É a mamãe. Ela quer falar com você.

Estico a mão com cuidado e dou um passo para trás.

— Jane — diz papai ao pegar o telefone. — Calma, Jane. Jane, escute. Jane.

Consigo ouvir a voz metálica de mamãe saindo do telefone em um fluxo constante e agudo. Papai não consegue falar nada.

Suze levanta as sobrancelhas para mim e eu dou de ombros, impotente. Nunca me senti tão perdida.

— Não precisa se preocupar — diz papai. — Já falei, é só uma questão entre dois velhos amigos. — Ele coloca água fervente no bule de chá. — Não, não vou voltar pra casa no próximo voo! Eu tenho que fazer isso. — Ele parece decidido.

Olho desconfiada para Luke, que também dá de ombros. Isso está me deixando louca.

— Ela quer falar com você, querida — diz papai, me devolvendo o celular. Ele parece inabalado pela falação da minha mãe.

— Por que ele não me conta o que foi fazer aí? — A voz de mamãe faz doer meu ouvido. — Ele só fala que tem "uma coisa pra resolver" com aquele Brent Lewis. Coloquei o nome dele no Google. Não consegui descobrir nada. Você disse que ele mora em um trailer. Você o conheceu?

— Não.

Eu olho para papai, que está tomando chá.

— Bem, fique de olho no seu pai.

— Pode deixar.

— E vou aí assim que conseguir resolver as coisas. *Vai ser* na mesma época do bazar da igreja. — Mamãe dá um suspiro alto. — Eu preferia as aulas de violão. Pelo menos, eram na garagem.

Quando desligo o celular, me viro para papai e vejo que ele está olhando para o meu colar com uma expressão pesarosa. É o Alexis Bittar, o que me deu com o dinheiro do bônus.

— Adoro esse colar — digo, tocando-o. — Uso sempre.

— É mesmo, querida? Que bom.

Ele sorri para mim, mas tem alguma coisa errada no sorriso dele. Tenho vontade de gritar. O que está *acontecendo*?

Ele termina o chá e se levanta.

— Tenho que ir.

— Mas você acabou de chegar! Pra onde vai? Ao trailer de Brent? Você ligou pra irmã dele?

— Becky, é coisa minha. — Ele soa decidido. — Volto mais tarde.

Ninguém diz nada até ele sair da cozinha, e então todo mundo começa a falar ao mesmo tempo.

— O que ele está *fazendo*? — Eu quase berro de frustração.

— Como ele disse — comenta Luke —, é coisa dele. Por que você não deixa que ele resolva? Venha, boneca — fala para Minnie. — Dentes. Venha, pessoal — acrescenta para os Cleath-Stuarts. — Todos podem escovar os dentes também.

— Obrigada, Luke — diz Suze com gratidão.

Quando as crianças saem da cozinha com Luke, Suze dá um suspiro profundo. Ela está olhando pela janela, e vejo a testa franzida de um jeito que não estava antes.

— Você está bem?

— Estou cansada de Los Angeles — diz ela. — Não é bom pra nós.

Olho para ela, atônita.

— É, sim! Olhe pra vocês! Você está trabalhando como figurante, e Tarquin é VIP, e vocês estão todos magros e bronzeados e...

— Não é bom pra nós como *família*. — Ela me interrompe. — Na Inglaterra, sim, tínhamos muitas dores de cabeça, mas lidávamos com elas juntos. Sinto que estou perdendo Tarkie. — A voz dela falha de repente. — Bex, eu nem o conheço mais.

Para o meu horror, os olhos dela se enchem de lágrimas.

— Suze! — Corro até ela e a abraço. — Você não deve se preocupar! Ele só está se divertindo. Está se encontrando.

— Mas ele não fala comigo! Ele olha pra mim como se eu fosse inimiga! — Suze dá um suspiro trêmulo. — Bex, quando as crianças estiverem na escola, você quer dar uma caminhada e bater um papo? Poderíamos ir até o Runyon Canyon, talvez almoçar...

— Suze, eu iria — digo com pesar —, mas tenho que sair pra comprar a roupa da Sage.

Uma expressão estranha aparece no rosto de Suze.

— Certo. — Ela expira. — É claro. Você tem que ir fazer compras.

— Não são compras pra *mim*! — explico, magoada. — Tenho meu quadro na TV que vai estrear! Preciso encontrar peças pra Sage! Tenho que ir a lojas vintage e fazer contatos! É um trabalho enorme. Suze, é minha grande chance. É *agora*!

— É claro que é — diz ela em um tom que não consigo interpretar.
— Outra hora?
— Outra hora.

Ela assente e se levanta da mesa.

Fico sozinha na cozinha com Jeff e olho para ele. Ele está sentado em silêncio, olhando para a frente de forma implacável, mas mesmo assim me sinto julgada.

— Eu tenho *mesmo* que ir fazer compras — digo na defensiva. — É minha grande chance de ser produtora de moda em Hollywood.

Jeff não diz nada. Mas sei que está me julgando. Todos estão.

Ser famosa é assim. Sua família não entende. Ninguém entende. Não é surpresa dizerem que a vida de quem está no topo é solitária.

O lado positivo é que fazer compras para uma estrela de cinema é o jeito *perfeito* de fazer compras. Eu só queria ter conhecido uma estrela de cinema antes.

Tem uma loja vintage incrível na Melrose Avenue, e a dona, Marnie, está totalmente em sintonia comigo. No meio da manhã, fiz as compras mais rápidas e eficientes da minha vida. Comprei três bolsas *clutch* novas, duas estolas e uma tiara de zircônia vintage. Estou com três casacos de festa reservados, cinco vestidos e uma capa incrível de veludo, que, se Sage não quiser, vou ficar com ela.

Também comprei umas coisinhas para mim; só um vestido de festa de paetês e alguns pares de sapatos, porque vou precisar por causa do meu novo estilo de vida. Até usei meu caderno do Golden Peace, só para ter certeza de que não estava comprando de forma não saudável. Em resposta à pergunta "Por que estou comprando?", escrevi: "Porque agora sou produtora de moda das estrelas." Não dá para ignorar isso.

Quando saio da loja, o SUV com vidros escuros está esperando, encostado no meio-fio. Mitchell está alerta, com os óculos brilhando ao sol, e Jeff me acompanha até a porta do carro. Percebo algumas pessoas me olhando com curiosidade, e levanto a mão para proteger o rosto, como uma celebridade top.

Quando entro no carro cheia de sacolas, estou eufórica. Minha carreira está indo no caminho certo! Minha única preocupaçãozinha é que meu quadro no *Breakfast Show USA* estreia amanhã e eu *ainda* não fui comunicada sobre o tipo de consultoria que eles querem. Como posso preparar um programa sobre moda se não tenho instruções? Já deixei um zilhão de mensagens para Aran sobre isso, mas decidi tentar mais uma vez de qualquer jeito. E ele atende.

— Ah, oi, Aran. Escute, você teve retorno do *Breakfast Show USA* sobre que tipos de roupas devo preparar? Porque é amanhã! Preciso separar algumas peças!

— Ah! — Aran ri. — Foi mal. Sim, eu pretendia falar com você. Disseram para não se preocupar com as roupas. Eles cuidam disso. Seu trabalho é só ir ao programa falar.

Não me preocupar com as roupas? Olho para o celular sem entender. Como posso não me preocupar com as roupas se sou a produtora de moda?

— Mas como vai ser isso? Como vou me preparar?

— Becky, você vai ser ótima — diz Aran. — Você pode comentar sobre as roupas, falar de forma mais geral, demonstrar sua personalidade.

— Ah... Tudo bem, então. Obrigada.

Desligo ainda intrigada. Isso é muito estranho. Mas talvez nos Estados Unidos as coisas sejam diferentes. Na verdade, acho que devo pesquisar um pouco. Ligo a TV para ver se tem algum programa de moda a que eu possa assistir e vou mudando de canal até uma imagem me fazer parar. Por um momento, não consigo nem entender o que estou vendo.

É uma imagem granulada da casa de Lois no escuro. Tem uma ambulância com a sirene ligada na entrada e paramédicos empurrando a maca e a manchete NOTÍCIA URGENTE: *Lois tenta suicídio?*

Suicídio?

Tentativa de *suicídio*?

Ah, meu Deus. Ah, meu Deus. Ah, meu Deus...

Com o coração disparado, aumento o volume e me inclino para a frente, ansiosa para ouvir a narração.

— Alguns relatos não confirmados indicam que Lois Kellerton foi levada para o hospital ontem à noite pelo que alguém descreveu como "um ato desesperado de uma estrela desesperada". Vamos agora com a nossa repórter, Faye Ireland.

A imagem muda para uma repórter falando seriamente ao microfone, em frente a um local que reconheço ser a casa de Lois.

— Vizinhos confirmam que por volta da meia-noite de ontem uma ambulância foi chamada à casa, e uma testemunha viu Lois Kellerton ser colocada de maca no veículo. Em algum momento no começo da madrugada, ela teria voltado para casa e não foi vista desde então. — A tela mostra uma imagem borrada tirada com teleobjetiva de uma garota coberta por um lençol sendo levada para dentro de casa. — Amigos se dizem preocupados com o estado mental da premiada atriz desde sua aparente revelação de cleptomania. — A imagem muda para a já familiar cena de Lois no ASA, com a expressão chocada, no palco. — O porta-voz da Srta. Kellerton se recusou a comentar os últimos eventos. De volta ao estúdio.

— E, agora, os esportes... — diz uma mulher de vestido roxo, e eu desligo.

Estou tremendo. Nunca em um milhão de anos achei que isso fosse acontecer. Nunca imaginei... nunca esperei...

Não é culpa *minha*.

Não é. Não de verdade.

É?

No calor do momento, ligo para o número de Sage. Dentre todas as pessoas, ela deve saber como eu me sinto. Na verdade, deve estar se sentindo pior ainda.

— Sage — digo quando ela atende. — Viu a notícia sobre Lois?

— Ah... — Ela não parece preocupada. — Isso.

— Sage, nós fizemos aquilo com ela! — Minha voz está trêmula. — Não consigo acreditar que foi tão longe. Você foi visitá-la ou ligou pra ela?

— Visitar aquela maníaca? — retorque Sage. — Você só pode estar brincando!

— Mas não deveríamos fazer alguma coisa? Como... Não sei. Pedir desculpas?

— Não — diz Sage secamente. — Não vou fazer isso.

— Simplesmente "não"?

— Isso é problema dela, Becky. Ela vai resolver. Tenho que ir.

E desliga.

Sage parece segura de si. Mas não consigo me sentir assim. Dúvidas me rondam como insetos. Não consigo suportar. Quero fazer alguma coisa. Preciso fazer alguma coisa. Consertar isso.

Mas como posso consertar isso?

No esforço para pensar, fecho os olhos, mas logo que os abro pego o celular. Ainda tenho o número de April Tremont, e ela atende no segundo toque.

— Rebecca!

Ela não parece feliz em receber uma ligação minha.

— Ah, oi, April — digo, nervosa. — Desculpe incomodar. É que acabei de ver a notícia sobre Lois. Me sinto péssima quanto a tudo que aconteceu e gostaria muito de pedir desculpas pra ela e tentar consertar isso. Talvez ajudar. Ou qualquer coisa... — Paro de falar, minha voz está fraca.

— *Ajudar*? — A voz de April é tão sarcástica que eu me encolho. — Você já ajudou o suficiente, não acha?

— Sei que vocês são amigas — insisto com humildade. — Você deve me achar uma pessoa horrível. Eu não fazia ideia de que isso ia acabar assim, eu não queria que ela fosse exposta. E será que você pode me ajudar a vê-la, talvez? Para eu pedir desculpas?

— Lois não está falando com ninguém — diz April secamente. — Já liguei um milhão de vezes, mas ela não atende. E, mesmo que atendesse, você é a última pessoa que eu levaria para vê-la. Sim, ela precisa de ajuda. E já tem muito tempo que ela precisa de ajuda, se você quer saber. Mas não de aproveitadoras oportunistas como você.

— Eu não sou uma aproveitadora oportunista! — respondo, horrorizada.

— Não me diga que não está se dando bem com tudo isso — corta April, e desliga o telefone.

Fico olhando para o celular com as bochechas quentes, sentindo como se tivesse levado um tapa. Quando levanto o olhar, vejo o pescoço grosso de Jeff à minha frente e sinto uma nova pontada de vergonha. Aqui estou eu, andando em um carrão com guarda-costas e sacolas de compras, com a carreira transformada. E lá está Lois, sendo levada às pressas ao hospital.

Jeff não falou nem uma palavra esse tempo todo, mas sei que está ouvindo. E me julgando de novo. Consigo ver pelos músculos no pescoço dele.

— Eu não sou oportunista — digo na defensiva. — Poderia ter vendido a história semanas atrás, não é? Mas não fiz isso. Não é minha culpa Sage ter aberto o bico. E eu sempre quis ser consultora de moda em Hollywood. Alguém pode me culpar por aproveitar a oportunidade? Não quer dizer que eu seja oportunista.

Mais uma vez, Jeff fica em silêncio. Mas sei o que ele está pensando.

— Bem, o que eu *posso* fazer agora? — digo, quase com raiva. — Se April não me levar para ver Lois, é impossível fazer alguma coisa! Não posso pedir desculpas nem ajudar, nem nada. Eu nem sei onde ela...

Paro de falar. De repente me lembro de uma coisa que April falou quando estávamos no trailer dela. *Nós duas moramos na Doheny Road desde sempre.*

— Mitchell — digo, me inclinando para a frente. — Mudança de planos. Quero ir à Doheny Road.

Demoramos uns trinta minutos para chegar a Doheny Road, e, assim que chegamos, fica óbvio qual casa é a de Lois. Há jornalistas acampados em frente ao portão e andando pela rua, e vejo duas pessoas sendo entrevistadas. Estacionamos numa vaga mais afastada da casa, em frente a uma mansão que parece um templo grego.

— Fique no carro, Rebecca — diz Mitchell. — Precisamos sondar a área.

— Tudo bem.

Tento parecer paciente quando eles fecham as portas do carro e seguem na direção da casa de Lois, chamando atenção com os ternos escuros. Toda essa "sondagem" e "segurança" está começando a me dar nos nervos. Quando deixa de ser novidade, ter um guarda-costas é um saco.

Tenho que esperar uma eternidade enquanto eles andam por toda a área. Quando voltam para o carro, os rostos estão ainda mais carrancudos do que o habitual.

— A casa está desguarnecida pela presença pesada da imprensa — diz Mitchell. — Prevemos uma situação de alto risco. Recomendamos que você não prossiga.

— Você quer dizer pra eu não entrar na casa? — pergunto, só para esclarecer.

— Recomendamos que você não prossiga — diz Mitchell, assentindo. — Nesse momento.

— Mas eu quero prosseguir.

— Bem, nós recomendamos que você não faça isso.

Olho de Jeff para Mitchell. Eles estão sérios, com rostos idênticos e os óculos escuros escondendo qualquer expressão que possam ter (mas que não deve existir, na verdade).

— Eu vou prosseguir — digo, em tom desafiador —, tá? Preciso ver Lois Kellerton. Não vou conseguir viver assim se ao menos não tentar.

— Rebecca — diz Mitchell, num tom sério. — Se você se aproximar da frente da casa, não poderemos garantir sua segurança.

— É uma situação complicada — reforça Jeff.

Olho por cima dos ombros deles, para a multidão de jornalistas. É uma pequena multidão. Eles talvez tenham razão.

— Bem, então vou ter que pular o muro dos fundos. Um de vocês pode me ajudar?

Jeff e Mitchell trocam olhares.

★ 309 ★

— Rebecca — diz Jeff. — Pelos termos do nosso contrato, não temos permissão de ajudar você, a cliente, em qualquer empreitada que possa ser classificada como violação da lei.

— Vocês são tão *certinhos!* — digo, frustrada. — Não ficam de saco cheio de passar o tempo todo dirigindo, vestindo ternos escuros e fingindo que tudo é sério? Ah, tudo bem, eu vou sozinha. E, quando for presa, vou dizer: "Mitchell e Jeff não tiveram nada a ver com isso, policial." Felizes?

Pego a bolsa, saio do carro e sigo na direção da casa de Lois, com os saltos fazendo barulhos pela rua.

— Rebecca, espere. — A voz de Jeff soa atrás de mim.

— O que foi agora? — Eu me viro. — Eu sei, você acha que eu não deveria prosseguir. Você é pior do que o maldito GPS.

— Não é isso.

— O que é então?

Ele hesita e diz em voz baixa:

— Tem um atalho na cerca perto da casa da piscina. O circuito interno de TV não chega até lá. Tente ir por ali.

— Obrigada, Jeff!

Dou um sorriso largo para ele e jogo um beijo.

A casa de Lois é tão grande que levo um século para encontrar a parte dos fundos. Sigo por uma rua lateral, fico cada vez mais nervosa. Nunca conheci um suicida. Não *de verdade*. Eu não deveria ter algum tipo de treinamento? Mas agora é tarde demais. Vou ter que ser muito gentil. Otimista e positiva. E pesarosa, obviamente.

E se ela me culpar por tudo?

Sinto uma pontada de desconforto. Eu quero muito, muito que Lois entenda que não contei para ninguém. Certo, eu falei para Sage, mas *pedi que ela guardasse segredo*.

Mas e se Lois não entender? E se gritar comigo? E se pegar uma faca e disser que vai se matar bem ali, na minha frente, e se eu pular em cima dela para salvá-la mas for tarde demais? Ai, meu Deus...

Com uma sensaçãozinha de enjoo por causa desses pensamentos horríveis, eu me obrigo a seguir em frente. Finalmente chego a uma cerca com 2,5 metros de altura, com o que deve ser a casa da piscina do outro lado. Não tem como eu pular sozinha, mas depois de andar de um lado para o outro algumas vezes, percebo o que Jeff quis dizer. Duas tábuas estão soltas. Eu as empurro para o lado e abro uma passagem. Olho sem acreditar. É para eu passar aí? Que tamanho ele acha que eu visto, menos de 40?

Mas não há outro jeito, então eu me abaixo e começo a me espremer pela passagem. Consigo sentir a madeira arranhando meu pescoço, e meu cabelo fica preso algumas vezes, e, por um momento horrível, eu acho que vou ficar agarrada ali para sempre. Enfim consigo passar. (E simultaneamente quebro mais duas tábuas. Na verdade, eu destruí essa pequena área da cerca. Imagino que Lois vá me processar por isso.)

A casa da piscina é mais ou menos do tamanho da casa dos meus pais em Oxshott. A piscina também é enorme. Tem uma espécie de jardim suspenso ornamental que parece estranho e deslocado, e um gramado e um terraço enorme com sofás e cadeiras e, finalmente, a casa. Que é enorme, nem preciso dizer.

O que faço agora? De repente, lembro que Jeff mencionou um circuito interno de TV, e me ocorre que devo estar sendo filmada agora mesmo. Argh! Preciso ir rápido, antes que os cachorros me alcancem. Corro para a lateral do terreno e sigo cautelosamente na direção da casa. Meu coração está acelerado, e espero ser parada a qualquer momento. Mas acredito que, se ao menos eu conseguir falar com Lois, nem que seja só por um segundo, ela vai saber que eu tentei. Vai saber que eu estava pensando nela.

Ofegante, chego ao terraço e me agacho atrás de um vaso enorme com uma samambaia. A 5 metros ficam as portas de vidro. Estão abertas. Devo simplesmente entrar? E se eu der um susto enorme nela?

Talvez eu devesse só escrever um bilhete. Sim. Bem melhor. Não sei por que não pensei nisso antes. Vou escrever um bilhete e deixar no terraço e depois vou embora, porque aí ela pode ler na hora que quiser. Reviro a bolsa em busca do meu caderno e da caneta, que ando usando para fazer anotações de moda. Arranco uma página com cuidado e escrevo a data no alto.

Querida Lois

Ah, meu Deus. O que escrevo? Como me expresso?

Lamento tanto por tudo que aconteceu. Mas você precisa saber que fiquei tão chocada quanto você quando Sage te expôs. Contei para ela EM SEGREDO.

Sublinho várias vezes as duas últimas palavras, e estou sentada sobre os calcanhares para reler quando uma coisa atrai minha atenção. São óculos de sol em uma cadeira. Óculos Missoni. São cor-de-rosa e verde e cheio de espirais e são idênticos aos que dei para Sage ontem de manhã.

Não podem ser os mesmos. Obviamente, não podem. Mas...

Olho para os óculos de sol, completamente atônita. Uma parte do meu cérebro diz "É coincidência", enquanto outra diz *"Não pode ser coincidência"*. Finalmente, não consigo mais suportar. Preciso ver. Eu me estico e pego os óculos na cadeira, e não há mais dúvida nenhuma. São os que eu comprei. Têm a mesma parte do "M" meio apagadinha e um lascadinho na haste.

O que eles estão *fazendo* aqui? Sage mandou para Lois? Mas por quê? Ela não teria mencionado isso ao telefone mais cedo? E por que ela mandaria óculos de sol para Lois, afinal?

Com a cabeça girando, me esgueiro para colocá-los no lugar... e fico paralisada. Pelo vidro das portas, posso ver a sala de Lois. Ali está ela, sentada em um sofá, rindo. E ao seu lado está Sage, passando uma tigela de nachos para ela.

Meu corpo todo fica paralisado de choque. *Sage?* Na *casa* de Lois? Mas... mas... mas...

Quer dizer...

Isso é...

Eu me inclino tanto para a frente que perco o equilíbrio, e os óculos escuros caem estalando em uma mesa de vidro. Merda. *Merda.*

— Quem está aí? — pergunta Sage com voz aguda e se aproxima das portas de vidro. — Ah, meu Deus, *Becky*?

Olho para ela sem entender, incapaz de responder. É como se o mundo tivesse virado de cabeça para baixo. Alguns minutos atrás, Sage estava me dizendo que nem queria ver Lois. Mas ela devia estar na casa de Lois *na hora que estava falando comigo*. O que está acontecendo? O quê?

— Entre aqui — diz Sage, olhando ao redor. — Não tem ninguém da imprensa atrás de você, tem? O que você fez, pulou a cerca?

— Isso — digo, ficando de pé, ainda atordoada. — Fiz um estrago na cerca. Talvez alguém devesse cuidar disso. Me desculpe — acrescento para Lois, que seguiu Sage até as portas de vidro.

Lois não está o trapo maltratado que eu esperava. Está usando uma calça comprida verde-clara de boca larga e um top preto, e o cabelo está preso em um rabo de cavalo lateral. Ela também está fumando, o que é surpreendente. Lois Kellerton não fuma. Já li isso em revistas um milhão de vezes.

— Você parece muito perturbada!

Sage cai na gargalhada ao fechar a porta de vidro depois que entro. Finalmente, recupero a voz.

— Eu *estou* chocada! O que você esperava?

— Pobre Becky — diz Sage, sendo gentil.

— O que... Quer dizer... — Nem sei por onde começar. — Vocês não...?

— Você achava que nós nos odiávamos, não é? — pergunta Sage.

— Todo mundo pensa que vocês se odeiam! — exclamo. — Todo mundo no mundo!

— Bem, mais ou menos.

Sage dá um empurrãozinho em Lois, cuja boca se curva em um sorrisinho.

— É tudo um jogo — explica ela. — Estamos jogando. Um jogo longo.

— Lois é muito inteligente — diz Sage.

As duas estão assentindo, como se isso explicasse tudo.

— Não entendo — digo, me sentindo mais perdida do que nunca.
— Não mesmo. Vocês têm que me explicar do começo.

— Ah, bem, o *começo*.

Lois me leva até a cozinha, onde uma enorme mesa de carvalho está coberta de laptops, revistas, canecas de café e embalagens de comida de restaurante. Tem até uma caixa de Krispy Kreme, o que me faz olhar de novo. Achei que Lois odiasse açúcar refinado.

— O começo foi quando tínhamos... o que, 10 anos?

— Nós duas participávamos de *Salve as crianças* — concorda Sage.

— E tivemos uma briga feia.

— Mas fizemos as pazes.

Estou totalmente perdida.

— Isso aconteceu há pouco tempo?

— Não! Nós tínhamos uns 16 anos — diz Sage. — Fiquei com tanta raiva de Lois que acabei com o carro dela. Lembra?

Lois balança a cabeça com pesar. Ela está bem mais composta do que Sage. Na verdade, não consigo parar de olhar para ela. As unhas estão perfeitas. As mãos não tremem nem um pouco enquanto ela faz café. Não parece nada suicida.

— Você tentou mesmo cometer suicídio? — solto, e ela dá outro sorrisinho discreto.

— Becky, nada disso é real! — revela Sage. — Você não percebe? Você também está envolvida. — Ela me dá um abraço rápido. — Lois vai te contar o que fazer. Ela tem tudo planejado.

— O que você quer dizer com isso? — pergunto, perplexa. — Tudo o quê?

— A redenção — diz Lois. — A reconciliação... o perdão... *Camberly*. — Ela faz uma pausa e diz de novo com prazer. — *Camberly*.

— *Camberly* — concorda Sage. — Acabamos de saber. Vamos participar, nós duas. Vai ser um especial. Vai ser incrível.

— *Incrível* — concorda Lois.

— Vai passar em todos os lugares. A grande trégua. Sage e Lois se confrontam. — Os olhos de Sage estão brilhando. — Quem não vai querer ver isso? Lois tem toda a cena da pecadora arrependida planejada. Você vai usar branco, não vai? — pergunta ela para Lois.

— Um vestidinho branco e reto e sapatilhas — confirma Lois. — Anjo penitente. Talvez levem o dono da loja. Para eu poder pedir desculpas.

— Seria ótimo — diz Sage. — Vou oferecer ajuda a Lois — conta. — E nós duas vamos chorar. Preciso conversar com você sobre um vestido — acrescenta ela. — Alguma coisa com jeito inocente. Talvez Marc Jacobs? Quem sabe um cor-de-rosa claro?

Não consigo acreditar no que estou ouvindo. É como se elas tivessem praticamente escrito um script. Provavelmente *vão* escrever um script.

— O pessoal de *Camberly* sabe disso? — gaguejo. — Que é tudo mentira?

— Não! — Sage parece chocada. — Ninguém sabe. Lois até despediu a equipe da assessoria pra tirar todo mundo do caminho, então eles nem fazem ideia.

— Eu sabia que tínhamos uma grande oportunidade — diz Lois. — Mas meu pessoal jamais teria concordado. Eles são tão *convencionais*!

Ela balança a cabeça, impaciente.

— Então... — Massageio as têmporas e tento entender as coisas direito. — Então você não é cleptomaníaca? Mas eu peguei você no flagra!

— Aquilo foi uma experiência — diz Lois. Ela se senta à mesa, com uma perna cruzada de forma elegante sobre a outra. — Eu não estava esperando ser pega. Mas deu tudo certo.

— Lois é muito criativa — diz Sage com admiração. — A briga foi ideia dela. Ela pensou na fala sobre a vítima de câncer. Teve a ideia dos dois vestidos verdes. Mas foram só umas coisinhas, só entre nós. Não atraíram muita atenção. Mas essa coisa de suicídio é outro nível. É genial. Isso nos colocou de novo nas primeiras páginas.

Quando olho para o rosto calmo de Lois, sinto repulsa. Ela realmente fingiu uma tentativa de suicídio?

— Mas como você pôde fazer isso? As pessoas ficaram muito preocupadas com você!

— Eu sei — diz Lois. — É esse o objetivo. Quanto mais você cai, mais as pessoas amam você quando você se ergue. — Ela suspira ao ver minha expressão. — Olha. O mundo é competitivo. Precisamos de exposição. O público só quer uma boa história. *Você* não ama uma boa história? Não lê a *US Weekly*?

— Bem, sim, mas...

— Você acha que tudo que está escrito lá é verdade?

— Bem, não, mas...

— Então que diferença faz?

— Ah, *alguma coisa* tem que ser verdade! — digo calorosamente. — Senão, qual é o sentido?

— Por quê? Importa? Desde que a gente distraia a plateia.

Fico em silêncio por um tempo, pensando em todas as histórias que Suze e eu lemos nas revistas de fofoca. Importa se são verdade ou não? Eu sempre encarei como verdade absoluta o fato de que o elenco de *Our Time* todo se odeia. E se não for verdade? E se Selma Diavo não foi uma cretina? Leio há tanto tempo sobre as estrelas que sinto que as *conheço*. Eu me sinto íntima do mundo delas, dos amigos delas e de seus altos e baixos. Eu provavelmente poderia escrever uma tese sobre a vida amorosa da Jennifer Aniston.

Mas a verdade é que tudo que *sei* são imagens e manchetes e "citações" de "fontes". Nada real.

— Esperem um minuto — digo quando um pensamento me ocorre. — Se todo mundo pensa que você é suicida, como vai conseguir trabalho?

— Ah, eu vou conseguir trabalho — diz Lois. — As propostas já estão chegando. Vários papéis de ladra. — Ela solta uma gargalhada repentina. — Vou ser punida e depois perdoada. É assim que Hollywood funciona.

Ela parece tão tranquila que sinto uma explosão de raiva. Ela percebe o quanto eu estava preocupada com ela? Eu nem a conheço! E os amigos? E os pais dela?

Ah, na verdade, os pais dela estão mortos. E ela não tem amigos. (Pelo menos é o que o *National Enquirer* diz. Mas em quem ainda posso acreditar?)

— Pensei que você estava à beira de um colapso — digo, com a voz acusadora. — Você estava tremendo... estava desmoronando... nem conseguia respirar...

— Eu sou atriz — declara Lois, dando de ombros.

— Somos atrizes — concorda Sage. — Nós atuamos.

Penso na Lois que peguei roubando algumas semanas atrás, a aparição tímida de capuz. As mãos trêmulas, a voz sussurrante, a expressão retraída... Aquilo era *atuação*? Tudo bem, eu sei que não deveria ficar surpresa. Lois é uma das melhores atrizes do mundo. Mas, mesmo assim, ela parecia tão *verdadeira*. Eu quase tenho vontade de pedir para ela repetir.

— E Luke? — Eu me viro para Sage. — Ele faz alguma ideia disso?

— Acho que não — diz Sage depois de uma pausa. — Mas ele é inteligente. Ele me perguntou diretamente: "Isso foi planejado?" É claro que eu disse que não. Ele falou alguma coisa com você?

— Nada.

— Ele não pode saber — diz Lois. — Não pode saber de nada. Toda tentativa de enganar o público americano precisa de um nível de negação plausível.

— *A mulher do presidente* — diz Sage, e dá um tapinha na mão erguida de Lois.

Eu sabia que já tinha ouvido Lois dizer isso antes. Foi quando ela fez o papel de vice-presidente e usou aqueles terninhos risca de giz.

— Luke é nosso nível de negação plausível — explica ela agora. — Ele e Aran. Eles são verossímeis, são de confiança...

— Luke é ótimo — diz Sage, olhando para Lois. — Quando isso passar, você deveria contratá-lo. Ele tem um monte de ideias e estratégias. E é um cavalheiro.

— Mas Sage... — Não sei bem como me expressar. — Inventar uma briga com Lois não pode ser parte da estratégia do Luke.

— Eu tive que desviar um pouco do caminho. — Ela joga o cabelo para trás. — Deu certo, não deu? Você *não pode* contar pra ele — acrescenta ela. — Você sabe o que ele acha que eu deveria estar fazendo? Caridade. Tipo uma viagem pra Darfur. — Ela faz uma expressão depreciativa. — Falei pra ele que ia pesquisar minas terrestres hoje. Na verdade, você pode confirmar isso pra mim! — O rosto dela se alegra. — Diga pra ele que me ligou e eu estava na internet pesquisando sites de caridade.

— Eu não posso mentir pro Luke! — digo, horrorizada.

— Bem, você não pode *contar* pro Luke — retorque Sage.

— Becky, você está nisso agora — diz Lois, séria. — E se está com a gente, está com a gente.

É uma citação de outro filme dela, mas não lembro qual. O da máfia, talvez?

— Vai ter sua oportunidade em consultoria de moda — prossegue ela. — Você pode vestir nós duas pros eventos. Vai fazer contatos, vai ser de verdade. Mas você não pode contar pra ninguém.

Os olhos dela estão brilhando. Ela se levanta da cadeira e parece bastante intimidadora, como quando fez o papel daquela sócia no escritório de advocacia, que também era serial killer.

— *Você não pode contar pra ninguém* — repete ela.

— Certo.

Engulo em seco.

— Se contar, vamos detonar você.

Não faço ideia do que ela quer dizer com "detonar", mas não pode ser bom.

— Certo — digo de novo, meio nervosa.

Lois já se virou e está digitando em um laptop.

— *Lois e Sage vão participar de* Camberly. — Ela lê em voz alta. — Pronto! Você deveria ir, Becky — acrescenta ela para mim. — Ligue pro seu motorista. O guarda vai deixá-lo entrar, e ele pode encostar o carro na porta. A imprensa não vai ver você. Foi o que Sage fez ontem. E se o seu motorista perguntar, diga que eu não estava muito disposta. Que estava se sentindo mal. Isso vai se espalhar.

— Motoristas sabem de tudo — diz Sage. — Ei, olha, estamos na Fox News!

As duas estão totalmente absortas pelo laptop. Não tem sentido eu ficar ali.

— Bem... então tchau — digo, e pego o celular.

Alguns minutos depois, Mitchell e Jeff aparecem na porta da frente, no SUV de vidros pretos, e entro nele sem ninguém perceber, como Lois falou. Parece que a casa foi feita para saídas discretas. Quando passamos pelo portão, alguns jornalistas começam a bater nas laterais do carro e a disparar câmeras, gritando "Lois! Lois!", até conseguirmos nos livrar deles e ir embora.

Eles acharam que eu era ela. O mundo ficou louco. Minha cabeça ainda está girando, e o sangue lateja nos meus ouvidos. O que acabou de acontecer ali. *O quê?*

De: Kovitz, Danny
Para: Kovitz, Danny
Assunto: estou com tanto friiiio
_____

tão friiiiiiooooo. nããão consiiiigo digitar doooor nos dedos isso nãããão é como eu esperaaaava.
dddanananyyyyy

DEZESSETE

Quando Luke chega em casa à noite, já estou mais calma. A questão é que Hollywood é assim, e você tem que se acostumar. Sim, no começo parece esquisito e errado, mas gradualmente vai parecendo mais normal. Elas estão certas. É tudo um jogo. Todo mundo está participando, as estrelas, os jornalistas, o público, todo mundo. E quem não quiser participar, talvez não deva vir para Hollywood.

O lado positivo é que Sage me mandou algumas mensagens durante a tarde toda, e eu respondi. E parece que somos melhores amigas. Faço parte da gangue! Lois até me mandou algumas mensagens também. A futura entrevista na *Camberly* já está dando o que falar, como elas disseram que iria acontecer. Está em todos os sites de notícias e na TV também, e a novela Sage-Lois é o assunto principal novamente.

Elas foram muito inteligentes. (Pelo menos Lois foi muito inteligente.) E agora eu também faço parte de tudo! O melhor foi à tarde, quando fui buscar as crianças na escola. Eu já tinha causado uma impressão e tanto, com Jeff e Mitchell e o carrão preto. Mas quando eu estava esperando na porta da pré-escola para pegar Minnie, Sage ligou e eu disse: "Ah, oi, Sage, como *você* está?" um pouco mais alto do que o habitual, e todos se viraram para olhar.

A única coisa não tão legal é que todos os fotógrafos desapareceram do nosso portão, o que não é nada leal da parte deles. Pelo menos não foram *todos*. Tem um oriental nerd que ainda fica por ali. Ele tem cabelo louro oxigenado e hoje estava com uma jaqueta de aviador cor-de-rosa, uma calça jeans preta apertada e botas curtas de borracha. Comecei a fazer poses e ele tirou algumas fotos, depois fez sinal para eu me aproximar e disse, empolgado:

— Você é amiga do Danny Kovitz, não é? O estilista? Será que consegue o autógrafo dele pra mim?

O nome dele é Lon, é estudante de moda e venera Danny. E agora me venera também porque sou amiga do Danny.

E tudo bem, talvez eu tenha exagerado um pouco. Talvez eu tenha prometido aparecer amanhã usando um traje vintage do Danny Kovitz (ou seja, de dois anos atrás) que nunca nem apareceu nos desfiles, para que ele tirasse umas fotos. A questão é que eu *gosto* dos fotógrafos em frente à nossa casa. É chato quando não tem nenhum por perto.

Estou na cozinha preparando um jantar maravilhoso quando Luke entra. Papai deve ter voltado em algum momento, ele e Tarquin saíram para passear (eles deixaram um bilhete), e Suze não está em lugar nenhum, então acho que deve estar com eles. Todas as crianças estão na cama e já mandei Jeff e Mitchell irem jantar, então só estamos eu e Luke, o que é legal.

Agora que sou uma celebridade de Hollywood em ascensão, tenho que cozinhar de forma apropriada. Provavelmente vamos precisar de um chef ou um preparador de sucos particular, mas agora estou fazendo um prato bem atual. Sopa de grãos. É a última moda. Todas as celebridades top tomam, e parece que tem alguma combinação mágica que acelera o metabolismo.

— Oi!

Cumprimento Luke com um beijo e um suco de broto de trigo, que também é muito saudável e está na lista A.

— O que é isso? — Ele cheira e se encolhe. — Vou tomar uma taça de vinho. Quer?

— Não, obrigada — recuso com ar superior. — Estou tentando seguir uma dieta limpa. — Coloco sopa de grãos em duas tigelas e levo até a mesa. — Isso é totalmente orgânico e macrobiótico. Tem chia — acrescento.

Luke olha, desconfiado, e cutuca com a colher.

— Tudo bem — diz ele lentamente. — O que vamos comer junto com isso?

— Só isso! Tem proteína e brotos e tudo. É uma refeição completa em uma tigela.

Estou prestes a tomar uma colherada quando me lembro de uma coisa. Empurro a cadeira para trás e começo a fazer agachamentos.

Luke olha para mim, alarmado.

— Becky, você está bem?

— Estou ótima! — respondo, sem fôlego. — Você devia fazer agachamentos antes de comer. Acelera o metabolismo. Todas as estrelas fazem. Nove... dez.

Eu me sento de novo, levemente ofegante. Luke me observa em silêncio por um momento e toma uma colherada. Ele mastiga, mas não diz nada.

— Não é uma delícia? — pergunto, animada, e tomo uma colherada enorme.

Argh. Blurgh. Eca!

É sério? É isso que as estrelas de cinema comem?

É muito aguado, e o pouco gosto que tem é uma mistura de cogumelos, serragem e terra. Eu me obrigo a engolir e tomo outra colherada. Não ouso olhar para Luke. Uma tigela disso não vai satisfazê-lo. Nem a mim. Não satisfaria nem a Minnie.

Como as celebridades top ficam tão felizes quando têm que comer sopa de grãos o tempo todo? Deve ser o controle da mente sobre o corpo. Elas devem ficar se lamuriando: "Estou faminta... mas estou em um filme! Meu estômago está roncando e estou com vontade de desmaiar... mas sou amiga do Leonardo DiCaprio!"

Tomo outra colherada e tento mastigar cem vezes, como recomendaram no blog que li. Mas, sinceramente, como isso pode fazer bem? Meu maxilar está doendo e só consigo sentir gosto de brotos. Eu daria tudo por um KitKat...

Não, pare. Celebridades top não comem KitKat. Se vou fazer parte desse grupo, preciso aprender a amar sopa de grãos.

— Luke, talvez nós devêssemos comprar um iate — digo, para tirar da mente a sopa de grãos.

— O quê?

Ele parece chocado.

— Um pequeno. Aí poderíamos andar com outras pessoas que têm iates. Como Ben e Jennifer — acrescento casualmente. — Esse tipo de gente.

Sage estava falando sobre Ben hoje como se eles fossem melhores amigos. Se ela pode ser amiga dele, por que eu também não posso?

— Ben?

— Ben Affleck.

— Ben *Affleck*? — Luke coloca a colher na mesa. — Por que diabos andaríamos com o Ben Affleck?

— É possível! — digo, na defensiva. — Por que não? Moramos em Los Angeles agora, estamos no cinema... você pode muito bem conhecer o Ben Affleck em uma festa, por exemplo.

— Duvido — diz Luke secamente.

— Ah, então eu vou! Talvez Sage nos apresente. Ou talvez eu vire produtora de moda dele ou de um dos amigos dele.

E vou virar a melhor amiga da Jennifer Garner, penso. Eu *sempre* achei que me daria bem com ela.

— Becky, essa conversa não faz sentido.

Luke está balançando a cabeça, e olho para ele com impaciência. Ele às vezes é tão lento.

— Você não percebe que tudo mudou? Estou na mira do público agora. Estou em uma zona diferente.

— Você não está nem perto da lista top — diz ele com deboche, e sinto uma pontada de indignação.

— Bem, eu vou estar! Tem paparazzi aqui na frente... Sage Seymour liga pra mim toda hora...

— Os paparazzi foram embora — diz Luke friamente. — E Sage liga *pra mim toda* hora também. Isso não me bota na lista top.

— *Aran* acredita em mim — digo, confiante. — Ele diz que vou fazer sucesso. Falou que eu poderia ter um programa só meu no ano que vem.

Luke suspira.

— Querida, não quero ser estraga-prazeres, mas não acredite em tudo que Aran diz. Ele é um ótimo sujeito, mas fala no calor do momento. Talvez acredite no que diz, talvez não. Hollywood é assim. — Ele toma um gole de vinho. — E outra coisa, precisamos nos livrar desses mafiosos. Não podemos viver com eles se esgueirando pela casa o dia todo.

— Mitchell e Jeff? — Coloco a colher na mesa, consternada. — Eu não poderia viver sem Mitchell e Jeff.

Luke olha para mim sem acreditar por um momento, depois joga a cabeça para trás numa gargalhada.

— Querida, você só tem guarda-costas há um dia. Não pode já estar dependente deles. E, se estiver, então você precisa voltar à realidade. — Ele se levanta da mesa. — Vou fazer um sanduíche. Desculpe. — Ele começa a passar maionese em uma fatia de pão, e eu o observo com inveja. — Como você anda falando com sua amiga Sage sem parar — acrescenta ele —, você pode me contar uma coisa. Estou convencido de que ela está tramando algum plano maluco. O que ela disse pra você?

Sinto uma onda de pavor. Eu não estava esperando que ele me perguntasse diretamente.

— Como assim? — pergunto, tentando ganhar tempo.

— Ela está escondendo alguma coisa. — Ele se senta com o sanduíche monstruoso e dá uma mordida. — Falando sério, Becky, estou quase no limite com Sage. Achei que podíamos trabalhar juntos, mas...

Ele limpa a maionese do queixo e dá outra mordida enorme.

— Mas o quê?

— Se ela não consegue ser honesta comigo, nada vai dar certo.

— Você quer dizer... — Um sentimento ruim me invade de repente. — Luke, o que você *quer* dizer?

— Ainda não sei. — Ele abre um saco de batatas fritas que ele mesmo deve ter comprado. Sem dúvida não fui *eu*. — A questão é a seguinte, Becky. Há muitos problemas no ar.

— Que tipo de problemas?

— Falei com o escritório de Londres hoje, e tem uma coisa intrigante acontecendo lá. Acabamos de receber uma ligação do Tesouro. Vou ter que ir até lá para uma reunião. E, se tivermos progresso com essa associação, vou precisar estar no comitê.

— Em Londres? — Não consigo esconder minha consternação.

— Bem, faz sentido. Esse trabalho em Los Angeles sempre foi temporário. Foi divertido e interessante, mas, sinceramente, eu preferia dez executivos mal-humorados do Tesouro a uma estrela de cinema teimosa.

Luke ri, mas eu não. Sinto uma raiva crescente. Ele está falando em voltar para Londres? Sem nem me consultar?

— Não podemos voltar pra Londres! — digo de repente. — E eu? E minha nova carreira?

Luke parece surpreso.

— Bem, você pode ser produtora de moda em Londres, claro. A cidade do estilo.

— Não posso ser uma produtora de *Hollywood* em Londres.

— Querida, existe indústria do cinema na Inglaterra. Tenho certeza de que você consegue alguns contatos, consegue falar com as pessoas certas...

Como ele pode ser tão burro?

— Mas não é Hollywood! — grito. — Eu quero morar em Hollywood e ser famosa!

Assim que as palavras saem, eu me sinto meio idiota. Mas, mesmo assim, não tenho vontade de retirá-las. É o que eu sinto. Tive só um gostinho da fama. Como posso desistir?

Luke está me olhando com a expressão estranha.

— Você tem certeza disso? — pergunta.

É a gota de água. Como ele pode perguntar isso?

— Quero isso mais do que qualquer coisa! — grito. — Sabe qual é meu sonho? Estar no tapete vermelho por mérito meu! Não sendo empurrada como cidadã de segunda classe, apenas ocupando um espaço... mas como eu. *Becky*.

— Eu não sabia que era tão importante pra você — diz Luke com uma voz sem inflexão que me deixa furiosa.

— Bem, é. Sempre foi meu sonho.

— Não foi! — Luke dá uma gargalhada curta. — Você está tentando fingir que isso é a realização de um sonho de infância?

— Bem... — Hesito brevemente. — Tudo bem... talvez seja um novo sonho. Mas isso importa? A questão é que, se você me *respeitasse*, Luke, não nos arrastaria até Los Angeles e depois nos levaria de volta para Londres sem avisar. Sei que você é O Luke Brandon, mas eu também tenho uma carreira! Sou uma pessoa diferente! Não só a "Sra. Brandon"! Ou você gostaria que eu virasse uma dona de casa exemplar? Talvez seja o que você sempre quis! Será que devo aprender a fazer profiteroles?

Paro de falar, ligeiramente chocada comigo mesma. Eu não pretendia dizer aquilo tudo, mas saiu. Percebo que magoei Luke pelo jeito como os olhos dele tremem. Tenho vontade de dizer "Me desculpe, eu não estava falando sério" e de dar um abraço nele, mas isso também não pareceria certo.

A verdade é que parte do que eu disse é sério. Só não sei que parte.

Por um tempo, a cozinha fica em silêncio. Nenhum de nós olha para o outro, e o único som é o da água dos sprinklers molhando as plantas do jardim.

— Não vou arrastar você pra lugar nenhum — diz Luke, com voz tensa. — Isso é um casamento, e decidimos tudo juntos. E, se depois de todos esses anos juntos, você acha que não respeito você, então... — Ele para de falar e balança a cabeça. — Olha, Becky, se você realmente acha que o caminho para a sua carreira está em Los Angeles e que não pode estar em nenhum outro lugar, tudo bem. Vamos dar um jeito. Quero que você tenha o que faz você feliz. Seja o que for.

Tudo que ele está dizendo é positivo e mostra que me apoia. Eu deveria me sentir satisfeita. Mas ele parece tão distante que me irrita. Normalmente, minha intuição costuma me dizer exatamente o que Luke está pensando, mas agora, não tenho certeza.

— Luke... — Para o meu horror, minha voz está meio trêmula. — Não é que eu não queira que fiquemos juntos. Eu só... Eu preciso...

— Tudo bem. — Ele me interrompe. — Eu entendo, Becky. Tenho que fazer algumas ligações.

Sem me olhar de novo, ele pega o sanduíche e sai da cozinha com passos ruidosos pelo corredor. Lentamente, mexo na sopa enquanto sinto um leve choque. Num minuto estávamos conversando normalmente, e, no seguinte, estávamos... o quê? Eu nem sei como ficaram as coisas.

Não vejo Luke pelo resto da noite. Ele fica falando ao telefone no escritório e não quero incomodá-lo, então fico sentada na cozinha mudando de canal na TV, com a cabeça dominada por pensamentos nebulosos e repetitivos. Essa é a maior chance da minha vida. Luke deveria estar *animado*. Aran está mais animado do que ele. Como isso pode estar certo? E por que ele me olhou daquele jeito? Só porque acha que a fama não é tudo na vida.

E o Tesouro. O *Tesouro*. Quem escolheria o Tesouro em vez de Hollywood? Ele está louco? Já fui ao Tesouro, e pode acreditar que não há nada que mereça ser recomendado. Aposto que se você perguntasse a todos os funcionários do Tesouro "Você preferia estar em Hollywood?", viriam correndo.

E por que ele precisava me fazer sentir culpada? Eu não devia me sentir culpada, mas me sinto. Nem sei *por que* me sinto culpada. Não fiz nada de errado além de me tornar a celebridade do momento e querer tirar vantagem disso. Se Luke não consegue ver isso, talvez não devesse trabalhar na mídia. Ele devia estar *animado*.

Estou pesquisando meu nome no Google pela bilionésima vez quando a porta se abre e papai e Tarkie entram. Não, papai e Tarkie cambaleiam. Estão de braços dados, e papai esbarra na mesa e Tarkie cai na gargalhada, tropeçando em uma cadeira.

Olho para os dois, atônita.

Eles estão bêbados? Meu pai e Tarkie saíram para *beber*? Por que Suze não os impediu?

— Onde Suze está? — pergunto. — Papai, o que aconteceu hoje? Você encontrou Brent?

— Não faço ideia de onde esteja minha mulher — diz Tarkie, falando com muito cuidado. — Tenho meus amigos e isso é tudo de que preciso. — Ele dá um tapa nas costas de papai. — Seu pai é um homem muito, muito, muito... — Ele parece perder a energia por um momento. — Muito interessante — conclui ele. — Sábio. Ele entende. Mais ninguém entende.

Papai levanta um dedo, como se fosse fazer um discurso.

— "É chegada a hora", disse a morsa, "de falar de muitas coisas".

— Mas, papai, aonde vocês *foram*? Está tudo bem?

— "De sapatos... e barcos... e vazas..." — prossegue papai, me ignorando completamente.

Ah, meu Deus, ele não vai recitar toda *Alice no país das maravilhas*, ou seja lá o que for.

— Incrível! — digo, animada. — Ótima ideia. Quer café, pai?

— "De repolhos... e reis."

Tarkie assente com seriedade.

— Sabemos onde os segredos estão enterrados.

Papai deixa Lewis Carroll de lado e fica sério de repente.

— Sabemos onde os *corpos* estão enterrados — diz Tarkie.

— E os segredos.

Papai se vira para olhar para Tarkie e bate com o dedo no nariz.

— E os corpos. — Tarkie está assentindo com seriedade.

Sinceramente, não consigo acompanhar uma palavra do que estão dizendo. Papai solta uma gargalhada repentina, e Tarkie se junta a ele. Eles parecem dois garotinhos matando aula.

— Café — ordeno bruscamente. — Sentem-se.

Vou até a chaleira e pego nosso pó para espresso mais forte. Não consigo acreditar que estou tentando deixar meu pai sóbrio. O que está acontecendo? Mamãe ficaria furiosa.

Quando estou colocando água na prensa francesa, ouço papai e Tarkie murmurando um com o outro atrás de mim. Eu me viro rapidamente, mas eles nem reparam em mim. Ouço Tarkie falar o nome de Bryce e papai dizendo:

— Sim, sim. *Sim*. Ele é o cara. Bryce é o cara.

— Aqui está!

Coloco as xícaras na mesa com violência para chamar atenção deles e fazer os dois voltarem a si.

— Ah, Becky. — Quando papai levanta o rosto, vejo uma expressão cheia de carinho. — Minha garotinha, uma estrela em Hollywood. Estou tão orgulhoso de você, meu amor.

— Você está famosa — diz Tarkie. — Famosa! Estávamos em um bar e você apareceu na TV. Nós dissemos: "Nós a conhecemos!" Seu pai disse: "É a minha filha!"

— Disse mesmo. — Papai assente, embriagado.

— Disse mesmo. — Tarkie me olha solenemente. — Como é a sensação de ser famosa, Becky? *Fame!* — Ele canta alto de repente. Por um momento horrível, acho que ele vai começar a cantar a música do filme *Fama* e a dançar na mesa, mas fica claro que ele não sabe o resto, então só canta de novo: — *Fame!*

— Bebam o café — digo, mas com menos severidade do que antes. Fico tocada com os comentários deles. Está vendo? *Eles* entendem. *Eles* percebem que sou famosa. — É... bem, acho que já me acostumei. — Dou de ombros com indiferença. — Quer dizer, obviamente a vida nunca mais vai ser igual...

— Você é um deles. — Papai assente com sabedoria. — Ela é um deles. — Ele se vira para Tarkie, que reage com um aceno de cabeça. — Ela anda com pessoas famosas. Conte quem você conheceu, querida.

— Um monte de gente — respondo, curtindo a admiração deles. — Saio muito com Sage, e conheci Lois, obviamente, e... eh... — Quem era aquele cara velho no baile beneficente? — Conheci Dix

Donahue, e tenho o número do telefone da April Tremont, ela está naquela série *One of Them*, e...

— Dix Donahue! — O rosto de papai se enruga de prazer. — Esse é um nome famoso. Um dos maiores. Sua mãe e eu víamos o programa dele toda semana.

— Nós nos demos muito bem — eu me vanglorio. — Conversamos um tempão. Ele foi tão gentil.

— Você pegou o autógrafo dele pra mim? — O rosto do papai se ilumina. — Me mostre o caderninho, amor. Já deve estar cheio!

A sensação é de uma coisa fria escorrendo pelas minhas costas. O caderno de autógrafos de papai. Merda. *O caderno de autógrafos de papai.* Eu tinha me esquecido disso. Nem sei onde está. Em alguma mala em algum lugar? Não me lembrei dele nem uma vez desde que cheguei a Los Angeles.

— Eu... hã... — Coço o nariz. — Na verdade, não peguei o autógrafo dele, papai. Não... não era a hora certa pra pedir. Me desculpe.

— Ah. — Papai parece desanimado. — Bem, você sabe melhor do que eu, Becky. De quem você já pegou autógrafo?

— Na verdade... eu não... peguei nenhum. — Engulo em seco. — Achei que era melhor conhecer o local primeiro. — Cometo o erro de olhar para ele, e consigo ver pela sua expressão que ele sabe que estou mentindo. — Mas vou pegar! — acrescento rapidamente. — Vou pegar um monte! Prometo.

Fico de pé e começo a empilhar os pratos que estavam na máquina de lavar louça para tentar preencher o silêncio da cozinha. Papai fica calado. Finalmente, lanço outro olhar para ele, e ele está ali sentado, com o rosto tomado de decepção. Tarquin parece ter adormecido com a cabeça apoiada na mesa, então só estamos eu e papai, sem dizer nada.

Sinto um formigamento de culpa, ressentimento e frustração enquanto empilho os pratos. Por que todo mundo fica fazendo com que eu me sinta *mal*? Finalmente, papai respira fundo e olha para mim.

— Becky, amor, tem uma coisa que eu gostaria de dizer...

— Desculpe, papai — interrompo. — Tenho que dar uma olhada nas crianças. Volto daqui a pouco, tá?

Não consigo encarar uma das "conversinhas de papai". Não agora. Subo a escada e coloco as crianças na cama, depois fico no quarto escuro de Minnie por um tempo, sentada com a cabeça encostada nas grades do berço dela, ouvindo a caixinha de música com a bailarina rodopiante.

Não quero ver papai. Também não quero ver Luke. Onde está Suze? Tento ligar para o celular dela, mas está desligado. No berço, Minnie faz um barulhinho dormindo e se vira, puxando o coelho, toda confortável debaixo do cobertor. Olho com inveja. A vida é tão simples para ela.

Talvez eu possa falsificar alguns autógrafos no caderninho de papai. Sim! Ideia genial. Vou fingir que esbarrei com um monte de famosos na gravação. Talvez eu até possa falsificar a assinatura de Dix Donahue. Papai nunca vai saber a diferença, vai? Vou encher o caderno dele de autógrafos e ele vai ficar feliz e tudo vai ficar bem.

Já me sinto melhor, então acendo a luz noturna do quarto de Minnie e pego *Pêssego, pera, ameixa no pomar*. É um dos meus livros favoritos. Vou ler isso, e talvez também *Adivinha o quanto te amo*, depois vou olhar minhas anotações para a gravação de amanhã. Tenho que sair às seis da manhã, então preciso ir para a cama cedo.

O lado bom é que estou totalmente preparada para o programa. Já fiz umas vinte páginas de anotações, com figuras e painéis semânticos e tudo. Já trabalhei em todas as histórias de moda em que consigo pensar, então posso falar sobre o que quer que escolham. Só de pensar, meu estômago se revira. Afinal, é o *Breakfast Show USA*! Vai ser incrível! Minha carreira vai decolar! E *então*, todo mundo vai ver.

GREENLAND ENDEAVORS
…onde o desafio e a aventura encontram a inspiração…

RELATÓRIO OFICIAL

Cliente: **Danny Kovitz**
Assunto: **Emergência médica/resgate aéreo**

O cliente começou a exibir sinais de sofrimento na manhã de segunda-feira. Apesar do encorajamento do Líder da Equipe e de outros integrantes, ele parou de esquiar, jogou a mochila no chão e começou a chorar. O cliente foi resgatado às 15 horas e levado para a Base em Kulusuk.

Um exame médico completo foi efetuado, e o cliente se mostrou em boas condições de saúde, sem sinais de geladura e de distúrbio respiratório. No entanto, estava em estado significativo de consternação mental. A enfermeira Gill Johnson o observou durante três horas, e, durante esse tempo, fez as seguintes anotações do que ele disse: "Meus dedos dos pés já eram"; "Meus dedos vão ter que ser amputados"; "Meus pulmões congelaram"; "Estou com cegueira da neve"; "Por que eu?"; "Estou desfalecendo"; "Diga para o mundo que fui corajoso no fim." Apesar das palavras tranquilizadoras dela, ele permaneceu convencido por várias horas de que estava prestes a morrer.

O cliente subsequentemente fez uma refeição substancial, viu vários episódios de *America's Next Top Model* na TV do hospital e dormiu uma noite de sono confortável antes de ser transportado no dia seguinte para Reykjavik e, logo depois, para Nova York.

Greg Stein
Líder da Equipe

De: Kovitz, Danny
Para: Kovitz, Danny
Assunto: não sei como sobrevivi

---

queridos amigos

apesar dos meus esforços, minha caminhada pelo manto de gelo acabou prematuramente quando, contra minha vontade, fui resgatado pelo ar e levado para um local seguro. eu queria continuar, mas ouvi do líder da equipe que fazer isso colocaria a mim mesmo em perigo e aos outros. vocês ficarão chocados de saber que <u>quase morri</u>.

sinto dor no coração por ter abandonado a expedição, mas sempre vou me lembrar da paisagem incrível e vou recriar isso em uma série de vestidos brancos de inverno na minha próxima coleção de outono/inverno, vai se chamar gelo e dor, e vou usar tecidos acolchoados e texturizados com osso, atenção, tristan, esteja com uma lista de fornecedores de osso pronta para quando eu voltar.

agora, por recomendações médicas, estou indo para um local de descanso e recuperação. vocês podem mandar flores e presentes para o meu escritório de nova york.

beijos,
danny

DEZOITO

Não estavam interessados em nenhuma das minhas anotações. Nem tinham roupas no estúdio. Não falamos sobre moda. Estou sentada na limusine, entorpecida pelo choque, indo embora do estúdio com Aran. Como isso aconteceu?

No começo, tudo parecia perfeito. A limusine chegou às seis horas, e Jeff a "examinou" enquanto eu posava para Lon e todos os amigos dele, que ficavam gritando "Becky! Beckiiiiii!", tiravam algumas fotos. Eu estava usando meu vestido exclusivo Danny Kovitz com um xale nos ombros, e me senti uma supercelebridade. Fomos logo para o estúdio, e minha maquiagem foi feita ao lado de Ebony-Jane Graham, que é famosa entre os que assistem a programas sobre perda de peso.

A anfitriã se chamava Marie, era muito sorridente e usava um colar de pérolas enormes. (E também tinha um traseiro bem largo, só que você não vê isso porque ela ficava sentada no sofá o tempo todo.) Eu estava pronta para começar a filmar às sete e vinte e estava morrendo de empolgação, mas com o pé atrás com uma coisa: onde estavam as roupas? Quando perguntei à assistente de produção, ela só olhou para mim sem entender e disse:

— Você veio falar sobre Lois, certo?

Não houve tempo para protestar porque ela me levou para o set, onde encontrei não apenas Marie, mas também um especialista em cleptomania chamado Dr. Dee.

Nem mesmo nessa hora eu me dei conta. Eu ficava pensando: "Vão me perguntar sobre produção de moda daqui a pouco. Talvez as roupas apareçam na tela. Talvez apareçam algumas modelos usando trajes da moda."

Fui tão *burra*. O quadro começou e Marie leu uma introdução sobre Lois e Sage, depois se virou para mim e disse:

— Então, Becky. Vamos voltar ao começo.

— Claro!

Sorri para ela e estava prestes a explicar que as tendências da estação são linhas simples e acessórios divertidos quando ela prosseguiu:

— Você estava mesmo na loja quando Lois, por algum motivo sobre o qual falaremos mais tarde com o Dr. Dee, roubou algumas peças. Você poderia relembrar esse momento para nós?

Relatei aos tropeços, constrangida, o flagrante que dei em Lois, e ela me perguntou sobre a premiação, se virou para o Dr. Dee e disse:

— Dr. Dee, por que uma pessoa tão famosa como Lois Kellerton comete um crime?

E foi só isso. Minha participação tinha acabado. O Dr. Dee falou durante uma eternidade sobre autoestima e problemas de infância, e blá-blá-blá (eu parei de prestar atenção), e o quadro acabou. Não houve nenhuma referência à moda. Nenhuma menção ao fato de eu ser produtora de moda. Nem me perguntaram de que marca era a bolsa *clutch* de zircônia.

— Então. — Aran ergue o olhar do celular e abre aquele sorriso de Hollywood. — Foi ótimo.

— Foi ótimo? — repito, sem acreditar. — Foi horrível! Achei que ia falar sobre produção de moda! Fiz um monte de anotações, estava toda preparada, era pra me lançar como produtora...

— Tudo bem. — Aran olha para mim com a expressão vazia e dá de ombros. — Mas foi uma ótima exposição. Vamos trabalhar na questão da produção.

Trabalhar?

— Você disse que seria um quadro sobre moda — digo, com toda a educação do mundo. — Foi o que você me falou.

Não quero ser uma diva. Sei que Aran está me ajudando e tudo o mais. Mas ele me prometeu produção. Prometeu roupas.

— Claro. — Ele está com aquele olhar vazio de novo, como se já não estivesse prestando atenção no que acabei de falar. — Nós vamos trabalhar nisso. Agora, tenho duas novas propostas, e uma é incrível. *Incrível*.

— É mesmo?

Não consigo deixar de sentir esperança.

— Está vendo? Eu falei que você seria a rainha do momento. A primeira coisa é um belo convite para a pré-estreia de *Big Top* amanhã. Querem que você faça o tapete vermelho.

— Fazer o tapete vermelho? — Sinto um tremor repentino de empolgação. — Tipo... dar entrevistas?

— Claro. Acho que você deveria aceitar.

— É claro que vou aceitar! — digo, eufórica. — Mal posso esperar! Vou estar no tapete vermelho em uma pré-estreia! Eu! Becky! Por mérito meu!

— Qual é a outra coisa?

— É coisa quente, totalmente confidencial. — Ele indica o celular. — Eu nem deveria estar contando pra você.

— É mesmo? — Sinto fagulhas novas de empolgação. — O que é?

— É um reality. Mas um tipo novo de reality.

— Certo. — Fico meio hesitante com a palavra "reality", mas não vou demonstrar isso. — Legal! — digo, determinada. — Parece incrível!

— O que é... — Ele se interrompe. — Tudo bem, não é para os frescos. Mas você não é fresca, é, Becky?

— Não! Claro que não!

Ah, meu Deus. Por favor, que ele não me diga que quer que eu vá a um programa no qual as pessoas comem insetos. Não consigo comer uma minhoca. Consigo?

— Achei que não era. — Ele me dá aquele sorriso de novo. — Esse programa é sobre melhoria estética. Estão trabalhando com o título *Ainda mais bonita*. Cada celebridade vai ter como mentor outra celebridade, e esse mentor vai orientar com todo o cuidado um processo de alteração estética. O público americano vai acompanhar cada processo e votar no melhor resultado. Obviamente, haverá médicos para serem consultados o tempo todo — acrescenta ele, animado.

Olho para ele sem ter certeza se entendi direito.

— Alteração estética? — repito. — Você quer dizer cirurgia plástica?

— É um programa pioneiro — assente Aran. — Superempolgante, hein?

— Sim! — digo automaticamente, embora não consiga entender direito. — Então... eu decidiria que tipo de cirurgia plástica alguma celebridade vai fazer, e as pessoas votam nisso? Mas e se eu errar?

Aran está balançando a cabeça.

— Vemos você como uma das celebridades que *passaria* pelo processo. Você receberia um mentor famoso que trabalharia para deixar você um cisne mais bonito. Não que você já não seja um cisne — acrescenta ele, sendo gentil —, mas todo mundo pode melhorar um pouco, certo? — Ele pisca. — A cirurgia por si só já valeria muito, mais o pagamento e a exposição em horário nobre... Como falei, é uma grande oportunidade.

Minha cabeça está girando. Ele não pode estar falando sério.

— Você quer que eu faça uma cirurgia plástica? — gaguejo.

— Acredite em mim, esse vai ser o maior programa de TV a passar no nosso planeta — diz Aran, confiante. — Quando eu contar pra você quem já confirmou... — Ele pisca. — Vamos só dizer que você vai estar em companhia estelar.

— Eu... eu vou pensar no assunto.

Fico olhando pela janela, atordoada. Cirurgia plástica? Luke ficaria totalmente... Ah, meu Deus. Não posso nem *contar* a Luke sobre isso. Não vou fazer de jeito nenhum.

— Aran. — Eu me viro. — Escute. Acho que não... Quer dizer, eu sei que é uma grande oportunidade e tudo...

— Claro. Você acha grotesco. Está chocada por eu ter sequer sugerido. — Aran pisca de novo. Abre uma caixa de chiclete e me oferece um, e eu recuso com um movimento de cabeça. — Becky, você quer um atalho para a fama? Esse é o caminho mais curto.

— Mas...

— Não estou dizendo a você o que fazer, só estou dando informações. Pense em mim como seu GPS. Há caminhos mais lentos e outros mais rápidos para a fama. Aparecer nesse programa seria um caminho super-rápido. — Ele coloca três bolinhas de chiclete na boca. — Agora, se você não gosta da *aparência* do caminho super-rápido, aí é outra história.

Ele é tão direto. Tão franco. Enquanto observo seu rosto liso e imaculado, me sinto mais confusa do que nunca.

— Você disse que eu já era popular. Disse que eu ia ficar famosíssima. Então por que preciso participar de um reality show?

— Becky, você não *faz* nada — diz Aran sem rodeios. — Não está em um programa de TV. Não está namorando uma celebridade. Se Lois se declarar culpada, não vai nem haver julgamento. Se você quiser ficar por aí, precisa estar por aí.

— Eu quero ficar por aí fazendo *produção*.

— Então faça. — Ele dá de ombros. — Mas não é o caminho super-rápido, isso eu posso dizer.

O carro para na entrada da minha casa, e ele se inclina para me dar um beijo de leve na bochecha.

— *Ciao, ciao.*

Eu saio, com Jeff logo atrás, e o carro vai embora, mas não me aproximo da casa. Eu me sento em um muro baixo, pensando muito e mordendo o lábio. Deixo os pensamentos se acalmarem até se transformarem em uma decisão, então pego o celular e digito um número.

— Becky. — A voz de Sage está sonolenta ao telefone. — É você?

— Escute, Sage, você vai à pré-estreia de *Big Top* amanhã? Eu adoraria montar uma roupa pra você. Lembra que você disse que queria que eu a ajudasse? Lembra que conversamos sobre isso?

— Ah. — Sage boceja. — Claro.

— Então... você vai à pré-estreia? Posso vestir você?

Estou de dedos cruzados com força. *Diga sim, por favor, diga sim...*

— Acho que sim.

— Que ótimo! — Expiro, aliviada. — Fantástico! Bem, vou montar algumas produções. Ligo pra você mais tarde.

Quando entro em casa, estou mais animada. E daí se a entrevista de hoje não foi boa? Eu assumi o controle. Vou montar o visual de Sage Seymour. Vou fazer o tapete vermelho. Tudo está se ajeitando!

Ouço Luke na cozinha, e meu estômago dá um nó de apreensão. Não falo direito com ele desde ontem. Ele foi para a cama depois que eu já tinha adormecido, e eu o deixei dormindo quando me levantei para ir ao programa. Não nos vemos desde nossa briga.

Não, *briga* não. Discussão.

— Por que você não fica um pouco aqui? — digo para Jeff e aponto para uma das cadeiras grandes no saguão. — Acho que Mitchell está patrulhando o jardim.

— Pode deixar — diz Jeff com aquele jeito sem expressão, e apoia o corpo enorme na cadeira.

Respiro fundo e vou para a cozinha cantarolando, como uma pessoa que está de bem com tudo e não teve um momento tenso com o marido na noite anterior.

— Oi! — Minha voz sai aguda demais.

— Oi. — Luke levanta o rosto de um documento em um fichário de plástico. — Como foi a entrevista?

— Foi... boa. Como estão as coisas?

— Como estão as coisas? — Luke dá uma gargalhada curta e seca. — Para ser sincero, as coisas já estiveram melhores.

— É mesmo? — Olho para ele, alarmada. — O que foi?

— Eu *achava* que aquela maldita Sage estava tramando alguma coisa e agora descobri que está mesmo.

— Ah, é? — digo, com o coração batendo um pouco mais rápido. — Hã, o quê?

— As duas. Sage e Lois. — Ele olha para a porta. — Feche a porta, tá? Não quero que seus capangas escutem.

Faço o que ele pede com a mente trabalhando sem parar. O que ele descobriu? Como descobriu?

— Elas armaram tudo. A rivalidade, o roubo, a briga na premiação... Falso. Foi tudo falso.

— Não! — exclamo, me esforçando para parecer chocada. — Você está brincando!

— Aran descobriu ontem à noite. Vamos nos encontrar mais tarde. Obviamente, isso não vai mais longe... — Ele para de falar, e os olhos escuros se apertam de repente. — Espere um minuto. Becky?

— Eh... sim?

Eu hesito. Ele se aproxima de mim e me olha bem de perto. Sinto as maçãs do rosto tremendo sob o escrutínio dele. E os lábios. Acho que até meu cabelo está tremendo também.

— Becky? — diz ele de novo, e tenho uma sensação horrível de mau presságio.

Ah, meu *Deus*. A questão é que Luke me conhece muito, muito bem. Como posso esconder alguma coisa dele?

— Você sabia? — diz ele por fim. — Você *sabia* sobre isso?

Ele parece tão escandalizado que eu engulo em seco.

— Mais ou menos. Quer dizer, só descobri ontem à tarde.

— E não me contou? Mesmo quando perguntei diretamente?

— Eu não podia! Sage disse... Eu prometi a ela...

Paro de falar, sentindo a voz fraca. Luke não parece só com raiva, parece magoado. E cansado. Ele parece não aguentar mais, penso, desamparada. Mas não aguenta mais o quê? Hollywood? Ou ele não me aguenta mais?

— Não se preocupe, eu entendo — diz ele, parecendo cansado — Você coloca sua lealdade a Sage acima da lealdade a mim. Tudo bem. Já sei meu lugar.

— Não! — digo, consternada. — Não é... Eu só...

Mais uma vez, paro de falar, retorcendo os dedos meio sem jeito. Não consigo encontrar as palavras. Talvez não haja palavras, só as que não quero dizer porque ele vai achar que sou superficial, e eu *não* sou.

341

Bem, tudo bem, talvez eu seja. Um pouco. Mas todo mundo em Hollywood é superficial. Em comparação a um monte de gente aqui, eu sou profunda. Muito profunda! Ele não percebe isso?

— Elas foram muito inteligentes. Você tem que admitir isso. Lois bolou a coisa toda. Ninguém faz ideia.

— Acho que você vai acabar descobrindo que elas foram menos inteligentes do que você pensa — diz Luke secamente. — Quando isso se espalhar, nem a imprensa nem o público vão ficar impressionados.

— Talvez não se espalhe.

No momento que falo, já sei que estou sendo ingênua. Tudo se espalha.

— Vai se espalhar. E acho que as duas vão ter ainda mais dificuldade para encontrar o tipo de trabalho que querem. — Luke balança a cabeça. — Becky, preciso te falar uma coisa. Não vou trabalhar com Sage mais do que o necessário. Vou encerrar nosso trabalho direito, vou ser profissional... mas acabou. Não faz sentido eu aconselhar uma pessoa que vai ignorar tudo que eu digo. Nunca conheci uma pessoa tão sem princípios, tão cheia de caprichos, tão *burra*... E aconselho você a não se misturar com ela. Ela não vai fazer nenhum bem a você.

— Vai, sim! — digo de forma acalorada. — Ela é minha amiga! É meu...

— Passaporte para a fama e a fortuna. Eu entendo.

— Não é "fama e fortuna" — digo, na defensiva. — É meu *trabalho*. É minha *carreira*. Vou cuidar do visual dela para uma pré-estreia. É minha grande chance! Aran diz...

— Aran não ama você. — Ele me interrompe de novo, desta vez com tanta intensidade que dou um passo para trás, chocada. — Eu amo. Eu amo você, Becky. Eu *amo* você.

Os olhos dele estão a centímetros dos meus. E, quando olho nas profundezas escuras, parece que consigo ver toda nossa vida juntos. Vejo o nascimento de Minnie. Nosso casamento na casa dos meus pais. Luke me girando na pista de dança em Nova York. Minha echarpe Denny and George.

Não sei o que ele pode ver nos meus olhos, mas ele está olhando como eu, sem piscar, como se estivesse tentando me sorver.

— Eu amo você — diz ele de novo, com voz mais baixa. — E não sei o que deu errado aqui, mas...

Sinto-me à beira das lágrimas, o que é uma idiotice.

— Nada deu errado — digo, engolindo em seco. — *Nada*.

— Ok. Tudo bem.

Ele dá de ombros e se afasta. Há um silêncio seco que parece pesar nos meus ombros. Não consigo suportar. Por que ele não entende?

E, então, Luke se vira, e o rosto dele está tomado de uma repentina animação.

— Becky, escute. Tenho que voltar para Londres por alguns dias. É aquela questão do Tesouro sobre a qual contei a você. Pego o voo amanhã. Por que você não vem? Podemos tirar Minnie da pré-escola, passar uns dias juntos, ajeitar as coisas, conversar, tomar café da manhã no Wolseley...

Sinto uma pontada de culpa. Ele sabe que o café da manhã no Wolseley é uma das minhas coisas favoritas no mundo.

— Se sua mãe concordar que Minnie passe a noite lá, podemos até reservar um quarto no Ritz — acrescenta ele, com olhos brilhando. — O que você acha?

O Ritz foi onde passamos nossa primeira noite juntos. É uma ideia incrível. Tenho uma visão repentina de nós dois acordando em uma cama linda e luxuosa, relaxados e contentes, como se nenhuma dessas discussões tivesse acontecido. Luke colocou as mãos nos meus ombros. Ele me puxa delicadamente para perto e passa as mãos pelas minhas costas.

— Talvez possamos fazer um irmãozinho pra Minnie — diz ele com aquela voz baixa e rouca que costuma me deixar de pernas bambas. — E, então, devo reservar três passagens para amanhã?

— Luke... — Olho para ele, triste. — Eu não posso. Simplesmente não posso. Tem uma pré-estreia hoje, eu falei que vestiria Sage, é minha...

— Eu sei. — Luke respira fundo. — Sua grande chance. — Percebo que ele está fazendo um grande esforço para permanecer tranquilo. — Tudo bem, fica pra próxima.

Ele se afasta, e minha pele fica fria nas partes onde as mãos dele estavam. Eu queria que ele me abraçasse de novo. Queria que a pré-estreia não fosse amanhã. Queria...

Ah, meu Deus. Eu não *sei* o que eu queria.

— De qualquer modo, tenho que pensar no meu pai — observo, aliviada por ter outro motivo no qual me agarrar. — Não posso deixá-lo aqui.

— É justo. — Luke se recolheu ao seu jeito distante habitual. — Ah, esqueci de avisar. Sua mãe ligou. Me perguntou o que estava acontecendo. Parece que você não ligou pra ela de novo ontem.

Sinto outra pontada de culpa. Minha mãe deixou tantos recados no meu celular que não consigo mais acompanhar.

— Vou ligar pra ela. Ela está estressada por causa do meu pai. Não consegue parar.

— Bem, ela tem razão — diz Luke secamente. — O que há com o seu pai? Por que ele está aqui, afinal? Você descobriu?

— Ainda não — admito. — Não tive oportunidade de conversar com ele.

— Não teve oportunidade? — pergunta Luke. — Ele está dormindo aqui com a gente, caramba!

— Ando muito ocupada! — respondo, ofendida. — Tive a gravação hoje de manhã e precisei me preparar, e tenho que montar os figurinos pra Sage agora... Não tenho parado. E não ajuda o fato de ele ter saído com Tarquin e enchido a cara! Eles não falavam nada com nada quando voltaram ontem à noite.

— Bem, eu falaria com ele quando tivesse oportunidade.

— Eu vou. Estou planejando isso mesmo. Ele está aqui?

Luke balança a cabeça.

— Eu não o vi. Nem Tarkie. Eles devem ter saído. — Ele olha para o relógio. — Preciso preparar umas coisas. Vejo você mais tarde.

Ele me dá um beijo rápido e sai. Afundo em uma cadeira, me sentindo totalmente desanimada.

Até agora, o dia de hoje foi o *oposto* do que eu esperava. Eu achei que a entrevista na TV seria incrível. Achei que voltaria do estúdio nas nuvens. Pensei que Luke estaria esperando, orgulhoso e sorridente, talvez com um champanhe para brindar. Meu celular apita com uma mensagem, e eu o pego, desanimada. Deve ser Luke dizendo: Devo acrescentar que sua roupa estava uma bosta também.

Mas não é dele. É de Elinor.

Eu me sento ereta, com o coração disparado de repente. *Elinor*. Abro a mensagem e leio:

Querida Rebecca, cheguei a Los Angeles.

Ah, meu Deus. Ela está aqui? Já?
Um momento depois, uma mensagem enorme aparece.

Espero ansiosamente meu encontro com Luke, e acredito que você tenha preparado o terreno com ele. Gostaria que você entrasse em contato comigo assim que possível. Estou hospedada no Biltmore. Afetuosamente, Elinor Sherman.

Isso é *tão* Elinor. Ela escreve mensagens como se estivesse usando uma pena em pergaminho.

Leio a mensagem algumas vezes e tento não entrar em pânico. Está tudo bem. Está tudo ótimo. Posso lidar com isso. Na verdade, é um momento ótimo. Essa poderia ser a resposta para tudo. Luke e eu precisamos esclarecer coisas; Luke e Elinor precisam esclarecer coisas; todo mundo precisa esclarecer coisas. Todos precisamos de uma grande sessão sincera e catártica, aí todo mundo vai ficar bem mais feliz.

Talvez isso até me aproxime de Luke. Ele vai perceber que me importo com mais coisas do que estar no tapete vermelho. Vai perceber que o tempo todo andei pensando no bem-estar e na felicidade dele.

E vai lamentar ter me chamado de superficial. (Tudo bem, talvez ele não tenha me chamado de superficial. Mas pensou, sei que pensou.)

Não preparei o terreno com Luke, mas como posso fazer isso? Se eu menciono o nome de Elinor, ele se fecha. A melhor coisa é colocar os dois no mesmo cômodo e fechar a porta. É o que se faz em intervenções: você pega as pessoas de surpresa.

O que *fiz* foi escrever uma carta. Porque é a outra coisa que se faz em intervenções. Você escreve tudo sobre o comportamento do indivíduo que magoa você e lê em voz alta, e ele diz: "Meu Deus, *agora* eu entendo", e imediatamente larga o álcool/as drogas/as divergências com pessoas da família. (Bem, essa é a ideia.)

Vou comprar umas velas e um spray com essência calmante e... o que mais? Talvez devêssemos entoar um mantra primeiro. Fiz uma aula incrível no Golden Peace, só que nunca aprendi as palavras que devemos dizer. Então, eu costumava cantarolar "Pra-daaaaaa..." repetidamente. Ninguém pareceu reparar.

E talvez eu devesse orientar Elinor. Porque se ela chegar e lançar aquele olhar gélido para Luke e disser "Você precisa cortar o cabelo", é melhor nem nos darmos ao trabalho.

Penso por um momento e digito uma resposta:

Querida Elinor, ficarei feliz em me encontrar com você mais tarde. Talvez possamos tomar um chá juntas antes de vermos Luke à noite. Que tal às 15 horas?

Depois que mando a mensagem, me dou conta de que não faço ideia de onde se pode tomar chá em Los Angeles. Em Londres é fácil. Não dá para fugir de bules e suportes de prata e de scones com creme. Mas em LA?

Penso por um segundo e mando uma mensagem para Aran.

Você sabe qual é o melhor lugar para se tomar um chá da tarde em LA?

Imediatamente, a resposta dele chega:

Claro. No Purple Tea Room. É o local da moda. Está sempre lotado. Quer que eu consiga uma reserva?

Depois de mais algumas mensagens, fica tudo acertado. Vou me encontrar às três da tarde com Elinor e vamos conversar sobre tudo. Depois, ela vem ver Luke às sete, e vamos ver o que acontece a partir daí.

O problema do Luke é que ele é muito teimoso. Cismou que odeia a mãe e pronto. Mas se ele *soubesse*. Se desse uma *chance* a ela. Elinor pode ter feito todo tipo de coisa quando ele era criança, mas quando estávamos planejando a festa de aniversário dele, eu vi o quanto ela está arrependida. Vi o quanto quer fazer as pazes. Até vi o quanto ela o ama, do jeito estranho, frio e contido dela. E a questão é que ela não vai viver para sempre, vai? Luke quer mesmo ficar afastado dos parentes?

Enquanto olho pela janela da cozinha, o carro de Suze aparece na entrada e eu a vejo estacionar com cuidado debaixo de uma árvore. Graças a Deus. Suze vai me ajudar. Percebo que não vejo Suze direito há séculos. Senti saudade dela. O que ela anda fazendo? Onde estava ontem à noite?

Estou prestes a gritar "Suze!" pela janela da cozinha quando, para minha surpresa, a porta do passageiro se abre e duas pernas compridas numa legging capri aparecem, seguidas de um corpo sinuoso e cabelo louro inconfundível.

Fico olhando, frustrada. É Alicia. O que Suze está fazendo com Alicia?

Suze está de calça jeans e blusa preta, mas, como sempre, Alicia está usando uma roupa incrível de ioga. Há aberturas nas laterais do top laranja e consigo ver o tronco magro e bronzeado dela. Urgh! Ela é tão exibida. As duas estão conversando, muito sérias. E, então, para meu horror, Suze se inclina e dá um grande abraço nela. Alicia lhe dá tapinhas nas costas e parece estar falando de forma tranquilizadora. Fico revoltada só de ver a cena. Na verdade, quase fico enjoada. Suze e Alicia, a Vaca Pernalta? Se abraçando? Como ela *pode*?

Suze se vira e segue na direção de casa, e um momento depois ouço a chave na porta.

— Suze! — chamo, e ouço-a desviar os passos na direção da cozinha.

— Ah, oi.

Ela fica de pé na porta, mas não se aproxima nem sorri. Ela parece tensa. Está segurando o batente da porta, e vejo as veias da mão dela saltando.

— Como foi na TV? — pergunta ela como se não se importasse. — Você já está mais famosa agora?

— Foi bom. Suze, por onde você andou? Saiu ontem à noite com a Alicia?

— Saí, sim, mas por que você quer saber? — pergunta ela com um sorrisinho tenso. — Se você está se sentindo sozinha, por que não sai com a Sage? Você deve ter algum outro evento de celebridades para comparecer, né?

— Não fale assim! — digo, magoada. — Eu preciso de você. Adivinhe o que aconteceu. Elinor chegou e tenho que preparar a intervenção, e não estou pronta e...

— Bex, não estou nem aí — corta Suze, de forma rude. — Tenho outras coisas com que me preocupar. Na verdade, só vim buscar algumas coisas e tenho que ir.

Ela se vira, e eu vou atrás dela, subindo a escada.

— Aonde você vai? — pergunto.

— Para o Golden Peace.

— É por isso que você está com a Alicia? — Tento não parecer ressentida, mas não consigo evitar. — Eu vi você com ela. Vi quando ela abraçou você.

— Eu sabia que você ia ver.

— Você estava abraçando Alicia, a Vaca Pernalta, de propósito?

— Isso mesmo. — Mais uma vez, Suze não parece nada interessada. Ela pega um casaco e o coloca na bolsa, depois pega algumas anotações que parecem ter sido feitas por Tarquin. — Tudo bem, já vou.

Ela passa por mim e sai do quarto.

Fico olhando para ela, arrasada. Ela está se comportando como se eu não existisse. Qual é o problema dela?

— Suze! — Desço correndo a escada atrás dela. — Escute. Que horas você volta? Eu queria muito conversar. As coisas não andam bem com o Luke, e agora Elinor está aqui, vai ser bem complicado e estou me sentindo meio...

— As coisas não andam bem com o Luke?

Ela se vira com os olhos azuis brilhando de raiva, e eu dou um passo para trás, alarmada.

— Quer saber, Bex? As coisas também não andam bem com Tarquin! Mas você não estava interessada nisso, estava? Então por que eu deveria estar interessada nos seus problemas idiotas?

Por um momento, fico surpresa demais para responder. Ela parece furiosa. Na verdade, parece estar péssima. Os olhos estão vermelhos, eu reparo agora. Será que aconteceu alguma coisa que eu não sei?

— Do que você está falando? — pergunto, ansiosa.

— Estou falando do fato de ele ter sido tirado de mim por aquele homem mau — diz ela, tremendo. — Estou falando do fato de ele ter sofrido lavagem cerebral.

Ela não está cismada ainda com a mesma coisa, está?

— Suze — digo, com o máximo de paciência que consigo —, Bryce não é mau...

— Você não entende, Bex! — explode Suze. — Ele foi despedido!

— O quê? — Olho para ela boquiaberta.

— O comitê do bem-estar acha que ele introduziu práticas nada saudáveis no Golden Peace. Estão muito preocupados. Querem que Tarkie vá até lá e diga para eles o que está acontecendo nessas sessões individuais. Vou conversar com um especialista em cultos hoje.

Ele vai me aconselhar. Estou indo para lá agora com a Alicia. Ela tem me dado apoio e tem sido incrível comigo — acrescenta ela com voz trêmula. — Na verdade, foi Alicia quem alertou o marido e insistiu para que Bryce fosse despedido.

Estou sem palavras de tão chocada. Minha cabeça gira com todas essas informações novas. Bryce, despedido? Alicia, incrível? Tarquin, *sofrendo lavagem cerebral*?

— Suze. — Acabo cedendo. — Suze, eu não fazia ideia...

— É claro que não — diz ela, em um tom que me faz me encolher. — Você estava ocupada demais escolhendo bolsas *clutch*.

— Era para o trabalho — digo, na defensiva. — Não era diversão!

— Ah, sim, *trabalho*. Esqueci. — Ela soa ainda mais mordaz. — Sua supercarreira nova com a qual devemos ficar cheios de dedos porque você é famosa. Bem, espero que você curta seu sonho, Becky. Eu vou resolver meu pesadelo.

Ela pega a chave do carro com as mãos trêmulas.

— Suze! — chamo, horrorizada. — Espere! Vamos tomar uma xícara de chá...

— Não adianta xícara de chá! — Ela quase grita. — Você não entende? Não, claro que não. Por sorte, eu tinha Alicia. Ela tem sido maravilhosa. Tão prestativa e gentil... — A voz de Suze treme um pouco. — Eu sabia que tinha alguma coisa errada, *sabia*...

Olho para Suze, arrasada. Nunca me senti tão mal em toda minha vida. Isso é tudo culpa minha. Eu levei Tarquin para o Golden Peace, não dei ouvidos quando Suze estava preocupada...

— Me desculpe... — Engulo em seco. — Eu não sabia... Suze, o que eu puder fazer para ajudar, eu farei...

Dou um passo para abraçá-la, mas ela me afasta com a mão.

— Tenho que ir. Alicia está esperando.

— Onde está o Tarkie?

— Não sei. Com Bryce, eu acho. Ouvindo um monte de besteira. Ela abre a porta da casa, mas eu a empurro com o pé.

— Suze, por favor — imploro, desesperada. — Me diga. O que eu posso fazer?

Suze me observa em silêncio, e, por um esperançoso momento, eu acho que ela vai ceder e me tratar como a melhor e mais antiga amiga de novo. Mas, com um suspiro cansado, ela balança a cabeça.

— Nada, Bex. Resolva você os seus problemas. Eu vou resolver os meus.

Ela vai embora. Eu espio pela janelinha lateral e fico fora do campo de visão. Posso vê-la seguindo apressadamente até o carro. Vejo o rosto dela relaxando enquanto fala com Alicia. Minha garganta está apertada e sinto uma aflição.

O carro segue, e encosto a cabeça na janela, fazendo um círculo embaçado no vidro. O que está acontecendo com a minha vida? Desde aquela noite da premiação, quando tudo começou, sinto que estou vivendo em um caleidoscópio. Tudo gira e forma desenhos diferentes a todo momento, e assim que me acostumo com um, tudo muda de novo. Por que as coisas não podem permanecer iguais por *apenas um segundo*?

O portão elétrico vai se fechando devagar. O carro foi embora. Parece que meu coração vai explodir, só que não sei do que ele está mais cheio: de estresse com Luke, de preocupação com Tarkie, de desejo que Suze volte ou de ódio por Alicia. Porque não ligo para o que Suze diz, não acredito que Alicia tenha mudado. Ela faz joguinhos. Se está sendo legal e está dando apoio para Suze agora é só porque quer prejudicá-la de alguma forma mais para a frente. Ela tem algum plano venenoso guardado na manga, eu sei. E Suze confia nela mais do que em mim... Suze gosta dela mais do que de mim...

Há lágrimas nos meus olhos, e uma escorre de repente pelo nariz. Outra escorre logo depois quando meu celular toca, e enxugo as duas rapidamente e atendo.

— Aran! Oi! Como vai?

— Oi, gata — diz a voz tranquila. — Eu soube que você vai vestir Sage para a pré-estreia de *Big Top*. Parabéns, é uma tarefa e tanto!

— Obrigada! — Tento parecer o mais alegre possível. — Estou tão animada!

— Você contou pro Luke? Ele surtou?

— Mais ou menos — digo depois de uma pausa.

Ele não só surtou, tenho vontade de dizer, mas também não está nem um pouco orgulhoso. Ele acha que eu devia despedir os guarda-costas. Não quer comer sopa de grãos. Não quer estar na lista top. Se você não quer estar na lista top, para que ir para Hollywood?

— Bem, adivinhe quem quer conhecer você na pré-estreia? Nenita Dietz.

— Não! — Reprimo um gritinho. — Nenita Dietz ouviu falar de mim?

Apesar de tudo, fico mais animada. Passei todo aquele tour idiota pelo estúdio tentando encontrar Nenita Dietz. E, agora, ela está tentando me encontrar!

— É claro que ela ouviu falar de você. — Aran ri. — Vamos arrumar um encontro, uma oportunidade de foto no tapete vermelho, talvez vocês possam conversar na festa... Que tal?

— Que incrível! — sussurro.

Quando desligo, estou meio tonta. Eu e Nenita Dietz no tapete vermelho. Fazendo amigos e falando de moda. Eu jamais poderia *sonhar* com isso.

— Eu, adivinhem! — digo antes de perceber que não tem ninguém para me ouvir.

Um momento depois, Jeff aparece na porta.

— Tudo bem? — pergunta ele.

— Vou conhecer Nenita Dietz! — digo. — No tapete vermelho! *Ela* pediu para *me* conhecer. Você sabe o quanto ela é importante?

O rosto de Jeff está inexpressivo, mas consigo ver os olhos dele lendo minha expressão em busca de pistas.

— Incrível — responde ele, sem demonstrar qualquer interesse.

Ele desaparece de novo, e reprimo uma sensação de decepção por ele não ter ficado mais empolgado. Ninguém sente orgulho de mim, nem mesmo meu guarda-costas. Outra lágrima escorre de repente pela minha bochecha, e eu a enxugo, impaciente.

Isso é uma bobagem. *Bobagem.* A vida está ótima. Por que estou me sentindo assim?

Vou ligar para mamãe. A solução me ocorre do nada. É claro. Mamãe vai fazer com que eu me sinta melhor. Eu devia ter pensado nisso séculos atrás. E também vou poder tranquilizá-la em relação a papai. Já é noite na Inglaterra. Perfeito. Eu me encosto na cadeira e digito o número. Quando ouço a voz familiar atendendo, sinto um alívio percorrer todo o meu corpo.

— Mãe! Como você está? Escute, vou vestir Sage para uma pré-estreia amanhã! E vou conhecer Nenita Dietz! Ela ligou pra Aran pra dizer que queria me conhecer! Dá pra acreditar?

— Que ótimo, Becky. — Mamãe parece tensa e distraída. — Escute, querida, onde está papai? Posso falar com ele?

— Ele saiu agora. Vou pedir pra ele ligar pra você.

— Bem, onde ele está? — Ouço um quê de preocupação na voz dela. — Para onde ele foi? Becky, você disse que ia ficar de olho nele!

— Eu *estou* de olho nele! — respondo, meio impaciente. Sinceramente, o que ela espera, que eu persiga meu próprio pai? — Ele saiu com Tarquin, mãe. Eles estão se dando muito bem. É tão fofo. Ontem eles foram passear e jantaram juntos e... — Paro de falar na hora que vou dizer "ficaram bêbados". — Eles se divertiram. Mãe, você não devia se preocupar.

— Mas qual é o *motivo* disso tudo? Por que ele viajou de repente para Los Angeles? — Ela ainda parece tensa. — Você já descobriu? O que ele disse pra você, amor?

Sinto uma pontada gigante de culpa. Eu devia ter arrumado tempo para conversar com papai ontem. De verdade. E devia ter conseguido aqueles autógrafos para ele. Sinto-me péssima por causa disso.

— Ele não falou *muita* coisa — admito. — Mas vamos ter uma conversa hoje à noite. Prometo. Vou arrancar isso dele.

Quando desligo o celular dez minutos depois, estou ao mesmo tempo melhor e pior. Melhor porque é sempre bom conversar com a mamãe. Mas pior porque consigo ver como deixei as coisas fugirem do controle. Andei distraída demais. Eu devia estar mais envolvida com papai... devia estar ao lado de Suze... Fecho os olhos e cubro o rosto com as mãos. Tudo parece doloroso e errado. Fiz besteira de todas as formas, tudo ao mesmo tempo, nem percebi o que estava fazendo, e agora não sei como começar a consertar tudo... O que vou *fazer*...?

Pelo que parece uma eternidade, fico sentada ali, deixando meus pensamentos girarem e se acalmarem aos poucos. E então, cheia de determinação, pego uma folha de papel no bloco da cozinha e escrevo um título: *Resoluções*. Vou fazer minha vida funcionar. Não vou deixar mais que ela gire como um caleidoscópio. É a *minha* vida, e isso quer dizer que *eu* escolho o caminho que ela deve seguir. Mesmo que isso signifique lutar com ela e bater na cabeça dela e dizer: "Toma isso, vida!"

Escrevo rapidamente por um tempo, depois me encosto e olho para a lista, determinada. É bastante coisa, vai ser um desafio, mas consigo fazer tudo. *Tenho* de fazer tudo.

Resoluções

1. Promover paz entre Luke e Elinor. (Como São Francisco.)
2. Ir ao tapete vermelho e pegar um milhão de autógrafos para o papai.
3. Elaborar a roupa perfeita para Sage e ser contratada por Nenita Dietz.
4. Fazer as pazes com Suze.
5. Salvar Tarkie do culto.
6. Descobrir os motivos da viagem do papai e tranquilizar mamãe.
7. Comprar um sutiã tomara que caia.

É bem verdade que o último item não é tão revolucionário quanto os outros, mas preciso mesmo de um sutiã tomara que caia.

DEZENOVE

À s três da tarde, já estou me sentindo bem mais calma. Comprei meu sutiã novo e mandei três vestidos, seis pares de sapatos e um terninho estilo smoking para Sage experimentar. (Acho que ela não vai escolher o smoking, mas deveria. Ela ficaria linda.) Também peguei Minnie mais cedo na pré-escola e coloquei nela o vestido com avental rosa-flamingo mais lindo do mundo, com faixa na cintura e mangas bufantes. Ainda tem uma calcinha da mesma cor, e fico com certa inveja. Por que vestidos de adultos não têm calcinhas combinando? Todo mundo compraria. Talvez eu escreva para alguns estilistas sugerindo isso.

Jeff nos levou até o Purple Tea Room, que fica na metade da Melrose Avenue e tem um letreiro enorme pintado à mão com letras curvas. Ajudo Minnie a descer do carro, ajeito a saia e digo:

— Vejo você mais tarde, Jeff. Eu ligo.

Seguimos na direção da placa e eu abro a porta de vidro.

Droga.

Acho que Aran e eu não estávamos falando da mesma coisa quando dissemos "chá da tarde". Quando me refiro ao "chá da tarde", estou falando de bules de prata e garçonetes de aventais brancos com babados e sanduichinhos de pepino. Estou falando de toalhas de mesa engomadas e talvez senhoras no estilo Miss Marple sentadas à mesa ao lado, conversando ao som de uma harpa.

O Purple Tea Room não é nada parecido com isso. Para começar, não há cadeiras nem mesas, só almofadas, pufes e bancos de madeira em formatos estranhos. O salão é grande, mas mal-iluminado, com velas gerando sombras ondulantes nas paredes. Tem música tocando, mas é uma música oriental, vindo de uma cítara, e tem um cheiro no ar, mas não de scones nem de canela. Parece mais...

Bem. Humm. Era de se imaginar que as pessoas seriam mais discretas. Afinal, não estamos em Amsterdã, estamos?

Para todo lado que olho, vejo gente jovem e descolada deitada, bebericando em xícaras de chá, digitando em Macs da Apple e recebendo massagem nos pés ou nos ombros de pessoas que parecem massoterapeutas de calças indianas largas. E no meio disso tudo está sentada Elinor, com a coluna ereta, usando o terninho de bouclé engomado de sempre e uma expressão indiferente. Ela está sentada em um banco com formato de cogumelo, segurando um copo de água e olhando ao redor como se fosse a rainha Vitória e os outros fossem selvagens. Mordo o lábio para tentar não rir. Pobre Elinor. Ela também devia estar esperando toalhas de mesa engomadas.

Ela está pálida e lívida, mas o cabelo preto em forma de capacete está impecável, como sempre, e as costas estão eretas como um poste.

— Moçaaa! — grita Minnie ao ver Elinor. — Mamãe! — Ela se vira para mim cheia de alegria. — É a *Moçaaa!*

Ela se solta da minha mão, corre até Elinor e se joga com carinho nas pernas dela. Todo mundo se vira para olhar, e consigo ouvir alguns "Aaah". Independentemente do que você pense de Elinor, é uma imagem muito fofa.

Na verdade, não consigo me lembrar da última vez que vi Minnie tão animada. O corpo dela todo treme de empolgação e os olhos estão brilhando, e ela fica olhando para mim como se para compartilhar o momento maravilhoso. Elinor parece bem feliz de ver Minnie. As bochechas ficaram quase rosadas, e o rosto paralisado ganhou vida.

— Bem, Minnie! — Consigo ouvi-la dizendo. — Muito bem, Minnie. Você cresceu.

Minnie está olhando dentro da bolsa de pele de crocodilo de Elinor e tira, triunfante, um quebra-cabeça. Toda vez que Elinor vê Minnie, leva um quebra-cabeça diferente e monta enquanto Minnie olha impressionada.

— Vamos montar juntas — diz Elinor. — É a vista do Wellesley-Baker Building em Boston. Meu bisavô era o dono. Seu ancestral, Minnie.

Minnie assente sem entender e olha para mim.

— Mamãe, Moçaaaaa!

A alegria dela é tão contagiante que me vejo sorrindo e dizendo:

— Sim, querida! A Moça! Não é incrível?

Essa coisa de "Moça" começou porque tínhamos que esconder os encontros com Elinor de Luke, e não podíamos correr o risco de ela dizer: "Vi a vovó Elinor hoje."

Os encontros ainda são segredo. Esse é segredo. E, enquanto observo Minnie e Elinor olhando uma para a outra com satisfação, sinto uma onda repentina de determinação. Essa briga é sem sentido e triste e tem que acabar agora. Luke e Elinor precisam fazer as pazes. Eles são uma *família*.

Sei que Elinor disse uma coisa desagradável, ou até pior, sobre a amada madrasta de Luke, e que isso o chateou. (Eu nunca soube os detalhes exatos.) Foi assim que essa briga toda começou. Mas a vida não pode consistir em se agarrar às coisas ruins. Precisamos nos agarrar às coisas boas e deixar as ruins para trás. Ao olhar para Elinor abrindo o quebra-cabeça com Minnie, extasiada, sei que é uma coisa boa. Para Minnie, para mim e para o Luke. Ela não é perfeita, mas quem é?

— Posso oferecer um chá a vocês?

Uma garota magra de avental de linho e calça branca larga se aproximou tão silenciosamente que me fez dar um pulo.

— Ah, sim, por favor — digo. — Que ótimo. Chá normal pra mim, obrigada. E leite pra minha filha.

— "Chá normal"? — repete a garota, como se eu estivesse falando suaíli. — Você olhou o cardápio de chás?

Ela indica o livreto no colo de Elinor, que parece ter umas quarenta páginas.

— Desisti — diz Elinor rispidamente. — Eu gostaria de beber uma água quente com limão, por favor.

— Me deixe dar uma olhada...

Começo a passar os olhos pelo livreto, mas logo vejo as letrinhas borradas. Como pode haver tantos tipos de chá? É bobagem. Na Inglaterra, nós só temos *chá*.

— Temos chás para diferentes necessidades — diz a garota, querendo ajudar. — Temos de erva-doce e hortelã para digestão, ou trevo vermelho e urtiga para problemas de pele...

Problemas de pele? Olho para ela, desconfiada. Ela está tentando dizer alguma coisa?

— Os chás brancos são muito populares...

Sinceramente, chá não é para ser *branco*. Não sei o que mamãe teria dito para essa garota. Provavelmente pegaria um saquinho de chá Typhoo e diria: *"Isto é chá, amor."*

— Você tem um chá que deixe a vida totalmente incrível de todas as formas? — pergunto, só para irritar a garota.

— Tenho — diz ela sem hesitar. — Nosso chá de hibisco, laranja e erva-de-são-joão promove uma sensação de bem-estar pela melhora do humor. Chamamos de nosso chá da felicidade.

— Ah — digo, surpresa. — Bem, é melhor eu tomar esse então. Você quer um, Elinor?

— Não quero alterar meu humor, obrigada.

Ela olha séria para a garota.

É uma pena. Eu adoraria ver Elinor felizinha. Ela talvez acabasse sorrindo direito, pra variar. Mas me ocorre que ela provavelmente desmoronaria. Pó branco cairia dos cantos dos lábios e de repente o rosto dela se desintegraria em pó de gesso e em qualquer outra coisa que tenham usado para restaurá-la.

A garota entregou nosso pedido para um sujeito que estava passando com uma roupa que parece de monge tibetano e agora se vira novamente para nós.

— Posso oferecer uma sessão de reflexologia de cortesia ou alguma outra terapia holística?

— Não, obrigada — recuso educadamente. — Nós só queremos conversar.

— Nós somos muito discretos — diz a garota. — Podemos trabalhar nos seus pés, sua cabeça, nos pontos de pressão no seu rosto...

Consigo ver Elinor se encolhendo só de pensar no assunto.

— Eu não desejo ser tocada — diz ela rigidamente. — Obrigada.

— Podemos trabalhar sem tocar em você — insiste a garota. — Podemos fazer uma leitura de tarô ou uma meditação baixinho, ou podemos trabalhar com a sua aura.

Tenho vontade de explodir em risadas quando vejo a expressão de Elinor. A aura dela? Eles estão falando daquela nuvem gelada de reprovação que a acompanha como se fosse a própria atmosfera?

— Eu não tenho aura — diz ela, com frieza na voz. — Foi cirurgicamente removida.

Ela olha para mim com o canto do olho e, para minha total surpresa, me dá uma leve piscadela.

Ah, meu Deus. Elinor acabou de fazer uma piada?

Sobre ela mesma?

Estou tão chocada que não consigo falar, e a garota parece um pouco incomodada porque vai se afastando sem tentar oferecer qualquer outra terapia.

Minnie ficou observando Elinor atentamente durante todo o tempo, e agora Elinor se vira para ela.

— O que foi, Minnie? — pergunta ela, sem ceder. — Você não deveria ficar encarando as pessoas. Não vai se sentar?

Elinor sempre fala com Minnie como se ela fosse adulta, e Minnie adora isso. Minnie não responde, mas se inclina para a frente e tira um fiapo de tecido da saia de Elinor.

— Prontinho — diz ela, e solta o fiapo no chão.

Quantas vezes Elinor pegou no meu pé por causa de alguma coisa grudada na minha roupa? E, agora, Minnie se vingou. Só que Elinor não parece nada incomodada.

— Obrigada — diz ela para Minnie com seriedade. — A camareira do meu hotel é meio relaxada.

— Relaxada — concorda Minnie com seriedade. — Relaxada amada... *Adivinha* o quanto te amo — acrescenta ela de forma inconsequente.

Sei que Minnie está citando o livrinho infantil, mas Elinor não, e fico perplexa com a reação imediata dela. As maçãs do rosto começam a tremer e há um brilho nos olhos dela.

— Bem — diz ela em voz baixa. — Bem, Minnie.

É quase insuportável ver o rosto tenso e branco lutar contra a emoção. Ela coloca a mão cheia de rugas e anéis na cabeça de Minnie e a acaricia algumas vezes, como se fosse o máximo que ela conseguisse se obrigar a fazer.

Ah... eu adoraria fazê-la relaxar. Eu devia ter pedido o chá de alteração mental para mulheres idosas reprimidas de terninho Chanel.

— Elinor, temos que fazer você e Luke se reconciliarem — declaro impulsivamente. — Quero que você seja parte da família. Direito. Vou preparar uma intervenção na nossa casa e não vou deixar nenhum dos dois sair enquanto não ficarem amigos.

— Não acho que "amigos" seja o termo apropriado — diz ela, parecendo confusa. — Somos mãe e filho, não colegas.

É por isso que ela não resolve as coisas.

— É, sim! É totalmente apropriado. Sou amiga da minha mãe, e você pode muito bem ser amiga do Luke. Quando eu contar a ele tudo que você fez na festa...

— Não. — Elinor me interrompe com a voz parecendo aço. — Já falei, Rebecca. Luke não pode saber do meu envolvimento nunca.

— Mas você fez uma coisa tão incrível! — digo, frustrada. — E ele acha que foram Suze e Tarkie! Isso é loucura!

— Ele não pode saber.

— Mas...

— Ele não pode saber nunca. Não quero comprar o amor dele — acrescenta ela, tão baixo que mal consigo ouvir.

— Elinor, não se trata de "comprar o amor dele" — explico delicadamente. — Não foi só o dinheiro. Foi toda a atenção e o esforço que você dedicou.

A garota chega com nossas bebidas, e ficamos em silêncio enquanto ela arruma os bules, as xícaras, os coadores e pequenos cristais de açúcar em um carrinho de bambu. Sirvo a água quente de Elinor e ela a pega, mas não a bebe.

— E então, Elinor — digo em tom calmo e persuasivo —, você vai contar pra ele?

— Não — responde ela de forma definitiva. — E você também não vai contar. Você me fez uma promessa.

Argh! Parece que ela é feita de granito. Essa intervenção não vai ser nada fácil.

— Tudo bem, então. Vamos encontrar outro jeito.

Enfio a mão na bolsa para pegar minhas anotações sobre "resolução de conflitos". Imprimi de uma pesquisa que fiz no Google, e tem sido muito útil, só que percebi um pouco tarde demais que era sobre resoluções de conflito em uma situação de ação industrial. Passo os olhos pelas páginas para tentar encontrar alguma coisa útil. *Manifestação*, não... *representação sindical*, não... *profissional de saúde e segurança*, não... *técnicas de cooperação*... Ah, isso parece melhor. *Estratégia de negociação em que todos ganham.*

Sim! Isso é muito bom. Algo em que todos ganham é exatamente do que precisamos. Na verdade, não sei bem por que alguém escolheria qualquer coisa que não fosse para todos ganharem. Qual é o sentido de escolher algo em que todos perdem?

Leio o parágrafo, e a expressão que fica saltando aos olhos é "pontos em comum".

— Precisamos encontrar pontos em comum — digo, levantando o olhar. — Que pontos em comum você tem com Luke?

Além de ser completamente teimosa, penso, mas *não* digo.

Elinor olha para mim em silêncio. É como se não tivesse entendido a pergunta.

— Trabalho de caridade — responde ela enfim.

— Tudo bem... — Eu franzo o nariz, em dúvida. — Mais alguma coisa? Vocês já fizeram alguma coisa divertida juntos? Devem ter feito! Quando ele estava em Nova York.

Quando conheci Luke, ele era muito próximo de Elinor. De forma nada saudável, na verdade, embora eu jamais fosse dizer isso. Não quero que ele volte a idolatrá-la, mas será que eles não podem recuperar uma parte daquele relacionamento?

— Vocês já viajaram juntos de férias? — pergunto numa inspiração repentina. — Se divertiram?

Visualizo uma cena de Elinor dançando limbo em algum resort caribenho enquanto Luke torce por ela com um coquetel na mão e me obrigo a não rir.

— Fomos para os Hamptons — diz ela depois de pensar um pouco. — Meu velho amigo Dirk Greggory tinha um chalé lá. Levei Luke em várias ocasiões.

— Que ótimo. Vocês poderiam ter lembranças disso... talvez planejar outra viagem...

— Se fizéssemos isso, teria que ser logo — diz Elinor com aspereza. — Dirk faleceu há dois anos, e a filha dele vai vender o chalé da praia. Um erro, na minha opinião, assim como a péssima reforma que ela mandou fazer na varanda...

— Espere. — Eu a interrompo com a cabeça girando. — Espere. Tem um chalé nos Hamptons do qual você e Luke têm boas lembranças... e está prestes a ser vendido... e essa é sua última chance de voltar lá? Por que você não disse logo?

— Ursinho marrom, ursinho marrom — diz Minnie, erguendo o rosto do copo de leite. — O que você está vendo?

— Não consigo entender.

Elinor franze a testa o máximo que consegue, ou seja, nem um pouco.

— O que você está vendo, mamãe? — pergunta Minnie imperiosamente. — O que você está veeeeendo?

Que bom que sei todos os livrinhos dela de cor.

— Um pássaro vermelho. — Eu me viro para Elinor. — Isso é perfeito. Você pode dizer que foi por isso que veio ver Luke. Ele vai ter que ouvir.

— Pássaro vermelho, pássaro vermelho, o que você está vendo?

— Um cavalo azul.

— Não! — grita Minnie, batendo o copinho de plástico. — Cavalo azul, não! Pato amarelo!

— Tudo bem, pato amarelo — concordo, incomodada. — Tanto faz. Elinor, essa é sem dúvida a nossa deixa! Tente se lembrar de todos os ótimos momentos que vocês tiveram juntos e fale pro Luke. Tente encontrar aquele laço de novo.

Elinor parece em dúvida, e eu suspiro. Se ao menos ela se arrumasse mais. (E com isso *não* estou falando de ter unhas impecáveis e sapatos combinando.)

— Você poderia usar alguma coisa um pouco menos formal hoje à noite? — sugiro. — E talvez soltar o cabelo? E falar de um jeito diferente?

Basicamente, fazer um transplante de personalidade, é isso que estou dizendo, na verdade.

— Falar de um jeito diferente? — Elinor parece afrontada.

— Tente repetir comigo. — Eu me inclino para a frente. — "Luke, meu amor, se ao menos pudéssemos passar um tempo juntos..." — Eu paro de falar ao ver a expressão rígida de Elinor. Percebo que ela não vai aceitar o "Luke, meu amor". — Tudo bem, vamos tentar um caminho diferente. Você poderia dizer "Luke, meu anjo..." — O rosto dela fica ainda mais rígido. — "Luke, meu querido... meu docinho..." — Paro de falar. — Tudo bem, o que você *diria*?

— Luke, meu filho — diz Elinor.

— Isso parece o Darth Vader — disparo sem rodeios. Elinor nem reage.

363

— Que seja — diz ela, e toma um gole da água.

Isso é uma coisa *totalmente* Darth Vader de se dizer. Logo ela vai estar ordenando a aniquilação de milhares de jovens jedis inocentes.

— Bem, faça o melhor que conseguir. — Pego meu chá, sentindo-me exausta. — E eu vou fazer o melhor que conseguir. É tudo o que podemos fazer.

De: Yeager, Mack
Para: Brandon, Rebecca
Assunto: Re: Darth Vader

Prezada Rebecca,

Obrigado pelo seu e-mail.

Há muitas teorias sobre a inspiração para Darth Vader, como delineado no meu livro *De onde veio Anakin?*, disponível em todas as grandes livrarias. Mas ele ser baseado em uma "pessoa real", como você sugere, e essa pessoa ter deixado "genes da vida real distribuídos no pool genético que qualquer um pode encontrar", eu acho difícil.

Em resumo, acho improvável sua sogra ter parentesco com Darth Vader.

Receba meus sinceros desejos de felicidade e que a Força esteja com você.

Mack Yeager
Presidente, SGGE
SOCIEDADE GENEALÓGICA DE GUERRA NAS ESTRELAS

VINTE

Combinamos de Elinor chegar à nossa casa às sete da noite, e, faltando dez minutos, estou bebendo uma taça de vinho e tentando ficar calma. Eu nunca soube que ser emissária da paz era tão enervante. Será que o Dalai Lama fica estressado assim antes de espalhar a paz pelo mundo? Será que passa gloss três vezes por estar tão afobado? (Provavelmente não.)

Pelo menos, Minnie foi para a cama sem dar trabalho, e as crianças maiores estão assistindo a *Wall-E*, contentes. É provável que a intervenção já tenha acabado quando elas tiverem que ir para a cama. Acho que sim. Quanto tempo isso demora?

Ah, meu Deus, por que decidi fazer isso?

O lado positivo é que a Sala da Intervenção (a cozinha) está linda. Acendi umas vinte velas para criar uma atmosfera suave e tranquilizadora, coloquei uma música suave para tocar e estou usando um vestido verde bem calmante. Pelo menos, seria calmante se não fosse o fato de ter me custado 280 dólares na semana passada na Intermix e hoje eu ter visto com desconto por 79,99! Podiam ter me avisado. Podiam ter me dado uma dica sutil. Aquela vendedora devia estar rindo loucamente enquanto embrulhava o vestido.

Enfim. Não importa. Luke não precisa saber de nada disso. A questão é que a cozinha está pronta e eu estou pronta e agora só precisamos que Elinor chegue. Não consigo fingir que não estou tensa.

E não consigo fingir que o clima não está tenso. Fico olhando para Luke e me perguntando como ele vai reagir.

Ele está sentado à mesa da cozinha tomando cerveja, e o rosto dele está decididamente virado para o outro lado. Quando olho para ele, tenho uma sensação ruim. Não estamos bem. Não estamos sendo *nós*. Não que tenhamos brigado de novo, mas acho que é pior. Não estamos fazendo contato visual direito, e nenhum de nós dois mencionou nossa conversa pela manhã. A única vez que vi Luke sorrir foi mais cedo, quando ele estava ao telefone com Gary, o colega dele.

Gary está em Nova York, mas volta para Londres amanhã de manhã. Eles estavam falando sobre a reunião do Tesouro, e Luke pareceu muito animado. Ele ficava dizendo "número 10" e "política", e percebi que o cérebro dele estava trabalhando, cheio de ideias. Ele ficava rindo das coisas que Gary dizia e pareceu mais bem-humorado do que nos últimos dias.

Eu realmente, *realmente*, odeio dizer... mas acho que a verdade é que o mundo das finanças combina melhor com ele do que o das estrelas de cinema.

Papai ainda está na rua, o que me deixa um pouco aliviada, porque ele iria querer participar da intervenção e iria começar a dizer para Elinor que ela ficaria mais bonita se tivesse um pouco de carne sobre os ossos. E não tive notícias de Suze desde que a vi de manhã, exceto por uma mensagem dela me pedindo para buscar as crianças. Sei que voltou para casa mais cedo porque Mitchell me contou. Aparentemente, ainda estava com Alicia e ainda estava procurando Tarquin. Ela andou pela casa gritando "Tarkie! Tarkie, cadê você?", depois saiu de carro. Era tudo que ele tinha a dizer sobre Suze. Em seguida, fez um relatório completo de todas as falhas de segurança que identificou naquele dia (duas, e as duas consistiam no garoto da casa vizinha jogando Frisbee em nosso jardim).

Acho que Mitchell vai ficar feliz quando for embora. Ele estava tão entediado hoje que consertou nossa churrasqueira e me mostrou com orgulho. Eu nem sabia que estava quebrada, para ser sincera. Na verdade, preciso contar isso para Luke.

— A propósito, Mitchell consertou a churrasqueira — digo, quebrando o silêncio constrangedor.

— Eu ia fazer isso — responde Luke na mesma hora, com o maxilar tenso. — Não precisava pedir pro Mitchell.

— Eu não pedi pro Mitchell! Eu nem sabia que estava quebrada... — Paro de falar, ligeiramente desesperada. Preciso melhorar o humor dele antes de Elinor chegar.

— Olha, Luke... — Mordo o lábio. — Está tudo bem com a gente?

Há uma pausa, e Luke levanta os ombros, em dúvida.

— O que você quer dizer com isso?

— Quero dizer isso! — digo, frustrada. — O fato de não olharmos um para o outro! De estarmos irritáveis!

— Você está surpresa? — pergunta Luke, num tom agressivo. — Passei o dia resolvendo os estragos da armação de Sage e Lois. Poderia ter sido mais fácil se eu soubesse desde o começo que era tudo mentira.

— Shhh! — eu o repreendo, olhando para a porta aberta. — Jeff pode ouvir!

— Nesse exato momento, eu não quero nem saber quem vai ouvir — diz Luke, arrogantemente.

Ele parece de saco cheio, e sei que tenho grande culpa nisso.

— Luke, me sinto muito mal por você — digo, esticando a mão para segurar a dele. — E peço desculpas. Eu devia ter contado sobre Sage e Lois quando você perguntou. Mas, por favor, olhe pra mim.

Luke toma outro gole de cerveja e finalmente olha nos meus olhos.

— Becky, a vida já é bem complicada sem termos segredos entre nós. Deveríamos estar do mesmo lado.

— Eu estou do seu lado! — falo. — É claro que estou. Só não estava pensando direito. Tenho tentado ser independente... tentado fazer minha carreira deslanchar...

— Eu entendo isso. — Ele suspira. — E não quero dizer que não podemos manter nossa individualidade. Se você precisa passar um tempo aqui por causa da sua carreira, então é isso que você tem que fazer, e vamos fazer dar certo. — Ele abre um sorriso tenso. — Não posso fingir que desejo ansiosamente uma vida sem você. Mas, se é mesmo o seu sonho, não vou ficar no seu caminho. — Ele hesita e gira a garrafa de cerveja entre os dedos, depois a põe de novo na mesa. — Mas temos que ser sinceros um com o outro. *Temos* que fazer isso, Becky. A sinceridade é a base de tudo.

— Eu sei. — Engulo em seco. — Eu sei que é.

Ah, meu Deus, será que devo mencionar a vinda de Elinor hoje? E explicar tudo? Dar meus motivos, contar a história toda, tentar fazê-lo entender...

Mas é tarde demais. Quando estou tomando fôlego, a campainha toca num som agudo, e sinto um frio na barriga. Ela está aqui. Socorro. Ela chegou.

— Eu atendo — digo, ofegante, e corro para a porta antes que Luke possa se mexer. — Jeff, eu vou! — grito quando escuto os passos pesados dele vindos da sala de TV. — Já sei quem é!

Dei a Elinor a senha do portão e falei para Mitchell deixar Echo preso esta noite.

Meu coração está disparado quando abro a pesada porta da casa. E ali está ela. Minha sogra. A primeira coisa que vejo é a expressão nervosa. A segunda coisa que vejo é o vestido. Ela está de vestido. Um vestido transpassado. Elinor Sherman está usando um *vestido transpassado*?

Pisco, chocada. Nunca vi Elinor usando qualquer coisa que não fosse um terninho, ou talvez um vestido de festa. Onde ela comprou isso? Ela deve ter saído especialmente para comprar esse vestido.

Não tem um caimento muito bom. Ela é tão magra que fica meio frouxo no corpo. E eu não teria escolhido essa estampa marrom e creme para ela. Mas a questão é que ela está usando um vestido. Ela fez um esforço. É como se tivesse tirado a armadura.

O cabelo também está diferente. Não consigo entender bem como, pois o cabelo de Elinor sempre foi um mistério para mim. Não é bem cabelo, parece mais um capacete. (Às vezes até me pergunto se é peruca.) Mas, hoje, está mais soltinho. Mais discreto.

— Você está ótima! — sussurro, e aperto a mão ossuda dela. — Muito bem! Certo. Pronta?

Enquanto vamos para a cozinha, fico louca de apreensão, mas me obrigo a seguir em frente. Eu consigo fazer isso. Preciso fazer isso. Não podemos viver o resto da vida com Elinor como inimiga.

Então nós entramos.

Pego a chave pesada na gaveta, onde guardei para Minnie não conseguir pegar, e tranco a porta depressa. E, então, me viro e vejo Luke respirando ruidosamente.

Não sei o que eu estava esperando... Não sei o que torcia para que acontecesse...

Tudo bem, eu *sei* o que torcia para que acontecesse. Torcia para que Luke olhasse para ela e a expressão em seu rosto passasse do choque à compreensão arrependida e à aceitação sábia, e ele diria alguma coisa simples como: "Mãe. É hora de paz. Vejo isso agora." E não precisaríamos da intervenção.

Mas não é isso que acontece. Ele fica olhando chocado para Elinor, mas a expressão dele não muda. Ou, se muda, é para pior. Quando ele se vira para mim, o choque se transforma em fúria. Pela primeira vez na vida, a expressão dele realmente me assusta.

— Você está de brincadeira — diz ele, com a voz mais fria que já ouvi. — Só pode estar de sacanagem.

— Não estou de brincadeira — discordo, com voz trêmula.

Luke olha para mim por mais um momento, depois anda até a porta da cozinha sem nem olhar para Elinor.

— Eu tranquei. Isso é uma intervenção!

— Uma o quê?

Ele se vira com a mão na maçaneta.

— Uma intervenção. Temos um problema que precisamos resolver, e só vamos sair dessa cozinha quando conseguirmos fazer isso — explico com mais coragem do que sinto.

Por um momento, ninguém se mexe. Luke está olhando fixamente para mim e parece que estamos tendo uma conversa particular e silenciosa. É quase como se eu conseguisse ouvir as palavras dele. *Você não fez isso. Você não fez isso.*

E eu estou respondendo: *Fiz, sim. Pode acreditar.*

Por fim, Luke se vira para a geladeira e pega uma garrafa de vinho. Ele serve uma taça e a entrega para Elinor, dizendo abruptamente:

— O que você quer?

Sinto um aperto no coração. Ele parece uma criança mal-humorada.

— Ela é sua mãe. Não fale assim com ela.

— Ela *não* é minha mãe — diz Luke com aspereza.

— Eu *não* sou a mãe dele — ecoa Elinor de forma ainda mais áspera, e vejo a surpresa surgir nos olhos de Luke.

Eles são tão parecidos. Essa é a ironia. Eles parecem ter saído do mesmo molde de bonecas russas, os dois rígidos, com os queixos contraídos e os olhos duros de determinação.

— Eu abri mão do direito de ser sua mãe há muitos anos — diz Elinor em tom mais baixo. — Eu sei disso, Luke. Mas gostaria de ser avó de Minnie. E sua... amiga.

Ela olha para mim, e assinto de forma a encorajá-lo.

Sei o quanto isso deve ser difícil para Elinor. Nada disso vem com naturalidade. Mas, sinceramente, com o cabelo mais solto, segurando uma taça de vinho, usando a palavra "amiga", ela parece quase normal. Ela dá um passo hesitante na direção de Luke, e desejo que ele a veja da forma como eu a vejo. Mas ele está muito desconfiado. Ele não *quer* ver.

— Ainda não entendo. Por que você está aqui?

— Ela está aqui porque isso é uma loucura! — digo, incapaz de ficar quieta. — Vocês têm o mesmo sangue. Têm uma ligação. Quer você queira ou não. E um dia vão morrer!

Ah, isso saiu sem querer. Não sei aonde eu queria chegar com isso.

— Nós vamos *morrer*? — diz Luke, sem acreditar. — Por que diabos isso é relevante?

— Porque... — Hesito por um momento. — Porque vocês vão para o céu ou vão ficar flutuando no céu, sei lá, tá?

Luke ergue uma sobrancelha.

— Flutuando no céu?

— É. E vocês vão olhar para a vida que tiveram e não vão se lembrar de nenhuma briga nem dos comentários que trouxeram mágoas, só vão se lembrar dos *relacionamentos* que tiveram. Vão ver uma grande estampa na vida. E sua estampa está toda errada, Luke. Não deixe um ponto falso estragar a estampa.

Luke não reage. Será que está prestando atenção?

— Você percebe que, ao cortar relação com a sua mãe, também está estragando a estampa da Minnie? — Gosto desse argumento. — E a minha estampa? Sabe, a vida não é só a sua estampa, Luke. Todas as estampas se entrelaçam e formam, tipo, uma rede de estampas, como uma über-estampa, e...

— Jesus Cristo! — explode Luke. — Chega desse papo de estampas!

Fico olhando para ele, magoada. Estava orgulhosa da minha teoria das estampas. E, com o canto do olho, vejo Elinor se aproximando da porta. Ela não está tentando fugir, está?

— Para onde você está indo? — Eu a seguro. — Fale pra ele do chalé.

— Chalé?

Luke consegue fazer a palavra "chalé" parecer altamente suspeita e sinistra. Cutuco Elinor para que ela fale. Sinceramente, esses dois não ajudam nada.

— Dirk Greggory morreu — diz Elinor. — Você gostava do chalé dele, eu acho. Nós podemos visitá-lo uma última vez antes que a filha dele venda. Mas vou ter que avisar a família.

— Ah. — Luke parece surpreso. — Entendo.

— Tenho uma foto sua lá — diz Elinor, para minha surpresa, e abre a bolsa.

Ela tira uma bolsinha de pele de crocodilo com aparência velhíssima e abre o fecho meio emperrado. Imediatamente, vejo uma foto antiga, em preto e branco, de um homem bonito, que Elinor esconde. Ela mexe em mais umas cinco fotos e tira uma e a entrega para Luke.

— Você se lembra disso?

Olho para a foto com curiosidade e vejo um Luke com aparência mais jovem em uma praia grande, usando camisa polo e calça de algodão com as barras dobradas e os pés descalços. Ele está segurando uma pá de madeira e rindo. O cabelo está mais comprido do que agora e desgrenhado pelo vento. Sinto uma pontinha de ciúme. Eu queria tê-lo conhecido nessa época.

Luke mal olha para a foto.

— Isso foi há muito tempo.

— Você tinha 23 anos. Parece que só tem um ano ou dois isso.

Elinor coloca outra foto em cima daquela, sem dizer nada. Desta vez, Elinor também está na imagem. Está usando um conjunto horrível de blusa de gola redonda e calça mostarda. Quase dou um gritinho. Mas os óculos escuros são lindos e o lugar é incrível. Os dois estão de pé em um barco, só com o oceano atrás.

— Você carrega fotos na bolsa? — Não consigo deixar de perguntar, sem acreditar.

Elinor na mesma hora faz uma expressão que indica que descobri a fonte secreta de fraqueza dela.

— Algumas — diz ela, ficando séria. — De vez em quando.

Ela é como uma lesma, penso, fascinada. Toda vez que você toca nela, ela se encolhe. Mas a questão é que lesmas podem ser domadas.

Na verdade, lesmas *podem* ser domadas? Certo, ela não é uma lesma, ela é uma… tartaruga. Não. Um suricato? Não. Ah, quem sabe que coisa ela é. A questão é que essa foto parece ter chamado atenção de Luke. Não sei dizer se ele está olhando para o mar ou para o barco ou para a roupa hedionda de Elinor, mas alguma coisa chamou atenção dele.

— A Minnie iria adorar esse lugar. — Ele olha para mim. — Você também. É um lugar mágico. A areia, o mar... Você não ia acreditar.

— Você poderia alugar um barco — sugere Elinor.

— Minnie deveria aprender a velejar. — Luke está com aquela expressão cintilante e distante de quando está fazendo planos. — Becky, você também precisa aprender a velejar.

Luke já mencionou essa ideia de velejar algumas vezes desde que nos casamos, e até agora tenho conseguido evitar.

— Mal posso esperar! — digo.

Algo apita no fogão e todos pulamos. É como se estivéssemos voltando à vida. Por um momento horrível, acho que Luke vai voltar à sua personalidade fria e furiosa e mandar Elinor embora. Mas ele apenas levanta o olhar da foto e olha para nós duas. Depois olha pela janela, dá um suspiro profundo e esfrega o rosto.

Sei que tudo está acontecendo na cabeça dele. Ele odeia ser precipitado; só temos que deixar que chegue lá. Elinor está me acompanhando. Está totalmente imóvel, quase nem respira.

— Olha... talvez isso já esteja durando tempo demais — diz Luke. — Eu gostaria de... recomeçar.

Quando as palavras saem da boca dele, quase desabo de alívio. Elinor não se mexe muito, mas também aprendi a interpretá-la. As duas linhas no maxilar dela relaxaram, como se ela dissesse "Ufa!"

— Eu gostaria muito que isso acontecesse — concorda Elinor com voz baixa. — Eu fui sincera.

— Eu sei. E não quis dizer aquilo.

Luke sorri, um sorriso arrependido de menino que faz meu coração se apertar. Não tem sido fácil para ele perder uma mãe e odiar a outra.

— Venha cá. — Ele dá um beijo em Elinor. — Você vai ficar pro jantar?

— Bem...

Elinor olha para mim com expressão questionadora e eu faço que sim.

— Posso pegar a chave de volta agora? — pergunta Luke para mim.

— *Acho* que sim.

— E você precisa conhecer Minnie. Ela ainda não deve estar dormindo. Vou chamá-la. Minnie! — grita ele depois de destrancar a porta da cozinha. — Tem uma pessoa aqui pra você conhecer! Você não a vê desde que ela era bebê — acrescenta ele para Elinor quando sai da cozinha. — Você vai levar um susto.

Minnie.

Merda. Minnie. Até onde Luke sabe, Minnie e Elinor são estranhas. Elinor e eu nos entreolhamos, e percebo que pensamos exatamente a mesma coisa.

Tudo bem. Nada de pânico. Vai dar tudo certo. Só preciso pensar rápido... preciso dar um jeito nessa situação... pense... pense...

Ouço Minnie descendo a escada e Luke logo atrás, dizendo.

— Minnie, tenho uma surpresa pra você.

— Surpresa! — diz Minnie. — Presente?

— Não, não é presente, é uma pessoa, e aqui está ela...

A porta da cozinha se abre e aparece uma pessoinha de camisola branca de babados e pantufas de coelho.

— Moçaaaaa! — grita ela com alegria.

— Esta é sua avó! — diz Luke com um floreio. — Minnie, a moça é *minha* mãe. Você quer dar um oi?

Minnie não está ouvindo. Ela corre, se joga nas pernas de Elinor e começa a abrir a bolsa dela.

— Moçaaaaa — diz ela. — Papai, é a Moçaaaaa! — Ela encontra um quebra-cabeça na bolsa de Elinor e o pega com expressão triunfante. — Quebra-cabeça, Moçaaa! Faz na mesa — diz ela com cuidado ao subir na cadeira. — Na *mesa*.

Luke está olhando para as duas completamente perplexo.

— Ela... a conhece — diz ele. — Minnie, querida, você conhece sua avó?

— Não "vó" — diz Minnie com desprezo. — É *Moçaaa*!

— Ela conhece você. — Ele fala diretamente com Elinor. — Como ela pode conhecer você? Vocês não se veem desde que ela era bebê.

— Ela não conhece Elinor! — digo rapidamente. — Não seja ridículo! Ela só está sendo simpática. — Mas minha voz soa falsa até aos meus próprios ouvidos.

Pela expressão de Luke vejo que ele compreendeu tudo.

— Ela falava de ver uma "Moça" — diz ele lentamente. — Nós não sabíamos do que ela estava falando. — Ele se vira para mim, pálido de fúria de repente. — Era minha mãe, não era? Becky, o que você anda fazendo pelas minhas costas? Chega de mentir.

Ele parece tão dono da verdade que sinto uma onda de revolta. Ele não faz ideia. *Nenhuma ideia.*

— Isso mesmo, eu levei Minnie pra ver Elinor! — grito. — Porque ela é avó da nossa filha, e elas tinham o direito de se conhecer! Mas antes de ficar cheio de si e arrogante, você quer saber o que mais estávamos fazendo, Luke?

— Rebecca — diz Elinor, mas eu a ignoro.

— Nós estávamos planejando sua festa surpresa! Você achou que foram Suze e Tarquin? Bem, não foram eles! Foi sua mãe. Ela organizou tudo e pagou por tudo, e não quis levar crédito nenhum, mas deveria! Porque foi ela. Foi Elinor.

Paro de falar, ofegante. Finalmente. *Finalmente.* Estou carregando esse segredo há muito tempo, sentindo esse peso enorme, desde a noite da festa.

— É verdade?

Luke parece abalado, não sei se está perguntando para mim ou para Elinor, mas ela não responde. Está paralisada. A cor sumiu de seu rosto, e os olhos viraram pontos escuros e quentes.

— Não foi para isso que vim aqui, para você descobrir esse fato, Luke — diz ela, num tom sério e rouco. — Esse *não* foi o motivo de eu ter vindo aqui. *Não* era para você descobrir... Você *nunca* deveria saber...

O rosto dela está tremendo, e, quando olho para ela, fico apavorada. Ela está...?

Não.

Ela vai *chorar*?

— Elinor — digo, desesperada. — Elinor, me desculpe, mas ele tinha que saber...

— Não. — Ela não olha nos meus olhos. — Não, Rebecca. Você estragou tudo. Tchau, Minnie.

Para meu horror, ela pega a bolsa com as mãos trêmulas e sai andando.

— Moçaaa! — grita Minnie. — Vai não!

Olho, paralisada, sem conseguir ir atrás dela. Só me mexo quando ouço a porta da casa bater. Uma culpa horrível está crescendo dentro de mim, e não consigo evitar partir para cima de Luke.

— Está feliz agora? Você destruiu a vida da sua mãe. Espero que esteja se sentindo bem.

— Destruí a vida dela? Não mesmo.

— Destruiu, sim! Ela só quer fazer as pazes e ser parte da família e ver Minnie. Você não entende isso, Luke? Ela não quer comprar o seu amor. Não queria me deixar contar pra você sobre a festa. Ficou olhando tudo escondida e não quis aparecer. E aí você passou dos limites e foi agradecer a Suze e a Tarkie. *Eles* sabiam que tinha sido Elinor. E se sentiram péssimos.

— Então todo mundo sabia menos eu? — pergunta Luke com a voz tensa. — É claro.

— Moçaaa! — grita Minnie na hora que o BlackBerry de Luke apita com a chegada de uma mensagem. — Cadê Moçaaa? — Ela desce da cadeira com a expressão determinada. — Achar Moçaaaa.

— Minnie, a Moça precisou ir pra casa dela — digo apressadamente. — Mas vou contar uma historinha sobre a Moça. Aí você pode dormir, e amanhã vamos fazer alguma coisa legal... — Paro de falar ao reparar em uma expressão estranha no rosto de Luke. — O que foi?

Mas ele não diz nada. Só fica olhando para o celular. Ele olha para mim e volta a olhar para a tela. Não estou gostando disso.

— O que foi? — pergunto. — Fala!

Silenciosamente, Luke vira o celular. Estreito os olhos para a tela e vejo uma foto de Minnie na entrada da nossa casa em uma pose sexy de adulta.

— Está no site do *USA Today* — diz ele, e meu coração despenca.

— Deixa eu ver.

Pego o celular e faço uma careta ao olhar a imagem. Conseguiram fazer Minnie parecer completamente adulta e independente e… horrível. Tenho *certeza* de que retocaram a boca para parecer que ela estava usando maquiagem.

— Foi culpa da Sage — digo, devolvendo o celular. — Ela encorajou Minnie. Eu a fiz parar na hora que vi o que estavam fazendo. Quem mandou isso pra você?

— Aran. Mas acho que ele trocou nossos números, porque a mensagem é pra você. Ele parece achar que você vai gostar. É "para melhorar o perfil da família", como ele diz.

Há um tom de acusação na voz de Luke.

— *Gostar?* — repito, horrorizada. — É claro que não vou gostar. Eu fiquei furiosa! Mandei parar! Luke, não acredito que você pensa…

Paro quando vejo a expressão dele. Ele está olhando para o celular de novo com cara de repulsa.

— Aran acabou de me mandar outra mensagem por engano — diz ele. — Você precisa falar pra ele que o seu número não é esse.

— Ah — digo, nervosa. — O que ele diz?

— Ele marcou uma reunião com os produtores de *Ainda mais bonita*. Parece que vocês já conversaram sobre isso — diz Luke com voz estranha, sem entonação. — Disse pra eles que você está superanimada, e eles mal podem esperar pra conhecer você.

Não acredito. Eu *falei* pro Aran que não estava interessada.

— Isso não é nada — respondo apressadamente. — Não se preocupe. É só um…

— Eu sei exatamente o que é — diz Luke, ainda com a mesma voz estranha. — É um reality show sobre cirurgia plástica. Você está tão desesperada assim pela fama, Becky? Está disposta a mutilar seu corpo para virar celebridade? Está disposta a deixar Minnie e colocar sua vida em risco só para poder estar no tapete vermelho?

— Não! — digo, chocada. — Luke, eu não *faria* isso de verdade... — Então por que você vai à reunião?

— Eu não vou! Falei pro Aran que não queria! Isso é um engano.

— Por que ele marcaria uma reunião se você não tivesse demonstrado interesse? — O tom de voz dele é inexorável.

— Não sei! — respondo, desesperada. — Luke, acredite em mim! Eu falei pro Aran que não estava interessada. Eu não mentiria pra você...

— Ah, é? Essa é boa, Becky. — Ele dá uma gargalhada curta e debochada. — Você não mentiria pra mim. Essa é demais.

— Tudo bem. — Passo as mãos no cabelo. — Sei que menti quanto a Minnie ver Elinor. E Sage e Lois. Mas foi diferente. Luke, você *não pode* achar que estou disposta a fazer cirurgia plástica na TV!

— Becky, para ser totalmente sincero — diz ele, com a expressão dura —, eu não faço mais ideia do que se passa na sua cabeça.

— Mas...

— Cadê a Moçaaaa? — interrompe Minnie. — Aonde a Moçaaaa foi?

O rostinho dela é tão inocente e confiante que, do nada, caio no choro. Eu nunca, *nunca* usaria minha filha para chamar atenção. Eu nunca, *nunca* me colocaria em risco por um reality show idiota. Como Luke pôde pensar isso de mim?

Ele está colocando o paletó e agora segue para a porta da cozinha, ainda com aquela expressão distante.

— Não se preocupe com o meu jantar.

— Aonde você vai? — pergunto.

— Minha assistente fez uma reserva pra mim no voo de meia-noite pra Nova York. Decidi que só queria ir mais tarde. Mas não sei por que estou esperando. Vou ver se ela ainda consegue me colocar num voo mais cedo, aí posso me encontrar com Gary.

— Você vai embora? — pergunto, abalada.

— Você se importa?

— É claro que me importo! — Minha voz treme. — Luke, você não está ouvindo! Você não entende!

— Não — responde ele. — Você está certa. Não entendo. Não sei mais o que você quer, nem por que quer, nem quais são seus valores. Você está perdida, Becky. Completamente perdida.

— Não estou! — Dou um soluço repentino. — Não estou *perdida*!

Mas Luke já foi. Afundo na cadeira, tremendo, sem acreditar. Droga de intervenção. Elinor foi embora. Luke foi embora. Deixei tudo um zilhão de vezes pior.

Como ele pôde pensar que eu faria uma cirurgia plástica? Como pode achar que eu usaria Minnie?

— Cadê a Moçaaa? — pergunta Minnie de novo. Ela olha com curiosidade para mim. — Mamãe chorando — diz ela, sem emoção.

— Venha, querida. — Com um grande esforço, eu me obrigo a me levantar da cadeira. — Vamos para a cama.

Minnie não gosta muito da ideia de ir para a cama, e não a culpo, para ser sincera. Levo uma eternidade para convencê-la a voltar para debaixo das cobertas, e acabo lendo *Adivinhe o quanto te amo* umas dez vezes, porque, cada vez que terminamos, ela diz "De novo! Mais! Maaaaaaais!", e não consigo resistir aos apelos dela. Ler as palavras familiares é tão tranquilizador para mim quanto para ela, eu penso.

Quando estou saindo do quarto escuro, ouço a porta da casa bater lá embaixo. É como uma facada no coração. Ele foi embora sem se despedir. Ele *sempre* se despede.

Estou atordoada. Não sei o que fazer. Por fim, volto para a cozinha, mas não consigo comer, e não é só porque fiz uma torta nojenta de quinoa daquele site idiota Coma Bem & Fique Limpo, no qual nunca mais vou entrar. Apenas me sento à mesa com a cabeça girando, tentando entender em que ponto as coisas saíram tão desastrosamente errado.

De repente, ouço o barulho de chave na porta, e meu coração dá um pulo. Ele voltou. Ele voltou! Eu sabia que ele ia voltar.

— Luke! — Vou correndo para o saguão. — Luke... Ah.

Não é Luke, é Suze. Ela parece cansada, e, ao tirar o casaco, vejo que anda mordendo a pele ao redor das unhas, o que faz sempre que está estressada.

— Oi — diz ela. — As crianças estão bem?

— Estão vendo *Wall-E*. — Tenho a sensação de que eles devem estar vendo o filme pela segunda vez, mas não vou mencionar isso para Suze. — O que aconteceu com o Tarkie? Você o encontrou? Ele está bem?

Suze me observa em silêncio por um momento. Ela reage como se eu tivesse feito alguma piada sem graça; na verdade, de mau gosto.

— Não faço ideia se ele está bem, Bex — diz ela de um jeito estranho. — Porque Tarkie não estava no Golden Peace. Ele não está em Los Angeles. Me mandou uma mensagem de um restaurante de beira de estrada.

— Restaurante de beira de estrada? — repito, atônita. — Onde?

— Ele não disse. — Percebo que Suze está tentando se manter firme, mas não está conseguindo. — Ele não me disse nada. E agora não atende o telefone. Não faço ideia de onde ele está, não faço ideia do que está fazendo, ele poderia estar em qualquer lugar... — A voz dela se ergue em um rugido acusatório. — E é tudo culpa do seu pai!

— Culpa do meu *pai*? — repito, abalada.

— Ele o arrastou em uma caçada louca. — Os olhos de Suze brilham para mim parecendo me culpar. — Parece que ele tem que "consertar alguma coisa". O que é? O que ele tem que consertar? Aonde eles foram?

— Eu não sei.

— Você deve ter alguma ideia.

— Não! Não tenho!

— Você não falou com o seu pai, Bex? Não sabe o que ele está fazendo aqui? Não ficou *curiosa*?

★ 381 ★

Suze fala num tom tão mordaz que me encolho. Primeiro mamãe, depois Luke, agora Suze.

— Eu ia falar com ele. — Sei o quanto isso parece uma desculpa, e, na mesma hora, sou tomada de vergonha. *Por que não me sentei com papai para conversar?* — Só sei que tinha alguma coisa a ver com um velho amigo de uma viagem, que aconteceu há muitos anos.

— Um velho amigo — repete Suze com sarcasmo. — Você poderia ser um pouco mais vaga?

O tom dela é tão agressivo que me vejo atacando em resposta.

— Por que você está me culpando por isso? Não é culpa *minha*!

— É culpa sua! Você ignorou seu pai completamente, e ele se agarrou ao Tarkie! Eles encheram a cara ontem à noite, você sabia? Tarkie está vulnerável agora. Não devia estar se embebedando. Seu pai é alcoólatra.

— Não é! É mais provável que Tarquin o tenha embebedado.

— Claro que não.

— Claro que não por quê?

Nós estamos nos olhando com raiva, e percebo de repente que vamos acordar Minnie se continuarmos gritando.

— Olha — digo, com voz mais baixa. — Olha, eu vou descobrir. Vou descobrir pra onde eles foram. Nós vamos encontrá-los.

— Onde está o Luke?

Sinto um espasmo de dor, mas o escondo. Não quero compartilhar os eventos da noite com Suze neste momento.

— Voltou pra Inglaterra — respondo. — Ele tem uma reunião com o Tesouro.

— Ótimo. Que ótimo. — Suze levanta a mão e a abaixa, desesperada. — Achei que ele poderia ajudar.

Ela parece tão arrasada que fico irritada. E daí que Luke foi embora? Não precisamos dele. Não precisamos de um homem. Posso ter feito besteira, mas posso consertar tudo.

— Eu vou ajudar — digo com determinação. — Pode deixar. Vou encontrar os dois, Suze. Eu prometo.

PLEASEGIVEGENEROUSLY.COM

Dê ao mundo... divida com o mundo... melhore o mundo...
VOCÊ ESTÁ NA PÁGINA DE PEDIDOS DE

DANNY KOVITZ

Mensagem pessoal de Danny Kovitz

Queridos amigos,

Como muitos de vocês sabem, este é meu ano de "retribuição", de "me desafiar", de "me levar a um lugar novo".

Devido a circunstâncias que fugiram ao meu controle, infelizmente precisei cancelar meus compromissos. No entanto, agora vou passar por uma série de desafios diferentes, embora igualmente exigentes, que listo abaixo. Vejam os links e doem, sejam generosos, meus amigos queridos e maravilhosos.

    Desafio dos coquetéis de Miami
    Desafio do spa (Chiva Som)
    Desafio do spa (Golden Door)
    Desafio do cruzeiro (Caribe)

Se algum de vocês quiser se juntar a mim nessas empreitadas, venha. Vamos mudar o mundo juntos.

Muito amor

Danny

VINTE E UM

Por onde devo começar? Como se encontra um homem de meia-idade e um aristocrata ligeiramente perturbado que poderiam estar em qualquer lugar de Los Angeles, da Califórnia ou... *de qualquer lugar*?

Suze ligou para a polícia ontem à noite, mas não deu em nada. Eles não foram correndo até nossa casa com as sirenes ligadas. Na verdade, não foram correndo a lugar nenhum. Suze não me contou o que eles disseram, mas pude ouvi-la falar ao telefone, bem irritada. Acho que insinuaram que papai e Tarkie deviam estar em uma boate e que voltariam de manhã e que ela devia parar de se preocupar.

E, sabe, pode ser verdade.

Procurei pistas no quarto de papai, claro. A primeira coisa que encontrei foi um bilhete em cima do travesseiro no qual ele me contava que tinha ido fazer uma "viagenzinha" e que tinha "uma coisa para consertar", mas que eu não deveria me preocupar e que ele voltaria com Tarquin em "um piscar de olhos". Fora isso, minhas descobertas consistem em:

1. O mapa da viagem dele de muitos anos atrás.
2. Um exemplar da Vanity Fair de 1972.
3. Um guardanapo do Dillon's Irish Bar. (Relevante?)

Olho novamente para o mapa, que seguro com muito cuidado porque é bem frágil, e estou passando o dedo sobre a linha vermelha de caneta marcando o trajeto. Los Angeles... Las Vegas... Salt Lake City...

O que ele está "consertando"? O que está acontecendo?

Desejo pela milionésima vez ter ouvido com mais atenção o relato dele sobre a viagem. Consigo lembrar detalhes vagos e histórias, como a vez que eles apostaram o carro alugado em um jogo de pôquer e sobre quando eles se perderam no Vale da Morte e acharam que iriam morrer, mas nada importante. Nada que realmente nos ajude.

Mamãe também não fazia ideia quando falei com ela ao telefone. Na verdade, estava tão nervosa que não consegui arrancar muita coisa dela que fizesse sentido. Ela estava fazendo a mala, e Janice estava ajudando. As duas estavam discutindo sobre como levar dinheiro sem correr o risco de serem roubadas. Ela e Janice vão pegar o próximo voo para Los Angeles e vão deixar Martin "cuidando dos telefones em casa", como mamãe diz. Ela está convencida de que papai está morto e foi jogado em uma vala qualquer e ficava falando: "Se o pior acontecer" e "*Se* ele estiver vivo, pela vontade de Deus", até que finalmente explodi e gritei: "Mãe, ele não está morto!", e ela me acusou de ser insensível.

Deixei uns cinco recados para a irmã de Brent Lewis, Leah, mas ela não respondeu. A única coisa que consigo pensar em fazer agora é voltar para o estacionamento para trailers onde Brent Lewis morava. Sei que ele foi despejado e não tive notícias da filha dele, mas talvez algum vizinho tenha o número do telefone dele. Será? Ele é minha única ligação com a viagem de papai ou com qualquer coisa dessa história.

— Se você levar as crianças pra escola, vou ao estacionamento para trailers agora mesmo — digo para Suze. — Jeff vai me levar.

— Tudo bem.

Suze não olha diretamente para mim. Desde a noite anterior. O celular está grudado na orelha e ela está mexendo o chá de maneira obsessiva, com a outra mão, sem parar.

— Pra quem você está ligando? — pergunto.

— Pra Alicia.

— Ah.

Viro o rosto.

— Oi — diz Suze ao telefone. — Não. Nada.

Sinto uma pontada de dor. Ela está falando do jeito vago e íntimo que se usa quando você é bem próximo de alguém. Como nós falamos. Como nos falávamos.

Quase consigo sentir lágrimas surgindo ao pensar em Suze e Alicia tão próximas, mas também só dormi umas duas horas. Eu ficava olhando o celular para ver se tinha alguma mensagem de Luke, mas não tinha. Escrevi um milhão de mensagens pra ele, mas não mandei nenhuma. Cada vez que eu penso nele, sinto uma onda de mágoa e não sei por onde começar.

Esfrego os olhos e tomo o restinho do meu café.

— Pronto, Jeff — chamo. — Vamos?

Quando Jeff entra na cozinha, ele parece mais desanimado do que nunca. Ele não reagiu bem à notícia do desaparecimento de papai e de Tarkie. Parece achar que é tudo culpa dele, mesmo eu tendo garantido que não.

— O local está seguro — informa ele. — Mitchell está patrulhando o jardim com Echo.

— Ótimo — digo. — Obrigada.

Jeff segue até a porta da cozinha e a examina, depois vai até a janela e passa o dedo no vidro. Murmura alguma coisa no microfone e volta para a porta.

Meu Deus, ele está me deixando nervosa.

— A cozinha está ótima! — digo. — Estamos em segurança! Jeff, meu pai só saiu. Não foi culpa sua.

— Isso não devia ter acontecido — lamenta ele em tom pesaroso. — Não sob a minha vigilância.

— Bem, vamos sair e quem sabe descobrimos alguma coisa. — Empurro a cadeira e faço barulho. — Suze, eu dou notícias.

— Tudo bem.

Os olhos de Suze estão fixos e determinados. O maxilar está apertado e o cabelo está sem vida. Sei que ela não dormiu nada.

— Olha, Suze — digo, hesitante. — Não se preocupe. Tenho certeza de que está tudo bem.

Ela nem responde. Sei que ela está pensando nas piores possibilidades.

Não há mais nada que eu possa dizer.

— Tudo bem. — Mordo o lábio. — Bem... falo com você mais tarde.

Estamos seguindo de carro há uns vinte minutos quando meu celular toca e eu o pego depressa. Mas não é Suze nem papai, nem mesmo Luke. É Sage.

— Ah, oi, Sage.

— Oi, Becky! — A voz dela soa feliz no celular. — Você está superanimada?

— O quê? — digo sem entender.

— Nossa aparição na *Camberly*! Vai ao ar em uns dez minutos! Estou praticamente histérica. Aran acabou de ligar. Ele estava dizendo que já é um sucesso. Você viu a quantidade de visualizações no YouTube? E foi só a chamada!

— Certo. Certo. — Tento não pensar em papai por um momento e me concentrar em Sage. — Sim, eu vi. É um fenômeno!

É verdade, é mesmo um fenômeno. Estão chamando de *O grande confronto: Lois e Sage*. Estavam falando disso de manhã quando eu estava fazendo o café, mas desligamos a televisão porque estava ficando um pouco demais.

(Bem, na verdade, Suze jogou o celular na televisão e gritou "Cala a boca! Cala *a boca*!", e por isso desliguei.)

— Você está vendo?

— Vou ver! — respondo, e ligo, no exato minuto, a televisão do carro. — Estou no carro, mas vou ver aqui. Mal posso esperar. Tenho certeza de que você vai estar incrível.

— Estou maravilhosa — diz Sage, com um tom de satisfação. — A outra coisa é que tive uma ideia ótima pra minha roupa da pré-estreia hoje. Você tem que vir me ajudar. Onde você está agora? Será que pode chegar aqui em uns 15 minutos?

— Quinze *minutos*? — Fico olhando para o celular. — Bem... não. Desculpe. Tenho umas coisas pra fazer agora de manhã. É uma emergência de família.

— Mas você tem que me arrumar! — diz Sage, parecendo afrontada.

— Eu sei. Vou mais tarde, lembra? Podemos conversar quando eu chegar?

A linha fica muda. Ah, meu Deus. Será que Sage está furiosa?

— Qual é a ideia? — pergunto rapidamente. — Aposto que é brilhante.

— Não posso *contar*. Tenho que *mostrar*. — Ela dá um suspirinho afobado. — Tudo bem, se você não pode vir agora, acho que vamos ter que nos encontrar mais tarde. Você vai ficar super *ah, meu Deus*.

— Uau! Parece incrível. Vejo você mais tarde, tá?

Desligo o celular e aumento o volume da TV. Estão noticiando a previsão do tempo para a Costa Leste, e me pergunto se papai e Tarkie pegaram um avião.

Não. Eles não fariam isso. Fariam?

Apesar de eu ter certeza de que mamãe e Suze estão exagerando, sinto um arrepio. As pessoas que você ama não deviam desaparecer dizendo vagamente que têm "uma coisa para consertar". Elas não deviam fazer isso.

De repente, vejo que o programa *Camberly* está começando. As letras familiares estão aparecendo na tela, e imagens de Camberly com um vestido de festa e correndo na praia com o cachorro se revezam com imagens da famosa casa branca dela, onde o programa é "filmado". (Ele é mesmo filmado em Los Angeles, em um estúdio. Todo mundo sabe disso.) Normalmente, há vários quadros no programa. Tem uma entrevista e uma apresentação musical e um bloco de culinária, e geralmente uma competição. Mas o de hoje é "especial". É todo sobre Lois e Sage. Assim que a música acaba, a câmera foca em Camberly séria e, ao fundo, há uma imagem ampliada de Sage e Lois, olhando com raiva uma para a outra. Tudo parece muito dramático.

— Bem-vindos à minha casa — diz Camberly em um tom sério. — E a um especial de uma hora. Sage Seymour. Lois Kellerton. Encontrando-se pela primeira vez desde o famoso confronto no ASA. Voltamos em seguida.

A música toca de novo, e o título do programa voa pela tela. Fico olhando com certo ultraje. Um comercial, *já*? Nunca vou me acostumar com a televisão americana. Ontem, comecei a ver uma propaganda que durou vinte minutos. Vinte minutos inteiros! (Mas era ótima. Era sobre um negócio incrível de fazer churrasco que dá um "toque final com qualidade de restaurante" mas sem as calorias. Na verdade, até anotei o número.)

Espero com impaciência um zilhão de propagandas de analgésicos, depois vejo Sage aparecer na tela, sentada no sofá com uma Camberly absorta. No começo é bem chato, porque ela faz Sage contar exatamente o que aconteceu na cerimônia de premiação, em detalhes, e mostra o vídeo umas dez vezes e fica perguntando a Sage sem parar:

— E o que você sentiu depois disso?

Sage está agindo como quem está arrasada. Fica repetindo expressões como "me senti muito traída" e "não consigo entender Lois" e "por que eu?" com voz falhada. Acho que está exagerando.

Em seguida, vem *outro* intervalo, e então Lois aparece. E apesar de eu saber que elas planejaram tudo, meu coração está batendo mais rápido com a ideia das duas sentadas lado a lado no sofá. Deus sabe o que o público americano está sentindo. Isso é realmente um evento televisivo.

De repente, estamos de volta ao estúdio, e Lois entra no set usando uma calça cigarrete e uma blusa branca de seda esvoaçante e… segurando a bolsinha *clutch*! Não consigo evitar um gritinho de surpresa, e Jeff olha pelo retrovisor.

— Foi mal — digo. — Só estou vendo televisão.

Sage e Lois estão se encarando como dois gatos hostis, com um tipo de tensão elétrica, sem sorrir. As imagens vão de um close para o outro. Camberly observa as duas em silêncio, com a mão na boca.

— Tome sua bolsa *clutch*.

Lois joga a bolsa no chão. Camberly dá um pulo de susto e eu dou um gritinho de protesto. Ela vai estragar a zircônia!

— Você acha que eu quero isso? — diz Sage. — Pode ficar com ela.

Espere. Estou meio ofendida. É uma bolsa muito bonita. E, aliás, ninguém me pagou por ela.

— Vocês duas não se veem desde a cerimônia de premiação — diz Camberly, e se inclina para a frente.

— Não — confirma Sage, sem tirar os olhos de Lois.

— Por que eu iria querer *ver* essa aí? — pergunta Lois.

E, de repente, perco a paciência com aquilo tudo. É tão surreal. Elas vão brigar e ser cruéis uma com a outra, depois vão acabar se abraçando e chorando no final.

— Chegamos — diz Jeff, estacionando o carro. — Você quer continuar vendo o programa?

— Não, obrigada — respondo e desligo a TV.

Olho pela janela e tento me localizar. Ali está o portão de metal. Ali estão as duas fileiras de trailers. Certo. Vamos torcer para eu encontrar respostas aqui.

— É esse mesmo o endereço? — pergunta Jeff, que olha pela janela, meio desconfiado. — Você tem certeza disso?

— Sim, é aqui.

— Bem, acho melhor eu ir com você — diz ele, e sai do carro.

— Obrigada, Jeff — digo quando ele abre a porta do carro para mim. Vou sentir falta de Jeff.

Desta vez, vou direto ao número 431, sem olhar para os lados. O aviso de despejo ainda está na porta, e o trailer em frente está fechado. Vejo meu cartão ainda preso na janela. Que ótimo. Obviamente, a mulher não o passou adiante.

Passo por um homem sentado em frente a um trailer a uns 3 metros de distância, mas não quero me aproximar dele. Em parte porque ele fica me olhando de um jeito estranho e também porque está com um cachorro enorme preso em uma coleira. Não vejo mais nenhum vizinho. O que faço agora? Eu me sento em uma cadeira de plástico no meio do caminho e dou um grande suspiro.

— Você veio visitar alguém? — pergunta Jeff, que me seguiu sem dizer nada.

— Não. Quer dizer, sim, mas ele foi despejado. — Indico o aviso na porta. — Preciso descobrir pra onde ele foi.

— Aham. — Jeff pensa por alguns instantes.

— Eu tinha esperanças de conversar com algum vizinho — explico. — Achei que poderia descobrir o endereço novo dele, alguma coisa assim...

— Aham — diz Jeff de novo, e indica o trailer. — Ele pode estar aí dentro. A porta dos fundos está aberta.

O quê? Eu nem pensei nisso. Talvez ele tenha voltado. Talvez papai esteja lá dentro com ele! Animada, corro até a porta do trailer e bato nela.

— Olá! — grito. — Brent, você está aí?

Há uma pausa e a porta se abre. Mas não é Brent. É uma garota. Eu diria que um pouco mais velha que eu, com cabelo louro escuro ondulado e o rosto cheio de sardas e maltratado pelo sol. Ela tem olhos azul-claros, um piercing no nariz e parece meio antipática. Consigo sentir cheiro de torrada e ouvir "Beat it" do Michael Jackson tocando baixinho ao fundo.

— O quê? — diz ela.

— Ah, oi — cumprimento, meio hesitante. — Desculpe o incômodo.

Um cachorrinho corre até a porta e lambe meus dedos dos pés. É um Jack Russel, usando uma coleira linda verde-limão.

— Que lindo! — digo, e me abaixo para fazer carinho nele. — Qual é o nome dele?

— Scooter. — A garota não amolece nem um pouquinho. — O que você quer?

— Ah. Desculpe. — Eu me levanto e abro um sorriso educado. — Como vai? — Eu estico a mão, e ela a aperta com cuidado. — Estou procurando uma pessoa chamada Brent Lewis. Você o conhece?

— É meu pai.

— Ah! — Respiro aliviada. — Que ótimo! Bem, ele era amigo do meu pai, e acho que meu pai saiu à procura dele, mas não sei pra onde ele foi.

— Quem é o seu pai?

— Graham Bloomwood.

Parece que falei "o anticristo". O corpo dela todo treme de choque. Mas os olhos permanecem grudados nos meus, sem hesitar. Há uma dureza perfurante neles que começa a me apavorar. Qual é o problema? O que eu disse?

— Seu pai é *Graham Bloomwood*? — pergunta ela.

— Sim! Você o conhece?

— O que foi, você veio se gabar? É isso?

Fico boquiaberta. Perdi alguma coisa.

— Er... me gabar? — repito. — Não. Por que eu viria aqui me gabar?

— Quem é aquele cara? — Ela olha para Jeff de repente.

— Ah. Ele. — Dou uma tossida e me sinto um tanto constrangida. — É meu guarda-costas.

— Seu guarda-costas. — Ela dá uma gargalhada amarga e incrédula e balança a cabeça. — Faz sentido.

Faz sentido? O que faz sentido? Ela não sabe nada sobre mim...

Ah, ela me reconheceu! Eu *sabia* que era famosa.

— Isso é desde a coisa ridícula na TV — explico, com um suspiro modesto. — Quando se está na minha posição, é preciso contratar segurança. Tenho certeza de que você consegue imaginar como é.

Talvez ela queira um autógrafo, penso. Eu deveria mandar fazer umas fotos grandes e brilhantes para carregar na bolsa.

— Eu poderia dar um autógrafo num guardanapo — sugiro. — Ou numa folha de papel.

— Não faço ideia do que você está falando — diz ela, sem mudar o tom. — Eu não vejo TV. Você é importante?

— Ah — digo, me sentindo meio tola. — Certo. Eu achei... Bem... não. Quer dizer, mais ou menos... — Essa conversa é excruciante. — Podemos conversar?

— Conversar? — repete ela com tanto sarcasmo que faço uma careta. — Está meio tarde pra *conversar*, você não acha?

Fico olhando, perplexa.

— Sinto muito... não estou entendendo. Tem alguma coisa errada?

— Jesus Cristo. — Ela fecha os olhos rapidamente e respira fundo. — Apenas pegue seu guarda-costas e seus sapatinhos de marca e sua voz irritante e vá embora, tá?

Estou cada vez mais confusa com a conversa. Por que ela está com tanta raiva? Eu nem a conheço. Por que disse que eu vim me gabar?

E que "voz irritante"? Não tenho voz irritante.

— Olhe. — Tento ficar calma. — Podemos recomeçar? Eu só quero encontrar meu pai porque estou preocupada com ele, e este é o único lugar em que consigo pensar e... — Paro de falar. — Me desculpe, eu nem me apresentei direito. Meu nome é Rebecca.

— Eu sei. — Ela olha para mim com uma expressão estranha. — É claro que é.

— E qual é seu nome?

— Rebecca também. Nós todas nos chamamos Rebecca.

É como se o tempo parasse. Fico olhando para ela por alguns segundos sem entender, tentando assimilar as palavras. Mas elas não fazem sentido. *Nós todas nos chamamos Rebecca.*

Nós todas... o quê?

O quê?

— Você sabia disso. — Ela parece confusa com a minha reação. — Você tinha que saber disso.

O que está acontecendo? Entrei em algum universo paralelo estranho? Quem somos nós?

O que está acontecendo?

★ 393 ★

— Seu pai veio ver o meu pai. Há dois dias. — Ela me lança um olhar desafiador. — Acho que eles finalmente se acertaram.

— Se acertaram sobre o quê? — pergunto, desesperada. — O quê? Por favor, me conte!

Há um longo silêncio. A outra Rebecca está me olhando com olhos azuis apertados, como se não conseguisse me entender.

— O que o seu pai contou pra você sobre aquela viagem? — pergunta ela. — A viagem de 1972?

— Não muita coisa. Só umas coisinhas. Eles foram a um rodeio, tomaram sorvete, meu pai teve uma queimadura de sol...

— Só isso? — Ela parece não acreditar. — Queimadura de sol?

— Sim — respondo, me sentindo impotente. — O que mais havia pra contar? O que você quer dizer com nós todas nos chamamos Rebecca?

— Jesus Cristo! — Ela balança a cabeça. — Bem, se você não sabe, não sou eu quem vai contar.

— Você tem que me contar!

— Eu não tenho que contar *nada*. — Ela me olha de cima a baixo, e sinto o desprezo nos olhos dela. — Não sei onde seu pai está. Agora vá se foder, princesinha.

Ela pega o cachorrinho e, para meu horror, bate a porta do trailer. Um momento depois, ouço a porta de trás sendo trancada também.

— Volte! — Bato furiosamente na porta. — Por favor! Rebecca! Eu preciso falar com você!

Como se em resposta, o som de "Beat it" lá dentro fica mais alto.

— Por favor! — Sinto as lágrimas surgindo. — Não sei do que você está falando! Não sei o que aconteceu!

Bato na porta pelo que parece uma eternidade, mas não há resposta. De repente, sinto uma mão enorme e gentil no meu ombro.

— Ela não vai abrir — diz Jeff com delicadeza. — Que tal deixar pra lá? Que tal ir pra casa?

Não consigo responder. Fico olhando para o trailer com um aperto doloroso no peito. Alguma coisa aconteceu. E não sei o que, e a resposta está lá dentro, mas não consigo alcançá-la.

— Que tal irmos pra casa? — repete Jeff. — Não tem nada que você possa fazer agora.

— Tudo bem — concordo. — Você está certo. É melhor a gente ir.

Eu o sigo por entre os trailers, passamos pelo homem com o cachorro assustador e saímos pelo portão. Não sei o que vou dizer para Suze. Não sei o que vou fazer, ponto.

Quando Jeff liga o carro, a TV também liga, e escuto o som de choro. Lois e Sage estão nos braços uma da outra, com rímel escorrendo pela bochecha, enquanto Camberly assiste com a mão na boca, uma expressão de prazer no rosto.

— Eu seeeeempre respeitei você... — Sage está soluçando.

— Eu tive uma vida tão difííííícil — responde Lois, também soluçando.

— Eu amo você, sabe, Lois?

— Eu sempre vou amar vocêêêêêêê...

As duas parecem acabadas. Devem ter usado rímel que não era à prova d'água de propósito.

Lois aninha o rosto de Sage entre as mãos e diz com carinho:

— Você tem uma alma linda.

Não consigo evitar uma gargalhada debochada. Alguém vai acreditar nessa "reconciliação"? Não faço ideia. E, no momento, não me importo. Só consigo pensar em onde está papai. O que está acontecendo? O que será que está *acontecendo*?

Quando volto, Suze não está em casa. Deve estar com Alicia. Elas andam tendo conversas longas e íntimas, porque Suze não pode conversar comigo, a amiga mais antiga, que a ajudou a ter o primeiro bebê, será que ela se lembra *disso*? E passei uma semana com ele nos braços enquanto Suze dormia, será que ela se lembra *disso*? Onde estava Alicia na época? Tomando coquetéis e pensando em maneiras de destruir a minha vida.

Enfim. Se Suze quer ser a melhor amiga de Alicia, tudo bem. Tanto faz. Talvez eu fique amiga do Robert Mugabe.

Deixo uma mensagem de voz para ela e conto por alto o que aconteceu, e faço a mesma coisa com mamãe. Mas me sinto perdida. Não posso sair e ficar procurando papai em lugares aleatórios. Não tenho nenhuma pista.

Assim, arrumo a bolsa e peço para Jeff me levar para a casa de Sage, que está cercada de paparazzi. (Paparazzi de verdade, não só Lon e os amigos dele.) Quando nos aproximamos, percebo que eles não vão conseguir ver dentro do carro por causa dos vidros escuros. Abro a janela, e eles começam a tirar fotos minhas lá dentro, enquanto eu os ignoro com elegância, e Jeff grita:

— Feche essa janela!

(Ele não precisa ficar tão irritado. Eu só queria um pouco de *ar*.)

Quando finalmente entro, a música está alta e tem uns dez assistentes indo de um lado para o outro, fazendo sucos e dizendo para as pessoas ao telefone que Sage não está disponível. A própria Sage está usando uma legging cinza e uma camiseta que diz *CHUPA ESSA*, e está bastante eufórica.

— E aí, *Camberly* não foi incrível? — pergunta ela umas cinco vezes antes que eu consiga dizer oi. — Não foi incrível?

— Foi impressionante! Você usou um rímel que não era à prova d'água de propósito? — Não consigo evitar a pergunta.

— Sim! — Ela aponta para mim como se eu tivesse acertado uma resposta em um jogo de perguntas. — Foi ideia da Lois. O pessoal da maquiagem ficou dizendo: "Vocês podem acabar chorando, muita gente chora nesse programa", e nós respondemos: "E daí? Nós queremos ser *sinceras*, sabe." — Ela dá uma piscadela para mim. — Queremos ser *verdadeiras*. Rímel escorre e essa é a verdade, e se não é o look mais arrumadinho e perfeito, que pena.

Aperto os lábios para não rir. *Verdadeiras?* Só que não posso dizer nada porque ela é minha cliente, então apenas concordo com seriedade.

— Uau! Você está certíssima.

— Eu sei — diz ela com satisfação. — Ah, alguns vestidos chegaram. Onde eu os coloquei?

Depois de procurar por alguns minutos, encontro uma caixa de Danny Kovitz no canto da sala. Foi enviada de manhã do ateliê dele de Los Angeles e tem três vestidos. Ele é muito estrela. (Conversei com Adrian, do quartel-general de Danny Kovitz hoje. Aparentemente, Danny se hospedou no Setai em Miami e diz que nunca mais vai para nenhum outro lugar que faça mais frio que 24 graus. Eu nunca *achei* que a Groenlândia serviria para ele.)

Puxo o vestido branco de contas, que é simplesmente lindo, e o levo até Sage.

— Este é incrível. — Apoio o vestido esticado no braço para ela conseguir vê-lo. — Mas é bem justo, então você precisa experimentar.

— Legal! — Sage passa a mão nele. — Vou experimentar em um minuto.

— E aí, qual foi sua ideia brilhante?

— Ah, isso. — Ela me dá um sorriso misterioso. — Não vou contar pra você.

— É mesmo? — Olho para ela, desconcertada. — Não vai?

— Você vai ver à noite.

À noite? É um penteado? Uma tatuagem nova?

— Tudo bem! — digo. — Mal posso esperar! Eu trouxe outras coisas além do vestido...

— Espere. — Sage se distrai com a TV pendurada na parede. — Olhe! A entrevista está passando de novo. Vamos assistir. Ei, pessoal! — grita ela para os assistentes. — O programa está passando de novo! Peguem pipoca!

— U-hu! — gritam dois assistentes. — Aí, Sage! Incrível!

— Vou ligar pra Lois. Oi, gata — diz ela assim que a ligação completa. — Estamos na TV de novo. Becky está aqui. Nós vamos assistir.

Ela dá um tapinha na minha mão enquanto fala, e reparo em um piercing na língua que não estava ali antes. É essa a novidade?

— Venha! — Sage faz sinal para mim, apontando para o sofá branco enorme e macio. — Relaxe!

— Tudo bem!

Olho discretamente para o relógio. Vai dar tudo certo. Vamos ver o programa e vamos trabalhar.

Só que não assistimos apenas uma vez, e sim quatro.

E, em todas as vezes, Sage comenta e diz coisas como: "Está vendo como acertei na mosca a expressão ali?", e "Lois fica tão bem desse ângulo" e "Onde Camberly turbinou os *peitos*? Estão lindos."

Nesse momento, um assistente pula e diz:

— Vou descobrir!

E começa a digitar no BlackBerry.

Na quarta vez, estou morrendo de tédio. O estranho é que, se essa fosse a vida de outra pessoa, eu estaria louca de inveja. Afinal, olhe para mim! Esparramada em um sofá branco e macio com uma estrela de cinema... tomando suco... ouvindo as piadinhas dela... Era de se pensar que seria o paraíso. Mas tudo que quero de verdade é ir para casa ver Suze.

Mas não posso porque ainda não chegamos às roupas. Toda vez que falo qualquer coisa a respeito, Sage diz "claro" e balança a mão para mim como se me dissesse para relaxar. Já falei umas cinquenta vezes que vou precisar sair para buscar Minnie na pré-escola e que não tenho o dia todo, mas ela não parece ter registrado isso.

— Tudo bem, vamos fazer as unhas! — Sage de repente se levanta do sofá. — Temos que ir ao spa. Temos reserva, não temos?

— Temos! — diz uma assistente. — Os carros estão esperando lá fora.

— Legal! — Sage começa a procurar algo na mesa de centro. — Onde estão meus *sapatos*? Foram parar debaixo do sofá? Christopher, encontre meus sapatos — diz ela com ar fofo para o assistente mais bonito, e na mesma hora ele começa a procurar no chão.

Não estou entendendo. Como ela pode ir a um spa?

— Sage. — Tento chamar atenção dela. — Não vamos decidir seu look para esta noite? Você não ia experimentar os vestidos?

— Ah, claro — diz Sage vagamente. — Vamos fazer isso também. Conversamos sobre isso no spa.

— Eu não posso ir ao spa — digo com toda a paciência do mundo. — Tenho que pegar minha filha depois da excursão da escola ao Museu de Arte Contemporânea.

— A filha dela é *tão* fofa — diz Sage para os assistentes.

Todos dizem:

— Ah, foooofa! Linda!

— E os vestidos?

— Ah, eu experimento sozinha. — De repente, ela parece estar concentrada. — Não preciso que você esteja aqui. Você fez um ótimo trabalho, Becky, obrigada! E obrigada, Christopher, meu anjo!

Ela coloca os sapatos de salto.

Ela não precisa de mim? Sinto como se ela tivesse me dado um tapa na cara.

— Mas ainda não expliquei os looks — digo, aturdida. — Eu ia experimentar com você, explicar os acessórios, ver se precisamos mudar alguma coisa...

— Eu resolvo. — Ela borrifa um pouco de perfume e me olha. — Vá! Divirta-se com sua filha.

— Mas...

Se eu não ajudá-la a criar o look, não sou produtora de moda. Sou garota de entregas.

— Seu carro vai levar você, não é? Vejo você à noite!

Antes que eu possa dizer qualquer coisa, ela já saiu. Ouço a barulheira dos paparazzi lá fora e o som de motores e a confusão generalizada que cerca Sage.

Estou sozinha com a empregada, que anda em silêncio recolhendo tigelas e tirando pipoca do sofá. E, por um instante, me sinto totalmente desanimada. Não foi isso que imaginei. Eu tinha tantas ideias que queria compartilhar com Sage, mas ela não parece estar *interessada* nas roupas.

Quando pego o celular e ligo para o número de Jeff, me obrigo a ver o lado positivo. Ainda está tudo bem. Fui à casa dela, dei o básico da roupa. Quando as pessoas perguntarem quem cuidou do figurino dela, ela vai dizer "Becky Brandon". Ainda é minha grande chance. Preciso me agarrar a isso. Independentemente do que mais esteja acontecendo, esta é minha grande chance em Hollywood.

Quando nos aproximamos de casa, vejo que Lon ainda está em frente ao portão e gesticula loucamente para o carro. Ele está com uma bandana verde-limão e botas justas.

— Pirata! — grita Minnie, que está segurando o quadro "inspirado em Rothko" que ela fez no museu. (Ficou muito bom. Vou emoldurar.) — Vê pirata!

— Becky! — Consigo ouvi-lo gritar quando passamos. — Becky, espere! Escute! Adivinha!

O meu problema é que não resisto a qualquer pessoa que grite "adivinha".

— Oi, Jeff — digo quando os portões começam a abrir para nós. — Pare um minuto.

— *Parar* um minuto?

— Quero falar com Lon. Aquele cara.

Eu aponto para ele.

Jeff para o carro e se vira no banco. Ele está com aquela expressão "decepcionada".

— Rebecca, já conversamos sobre interações na rua — diz ele. — Não recomendo que você saia deste veículo neste momento.

— Jeff, sinceramente. — Reviro os olhos. — É o Lon. Ele é estudante de moda! Não está escondendo uma *arma*.

Dizer a palavra "arma" foi um erro. Na mesma hora, Jeff fica rígido. Ele está em alerta extremo desde que papai e Tarkie desapareceram.

— Se você quer se aproximar dessa pessoa — diz ele com o tom de voz pesado —, vou examinar o local primeiro.

Tenho vontade de rir da cara de reprovação dele. Ele está se comportando como se fosse um mordomo engomadinho de 1930 e eu tivesse dito que queria conversar com um mendigo.

— Tudo bem. Examine o local.

Jeff me lança outro olhar reprovador e sai do carro. No minuto seguinte, está revistando Lon. Revistando!

Mas Lon não parece se importar. Na verdade, fica todo sorridente e empolgado, e vejo que está tirando fotos de Jeff com o celular. Finalmente, Jeff volta para o carro e diz:

— O local está seguro.

— Obrigada, Jeff! — Abro um grande sorriso e saio do carro. — Oi, Lon! Como você está? Lindas botas! Me desculpe pelo segurança e tal.

— Não, tudo bem! — diz Lon, ofegante. — Seu guarda-costas é tão legal.

Concordo.

— Ele é mesmo um amor.

— Acho que você tem que tomar um supercuidado com gente doida — diz Lon. — Já vi seu cão de guarda patrulhando a casa também.

Lon está tão impressionado que não consigo evitar ficar orgulhosa sob o olhar dele.

— Ah, você sabe. — Eu jogo o cabelo para trás. — Quando se está na minha posição, é preciso tomar cuidado. Não se sabe quem está por aí.

— Já houve muitos atentados contra você? — Lon está impressionado.

— Eh, nem *tantos*. Você sabe. Só a quantidade normal. — Mudo de assunto rapidamente. — Mas o que você queria me falar?

— Ah, é! Vimos sua entrega especial do Danny Kovitz. A van veio cedo e consegui conversar com o cara. Ele trabalha no ateliê. Sabia de tudo. É um vestido pra você usar hoje à noite.

— Danny me mandou um vestido?

Estou tão emocionada que não consigo evitar um sorriso.

— É da coleção nova, *Árvores e Fios*. Aquela que nem foi divulgada ainda, sabe? — Lon parece extasiado. — A que Danny disse que veio da alma dele.

Todas as coleções recentes de Danny se chamam *Alguma coisa e Alguma coisa*. Uma foi *Metal e Filosofia*. Outra foi *Inveja e Escarlate*. Os jornalistas e blogueiros de moda escrevem tratados sobre o que os títulos significam, mas, na minha opinião, ele pega duas palavras aleatórias no dicionário e escolhe duas fontes diferentes e diz que tem significado. Não que eu vá dizer isso a Lon, que parece que vai morrer de tanta empolgação.

— Ninguém viu nada dessa coleção — diz ele, falando sem parar. — Há boatos na internet, mas ninguém *sabe* nada. Então eu estava pensando, você vai usar hoje? Será que podemos tirar umas fotos? Meus amigos e eu?

O rosto dele está franzido de esperança, e ele está dobrando a bandana em quadradinhos cada vez menores.

— É claro! — digo. — Vou sair às seis da tarde, mas venho cinco minutos antes pra você poder ver o vestido.

— Oba! — O rosto de Lon relaxa e se abre em um sorriso. — Vamos estar esperando! — Ele já está digitando no celular. — Obrigado, Becky! Você é demais!

Quando entramos, estou mais animada do que estive nos últimos dias. Danny me mandou um vestido! Vou ser assunto nas revistas de moda! Nenita Dietz vai ficar impressionada quando me vir. Mas minha euforia momentânea se evapora assim que vejo Suze. Ela está sentada na cozinha, cercada de papéis nos quais vejo a letra dela. O cabelo está preso em um coque meio solto. Ouço *A pequena sereia* na sala ao lado e sinto cheiro de torrada, que foi o que ela deu para os filhos de lanche.

Na mesa está uma bolsa elegante do Golden Peace, novinha. Alicia deve ter dado para ela, assim como o moletom dentro dela. Sei o que ela está fazendo. Está tentando comprar o amor de Suze.

— Bonita bolsa — digo.

— Obrigada — agradece Suze, sem nem levantar o olhar. — Então você voltou.

Ela fala em tom acusador, o que não é justo.

— Voltei mais cedo — respondo de forma incisiva. — Mas você tinha saído. — *Com Alicia*, eu me controlo para não acrescentar. — Alguma novidade?

Sei que não há nada de novo porque fiquei olhando o celular a cada cinco minutos, mas vale a pena perguntar de qualquer jeito.

— Não. Liguei para os amigos do Tarkie, mas ninguém faz ideia de onde ele esteja. O que você fez? Falou com o amigo do seu pai?

— Fui ao estacionamento para trailers para tentar descobrir alguma coisa.

— Ah, sim, recebi seu recado.

Ela para de escrever, coloca os pés na cadeira e abraça os joelhos. O rosto está enrugado de preocupação, e sinto uma vontade repentina de abraçá-la com força e dar tapinhas nas costas dela, como eu teria feito em qualquer outro momento. Mas, por algum motivo... não consigo. Tudo parece tão tenso entre nós.

— Você conheceu outra Rebecca? Que estranho.

Conto para ela tudo o que aconteceu no estacionamento, e ela escuta em silêncio.

— Tem alguma coisa acontecendo com o meu pai — concluo. — Mas não faço ideia do que é.

— Mas o que você *quer dizer*? — Suze massageia a testa. — E por que ele envolveu Tarquin nisso?

— Não sei — digo, me sentindo impotente. — Mamãe deve estar no avião agora, então não posso perguntar a ela, e ela não sabe de nada...

Paro de repente. Minha atenção foi atraída por uma coisa na bancada da cozinha. É uma caixa grande com *Danny Kovitz* impresso na lateral.

Obviamente, meu vestido não é a prioridade do momento. Por outro lado, mal posso esperar para vê-lo. Nem sei se é longo ou longuete ou um minivestido...

— Tentei a polícia de novo — diz Suze. — Eles são uns imprestáveis! Disseram que eu poderia registrar uma ocorrência. De que adianta registrar uma ocorrência? Preciso que *saiam* para procurá-lo!

Eles ficaram dizendo: "Mas onde o procuraríamos, senhora?" Eu falei: "Isso é problema de vocês! Coloquem alguns detetives pra trabalhar nisso!" Eles disseram: "Esses dois cavalheiros não podem só ter decidido fazer uma pequena viagem?" Eu respondi: "Sim! Eles *foram* fazer uma viagem. É esse o *problema*. Mas não sabemos *para onde*!"

Enquanto Suze está falando, eu me aproximo da bancada. Levanto ligeiramente a tampa e ouço o barulho de papel de seda. Tem um cheiro delicioso também. Dany costuma mandar borrifar a fragrância dele nas roupas antes de elas serem enviadas. Empurro o papel de seda prateado e vejo uma alça feita de aros de cobre. Uau.

— O que você está fazendo? — pergunta Suze.

— Ah. — Dou um pulo e solto a tampa. — Só estou dando uma olhada.

— Mais "compras essenciais" para Sage, imagino.

— Não é pra Sage, é pra mim. Vou usar essa noite. Danny mandou especialmente pra ocasião. É da coleção *Árvores e Fios*... — Paro de falar ao reparar no silêncio tenso na cozinha. Suze está me olhando com uma expressão que não consigo decifrar.

— Você vai à pré-estreia de qualquer jeito — diz ela.

— Vou.

— Entendi.

Outro longo silêncio. A atmosfera está ficando tão tensa que eu tenho vontade de gritar.

— O quê? — pergunto. — Você acha que eu não deveria ir?

— Jesus, Bex! Você ainda precisa perguntar? — A veemência repentina de Suze me pega de surpresa. — Seu pai e Tarkie estão desaparecidos e você vai a uma maldita pré-estreia? Como pode ser tão egoísta? Que tipo de prioridades você tem?

Fico muito ressentida. Estou cansada de deixar Suze fazer com que eu me sinta mal. Estou cansada de deixar *todo mundo* fazer com que eu me sinta mal.

— Seu pai desapareceu sem deixar vestígios e levou Tarkie junto! — repete Suze, sem parar de falar. — Tem alguma coisa estranha aí; eles podem estar em maus lençóis...

404

— E o que eu devo fazer, hein? — explodo. — Não é culpa minha eles terem viajado! Eu tenho uma chance em Hollywood, Suze, *uma chance*, e é agora! Se eu não agarrá-la, vou me arrepender para sempre.

— Os tapetes vermelhos vão estar sempre aqui — diz Suze em tom hostil.

— Os holofotes não vão estar sempre aqui! Nenita Dietz não vai estar sempre aqui! Não entendo por que devo ficar sentada aqui sem fazer nada, no aguardo de notícias. Você pode fazer isso se quiser. Talvez Alicia possa te fazer companhia. — Não consigo evitar o tom hostil na frase final.

Pego a caixa de Danny Kovitz e saio da cozinha antes que Suze possa dizer qualquer coisa.

Enquanto me arrumo, duas vozes discutem na minha cabeça. Uma é minha e a outra é de Suze. Ou talvez uma seja de Luke. Ou talvez as duas sejam minhas. Ah, Deus, não sei *de quem* são, mas às cinco e quarenta e cinco já estou cansada das duas. Não quero ter que pensar se estou fazendo a coisa certa. Só quero fazer.

Olho para mim mesma no espelho e faço uma pose digna de tapete vermelho. Estou bem. Eu acho. Bom, acho que exagerei na maquiagem, mas não quero parecer sem graça ao lado de todas as celebridades, quero? E o vestido do Danny é genial. É curto e justinho, feito com um tecido preto que valoriza as curvas, e a única alça é feita de uma série de aros de cobre não polidos. (Estão machucando um pouco minha pele e acho que vão deixar marcas, mas eu não ligo.) Estou usando os sapatos de salto agulha mais altos do mundo e minha bolsa é uma *clutch* com moldura de cobre (estava na caixa com o vestido). Realmente pareço uma produtora de moda de celebridades.

A adrenalina invade o meu corpo, e sinto como se estivesse prestes a entrar em um ringue de boxe. É agora. É *agora*. Enquanto passo batom com cuidado, meu celular toca, e o coloco no viva voz.

— Alô.

— Becky. — A voz de Aran invade o quarto. — Animada pra hoje?

— Claro! — digo. — Mal posso esperar!

— Ótimo! Eu só queria avisar como vai ser. Você está requisitada hoje, garota. — Ele ri. — Você vai conversar com a NBC, a CNN, a Mixmatch, que é um canal de moda...

Enquanto ele fala, mal consigo me concentrar. Tudo parece surreal. Vou aparecer na NBC!

— Alegria e confiança — diz Aran. — É só espalhar seu charme britânico que você vai se sair muito bem. Vejo você mais tarde!

— Vejo você lá!

Dou uma última borrifada de perfume e me olho no espelho. Charme britânico. Como espalho charme britânico?

— Elementar, meu caro Watson! — digo em voz alta com sotaque carregado.

Humm. Acho que não.

Enquanto desço a escada, ouço Suze se aproximando. Começo a me empertigar numa postura desafiadora e aperto bem a bolsa. Ela aparece no saguão com Minnie no colo e me olha de cima a baixo sem entusiasmo.

— Você está incrível — diz ela secamente.

— Obrigada. — Uso o mesmo tom que ela.

— Magra. — Ela consegue fazer isso parecer uma acusação.

— Obrigada.

Pego meu celular e verifico se recebi alguma mensagem. É Jeff me dizendo que está esperando do lado de fora, mas nada do Luke. Não que eu estivesse esperando, mas meu coração despenca de decepção.

— Vou ficar com o celular o tempo todo — acrescento. — Para o caso de... você sabe. De você ter alguma notícia.

— Bem, divirta-se.

Ela muda Minnie de lado e a apoia no quadril, e olho para ela com ressentimento. Ela só está com Minnie no colo para fazer com que eu me sinta mal. Poderia muito bem colocá-la no chão.

— Aqui estão os detalhes de onde estou. — Entrego para ela uma folha impressa. — Obrigada por cuidar da Minnie.

— Ah, disponha.

A voz dela é tão sarcástica que faço uma careta. Ela não pretendia falar assim, digo a mim mesma. Só está estressada por causa de papai e Tarkie.

Eu também estou estressada. Mas tem uma emoção maior superando o estresse. É empolgação. A NBC... o tapete vermelho... uma roupa exclusiva de um estilista famoso... Como eu poderia *não* estar empolgada? Como Suze pode não entender?

— Bem, espero que você se divirta muito — diz ela quando abro a porta.

— Pode deixar — digo, com ar meio rebelde. — Até mais tarde.

Ao sair de casa, escuto uma gritaria do outro lado do portão. Paro na mesma hora e olho sem acreditar. Ah, meu Deus. Lon deve ter levado a turma toda para ver o vestido. Tem uma multidão reunida, apontando câmeras e celulares para mim pelas barras de ferro.

— Abra o portão — digo para Jeff, e me aproximo das pessoas, acenando graciosamente, me sentindo uma princesa.

— Becky! — grita Lon.

— Beckiiiii! — grita uma garota de vestido preto reto. — Aqui!

— Você está linda!

— O que você acha do vestido?

— Podemos ver como é atrás?

— Danny falou alguma coisa especial sobre o vestido? Qual foi a inspiração dele?

Enquanto faço poses, olhando de um lado para o outro, lanço olhares para a casa. Espero que Suze esteja vendo pela janela e consiga ouvir todos os gritos. *Aí* pode ser que ela entenda.

VINTE E DOIS

Finalmente, todos tiraram fotos, dei duas entrevistazinhas sobre Danny para blogs de moda e estou no carro, a caminho da pré-estreia. Estou um pouco eufórica. Vai ser incrível. Já *está* sendo incrível.

A pré-estreia é no El Capitan, e sei que estamos chegando por causa do barulho. A música está praticamente fazendo o carro balançar, e já posso escutar os gritos da multidão. Quando diminuímos a velocidade, alguém bate no carro, o que me faz dar um pulo, assustada.

— Você está bem? — pergunta Jeff na mesma hora.

— Ótima! — digo, animada. — Isso é grandioso, não é?

O filme é de ação, sobre dois artistas de circo que impedem um ataque terrorista. Aparentemente, eles usam todos os animais e habilidades circenses como armas, e quase deu tudo errado quando um elefante ficou meio enlouquecido no meio das filmagens.

Jeff precisa mostrar várias credenciais para os seguranças, e, enquanto ele faz isso, espio pela janela. Vejo rostos se aproximando para tentar ver quem está no carro. Devem achar que eu sou o Tom Cruise ou alguém do tipo.

— Caramba! — diz Jeff, tentando abrir caminho no meio da confusão. — Esse lugar está um caos. Você quer mesmo seguir em frente?

Sinceramente. Até ele!

— Quero — respondo com firmeza.

Enfio a mão na bolsa para pegar o caderninho de autógrafos do meu pai. Eu o levei comigo e estou determinada a conseguir o máximo possível de autógrafos. *Aí* Suze não vai poder me chamar de egoísta.

Estamos em uma fila de carros, e consigo ver como o processo funciona. O carro para no local designado e a porta se abre. A celebridade sai, e a multidão enlouquece. Tem duas limusines na nossa frente. Logo serei eu!

— Me mande uma mensagem assim que quiser ir embora — diz Jeff. — Ou me ligue. Se houver qualquer tipo de problema, ligue.

— Pode deixar — prometo, e olho meu reflexo uma última vez.

Meu coração está começando a bater acelerado. É pra valer. Preciso sair do carro com elegância, preciso ficar calma, preciso lembrar quem fez meu vestido...

— É a sua vez.

Jeff para o carro, e um homem com fone de ouvido abre a porta para eu sair. Estou no tapete vermelho. No tapete vermelho de verdade. Sou um deles!

Estou tão hipnotizada pela atmosfera do ambiente que não me mexo por um momento. A música está ainda mais alta agora que estou do lado de fora. Tudo é tão grande e iluminado e espetacular. A entrada do El Capitan está decorada como uma tenda de circo, e há artistas andando por todos os lados. Há engolidores de fogo e malabaristas e uma contorcionista de biquíni com pedras brilhantes, e um domador estalando o chicote. E tem um elefante! Um elefante de verdade andando de um lado para o outro com o adestrador. A multidão está enlouquecida por causa de um jovem de jeans que acho que é de uma banda, e consigo ver Hilary Duff a uns 10 metros... e aquele é Orlando Bloom dando autógrafos?

— Rebecca. — Uma garota de terninho preto se aproxima com um sorriso profissional. — Sou a Charlotte. Vou acompanhar você pelo tapete vermelho. Vamos?

— Oi, Charlotte! — Abro um grande sorriso para ela quando damos um aperto de mão. — Isso não é *incrível*? Olhe os malabaristas! Olhe o elefante!

Charlotte parece intrigada.

— Certo — diz ela. — Como você quiser. Vamos.

Flashes são disparados por todos os lados enquanto seguimos. Estou praticando a pose adequada de estrela de cinema há dias, só que agora tenho também que andar. Nunca pratiquei a caminhada de estrela de cinema. Droga. Como elas fazem?

Acho que andam como se deslizassem. Vou deslizar também. Com as pernas um pouco arqueadas?

— Você está bem? — Charlotte me olha de um jeito estranho, e rapidamente estico as pernas. Talvez essa tática não seja tão boa. — Temos as fotos e depois suas entrevistas... — Ela olha para o relógio e consulta a prancheta. Não parece nada impressionada com o elefante, nem com os engolidores de fogo, nem com as celebridades. Na verdade, não parece impressionada com nada. — É a sua vez.

Sem aviso, ela me empurra para um pedaço vazio do tapete vermelho com vários fotógrafos, que começam a gritar:

— Becky! Becky, aqui!

Rapidamente, assumo a posição. Pernas cruzadas, queixo abaixado, um sorriso radiante de celebridade...

Estou esperando sentir a alegria que sentia antes... mas é estranho. Sinto um certo... nada. E, antes mesmo de começar, já acabou, e Charlotte está me puxando de novo, agora na direção das fileiras de câmeras de TV.

Foi mais divertido quando eu estava com a Suze, rindo de tudo, é o que passa pela minha cabeça.

Não. Não seja burra. Isso é incrível, sou uma celebridade de verdade! Estou fazendo parte disso! Tenho um monte de coisas para dizer sobre as roupas de Sage, meu vestido e moda... Mal posso esperar.

— A primeira entrevista é com a Fox News — informa Charlotte no meu ouvido, e me empurra na direção da câmera de TV.

Ajeito rapidamente o cabelo, esperando que meu batom não tenha manchado os dentes, faço uma expressão alegre e assumo um ar inteligente.

— Oi, Betty! — diz uma mulher com cabelo muito bem-arrumado e de terninho. — Estamos muito felizes de você poder falar conosco!

— Obrigada! — Dou um sorriso. — Mas, na verdade, é *Becky*.

— Betty — diz ela, como se não tivesse ouvido —, você é, claro, testemunha do incidente de roubo de Lois Kellerton. Você viu Lois depois disso?

Fico meio sem ação por um momento. O que eu digo? Não posso responder "Sim, invadi a casa dela e a vi planejando enganar o público americano".

— Hã... não — respondo com voz fraca.

— Se você a encontrar hoje, o que vai dizer pra ela?

— Vou desejar coisas boas.

— Que lindo! Bem, obrigada, Betty! Divirta-se com o filme.

Para minha surpresa, Charlotte segura meu braço e me leva adiante. Era isso? Era essa a entrevista? Eles não querem saber o que eu faço? Não querem saber quem fez meu vestido?

— A próxima é a TXCN — diz Charlotte no meu ouvido.

Outra câmera de TV aponta para o meu rosto, e um homem de cabelo ruivo sorri para mim.

— Oi, Betty! — diz ele com sotaque sulista. — Como vai?

— É *Becky* — corrijo educadamente.

— Então, furtar lojas. É crime ou doença?

O quê? Como eu posso saber? Gaguejo uma resposta e me sinto uma completa idiota, e, antes que eu possa perceber, já estou indo para a entrevista seguinte. O cara quer saber se Lois brigou comigo quando a confrontei, e a mulher depois dele me pergunta se eu acho que Lois pode ter furtado porque estava grávida. Não tive uma única oportunidade de falar do vestido nem do fato de ter feito a produção de Sage. E todos me chamam de Betty.

— Meu nome é *Becky*! — exclamo para Charlotte enquanto nos deslocamos. — Não Betty!

— Ah — diz ela, impassível. — Acho que pode ter saído errado no kit da imprensa.

— Mas... — Eu paro no meio da frase.

— Mas o quê?

Eu ia dizer: "Mas todos eles não *sabem* meu nome?" Mas, ao olhar para a expressão de Charlotte, mudo de ideia.

Talvez eu não seja tão famosa quanto achei que fosse. Estou meio arrasada, apesar de achar que consigo esconder bem.

Charlotte me leva até outro repórter, que enfia um microfone de rádio na minha cara, e acabo de gaguejar algumas frases sobre como estou feliz de Lois e Sage terem se reconciliado e, sim, eu vi a entrevista... quando escuto uma gritaria enlouquecedora, e me viro para olhar.

É Sage.

Ela está na frente dos fotógrafos, e eles estão enlouquecidos. Doidos mesmo. A gritaria só aumenta, e os flashes parecem uma tempestade, e a multidão segue na direção dela, empurrando as barreiras de metal e esticando celulares e cadernos de autógrafo.

Sage parece extasiada. Está fazendo poses com o vestido branco de Danny, que ficou sensacional nela, e vira o cabelo de um lado para o outro, jogando beijos para a multidão. Mas, então, acontece. Ela joga um beijo particularmente cheio de energia... e, de alguma forma, a costura lateral do vestido se abre. Olho chocada a peça toda se descosturar e expor a lateral do corpo dela.

Sage dá um gritinho de susto e segura o vestido, e os fotógrafos quase têm um colapso tentando tirar uma foto.

Estou chocada vendo contas brancas rolando por todo o tapete vermelho. O vestido estava ótimo à tarde. Estava ótimo. Ela deve ter mudado alguma coisa. Esse devia ser o plano secreto que ela não queria me contar. Ela fez de propósito. Uma garota de terninho preto oferece um paletó a Sage, mas ela ignora a oferta e sorri para as câmeras.

Danny vai me *matar*. Ele tem pavor que as roupas dele desmontem, desde um incidente infeliz na Barneys em que não tinha feito as costuras direito. Ele vai me perguntar por que não verifiquei se ela estava vestida corretamente, e vou ter que dizer que ela não me deixou nem chegar perto, e ele vai falar que eu devia ter insistido...

Não posso dizer para ninguém que sou produtora de moda dela agora. É como se isso fosse um novo golpe. Vão rir de mim. Meu plano está completamente acabado.

Charlotte estava prestando atenção ao fone de ouvido e agora ergue o rosto.

— Rebecca, sua parte acabou — diz ela com um sorriso profissional. — Pode ir agora. Divirta-se com o filme.

— Ah — digo, surpresa. — Isso é tudo?

— Isso é tudo — responde ela educadamente.

— Mas achei que daria um monte de entrevistas.

— Mudança de planos. Se você for até o cinema, alguém vai levar você ao seu lugar. Tenha uma boa noite!

Sinto uma pontada de consternação. Não quero ir para o cinema. Depois que eu entrar, acabou.

— Posso ficar aqui mais um pouco? — pergunto. — Quero... você sabe. Aproveitar o momento.

Charlotte olha para mim como se eu fosse maluca.

— Claro.

Ela dá de ombros e vai embora, me deixando sozinha. Sinto-me um pouco constrangida por não ter nada para fazer, mas me viro com determinação e observo a agitação de pessoas e câmeras de TV e celebridades dando entrevistas. Vamos, Becky. Você está aqui, no tapete vermelho. Talvez Sage tenha estragado um pouco o meu plano, mas ainda posso me divertir. Ainda posso ser otimista.

Todos os integrantes do Heaven Sent 7 acabaram de aparecer no tapete vermelho, e um grupo de adolescentes grita histericamente. Não consigo deixar de sentir certa emoção. Eles são muito famosos! Quero compartilhar isso com alguém. Pego o celular e começo a escrever uma mensagem, mas paro no meio de uma palavra. Não posso compartilhar isso com Luke. Nem com Suze. Nem com mamãe.

Nem com papai, obviamente.

Nem... com ninguém.

Sem ter a intenção, dou um suspiro infeliz, mas logo abro um sorriso largo para compensar. Não posso ficar suspirando no tapete vermelho. Isso é ridículo! Está tudo bem. Está tudo incrível. Está...

Ah, ali está Aran, impecável em um smoking preto e camisa azul com colarinho aberto. Com uma onda de alívio, eu me aproximo dele. Ele está com as mãos nos bolsos olhando para Sage, com aquela típica expressão sarcástica e distante. Sage conseguiu um minissobretudo em algum lugar e o colocou por cima do vestido, e está animada falando com um bando de jornalistas.

— Oi, Becky. — Aran me dá dois beijos de leve no rosto. — Está se divertindo?

— Estou! — digo automaticamente. — É maravilhoso!

— Que bom. — Ele sorri. — Fico feliz.

— Mas você viu o vestido da Sage? Ele se desfez todo.

Ele revira os olhos.

— Pode acreditar, eu vi.

— Foi um amigo meu que emprestou esse vestido pra ela. Ele é um estilista muito famoso. E ela o estragou de propósito.

Estou tentando não falar de forma acusadora, mas não consigo evitar.

— Ah. — Aran faz uma careta. — Bem, tenho certeza de que podemos compensar isso...

— Não é o dinheiro! É tanta falta de consideração. E, agora, não posso dizer pra ninguém que sou produtora de moda dela. Qual era o sentido dessa noite? Me lançar como produtora! Arrumei aquele vestido pra ela, e ela teria ficado lindíssima, mas preferiu sabotá-lo...

Minha voz está tremendo. Acho que estou mais chateada do que havia pensado.

— Aham. — Aran me observa como se estivesse pensando em alguma coisa. — Você já conheceu a Nenita?

— Não.

— Vamos dar um jeito nisso.

— Certo. Obrigada.

Para minha consternação, uma lágrima surgiu no meu olho. Eu a enxugo rapidamente e sorrio, mas Aran percebeu.

— Você está bem, Becky?

— Mais ou menos. — Engulo em seco. — Na verdade, não. Meu pai desapareceu e eu briguei com o Luke, e depois com a minha melhor amiga... Ninguém *entende*. Isto. — Eu abro os braços.

— Isso não me surpreende — diz Aran.

— É mesmo?

— Acontece. Você não é mais uma pessoa qualquer, lembra?

Ele parece totalmente inabalado, e de repente sinto uma pontada de frustração pelo jeito tranquilo e descolado dele. Se o mundo acabasse, ele provavelmente daria de ombros e diria: "É assim que funciona."

E o que ele quis dizer com *Isso não me surpreende*?

— Vou procurar Nenita.

Ele me dá um tapinha no ombro.

Quando Aran se afasta, olho ao redor de novo para tentar saborear a experiência, mas de repente acho tudo meio estridente. Tudo é tão brilhante. Os sorrisos brancos, os flashes das câmeras, as lantejoulas, as joias e a gritaria. Parece até que o ar está tomado de eletricidade. Meu cabelo está pesado, minhas pernas estão tremendo...

Ah. Na verdade, é meu celular vibrando. Tiro-o da bolsa e vejo que é Suze. Sinto uma pontada de pânico e aperto o botão "Atender".

— Está tudo bem? — pergunto. — Aconteceu alguma coisa?

— Ah, meu Deus, Bex. — Suze parece desesperada, e sou tomada pelo medo. — Alicia descobriu umas coisas. Eles partiram com Bryce.

— *Bryce?* — Não estou entendendo. — O Bryce do Golden Peace?

— Seu pai tinha uma missão e pediu pra Tarkie ajudá-lo. E Tarkie pediu a Bryce pra ir com eles. Bryce! Alicia acha que ele só está atrás do nosso dinheiro. Que ele quer montar um centro concorrente e vai fazer lavagem cerebral em Tarkie pra que ele o financie, e não temos ideia de para onde eles foram...

— Suze, calma — digo, desesperada. — Vai ficar tudo bem.

— Mas ele é mau! — Ela está quase histérica. — E eles foram para o deserto com ele!

— Nós vamos encontrá-los. Suze, tente conseguir o máximo de informações que puder... — Ela está tentando dizer algo mais, só que não consigo entender. A voz dela está falhando. — Suze!

Meu celular fica mudo, e olho para ele preocupada. Bryce. Tarquin. Meu pai. No meio do nada. O que mamãe vai dizer? O que vamos fazer?

— Becky. — Aran está ao meu lado de novo. — Vou levar você pra conhecer Nenita. — Os olhos dele brilham. — Ela é muito importante pra você, né?

— Hã... é. Muito.

Atordoada, eu o sigo pelo tapete vermelho, oscilando de leve com os saltos. Esse é o momento mais importante da minha carreira. Conhecer Nenita Dietz. Tenho que deixar a vida pessoal de lado. Tenho que me concentrar.

Nenita Dietz está falando com um grupo de pessoas, e ficamos esperando pacientemente até que ela termine. Ela está *lindíssima*. Está usando um casaco enorme de pele azul e botas metálicas com tachas. O cabelo preto, comprido e ondulado brilha com mechas ruivas e douradas sob os holofotes, e ela deve estar usando pelo menos três pares de cílios postiços. De onde estou, ela parece uma fada.

— Nenita Dietz — diz Aran com voz agradável. — Quero apresentar a você Becky Brandon.

— Becky!

Quando aperto a mão dela, sinto como se estivesse conhecendo a rainha. Afinal, ela é a rainha das produtoras de moda de Hollywood.

— Oi! — falo, nervosa. — Eu amo o seu trabalho. Minha formação também é em moda. Fui *personal shopper* na Barneys e adoraria trabalhar com moda, e sou muito sua fã. Principalmente de *Clover*. As roupas estavam incríveis.

Mencionei *Clover* porque é um filme de baixo orçamento que ela fez há alguns anos e do qual a maioria das pessoas nem ouviu falar, e espero ganhar alguns pontos com isso. Mas Nenita não parece interessada na minha opinião sobre *Clover*.

— Você. — Ela olha para mim com olhos apertados. — Você é a jovem que viu Lois roubando e contou pra todo mundo.

— Hã, sim. Quer dizer, não. Só contei pra uma pessoa... talvez duas...

— Lois é uma *garota maravilhosa* — diz ela com ênfase. — Você devia sentir vergonha.

As palavras dela parecem um tapa, e dou um passo para trás.

— Eu não pretendia causar problemas — explico depressa. — E realmente não contei pra todo mundo...

— Você vai trazer um carma ruim pra sua vida, não percebe isso?

Quando ela se inclina para a frente, vejo que os olhos são amarelados, e as mãos são bem mais velhas do que o rosto. Ela parece bem intimidadora.

— Lois está bem, Nenita — diz Aran. — Você sabe disso.

— Carma ruim. — Ela fixa o olhar amarelado em mim e aponta o dedo de novo. — Carma ruim pra sua vida.

Estou tentando não me encolher de horror. Parece que ela está me lançando uma maldição.

— Além do mais, seu vestido está datado — acrescenta ela com desdém, e sinto uma pontada de ultraje por Danny. — Ainda assim — diz ela, como se me concedendo uma grande honra —, posso ver que você, minha jovem, é como eu. Quando realmente quer alguma coisa, vai até o fim. — Os olhos dela me observam com apreço. — Você pode me ligar.

Ela me entrega um cartão com bordas prateadas com um número de telefone escrito, e Aran ergue as sobrancelhas.

— Muito bem, Becky! — murmura ele. — Bom trabalho!

Fico olhando para o cartão, sentindo-me meio tonta. Eu consegui. Eu fiz contato com Nenita Dietz.

A multidão está seguindo na direção da entrada do cinema, amontoando-se ao nosso redor, e um homem grande esbarra em mim, o que me faz deixar cair a bolsa. Quando me levanto, vejo que fui afastada de Nenita e Aran, e o movimento está aumentando. Garotas de terninho preto circulam e dizem para todo mundo que o filme já vai começar e que todos devem ir para seus lugares. Sentindo-me meio zumbi, vou atrás. O saguão está cheio de pessoas e câmeras e jornalistas, e deixo que a multidão me conduza. Um jovem gentil me leva a uma cadeira no auditório, onde encontro uma garrafa de água e pipoca e uma sacola de brindes temáticos.

Estou aqui! Faço parte do grupo! Estou em uma cadeira especial em uma pré-estreia! Peguei o cartão de Nenita Dietz e posso ligar para ela!

Então... por que me sinto tão vazia? Qual é o problema?

Meu assento de couro parece gelado, e o ar condicionado está me fazendo tremer. Quando a música explode pelos alto-falantes, dou um pulo. Essa devia ser a maior alegria do mundo, eu fico dizendo a mim mesma. A voz de Suze ecoa nos meus ouvidos: *Espero que você se divirta muito.* E minha resposta desafiadora: *Pode deixar.*

Mas a verdade é que não estou me divertindo. Estou sentada em uma sala gelada e escura cheia de estranhos, prestes a assistir a um filme que não quero ver, sem amigos e família com quem compartilhar. Não sou famosa. Todo mundo ficou me chamando de Betty. Não sou Betty, sou *Becky*.

Toco o cartão de Nenita para me tranquilizar. Mas até isso parece venenoso na minha mão. Será que quero trabalhar com aquela bruxa assustadora? Quero ser ela? Sinto como se tivesse chegado à miragem de um oásis no deserto. Fico enfiando a mão na areia e dizendo a mim mesma que é água potável e cristalina... mas não é.

Minha respiração está ficando cada vez mais pesada; meus pensamentos estão girando; estou apertando tanto o braço da cadeira que meus dedos doem. E, de repente, não aguento mais. Não posso ficar aqui. Não quero estar aqui. Tenho outras coisas mais importantes na vida do que um tapete vermelho e celebridades. Tenho minha família e meus amigos, um problema para resolver, um marido para reconquistar e preciso ajudar minha melhor amiga. É *isso* que eu tenho de fazer. E não consigo acreditar que demorei tanto para perceber isso.

Tenho que ir embora. Agora.

Murmurando desculpas para as pessoas ao meu redor, eu me levanto e sigo até a lateral do cinema. As cadeiras estão todas ocupadas agora, e um homem de paletó começou a fazer um discurso lá na frente, e as pessoas da equipe ficam me olhando de um jeito estranho... mas eu não ligo. Preciso sair daqui. Preciso falar com Suze assim que puder. Ela deve estar me odiando. Eu não a culpo. Eu também estou me odiando.

Nenita ainda está no saguão com Aran e algumas pessoas, e, quando olho para ela de novo, sinto uma repulsa repentina. Não, pior: ultraje. Como ela ousa tentar me amaldiçoar? Como ousa falar mal de Danny? Quando ela está se virando para entrar no cinema, dou um tapinha no ombro dela.

— Com licença, Nenita — digo, com a voz um pouco trêmula. — Eu só gostaria de rebater algumas coisinhas que você disse. Primeiro: talvez eu não devesse ter traído Lois. Mas você precisa saber que ela não é exatamente a garota que você pensa que é. Segundo: acredito que as pessoas que tentam jogar carma ruim pra cima dos outros acabam recebendo carma ruim *elas mesmas*. Terceiro: meu vestido não está datado. Danny Kovitz é um estilista muito talentoso, e todos os jovens blogueiros de moda estão loucos por ele, então, se você não gostou, é porque talvez seja você quem esteja datada.

Ouço alguns gritinhos de surpresa dos seguidores de Nenita. Mas não me importo. Estou só começando.

— Quanto a sermos parecidas... — Eu hesito. — Você está certa. Quando eu sei o que quero da vida, vou atrás.

Olho ao redor, para as garotas de RP, para as câmeras, para as fileiras de sacolas de brindes *Big Top* com alças listradas esperando para serem coletadas. Eu ficaria louca por essas bolsas no passado. Mas, agora, parece que estão contaminadas.

— E a verdade é... que não quero isso.

— Becky! — diz Aran com uma gargalhada.

— Não quero, Aran. — Olho bem nos olhos dele. — Não quero a fama e não quero o agito.

— Querida, não exagere! — Ele segura o meu braço. — Nenita estava brincando sobre o seu vestido.

É com isso que ele acha que eu me importo? Com o meu *vestido*? Mas também... por que ele não acharia isso?

De repente, consigo me ver como todo mundo me viu nas últimas semanas. E não é uma imagem muito bonita. Minha garganta está muito seca e consigo sentir as lágrimas brotando. Mas não vou perder o controle na frente de Nenita Dietz.

— Não é só o meu vestido — digo com o máximo de calma que consigo, e solto o braço da mão dele. — Tchau, Aran.

Um grupo de garotas de terno preto está fofocando perto da porta, e, quando me aproximo, uma delas ganha vida.

— Já saiu do filme? Você está bem?

— Estou ótima. — Eu tento abrir um sorriso. — Mas preciso ir. É uma emergência. Vou ligar pro meu motorista.

Pego o celular e mando uma mensagem para Jeff.

Podemos ir agora? obg <3 Becky bjs

Fico ao lado da porta por um tempo, constrangida, me perguntando onde Jeff vai estacionar, mas não consigo esperar mais. Vou andando e tento localizar o carro.

Abro a porta e volto para o tapete vermelho. Está vazio agora, e há alguns programas espalhados pelo chão, uma lata de Coca e um casaco que alguém deve ter deixado cair. Vejo algumas contas brancas do vestido de Sage ainda cintilando no chão vermelho. Não sei *como* vou explicar isso para Danny. Foi costurado à mão. Deve ter levado uma eternidade. Tudo estragado em um minuto.

E, enquanto olho para as contas, meu ânimo fica ainda pior. Sinto como se *tudo* tivesse sido destruído esta noite. Meus sonhos idiotas envolvendo Hollywood, meu plano de ser celebridade, minha amizade com Suze... Sinto uma nova pontada de dor e respiro fundo. Preciso me controlar. Preciso encontrar Jeff. Preciso...

Espere.

Engulo em seco e fico olhando sem conseguir me mexer. Não acredito!

Andando pelo tapete vermelho, pelo tapete vermelho vazio, está Luke. Ele caminha com firmeza e determinação, e os olhos estão fixos nos meus. Ele está usando o sobretudo preto Armani, e vejo que por baixo ele está de smoking.

Quando ele chega mais perto, eu começo a tremer. Seu rosto está sério e tenso, mas sem revelar nada. Seus olhos estão fundos e inchados, e ele não sorri. Por um momento horrível, acho que ele veio para pedir o divórcio.

— Pensei que você tivesse ido pra Nova York — falo com voz fraca, quase um sussurro.

— Eu fui — assente. — Eu fui. Mas voltei. Becky, eu me comportei de forma horrível. Peço desculpas. Pra você e pra minha mãe. Sei que foi imperdoável.

— Não foi! — digo na mesma hora, aliviada.

— Você tem todo o direito de ficar com raiva de mim.

— Não estou com raiva. Sinceramente, não estou. — Engulo em seco. — Eu só... estou tão feliz em ver você.

Pego a mão dele e a aperto com força. Nunca esperei ver Luke aqui. Nem em um milhão de anos. A mão dele é quente e firme, e parece estar me ancorando. Não quero soltá-la nunca.

— Por que você não está lá dentro? — Ele indica o cinema com a cabeça. — A noite foi um sucesso?

Parte de mim deseja dizer "Sim! Foi incrível!" de forma triunfante. Mas algo em mim diz que não posso mentir. Não para Luke. Não com ele aqui. Não depois de ele ter voltado de Nova York.

Não com a única pessoa nessa pré-estreia que realmente se importa comigo.

— Não é o que eu pensei — digo. — Nada é como eu esperava.

— Humm — assente ele, como se fosse capaz de ler meus pensamentos.

— Talvez... — Engulo em seco. — Talvez você estivesse certo. Talvez eu esteja meio perdida.

Por um momento, Luke não diz nada. Os olhos intensos e negros encontram os meus, e é como se não precisássemos conversar. Ele consegue sentir tudo.

— Eu estava pensando nisso tudo durante o voo pra Nova York — diz ele por fim, com voz grave e séria. — E aí eu me dei conta. Sou seu marido. Se você está perdida, cabe a mim procurar você.

De repente, lágrimas escorrem pelos meus olhos. Depois de tudo que fiz para irritá-lo e chateá-lo, ele veio me procurar.

— Bem... aqui estou eu! — consigo dizer, com um nó repentino na garganta, e Luke me toma nos braços.

— Venha aqui — diz ele, colando o rosto no meu. — Ninguém deveria ir a uma pré-estreia sozinho. Me desculpe, minha querida.

— *Eu* é que peço desculpas — murmuro, fungando junto ao colarinho branco dele. — Acho que perdi um pouco a noção.

Luke me oferece um lenço, e eu assoo o nariz e tento ajeitar um pouco a maquiagem dos olhos enquanto ele espera pacientemente.

— Todos os jornalistas me chamaram de Betty — conto a ele. — *Betty*.

Ele ergue a sobrancelha.

— Betty? Não, não posso imaginar isso. — Ele olha para o relógio. — O que devemos fazer agora? Quer voltar lá pra dentro?

— Não — digo, determinada. — Quero encontrar meu pai. Quero fazer as pazes com Suze. Quero abraçar Minnie. Quero fazer qualquer coisa, *menos* voltar lá pra dentro.

— É mesmo?

Ele olha nos meus olhos... e percebo que está me fazendo uma pergunta maior.

A mesma pergunta que fez antes.

Agora parece que já foi há muito tempo...

— É mesmo. — Eu faço que sim com a cabeça. — Acabou.

— Tudo bem, então. — Os olhos dele ficam mais gentis. — Tudo bem.

Ele pega a minha mão e começamos a andar lentamente pelo tapete vermelho vazio.

VINTE E TRÊS

Sempre esperamos luxo, glamour e ostentação no tapete vermelho, mas eu vi apenas um tapete. E um tapete bem surrado, agora que está sem as celebridades. Luke e eu andamos por ele, de mãos dadas, e ainda há câmeras próximas às grades, mas temos o tapete só para nós. Isso me lembra da caminhada na Calçada da Fama semanas atrás, quando tínhamos acabado de chegar a Los Angeles e tínhamos uma aventura bem maior à nossa frente. Não consigo acreditar que tanta coisa aconteceu depois disso.

— Preciso fazer as pazes com a minha mãe — diz Luke.

— Precisa mesmo — concordo. — E vai. Vai ser maravilhoso. Luke, você devia ver sua mãe e Minnie juntas. Elas são incríveis! São muito parecidas, na verdade.

— Posso imaginar.

Ele dá um sorriso triste, e tenho uma visão repentina de Luke, Elinor e Minnie, uma família feliz tomando chá. Vai acontecer, eu digo para mim mesma. Em breve. Tudo vai mudar.

— Compre um quebra-cabeça pra ela — sugiro. — Ela adora quebra-cabeças.

— Tudo bem. — Luke sorri. — Vou fazer isso. Ou talvez eu deva comprar uns cem. Tenho muita coisa a acertar.

— Ah, meu Deus, eu também.

Faço uma careta quando todos os meus problemas voltam à mente. Suze... Tarquin... Meu pai...

— Tive uma briga muito feia com a Suze. — Aperto a mão dele. — Foi horrível. Ela ficou muito zangada comigo...

— Becky. — Ele me interrompe com delicadeza. — Escute. Tenho que falar uma coisa. Suze está aqui.

— O quê? — Viro a cabeça, intrigada. — Como assim? Onde?

— Deixei o carro a algumas ruas daqui. Ela está lá agora. Quer ir de carro pro deserto atrás do seu pai e quer que você vá com ela.

— O quê? — Fico olhando fixamente para ele. — Você está falando sério?

— Muito sério. Quando contei pra onde estava indo, ela implorou pra vir comigo. Se eu não tivesse encontrado você, ela ia entrar na festa e arrastar você lá de dentro.

— Mas... — Não consigo processar a informação. — Para o *deserto*? Luke suspira.

— Suze está péssima. Achamos que seu pai e Tarquin estão indo pra Las Vegas. Suze está preocupada com Tarquin, e, para ser sincero, acho que ela tem um bom motivo pra isso.

— Tudo bem. — Minha cabeça está girando. — E... onde estão as crianças?

— Mitchell está cuidando delas agora. Obviamente, vamos ter que decidir qual é o melhor plano. Precisamos ir pra casa, avaliar o que sabemos, montar uma estratégia... E você tem que pensar bem, Becky. Ele é seu pai. Se alguém pode descobrir para onde ele foi...

— Tenho aquele mapa velho dele. — Minha mente começa a trabalhar. — Podemos pensar em alguma coisa a partir disso, talvez.

— Becky! — Uma voz nos interrompe, viro-me e vejo Jeff a alguns metros, com parte do corpo para fora da janela do motorista, e acenando. — Não posso chegar mais perto!

— Jeff!

Sigo rapidamente na direção do rosto simpático. Em um minuto, Luke e eu estamos no banco de trás do carro, e Luke está dando instruções de para onde ele tem que ir.

— O filme terminou cedo? — pergunta Jeff enquanto manobra o carro.

— Eu é que já estava de saco cheio.

— Garota esperta.

— Eu fiz tudo que precisava. Só que... espere. — Eu me viro para Luke, abalada. — Os autógrafos! Não peguei nenhum!

— Becky, não importa...

— Importa, sim! Eu prometi ao papai que pegaria alguns autógrafos, mas não peguei nenhum! — Olho triste para Luke. — Sou um *fracasso*.

— Querida, não é a prioridade agora...

— Mas eu prometi. E decepcionei o papai *de novo*. — Sou tomada pelo remorso. — Ele queria o autógrafo do Dix Donahue, e não peguei, e agora esqueci de novo, e...

— Você quer alguns autógrafos? Eu encho o caderninho do seu pai. — A voz de Jeff surge, e então olho para ele e pisco várias vezes, pasma.

— *Você?*

— Pode dizer o nome de qualquer celebridade, eu certamente já trabalhei pra ela. Todas me devem um favor. Vou pegar vários autógrafos.

— É mesmo? — pergunto, surpresa. — Tipo quem?

— Diga uma celebridade — repete Jeff.

— John Travolta.

— Não posso confirmar.

— Brad Pitt!

— Não posso confirmar.

O rosto dele está inexpressivo, mas os olhos brilham no retrovisor. Acho que amo Jeff.

— Isso seria incrível. Muito obrigada.

Pego com cuidado o precioso caderninho de autógrafos de papai e o coloco no banco do carona. Uns trinta segundos depois, Jeff está estacionando, e Luke diz:

— O carro está parado aqui. Obrigado, Jeff.

— Tchau, Jeff. — Eu me inclino para a frente e dou um abraço nele. — Você está sendo tão maravilhoso!

— Vocês são uma família legal — responde Jeff com a voz rouca. — Levo os autógrafos pra vocês.

Saímos do carro, e uma brisa faz meu vestido balançar. Olho para o meu reflexo na janela do carro e vejo meus olhos, enormes, supermaquiados e meio elétricos. De repente, fico muito nervosa pela ideia de ver Suze. Sinto como se estivesse em um universo paralelo. Mas não posso fugir. A porta do carro é aberta e ela sai de lá.

Por um momento, ficamos ali, olhando uma para a outra no vazio da noite. Conheço Suze há tantos anos e ela não mudou nada. Tem o mesmo cabelo louro; as mesmas pernas compridas e longas; a mesma gargalhada forte e irresistível; o mesmo jeito de morder o dedo quando está nervosa. Posso imaginar o estado da pele dela agora.

— Bex, sei que você está muito ocupada. — A voz dela está rouca. — Sei que tem um monte de oportunidades e tudo mais. Mas preciso de você. Por favor. Eu preciso de você.

Fico tão surpresa por ela não estar gritando comigo que lágrimas surgem nos meus olhos mais uma vez.

— Eu também preciso de você.

Ando até ela sobre meus saltos e a envolvo em um abraço apertado. Qual foi a última vez que abracei Suze? Há séculos.

Percebo que ela também está chorando. Está soluçando no meu ombro. Ela ficou arrasada de preocupação, e eu não estava ao lado dela. Sinto um nó horrível na boca do estômago. Fui uma amiga ruim. Muito, muito ruim.

Bem, vou compensar agora.

— Senti sua falta — murmura ela entre o meu cabelo.

— Eu também senti a sua. — Eu a aperto com força. — O tapete vermelho não foi o mesmo sem você. Não me diverti tanto; na verdade, foi horrível.

— Ah, Bex. Sinto muito.

E percebo que sente mesmo. Apesar de eu ter sido horrível com ela, Suze ainda queria que eu tivesse me divertido. Ela é assim mesmo, adorável.

— Eles foram pra Las Vegas — diz Suze.

— Eu sei.

Ela levanta o rosto e limpa o nariz com a manga da blusa.

— Pensei em irmos atrás deles.

— Tudo bem. — Aperto bem as mãos dela. — Vamos. O que você quiser fazer, Suze, eu vou estar com você.

Não faço ideia de onde estou me metendo, mas não ligo. Estamos falando de Suze e ela precisa de mim, então estou com ela.

— Estou falando com Danny por mensagens — acrescenta ela com a voz meio rouca. — Ele também vem.

— Danny vem? — pergunto, atônita.

Ela vira o celular para me mostrar a tela.

Suze, querida, você ainda precisa PEDIR??? Estarei aí em uma fração de segundo, e vamos encontrar aquele seu marido. Danny. Bjs

Danny é tão maravilhoso! Mas como vamos mantê-lo sob controle em Las Vegas eu não faço ideia.

— Bem, aí está. — Dou outro abraço nela. — Já organizamos tudo. Temos uma equipe. Vamos conseguir, Suze. Vamos encontrá-los.

Como?, eu não consigo deixar de me perguntar. Como vamos encontrá-los? Essa ideia toda me parece meio maluca. Mas Suze quer que eu a ajude, e é isso que importa.

Estou prestes a sugerir irmos para casa, pedirmos comida e organizarmos as ideias quando a porta do carona é aberta. Levo um susto quando outra cabeça loura aparece. Alicia? É sério? *Alicia?*

— Alicia também vai. — Suze enxuga os olhos. — Ela tem sido um amor. Foi ela que descobriu sobre Las Vegas. Bryce contou pra um dos amigos do Golden Peace que ia pra lá. Alicia mandou interrogar todos os funcionários até descobrir informações... Sinceramente, Bex, ela tem sido incrível.

— Ótimo! — digo, depois de uma pausa. — Que... fabuloso da parte dela.

— Vocês duas vão ser amigas, não vão? — Suze parece ansiosa. — Já deixaram o passado pra trás?

O que eu posso dizer? Não posso deixar Suze mais estressada.

— É claro — respondo por fim. — É claro que deixamos. Vamos ser ótimas amigas, não vamos, Alicia?

— Becky.

Alicia se aproxima, com passos silenciosos com os chinelos de ioga de couro macio e da moda; o rosto está com aquela expressão composta e serena que ela faz.

— Bem-vinda.

Na mesma hora, fico irritada. Ela não tem nada que dizer bem-vinda. *Eu* é que digo isso.

— E bem-vinda de volta. — Abro um sorriso doce para ela. — Bem-vinda *você*.

— É um desafio que temos que encarar. — Ela olha para mim com seriedade. — Mas tenho certeza de que, se trabalharmos juntas, vamos encontrar Tarquin, seu pai e Bryce antes... — Ela para de falar. — Bem. Estamos com medo de Bryce ser... um predador. Essa é nossa preocupação.

— Entendo. — Faço que sim com a cabeça. — Bem, vamos voltar à Batcaverna e bolar um plano. Não se preocupe, Suze. — Eu a abraço de novo. — Vamos cuidar disso.

— Entrem no carro. — Suze está digitando no celular. — Já estou indo em um segundo.

Eu entro no carro logo depois de Alicia e ficamos sentadas em silêncio por um momento. E, então, na hora em que Alicia está inspirando para começar a falar, eu me viro para ela.

— Sei que você não mudou — digo em um tom rápido, baixo e furioso. — Sei que, por baixo de toda essa doçura e desse mel, você tem algum objetivo. Mas saiba que, se você magoar Suze, mesmo que só um pouquinho, eu acabo com você. — Estou olhando para ela com tanta intensidade que acho que meus olhos vão saltar das órbitas. — Vou acabar com você.

A porta do carro é aberta e Suze se senta no banco do carona.

— Tudo bem? — pergunta ela, sem ar.

— Ótimo! — digo, num tom alegre, e, depois de um momento, Alicia repete:

— Ótimo.

Ela parece meio chocada. Que bom. Não fico preocupada por mim, ela já me fez mal demais. Mas não vou deixar que faça mal a Suze.

Luke se senta no banco do motorista, fecha a porta e se vira fazendo uma expressão cômica para mim.

— Pronta, Betty?

— Rá rá. — Faço uma careta para ele. — Engraçadinho. Vamos pra casa.

Ele liga o carro e, quando começamos a andar, olho pela janela, virando o pescoço, meio cega pelas luzes dos postes. Estamos nos afastando das câmeras de TV, das luzes fortes, das celebridades. Estamos nos afastando de tudo que me deixava tão empolgada. Percebo que eu talvez nunca mais vá pisar em um tapete vermelho. Essa pode ter sido minha última chance. Talvez seja minha despedida de Hollywood.

Mas não ligo. Estou indo para o caminho certo. E nunca me senti tão bem na vida.

DO ESCRITÓRIO DE DIX DONAHUE

Para Graham Bloomwood

Com grande apreço por você e por sua maravilhosa filha Rebecca.

Você está convidado para vir a um show e me visitar nos bastidores quando quiser.

Com carinho,

Seu amigo,

Dix Donahue

PS: Agradeça a Jeff por isso!

PPS: Eu soube que você sumiu. Espero que já tenha voltado são e salvo.